唐詩選注

葛兆光 著

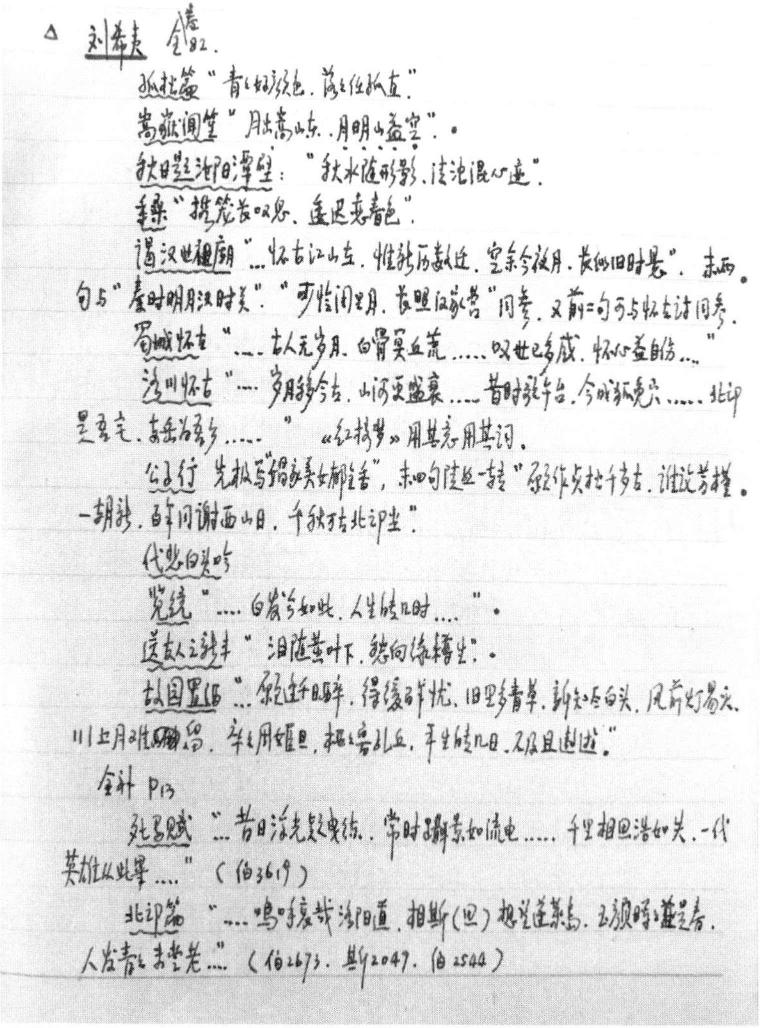
△ 刘希夷 全唐诗卷82.

孤松篇"青青好颜色，落落任孤直"。

嵩岳闻笙"月出嵩山东，月明山益空"。

秋日题汝阳潭壁："秋水随形影，清池混心迹"。

采桑"提笼长叹息，逶迟恋春色"。

谒汉世祖庙"……怀古江山在，惟将历数迁。空余今夜月，长似旧时悬"。末两句与"秦时明月汉时关"、"可怜闺里月，长照汉家营"同参。又前二句可与怀古诗同参。

蜀城怀古"……古人无岁月，白骨冥丘荒……叹世已多感，怀心益自伤……"

洛川怀古"……岁月移今古，山河更盛衰……昔时歌舞台，今成狐兔穴……北邙是吾宅，东岳为吾乡……"《红楼梦》用其意用其词。

公子行 先极写"倡家美女郁金香"，末四句陡然一转"愿作贞松千岁古，谁论芳槿一朝新。百年同谢西山日，千秋万古北邙尘"。

代悲白头吟

览镜"……白发今如此，人生能几时……"。

送友人之新丰"泪随黄叶下，愁向绿樽生"。

故园置酒"……愿逢千日醉，得缓百年忧。旧里多青草，新知尽白头。风前灯易灭，川上月难留。卒卒周姬旦，栖栖鲁孔丘。平生能几日，不及且遨游。"

全补 P13

死马赋"……昔日浮光赵曳练，常时跳景如流电……千里相思浩如失，一代英雄从此毕……"（伯3619）

北邙篇"……呜呼哀哉洛阳道，相斯（思）想望蓬莱岛。玉颜时时罕见春，人发青青未尝老……"（伯2673．斯2047．伯2544）

・劉希夷詩，《唐詩選注》雖然僅選一首，但作注釋與小傳時，則需要遍讀包括敦煌文書中所載之全部作品。

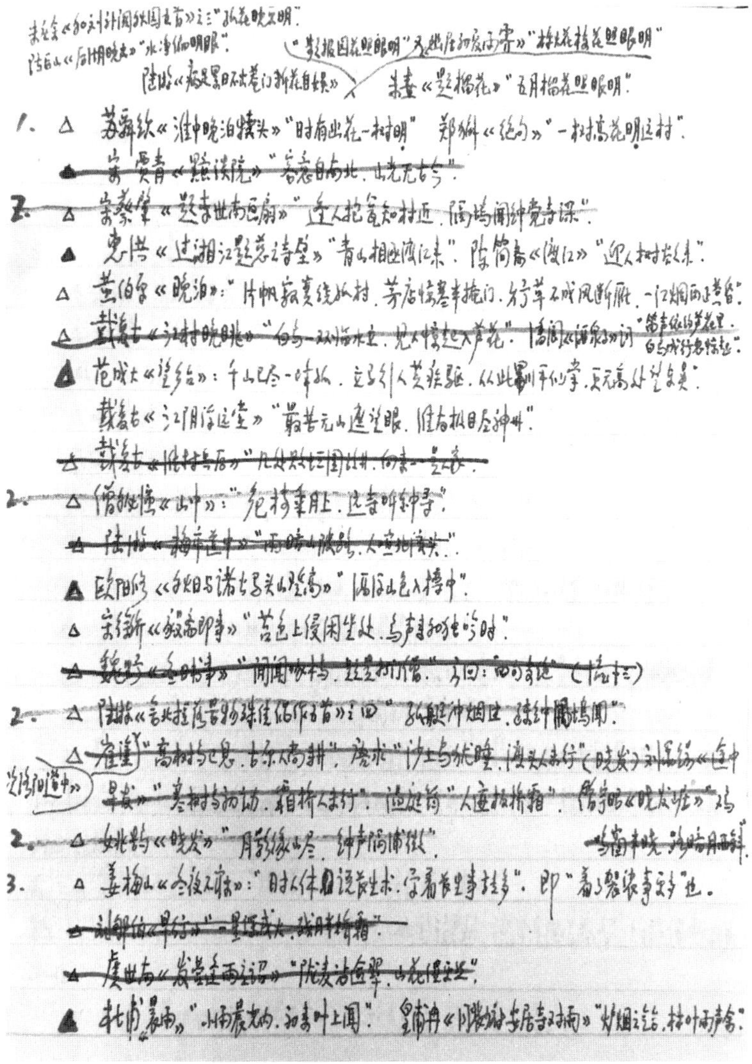

・注意本頁上方的若干文字。原本《唐詩選注》有朱慶餘〈和劉補闕秋園寓興〉一首，其中有「孤花晚更明」句，於是，在宋詩中搜得若干相關詩句，用作以「明『喻』花」的例子。但因為此詩後來刪去，所以這些資料就未能用上。

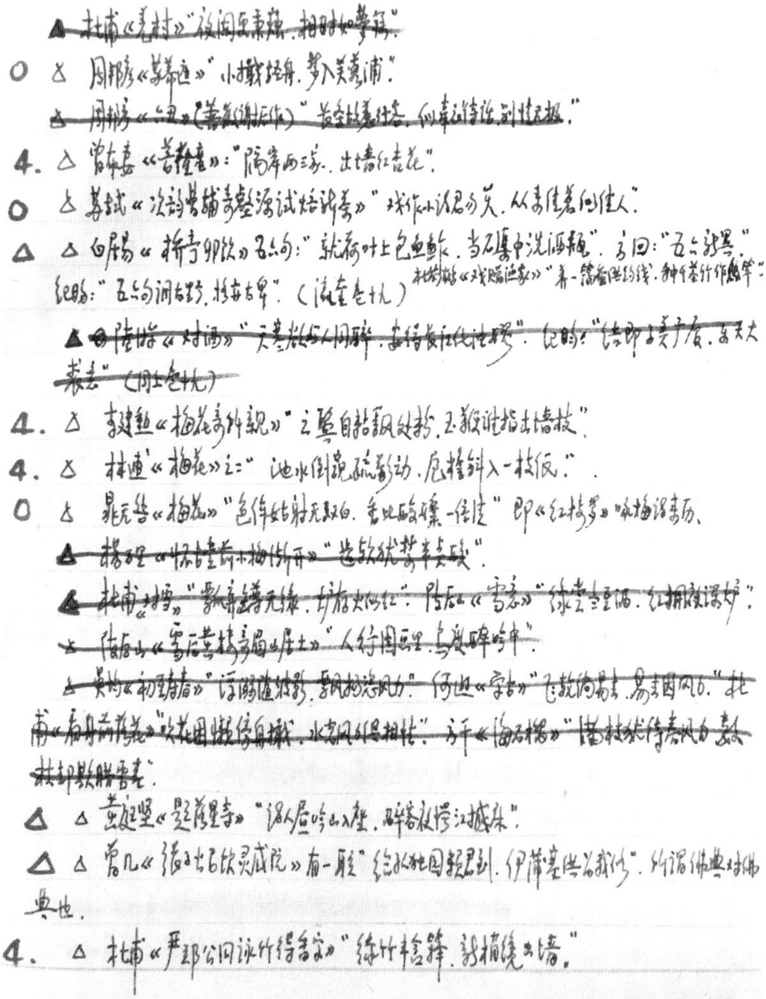

・選注唐詩的時候，抄錄了很多相關詩句，以作注釋。凡用紅筆抹去者，都是已經用於注釋的。

目錄

二〇〇八年版序

一

重新翻看和修改當年作的這本《唐詩選注》，不由得回想起十六年前在北京城西一個九平方公尺的小房間裡，攤開滿床書冊揀選唐詩、查閱各種資料給唐詩作注的情形。

那時候還算年輕，有精力也有體力，無論做什麼都有一點兒和自己也和別人「較勁兒」的意思。錢鍾書先生的《宋詩選注》很風行，比起那些照本宣科、四平八穩、平庸有餘而個性全無的注本來，錢注宋詩實在有味道。錢先生對宋詩的深刻洞察和細心體驗，寫在前言、小傳和注釋中，那裡面的敏銳、風趣和淵博，讓我這樣的後輩很佩服。「崔顥題詩在上頭」，心知宋詩不能再花樣翻新，便打算在唐詩上也這樣照貓畫虎地做一本。於是，借了給出版社做唐詩選注本的機會，不僅把《全唐詩》淘了一過，而且把手邊可以找到的有關的詩話筆記小說以及其他朝代的詩歌也統統翻了個遍。

至今我手頭還保存著那時看書留下的兩個筆記本，上面整整齊齊地抄滿了各種各樣可以用來互相比照的詩句和評論，例如，在注釋杜甫的「獨樹花發自分明」這一句時，為了說明詩人何以要用「明」來寫花的豔麗和燦爛，當時就蒐集了李嶠的「岸花明水樹」、錢起的「高花映竹明」、朱慶餘的「孤花晚更明」、蘇舜欽的「時有幽花一樹明」、鄭獬的「五月榴花照眼明」、陳後山的「水淨偏明眼」、陸游的「頻報園花照眼明」、朱熹的「五月榴花照眼明」等等，打算對詩歌裡面用「明」字來形容「花」之燦爛的各種方式作一個註解和分疏，只是因為這一首杜詩後來並沒有選入，這些材料也就被放棄了。這大概就是當年做注釋的基礎。經歷過這樣的選和注，漸漸地也就明白了前輩的廣徵博引，既非「炫博」，也不關「記性」，其實，那都是苦苦翻書得來的。後來，讀到影印出來的錢鍾書先生《宋詩紀事》的批校和讀書手稿，也果然印證了我的這一體會。

我那時對古典中國詩歌的語言形式很有興趣。過去，很多文學研究者對於古詩的解讀，常常是用印象和感悟的方式，配上一些充滿象徵性的比喻來傳達自己的體會，這種方法就好像「嚼飯與人」，使讀者不是在讀詩的本身，而似乎是在讀那些讀詩者的聯想或感悟，不免就被「隔」在了詩歌之外。那個時候，一方面西方「新批評」之類的文學理論很誘人，啟發我們在閱讀詩歌的時候，多多考慮語言學的進路，另一方面漢語詩歌創作和評論的特殊性，又讓我們很想在洋理論之外，自己找一個中國詩歌批評的新路數，所以，我那時不僅寫了一篇對梅祖麟和高友工那本被譯作《唐詩的魅力》的書的評論，而且還花了不少心思，同時寫了一本至今自以為還不錯的《漢字的魔方》。這些關注語言和形式的想法，當然也融入到這本《唐詩選注》裡面，於是就有了這種方式的注釋和解說。關於這一點，只要看看我給李白、杜甫、岑參、韓愈、白居易、李賀以及李商隱等人寫的小傳，看看我給王灣〈次北固山下作〉中的「潮平兩岸闊，風正一帆懸」、杜甫〈白帝城最高樓〉中的「杖藜嘆世者誰子，泣血迸空回白頭」以及錢起〈裴迪南門秋夜對月〉中的「影閉重門靜，寒生獨樹秋」等詩句做的注釋，大概就可以明白。

二

現在回想起來，如果要說與唐詩的緣分，恐怕還得追溯到更早一點。

我是在一九五〇年代至六〇年代之間讀的小學，那時的小學課本好像還不錯，裡面選有一些唐詩，像「日照香爐生紫煙」、「兩個黃鸝鳴翠柳」、「床前明月光」什麼的，都並沒因為沾上階級性、人民性一類的問題而被棄之敝屣，所以我那時讀過，也背過，只不過就像陶淵明說的「不求甚解」，有點兒「小和尚唸經，有口無心」似的，沒有特別的感受和心得。

也許讀古典詩歌，也需要生活經驗和社會感受打底罷，經過兩年淒風苦雨的「文革」，便彷佛親身經歷了歷史，對「漁陽鼙鼓動地來，驚破霓裳羽衣曲」（白居易）的世事動盪，就多了一分感受，而經歷著三年一千天的插隊，對「今春看又過，何日是歸年」（杜甫）這樣的心情，也添了幾許體察，等到年歲漸大，讀到像「但看古來歌舞地，惟有黃昏鳥雀悲」（劉希夷）、「無邊落木蕭蕭下，不盡長江滾滾來」（杜甫）這樣的詩句，居然就有了一些蕭瑟的心情。在鄉下插隊時，請人做過一隻碩大的樟木箱，那裡面曾經放了一本《唐詩三百首》，書也被翻得捲了邊兒。然而看歸看，那畢竟不是真的與唐詩結緣，只好似無家可歸、四處漫遊時與唐詩的偶然邂逅，不過是和唐詩打了個照面而已。

大概是一九七二年罷，那時我剛剛從苗寨白臘回到縣城凱里，說是回城，其實還是在離縣城二十里左右一個叫開懷的地方，在磚瓦廠上班。還是年輕，在整天打磚做瓦賣苦力的間隙，仍然生出一些耗不掉的精力來，百無聊賴之際，除去玩兒了命的打球下棋，大球加小球、象棋加圍棋，把自己弄得精疲力盡才算完之外，就是看書，什麼書都看，只要能找到的，哪怕是講「板塊漂移」和「紅移現象」的《自然辯證法》雜誌，也照樣上天下地、津津有味地從頭翻到尾，又從尾看回頭。有一次週日進城，偶然轉到老街上那個已經被抄得破敗不堪的縣文化館樓下，漫無目標地踏著滿地廢紙，隨腳一踢，居然踢到下面有書，大喜過望，急急拂去上面的灰塵，於是看到半部世界書局的《宋元學案》，還有一本劉大傑的《中國文學發展史》中冊。揣回去慢慢地看，看之不足，找了一個筆記本，就仿照文學史的模樣，自說自話地重新寫起唐代詩史來。寫之不足，還帶批判，批之不足，又加評點，卻多是「缺乏人民性的無病呻吟」、「封建階級的自我描寫」、「法家要求法後王思想的表現」一類的話頭。就這樣，居然寫了整整一筆記本，大約有十來萬字罷，幾乎是把唐代詩歌史重新複寫了一遍。很多年後，在整理物品時，我還看到過這個紅色塑料封皮已經有點發黏的本子，看著它，有很多感慨。這也許就是我真正用心琢磨唐詩的開始，可是，這開始居然開始得如此幼稚和荒謬。

時代扭曲，看什麼都會扭曲；時代荒謬，想什麼也不免荒謬。

三

覺得自己應當做一本認真的唐詩選注，這想法是在讀研究生期間萌生的。一九八二年到一九八四年間，我和研究生導師金開誠先生合作編寫《古代詩文要籍詳解》（二〇〇六年中華書局重版時，改名為《古詩文要籍敘錄》）。在那兩年裡，我穿梭似的往返於北京的各個圖書館，查閱各種集子，鈔了好多好多有關注釋和版本的資料，也記下了很多疑問和問題。那裡面就有不少是關於唐詩的，比如現存《唐人選唐詩》裡的《河岳英靈集》，與《文苑英華》、《唐詩紀事》裡引用的《河岳英靈集》為什麼有所不同？為什麼殷璠的兩次選和評都不一樣？比如杜甫的〈石壕吏〉，在王嗣奭那麼好的一個杜詩注本《杜臆》裡，為什麼會被注釋得穿鑿附會？陳本禮的《協律鉤玄》在解釋李賀〈北中寒〉的時候，說他是在搞政治諷刺，講「（唐）肅宗昵張良娣，任李輔國，殺太子，遷上皇」，真的是這樣嗎？「清明時節雨紛紛」那首詩，究竟是不是杜牧寫的，它是不是因為宋代人刻了《樊川續別集》而進入杜牧詩集的？

這些話題，後來都寫入了《古詩文要籍敘錄》裡面，因為這本來就是些文獻學領域的事兒。不過，雖然學科自有畛域，思緒卻從來沒有畫地為牢，很快我就把對這些問題的考證，延伸到了對唐詩的解讀。那時候的人都有「文學夢」，正像前面所說，我那時也對唐詩的語言和藝術的分析著迷。也許是受到剛剛傳進來的英美「新批評」的影響，在看了上海古籍出版社出版的梅祖麟和高友工《唐詩的魅力》一書對於唐詩語言的分析後，我在《讀書》雜誌上寫了一篇題為〈語言學批評的前景與困境〉的評論。也正好在這個時候，復旦大學的章培恆教授組織重寫《中國文學史》，由我來承擔從中唐一直到宋代那麼長的一段文學史的寫作，這件事，讓我真正地下了決心要去選注一本唐詩。

詩選其實常常是把詩歌「再經典化」的過程，現在人知道的唐詩，大多反覆總是那幾百首，這就是千年來不斷有選家「披沙揀金」的結果。開始有些不服氣，自己覺得總可以另闢蹊徑，找到一些不曾入選的作品來表彰，可在寫唐宋文學史和選注唐詩的過程裡，當我真的把《全唐詩》裡的詩人一個個看過來之後，儘管心存一個有意立異的念頭，卻沒有多少真正的新發現。比如崔顥，我曾經在筆記本裡面記下了〈古游俠呈軍中諸將〉（有王維〈觀獵〉之風）、〈長安道〉（寫世態炎涼和人生變化）、〈江畔老人愁〉（寫歷史滄桑，末句是「感君相問為君說，說罷不覺令人悲」）、〈邯鄲宮人愁〉（記入宮女子的感慨，有「憶昨尚如春日花，悲今已作秋時草」）等等，而從不入或極少入詩歌選本的丘為、張抃和崔曙，我原來頗想打破常規，選丘為的一首〈題農父廬舍〉、張抃的一首〈題衡陽泗州寺〉、崔曙的一首〈潁陽東溪懷古〉，但是，終於還是遵循歷來選家的通常評價，崔顥還是只選了很多選本都有的〈長干行〉、〈古意〉、〈黃鶴樓〉，丘為、張抃和崔曙仍然名落孫山。於是，這下終於明白你還真得佩服古今選家的目光如炬，所以我在〈前言〉裡面承認，「就算你再細心篩選，也只是在他人掘過的蕃薯地裡揀漏，揀到了剩蕃薯個頭也不大。」

因此，更多的精力就放在了小傳的撰寫和注釋的引證上，至今我還覺得，這兩部分算是做得不錯的。

四

時間已經過去十多年。

有人說，年輕時總是幻想與文學結伴，年長則常會不自覺親近歷史，說得也對。當出版社決定要重新再版這部《唐詩選注》的時候，編輯讓我再回頭去看看它，問我還有什麼新的想法和感受。新的想法和感受？說實在話，現在回頭看這部書，就好像倒拿望遠鏡回看身後，似乎有些遙遠，有些陌生，由此我才意識到自己已經變化了的年齡和心境。不妨看此後我撰寫的《中國思想史》中的一段話罷，這一段曾經很讓一些熱愛盛唐氣象的人不高興，這一段的題目叫做〈盛世的平庸〉，講的是詩歌最輝煌的盛唐，其實恰是思想最平庸的時代。在那裡我說：後代人總是說「盛唐氣象」如何如何，其實，從生活的富庶程度上來說是不錯的，從詩賦的精彩意義上來說也是不錯的，從人們接受各種文明的豁達心態上來說也是不錯的，但是，從思想的深刻方面來說卻恰恰相反。因為在思想的平庸時代，不一定出現不了文學的繁榮景象，也許恰恰相反，可能這也是一種有趣的「補償」。特別是，一旦那種沉潛入微的思緒，已經不能對知識、思想與信仰有所匡補和批評的時候，就紛紛奪門而出，表現在「語不驚人死不休」的文學上，這個時候，思發為文，智轉入詩，而思想卻在權力的制約下，逐漸走向平庸，智力也正是在這種一無所用的趨向中，逐漸轉向了詩賦的琢磨和沉思。

也許，這是我對那個至今讓人懷念不已的時代的重新思考。顯然，這種思考立場和評價尺度是來自思想史的，換成文學史，也許我還會重新檢討和衡量。我想，我絕不會否認那個詩歌時代人們的激情、天真和理想，這種催生了詩歌的激情、天真和理想的時代，也許恰是生活在其中的人的幸福。我常常會反問自己，為什麼人們非要追索思想的深沉？難道思想的深沉不是以社會的危機為代價的嗎？有時候，比起出產深刻、睿智和焦慮的時代來，那個生活都單純、心情很滿足、世界平靜得讓人不用思想的時代，更會讓人覺得依戀。回想歷史，在中國那麼長的幾千年裡面，連環劫般的朝代變更、走馬燈式的戰爭烽火、政治舞台上下的縱橫捭闔、連續不斷的旱澇饑荒、顛簸流離的生活和不知未來的焦慮讓人戰戰兢兢戒懼警惕，難得有「稻米流脂粟米白，公私倉廩俱豐實」這樣的富裕，難得有「天子呼來不上船，自稱臣是酒中仙」這樣的自由，難得有這樣純真、樸素和快活的心情，這樣的時代，在文學史和思想史上不也很值得特別寫上一寫嗎？

儘管現在的我傾向思想史的研究，但是詩歌裡也是能夠看到思想史的，事實上，當那「八個醉的和一個醒的」詩人隨著繁榮時代的結束走進了歷史，當月宮碎影中的「霓裳羽衣曲」被漁陽鼙鼓和胡兒喧嘩驚破，唐詩也漸漸變得沉思和深刻。心中有戒懼和緊張，眼中有混亂和危機，滿天下家事國事的無奈和焦灼，便讓中晚唐甚至五代宋朝的詩人越來越多了些思想反省和知識沉澱，也許，這才使得詩詞輪替，催生了後來把浮名換了低斟淺唱的宋詞。

文學有時候也是時代的象徵，昭示著社會史的起伏，也呈現著思想史的興衰。當唐詩過後是宋詞，當宋詞唱罷換元曲，當小說既不再是群治的利器，詩歌又已經淪落到只有少數人自產自銷，只能孤芳自賞的時候，我們會猛然發覺，這個社會已經太冷峻、功利和深刻了。

幸好，唐代是一個詩歌世界，憑這一點，就讓我們對那段歷史生出了無限懷想，也就憑這一點，我應當選注這部唐詩選集。這次，要重新再版《唐詩選注》，我想了又想，仍然沒有作什麼改動，不僅因為太忙，而且因為我覺得這樣可以讓它在介紹唐詩魅力的同時，也留作二十世紀九〇年代的學術見證。

葛兆光

一九九四年版序

選注完畢，照例要寫「前言」。通常「前言」應當交代唐代詩歌的概況及詩人小傳的撰寫方式、選詩的原則、注釋的體例，但篇幅的緣故使我不能在這裡作關於唐詩的長篇大論，而蜻蜓點水似的泛泛而論也只是隔靴搔癢，弄不好反而會使讀者如墜霧中隔岸看花，看得一頭霧水仍不得要領。所以我在這裡乾脆不談唐詩，好在有關唐代詩歌的歷史與特徵已經在各個詩人傳論中寫了不少，這裡只說各個詩人小傳的撰寫方式、選詩的原則和注釋的體例。

詩人小傳依照慣例我介紹了詩人生平與他的詩風。前者比較容易，多少年來學者們對唐代詩人生平事蹟的考證給我提供了方便，特別是一九八七年以後陸續出版的四冊《唐才子傳校箋》（傅璇琮主編，中華書局出版）彙集了古今研究的成果，這部由二十位專家共同撰寫的著作對近四百個重要的唐代詩人的生平進行了精審的考證，這使我可以省卻不少心力、減少若干錯誤，所以這本書裡的詩人小傳生平部分大都依據此書，詩人排列先後次序也按照此書考訂的生年為準，當然還有一些無從考證生年的詩人則參考他的中進士年代或卒年等因素插入其中；後者比較困難，唐代詩人歷來是被評頭品足的對象，各種詩選也對他們多有評介，可是過去的評介總會犯兩種毛病，一是評介差不多成了「光榮榜」上的模範事蹟，泛而又泛的簡評堆砌了一些虛文客套，即使談及其缺陷也常常使用一個「當然了……」夾在中間作轉折，既缺乏詩史意識卻又博得了「公正」與「辨證」的外貌；二是在談及詩歌藝術特徵時總是愛翻來覆去地用那幾個印象式的象徵主義詞眼，這些只可意會不可言傳的詞儘管「放之四海皆準」，卻常常弄得人丈二金剛摸不著頭腦，因為它們似是而非的語義可以稱得上「千轉百變」，隨人怎麼理解它都能對此點頭微笑。如果選注者要偷懶取巧，那盡可以大抄特抄並把「天下文章一大抄」那句老話借來自我安慰自我解嘲，可是選注者若想認真，就不免多費周折甚至自找麻煩。我不是一個勇於找麻煩的人，有時不免人云亦云，但有時也想談談唐代詩史變化及詩人在詩史進程中的位置，於是就不能不另找評價原則並根據原則有所褒貶，而一個詩人的詩風及其在詩史上的意義又絕非「好」、「壞」二字可以一刀切開的，常常好處即壞處，缺點即優點，因而又不能挪借「當然了……」作轉折的簡便方式，只好採用比較繁瑣的敘述與評論手段；有時在評論詩人詩風時想說說至關重要的詩歌語言形式，於是那些方便省力的象徵主義詞眼就不能勝任這種敘述要求，因而只好撇開人們已經熟悉了的「雄渾」、「豪邁」、「含蓄」、「柔弱」以及「情景交融」等語詞而採用一些人們較生疏的語言批評術語。此外，小傳並不一定按詩人等級的高下來分配字數，而是有話則長無話則短，不一定面面俱到，而是各有側重。這樣一來，詩人小傳就不免長長短短，與通常寫法不大相同了。

選詩是一樁吃力的工作。所謂「吃力」是因為此前唐詩已經被選了不知多少次，從唐代人自己就開始披沙揀金，至今還留下了十種「唐人選唐詩」，自從《全唐詩》編定以後，選家都能很方便地從四萬八千九百來首唐詩中一一翻過，即使加上今人編輯的《全唐詩外編》，翻個一兩遍也並非難事，大抵選詩的人都不是瞎子，鑑定水平與眼力縱然有高下也相去不遠，即使偶爾打盹漏掉幾首，其他選家也會補選進來，所以在這麼多唐詩選本之後再來選唐詩很難花樣翻新，就算你再細心篩選，也只是在他人掘過的蕃薯地裡揀漏，揀到了剩蕃薯個頭也不大。不過，過去選唐詩的標準是「好」，挑「好」的並不是毛病，可這種選法彷彿選「勞模」，勞動模範雖好但他不一定是「代表」，於是還有一種選「代表」的方法，即按照詩史的軌跡與詩人的特色挑選最具代表性的作品，本卷選的〈至分水戍〉（駱賓王）、〈深灣夜宿〉（王勃）、〈古興〉（常建）、〈苔蘚山歌〉（顧況）、〈秋懷〉（孟郊）、〈神弦曲〉（李賀）、〈重過聖女祠〉（李商隱）等多少都有些這種意思，而杜甫多選律詩、李賀多選七言歌行、李商隱多選七言律詩等也多少有些這種意思。但是，我也很害怕犯清人黃子雲《野鴻詩的》裡批評的那種毛病：「好異者欲自別手眼，胸中先立間架，合者存，不合者去。」為了我的偏執意見而影響了讀者要讀好詩的希望，所以只好兼採「勞模」和「代表」的雙重標準，盡可能多選「好詩」與「名篇」。當然就像清代薛雪《一瓢詩話》說的，「一則眼力不齊，嗜好個別，一則阿私所好，愛而忘醜」，我在選詩時也免不了個人的偏好，有時會刪掉一些人人都選的作品卻收錄了一些少經人選的詩篇，也免不了有看走眼的毛病，有時會讓一些該選的好詩從眼皮下滑走而讓一些不該選的劣詩溜了進來。

最後再說注釋的體例。按照清人張謙宜《絸齋詩談》卷三裡一種別緻的說法，注釋好比「注水」，「如球入穴中，灌水浮出」，這意思就是說注釋的作用就是疏通字義詞意讓讀者把詩讀懂。可是，這樣的注釋總會給人重複的感覺，彷彿千家注釋都是一張面孔。這是沒辦法的，比如說前人已經說了一加一等於二、太陽就是日頭，你也只能說等於二，是日頭，要是硬說一加一等於三、太陽是月亮，無異於自己跟自己過不去，少不得被人譏笑，在相同的詩裡作相同的注難免大同小異。其實為了核實注釋是否無誤，我翻閱過不少資料，可這種工作大半只是給別人的注釋當了一次證人，證明他沒犯錯誤而已，因為別人也不是不學無術，即使別人一時疏忽被我查出了少許錯訛，我也只能悄悄改正，不可能叫別人對簿公堂或張榜公布，於是，注釋好像難免雷同。好在接受選注任務時商定過一條原則，即要在注釋中加入一些幫助讀者理解與欣賞的文字，所以我在有的注釋裡對詩歌語言作了比較詳細的說明，引徵了一些資料指出它們的沿襲、影響及語義演化；有的注釋裡對詩歌意境作了比較繁瑣的分析，引徵了一些詩句進行對比，指出詩意與語言的發展；有的注釋裡對詩歌句法作了一些語言學評介，並指出詩歌語言與日常語言的差異；有的注釋裡引述了一些古代人的分析與評論，希望能幫助讀者加深對詩意與技巧的理解與感受；當然在有的注釋裡我還加上了我的解說與分析，這樣的注釋不免使一些注文變得比較長，但我想，這樣注來也許能對讀者有一些裨益，而不至於讓讀者感到過分的不快。

本卷收唐詩二百八十二首，凡七十八家。

葛兆光

虞世南・一首

虞世南（五五八—六三八），字伯施，越州餘姚（今浙江餘姚）人。在隋朝當秘書郎，入唐後當到弘文館學士、秘書監。他是初唐最博學多才的文人，也是在觀念上自覺地要振興古風的官員，據說他曾極力勸阻唐太宗不要寫宮體詩，說「恐此詩一傳，天下風靡」（《新唐書・虞世南傳》）。不過，當他自己握筆寫詩時，雖不寫那些宮體主題，卻始終沒有完全擺脫六朝以來好搬弄華麗辭藻巧作對子的繁蕪詩風，清人張實居說「唐興而文運丕振，虞（世南）、魏（徵）諸公已離舊習」（《師友詩傳錄》），似乎缺乏根據，紀昀說他「堆砌處漸化輕清」（《瀛奎律髓》卷十七批語），似乎也說得太早。他現存的幾首古樂府仍是六朝詩人照貓畫虎模擬古人的路數，而大批的奉和、應詔詩雖然有些「日下林全暗，雲收嶺半空」（〈奉和幽山雨後應令〉）、「隴麥沾逾翠，山花濕更然」（〈發營逢雨應詔〉）、「橫空一鳥度，照水百花然」（〈侍宴應詔賦韻得前字〉）等小巧的秀句，但大多還是囉哩囉嗦排列麗辭的六朝腔調，倒是偶爾一兩首隨意寫出的小詩，卻顯得還不繁蕪不俗氣，頗有韻味，像〈春夜〉、〈秋雁〉和下面所選的這首〈蟬〉。

蟬

垂緌飲清露[1]，流響出疏桐。
居高聲自遠，非是藉秋風[2]。

1 緌：古人帽子上的垂帶，蟬有觸鬚似垂帶，所以說「垂緌」。

2 藉：借。這兩句說蟬聲傳得遠是因為牠居於高處，並不是憑藉秋風傳音的力量，這顯然是以蟬喻人。南朝梁代詩人吳均〈初至壽春作〉有一句「飄揚恣風力」、《紅樓夢》第七十回薛寶釵填的〈臨江仙〉末句「好風憑藉力，送我上青雲」，都不免要藉助風力，而這首詩卻不然，所以清人施補華《峴傭說詩》曾拿它和駱賓王、李商隱的兩首詠蟬詩比較，說它是「清華人語」，駱賓王「露重飛難進，風多響易沉」是「患難人語」，李商隱「本以高難飽，徒勞恨費聲」是「牢騷人語」。

王績・二首

王績（五八五—六四四），字無功，自號東皋子，祖籍太原祁縣（今山西祁縣），生於絳州龍門（今山西河津）。隋代曾任秘書正字、六合縣丞，後辭官，唐武德年間應徵待詔門下省，貞觀初年即辭職回鄉，當了十幾年隱士。

不少詩史或詩選都把王績作為唐代詩人的開端，把他的〈野望〉作為唐詩的開篇，這當然無可非議，因為他恰好是初唐最年長的傑出詩人，〈野望〉恰好是初唐最早的優秀詩篇。但是，有時曆法意義上的時間順序會引起人們對詩史意義上的時間順序的誤解，不知什麼時候起，人們就把王績看成是開唐一代詩風的詩人，把〈野望〉看成是「第一首真正的唐詩」，覺得這樣一來王朝斷代與詩史分期就可以取得一致。其實，這種沿襲了明、清人現成說法的觀點並沒有多少根據（參見明楊慎《升庵詩話》卷二、清吳喬《圍爐詩話》卷二），因為王績的詩雖然不大有六朝繁縟密麗的風氣，但有的是魏晉人尤其是阮籍、嵇康特別是陶淵明的影響，還不能算是詩史意義上的「唐詩」——儘管他人與詩在時間上都已入了唐朝——何況，學習與模擬的榜樣並不能以年代早晚分出等級高下。詩歌語言不是釀造的酒漿，窖藏越久就越好，詩史上創辟新風也不是尋源溯流，回復越古老的時代就越新，在這一點上或許可以參照中國古老的故事「五十步與百步」。當然，王績越過六朝去學習魏晉人的詩，使他的詩歌語言比較樸素質直，詩歌意境比較自然恬淡，所以在讀慣了六朝以來的秀辭麗句之後，人們突然讀到這樣的詩，就好比差不多吃膩了大魚大肉想吃蔬菜或看膩了雕樑畫棟亭台樓閣後突然看到一片樸素的田園風光一樣，驚喜之餘要格外讚歎。像那個清代的賀裳就想把陶（淵明）、王（維）並稱的「王」換成王績的「王」，覺得「輞川誠佳，太秀，多以綺思掩其樸趣，東皋瀟灑落穆，不衫不履」（《載酒園詩話又編》），但他沒有看到王績與陶淵明的不同，王績的回歸田園多來自道家追求自然的理念，他的退隱醉鄉也出於全身養性的理想，他祖傳的「東陂餘業」、「園林幸足」（〈遊北山賦序〉），也使他的隱士生活過得悠閒舒適，因此他詩裡那種「亂頭粗服」就和真正衣衫襤褸的農夫不同，他詩裡的田園鄉村彷彿是大觀園裡「隱隱露出一帶黃泥牆，牆上皆用稻莖掩護」，掛著「杏簾在望」酒旗的稻香村，他詩裡那種著意恬淡的意境就彷彿當著官的賈政卻說「（稻香村）未免勾引起我歸農之意」（《紅樓夢》第十七回）。所以，雖然王績的詩風在唐初的確令人耳目一新，但既不能說他回歸到了魏晉時代，也不可說他已開創了唐代詩風，而〈野望〉儘管平淡自然讓人讀來流暢上口，但它的意境情調，既不能等同於陶淵明式的淳厚樸淡，它的語言形式也不能等同於唐人五言律詩的整齊圓熟。王績和他的詩仍然處在六朝詩向唐代詩的過渡之中。

野望

東皋薄暮望[1]，徙倚欲何依[2]。
樹樹皆秋色，山山唯落暉[3]。
牧人驅犢返，獵馬帶禽歸[4]。

1 東皋：王績隱居處，皋是水邊高地。阮籍〈奏記詣蔣公〉「方將耕於東皋之陽」，陶淵明〈歸去來辭〉「登東皋以舒嘯」，都以東皋當躬耕隱居之地的象徵，王績最佩服這兩個人，所以東皋未必是真的地名，可能是王績給自己隱居處取的名字。

2 徙倚：徘徊。

3 王勃〈山中〉「山山黃葉飛」似乎把這兩句的意思更推進了一步，不光是樹樹秋色，還招來了秋風，吹得滿天黃葉亂飛。王維〈歸嵩山作〉「落日滿秋山」似乎把這兩句併成了一句，而儲光羲〈田家雜興〉之三「落日照秋山，千岩同一色」則彷彿把這兩句又重新排列了一番，變成了另外兩句。

4 這兩句不光是寫鄉村黃昏景象，而且是用「返」、「歸」二字反襯自己「徙倚欲何依」的徬徨與「相顧無相識」的孤獨。從陶淵明以來，寫鄉村田園的詩都愛用「返」、「歸」這種字詞，像陶淵明詩裡的「日入相與歸」（〈癸卯歲始春懷古田舍二首〉之二）、「守拙歸園田」（〈歸園田居〉其一）、「帶月荷鋤歸」（同上其三）、「斂翮遙來歸」（〈飲酒〉之四），這個「歸」字暗示的是人的歸宿，人能歸家便意味著溫馨的到來和漂泊的結束，當人漂泊時看到別人歸家，則又意味著孤獨與惆悵，感到自己的肉體與精神都無所依憑，而幾乎所有的田園詩在古代中國的深層含義都是尋找家園，尋找歸宿。

相顧無相識，長歌懷采薇[5]。

夜還東溪

石苔應可踐，叢枝幸易攀[6]。
青溪歸路直，乘月夜歌還。

5 采薇：《詩經・召南・草蟲》「陟彼南山，言采其薇，未見君子，我心傷悲」，《詩經・小雅・采薇》「采薇采薇，薇亦作止，曰歸曰歸，歲亦莫止」，《史記・伯夷列傳》（伯夷、叔齊作歌曰）「登彼西山兮，采其薇矣。以暴易暴兮，不知其非矣。神農虞夏，忽焉沒兮，我安適歸矣？于嗟徂兮，命之衰矣。」上面三段涉及「采薇」的典故分別有不同含義，《草蟲》可以移來表現懷念友人的苦悶，《采薇》可以借來暗示不得回歸漂泊無定的痛苦，《伯夷列傳》可以指代世道變亂時的絕望，無論用哪一種含義來解釋這首詩都可以說通。從前面「徙倚欲何依」和「相顧無相識」兩句的意思推下來，似乎懷念友人和難以回歸的含義更切合一些，但明人唐汝詢《唐詩解》卻認為「此感隋之將亡也」，好像他贊成「采薇」用的是《伯夷列傳》的典故。後來不少人都同意這一說法，可也有人，如清人吳昌祺《刪訂唐詩解》因為「王（績）嘗仕唐」而不同意這種說法，認為王績既然又當了唐代的官就不會自比叔齊、伯夷這樣忠於舊朝的人。

6 石頭上長了苔蘚，本來很滑，但可以踩上去，因為幸好有一叢叢的枝條可以供人攀牽。明人楊慎《升庵詩話》卷三曾指出這兩句詩的來龍去脈：「謝靈運詩：『苔滑誰能步，葛弱豈可捫』，此反其意。唐杜審言詩：『攀崖踐苔易，迷路出花難』，又順用無功詩意也。」

上官儀・一首

上官儀（？—六六四），字游韶，陝州陝縣（今河南陝縣）人。貞觀年間中進士，當過弘文館學士，後被武則天以與被廢黜的太子李忠通謀的罪名下獄，死在獄中。他是初唐很有影響的詩人，能寫工整巧麗的五言詩，被當時人稱作「上官體」，他所歸納的六種或八種對仗的句法，也使六朝以來逐漸定型的詩歌形式有了一個雖不完整卻初具雛形的理論，只是他自己的詩寫得並不出色，愛掉書袋子，又愛堆砌一些看似五彩繽紛卻毫無意味的麗辭，以致於後人諷刺他的詩是「類書體」。不過，從詩史的角度來看，他的創作趨向和理論歸納，再加上他的影響使他有可能是當時詩歌發展史上一個重要的環節，因為有時詩歌發展的承上啟下者並不一定都是最出色的詩人，就像水陸交通的中繼站不一定都是重鎮大邑，可能是一個不起眼的水邊漁村，也可能是荒漠戈壁中的一個補給驛站。

入朝洛堤步月[1]

脈脈廣川流，驅馬歷長洲[2]。
鵲飛山月曙，蟬噪野風秋[3]。

1 據劉餗《隋唐嘉話》記載，唐高宗時「（上官）儀獨持國政，嘗凌晨入朝，巡洛水堤，步月徐轡」，即興吟了這首詩，當時一起等待上朝的官員聽了覺得「音韻清亮」，「望之猶神仙」，可知此詩所謂「入朝」是指在東都洛陽皇城外等候上朝，「洛堤」是皇城外洛水的堤岸，「步月」則是徐步在凌晨月光下的意思。

2 廣川：即大河，指洛水；長洲：指洛水堤岸。

3 上一句暗用曹操〈短歌行〉中「月明星稀，烏鵲南飛」的意境，但曹操詩是寫午夜月亮明亮，使烏鵲以為天亮而飛，大體上和王維〈鳥鳴澗〉「月出驚山鳥」的意思相仿，而上官儀這句卻是寫凌晨將曙未曙的情景。下一句是化用了南朝張正見〈賦新題得寒樹晚蟬疏〉的詩意，張詩云：「寒蟬噪楊柳，朔吹犯梧桐……還因搖落處，寂寞盡秋風。」上官儀把這些意思壓縮在五個字裡，表現了六朝以來詩歌語言技巧的凝練化趨向。後來張説〈和尹懋秋夜遊㴩湖〉「雁飛江月冷，猿嘯野風秋」又借用了上官儀的這兩句詩意，幾乎全盤挪用，所以《唐音癸籤》卷五説這兩句「音響清越，韻度飄揚，齊梁諸子咸當斂衽矣。」

駱賓王・三首

駱賓王（約六一九—？），婺州義烏（今浙江義烏）人。年輕時任道王李元慶府中的屬官，唐高宗咸亨元年（六七〇）前後曾從軍到過西北、西南，後任長安主簿，但又獲罪下獄，貶為臨海丞。光宅元年（六八四）徐敬業從揚州起兵討伐武則天，他代作〈討武曌檄〉，一時傳遍天下，徐敬業兵敗後，駱賓王也不知下落，有人說他被殺，有人說他出家當了和尚。在「初唐四傑」中，他名字排在最後，但年紀最大，如果傳聞中那首「白毛浮綠水，紅掌撥清波」的〈詠鵝〉真是他七歲時的作品，那麼他在詩史上應當比其他三人幾乎早了一代。不過從他現存的作品來看，他真正的創作生涯開始於中年之後，不像其他詩人那樣少年成名，所以人們仍然習慣把他和盧照鄰、楊炯、王勃視為一代詩人。

在《全唐詩》裡收有三卷駱賓王的作品，他的歌行如〈帝京篇〉、〈疇昔篇〉慷慨悲壯、音節瀏亮，〈豔情代郭氏答盧照鄰〉、〈代女道士王靈妃贈道士李榮〉深婉纏綿、情韻悠長，在當時都是上乘佳作；而五言古、律也多寫得蒼勁而精巧，既有魏、晉古詩的氣格，又有六朝詩律的詞采，像「谷靜風聲徹，山空月色深」（〈夏日遊山家同夏少府〉）、「草帶銷寒翠，花枝發夜紅」（〈初秋於竇六郎宅宴〉）、「露下蟬聲斷，寒來雁影連」（〈送劉少府遊越州〉）的組句下字和〈渡瓜步江〉、〈至分水戍〉、〈送費六還蜀〉等詩的句型音律，都標誌著古體詩向近體詩、六朝詩及唐詩演進的軌跡。但作為一個承上啟下的詩人，他在詩歌形式語言上起的變革作用似乎並不如後來的沈佺期、宋之問、杜審言，而在詩歌主題內涵上的變革意義則與盧照鄰、楊炯、王勃一樣重要。按當時人的說法，「四傑」是幾個「浮躁淺陋」的人，這「浮躁淺陋」四字在今天看來剛好說明這四個人不夠安分守己，情緒不太穩定，個性過於倔強，屬於多血質性格。像王勃陵藉同僚，年輕氣盛；楊炯諷刺朝士是「麒麟楦」，恃才憑傲（《唐才子傳》卷一）；盧照鄰自傲又自卑，一會兒學煉丹到處討乞藥值，一會兒入仕當官還想當大官，終於在理想破滅與病疾纏身下自殺了事；而駱賓王則極端自負，似乎不通世故，總覺得自己受了委屈，用他自己的話說，他「少年識事淺，不知交道難」（〈詠懷〉），長大了又「嗟為刀筆吏，恥從繩墨牽」（〈敘寄員半千〉），雖然他「不求生入塞，唯當死報君」（〈從軍行〉），但卻仍然「淹留坐帝鄉，無事積炎涼」（〈疇昔篇〉），因此滿腹牢騷、一腔悲憤，更加上他運道坎壈，四處碰壁，便積了一肚皮不合時宜的幽怨憤懣之氣。那個千年前獨身刺秦王在易水邊慷慨悲歌的荊軻的幽靈似乎總纏繞著他，使他一而再再而三地想到「徒歌易水客，空老渭川人」（〈詠懷古意上裴侍郎〉）、「不學燕丹客，空歌易水寒」（〈送鄭少府入遼共賦俠客遠從戎〉）、「昔時人已沒，今日水猶寒」（〈於易水送人〉）。他以垂暮之年參加討伐武則天的冒險行動，恐怕不僅僅是「不忘故君」的理性抉擇，而更多的是出自一種類似賭徒性格的心理衝動。不過，恰恰是他們這種富於個性的氣質、不平則鳴的性格加上一肚子牢騷與悲涼，使他們擺脫了初唐詩壇那種百無聊賴地搬運詞藻的慵懶和平庸，使詩歌多了一種剛健、悲涼而飽滿的情緒；恰恰是他們這種坎坷而豐富的生活經歷，使他們的詩比起千人一面千篇一辭的應制、酬和、同詠、奉題少了一些無聊與空洞，多了一些生機勃勃的主題與內涵。像駱賓王的幾首邊塞詩，就有親身體驗的感受和親眼所睹的意象，絕不像那些身居都市華堂的人寫邊塞詩，從書本裡拾來幾個烽火、胡笳之類的詞語和著淚、血、風、霜就捏出一首邊塞風情。

夕次蒲類津[1]

二庭歸望斷，萬里客心愁[2]。

1 次：停駐；蒲類津似當作「蒲類縣」，在今新疆哈密西北，因蒲類海（即巴里坤湖）得名。唐高宗咸亨元年（六七〇）駱賓王曾隨右威衛大將軍薛仁貴出征到這裡並寫了這首詩。

2 二庭：唐代西突厥分為南北二庭，以伊列水為界，包括今新疆及中亞一部分地區。這兩句說在這裡看不到回鄉的希望，遠在天涯，征戰的人心中愁苦。

山路猶南屬，河源自北流[3]。
晚風連朔氣[4]，新月照邊秋。
灶火通軍壁，烽煙上戍樓。
龍庭但苦戰，燕頷會封侯[5]。
莫作蘭山下，空令漢國羞[6]。

3 山路雖指向南方，河源卻遠在北端。

4 朔氣：指北地的寒氣。

5 龍庭：指匈奴單于祭天地鬼神的地方，班固〈封燕然山銘〉「焚老上（單于）之龍庭」，後泛指邊塞或敵方要地，亦稱「龍城」；燕頷：舊時形容的富貴相，頷是下巴頦，《後漢書》卷四十七〈班超傳〉引相面人的話說「燕頷虎頸，飛而食肉，此萬里侯相也」，南朝徐陵〈出自薊北門行〉就說「生平燕頷相，會自得封侯。」

6 這兩句借用西漢李陵在蘭于山南被匈奴擊敗並投降的典故，說不要像李陵一樣，讓漢（指唐）國蒙受恥辱。

至分水戍[7]

行役忽離憂，復此愴分流[8]。
濺石回湍咽，縈叢曲澗幽[9]。
陰岩常結晦，宿莽競含秋[10]。
況乃霜晨早[11]，寒風入戍樓。

7 分水：具體地點不詳，古代叫分水的地方很多，如天水、南陽均有，清人陳熙晉《駱臨海集箋注》卷二認為這是指南陽縣北七十里的分水嶺，但不一定可靠。

8 行役：指為官事而奔波四方；離憂：遭憂生愁；愴分流：看見各奔東西的河流心裡覺得悲傷。

9 水流衝激石頭疾速迴旋發出嗚咽般的聲音，曲澗縈繞彎曲環繞樹叢顯得格外清幽。這兩句彷彿王維〈過香積寺〉的「泉聲咽危石，日色冷青松」，但不像王維詩那麼疏曠從容，也沒有王維詩那種聲、色清幽冷寂的感覺，又彷彿竇庠〈夜行古戰場〉的「泉冰聲更咽，陰火焰偏青」，但不像竇庠詩那麼陰森悽楚，也不是古戰場那種殺氣慘然的氣氛。

10 陰岩：背陽的岩崖；結晦：幽暗；宿莽：冬生不死之草，《爾雅》郭璞注認為是卷施草。

11 霜晨：有霜的清晨，高山上霜降得比平原要早，所以詩裡說「霜晨早」。

在獄詠蟬[12]

西陸蟬聲唱[13]，南冠客思侵[14]。
那堪玄鬢影[15]，來對白頭吟[16]。

12 據前人考證，這首詩是唐高宗儀鳳三年（六七八）駱賓王在獄中所作，當時駱賓王上書議論政事，得罪了武則天，被誣告貪贓而入獄（陳熙晉《續補唐書駱侍御傳》，見《駱臨海集箋注》附錄）。這首詩前有一段序文，說明這首詩是以蟬自況，來表明自己的高潔與哀嘆自己的命運。

13 西陸：秋天，《隋書・天文志》中説，太陽周天而行，「行東陸謂之春，行南陸謂之夏，行西陸謂之秋，行北陸謂之冬。」

14 《左傳・成公九年》記載「晉侯觀於軍府，見鍾儀，問之曰：『南冠而縶者，誰也？』有司對曰：『鄭人所獻楚囚也。』」南冠本是南方人的帽冠，後來由於這個故事，南冠便指囚徒了。

15 玄鬢：本指黑色的鬢髮，這裡指黑色的蟬，據《古今注》卷下記載，魏文帝宮妃莫瓊樹曾仿蟬翼作黑色髮飾叫「蟬鬢」，駱賓王看到蟬，自然想到年輕人的黑髮，因此下面説到自己的「白頭」。

16 白頭一方面指與「玄鬢」相對的白髮，因為駱賓王當時近五十歲了，又深懷憂患與悲愁，所以早生白髮，正如漢樂府詩「座中何人，誰不懷憂，令我白頭」；一方面暗指〈白頭吟〉的主題，從漢代有相傳卓文君所作〈白頭吟〉以來，歷代文人仿作〈白頭吟〉都詠歎「直如朱絲繩」（鮑照）、「平生懷直道」（張正見）、「葉如幽徑蘭」（虞世南）這種忠正清直卻受到誣謗誤解的主題，所以駱賓王一語雙關，既指生理上的衰老，又指心理上的哀傷。

露重飛難進，風多響易沉17。
無人信高潔，誰為表予心18。

17 這兩句化用了六朝人的詩句。張正見〈賦新題得寒樹晚蟬疏〉中說「葉迴飛難住，枝殘影共空。聲疏飲露後，唱絕斷弦中」，沈約〈聽蟬鳴應詔〉中說「葉密形易揚，風迴響難住」，都是哀嘆秋天的蟬既無處安身，鳴聲也逐漸稀疏渺茫，駱賓王以蟬自比，覺得自己「失路艱虞」，就像蟬在秋天裡「露重」、「風多」一樣，而自己「弱羽之飄零」和「餘聲之寂寞」就像蟬在秋風寒露中既飛不動，又叫不響一樣，和初唐虞世南〈詠蟬〉「居高聲自遠，非是藉秋風」一比，就顯出這兩首詩的格調全然不同，作者的心情也全然不同，前者是意氣洋洋，後者不免悲愁滿腹。

18 古人認為蟬「飲而不食」（《淮南子．說林》），就像莊子所說的吸風飲露餐霞而不食人間煙火的仙人，所以是清高的象徵，曹植〈蟬賦〉就拿牠比喻不食周粟的伯夷和坐懷不亂的柳下惠，陸雲〈寒蟬賦序〉則說牠「含氣飲露，則其清也，黍稷不食，則其廉也。」駱賓王就說自己其實和蟬一樣高潔，只是沒有人相信，所以受到誤解與誣謗，有誰能來替自己表白高潔清白之志呢？

盧照鄰・一首

盧照鄰（約六三四－約六八六），字升之，幽州范陽（今北京大興）人。曾在鄧王李元裕府中任典簽，後入蜀為新都尉，任期滿後回到洛陽，因病住太白山中煉丹藥，但服藥中毒，以至手足致殘，便在具茨山下（今河南禹縣北）買園閒居，武周垂拱年間，因絕望而投潁水自殺。

用自殺來表示絕望的詩人自古就有，但因殘疾的痛苦而絕望自殺的詩人卻不多見，這種把生存與健康看得那麼重的原因在於盧照鄰有他自己的人生觀。他想建功立業，躍馬邊陲或斷佞臣頭（〈結客少年場行〉、〈詠史四首〉之四），又想遐舉飛升或當個「諸侯不得友，天子不得臣」（〈詠史四首〉之三）的世外高人，但這場大病及服藥後所得的更大的病，卻使這一切都煙消雲散，於是他只好投潁水告別人生。自殺顯示了他直面人生的懦弱，也顯示了他告別人生的勇氣，他抗拒不了心理與生理的痛苦，但敢於用結束生命來表現他對於人的存在的懷疑與失望。其實，這懷疑與失望早就盤踞在他的心中，糾纏著他的詩思了，下面所選的〈長安古意〉就表現了他對須臾變幻的人生、飛速流逝的歲月的思索。正因為這一思索，就使得這首七言歌行超越了以往賦體詩歌的內涵，在鋪陳描繪的詞句中貫注了一種深沉的氣脈，使那種僅僅關注政治或道德的勸百諷一變成了對人生哲理的追尋與探問。

長安古意[1]

長安大道連狹斜[2]，青牛白馬七香車[3]。
玉輦縱橫過主第，金鞭絡繹向侯家[4]。
龍銜寶蓋承朝日，鳳吐流蘇帶晚霞[5]。
百尺游絲爭繞樹，一群嬌鳥共啼花。

1 古意：與「擬古」之意相近，表示是擬古之作而不是真實新聞報導或政治諷刺詩歌。

2 狹斜：斜出旁行的小路，漢樂府〈長安有狹斜行〉中云「長安有狹斜，狹斜不容車。」

3 梁簡文帝蕭綱〈烏棲曲〉「青牛丹轂七香車，可憐今夜宿倡家」，盧照鄰此句化用前句。七香車：用多種香木製成的車。

4 各式各樣華美的車輛絡繹不絕地來往於貴族之家。玉輦：泛指貴族精美華麗的車輛；主第：公主府第。

5 龍銜寶蓋：雕成龍形的支柱上端，龍頭銜著傘狀的華蓋；鳳吐流蘇，華蓋上的鳳形裝飾稱為立鳳，立鳳口裡懸掛著流蘇。

啼花戲蝶千門側，碧樹銀台萬種色。
復道交窗作合歡，雙闕連甍垂鳳翼[6]。
梁家畫閣中天起，漢帝金莖雲外直[7]。
樓前相望不相知，陌上相逢詎相識[8]。
借問吹簫向紫煙[9]，曾經學舞度芳年。
得成比目何辭死，願作鴛鴦不羨仙。

6 復道：連接樓閣的空中閣道，由於重疊不止一層，所以叫「復道」；交窗：花格木窗；作合歡：指窗格為合歡花圖案；雙闕：宮門兩旁的望樓；甍：屋脊；垂鳳翼：指雙闕連甍像鳳凰垂下的翅膀。

7 梁家畫閣：漢代皇家外戚梁冀在洛陽曾修建過極其豪華的宅第，這裡以梁冀宅第的豪華比喻長安貴族宮室的宏偉；漢帝金莖：漢武帝在宮中豎立銅柱，上有銅盤，名仙人掌，用來承接仙露，班固〈西都賦〉「抗仙掌以承露，擢雙立之金莖」，李善注：「金莖，銅柱也」，這裡用漢帝銅柱比喻長安貴族樓閣的高聳入雲。

8 這兩句是說貴族仕女如雲，來來往往，但並不相識，無緣結交；詎：豈。

9 吹簫：指秦穆公小女弄玉，《神仙傳》卷四記載弄玉嫁給善吹簫的蕭史，兩人後來跨鸞而去成了神仙；紫煙：神雲仙霧，江淹〈班婕妤詠扇〉說：「畫作秦王女，乘鸞向煙霧」；這裡用「吹簫向紫煙」指一個懷春舞女。

比目鴛鴦真可羨，雙去雙來君不見。
生憎帳額繡孤鸞，好取門簾帖雙燕。[10]
雙燕雙飛繞畫梁，羅帷翠被鬱金香。[11]
片片行雲著蟬鬢，纖纖初月上鴉黃。[12]
鴉黃粉白車中出，含嬌含態情非一。
妖童寶馬鐵連錢，娼婦盤龍金屈膝。[13]
御史府中烏夜啼，廷尉門前雀欲棲。[14]

10 生憎：偏厭。好（ㄏㄠˋ）取：愛取。

11 鬱金香：傳說出自大秦（羅馬古稱）國的名貴香料，這句的意思是說這位舞女的帳子和被子都用名貴香料燻過。

12 蟬鬢：一種將兩鬢梳理得薄而挺如蟬翼般的髮式，參見駱賓王〈在獄詠蟬〉注15。鴉黃：嫩黃，唐代女子在額上塗嫩黃為妝飾，常常畫成月形，又叫「額黃」。這兩句形容女子髮飾與化妝，說她的蟬鬢如片片行雲，額黃如纖纖初月。

13 妖童、娼婦：指貴族家隨從的歌兒舞女，這兩句承上兩句來形容貴族家的歌兒舞女內心痛苦但外表奢華；寶馬鐵連錢：青色有圓錢斑紋的寶馬；盤龍金屈膝：雕有盤龍紋的金合頁。

14 御史：掌管監察的大臣；廷尉：主持刑法的官員，但御史府中只剩下烏鳥夜啼，廷尉門外鳥雀棲宿，可見不是太平無事，便是無人過問。《漢書・朱博傳》說御史「府中列柏樹，常有野烏數千棲宿其上，晨去暮來」，《史記・汲鄭列傳》說廷尉府「及廢，門外可設雀羅」，這裡用這兩個典故。

隱隱朱城臨玉道，遙遙翠幰沒金堤[15]。
挾彈飛鷹杜陵北[16]，探丸借客渭橋西[17]。
俱邀俠客芙蓉劍，共宿娼家桃李蹊[18]。
娼家日暮紫羅裙，清歌一囀口氛氳[19]。
北堂夜夜人如月，南陌朝朝騎似雲[20]。

15 朱城：宮城；翠幰：綠色的車帷。

16 挾彈飛鷹：帶著彈弓，架著獵鷹；杜陵：漢宣帝陵，在長安東南；這句寫長安少年尚武好獵的風氣。

17 探丸借客：以摸各色彈丸來決定誰去殺人報仇。《漢書・尹賞傳》記載，長安少年俠客每次殺人復仇，都以赤、黑、白三色彈丸決定各人的行動，摸到赤丸者殺武官，摸到黑色者殺文官，摸到白丸者為不幸死於行動的同伴料理後事；《漢書・朱雲傳》記載，朱雲「少時通輕俠，借客報仇」，借客就是助人的意思。渭橋：渭水橋，在長安西北；這句寫長安少年行俠仗義的風氣。

18 芙蓉劍：傳說是春秋時期越國著名鑄劍家歐冶子所鑄五把劍之一，這裡泛指寶劍及佩寶劍的俠士；桃李蹊：《史記・李將軍列傳》「桃李不言，下自成蹊」，這裡借指人來人往的妓女家。這兩句寫長安少年風流任誕的風氣。

19 囀：歌唱；氛氳：香氣濃郁。

20 北堂、南陌：泛指妓女家的門裡門外。

南陌北堂連北里[21]，五劇三條控三市[22]。
弱柳青槐拂地垂，佳氣紅塵暗天起[23]。
漢代金吾千騎來[24]，翡翠屠蘇鸚鵡杯[25]。
羅襦寶帶為君解，燕歌趙舞為君開[26]。

21 北里：平康里，長安妓女聚集的地方，孫棨《北里志》：「平康里：入北門，東回三曲，即諸妓所居之聚也。」

22 劇：交錯的道路，《爾雅．釋宮》郭注「今南陽冠軍樂鄉數道交錯，俗呼之為五劇鄉」；條：通達的大路，班固〈西都賦〉「披三條之廣路」；市：繁華的商市，左思〈魏都賦〉「廓三市而開廛」；這裡用五劇、三條、三市，只是用古人舊典，並非實數，因為據《三輔黃圖》說，長安有八街九陌九市。

23 佳氣紅塵：指車馬往來的熱鬧氣氛。

24 金吾：漢代禁衛軍官名，唐代亦有，稱金吾大將軍，領左右金吾衛，巡防京城街巷。

25 屠蘇：酒名。

26 羅襦：錦織短衣；這句化用《史記．滑稽列傳》「日暮酒闌，合尊促坐，男女同席，履舄交錯……羅襦襟解，微聞薌澤」，寫金吾千騎軍官飲酒狎妓觀舞聽歌。

別有豪華稱將相，轉日回天不相讓。
意氣由來排灌夫，專權判不容蕭相[27]。
專權意氣本豪雄，青虯紫燕坐春風[28]。
自言歌舞長千載，自謂驕奢凌五公[29]。
節物風光不相待，桑田滄海須臾改。

27 排灌夫：指漢代權臣田蚡殺害灌夫的故事，灌夫勇猛任俠，好使酒罵人，被丞相田蚡殺害；這句的意思是長安城中有脾氣比灌夫更大的權臣；判不容：決不容；蕭相：指漢宣帝時的蕭望之，蕭望之受漢宣帝遺詔輔佐元帝，卻被中書令石顯陷害自殺；這句的意思是長安城裡有容不下別的大臣的專權者。兩句與上兩句相呼應，寫炙手可熱掌握大權的人。

28 青虯：《楚辭・涉江》「駕青虯兮驂白螭」，虯是龍類，屈原想像以牠駕車，這裡便借指駕車的駿馬；紫燕：顏延年〈赭白馬賦〉「將使紫燕駢衡」，李善注引《尸子》說「馬有紫燕、蘭池」，可見紫燕也是駿馬。

29 這裡「自言」、「自謂」都是指那些得意洋洋的權貴的心理，說他們覺得豪奢極欲、頤指氣使的生活會千年長存，日盛一日。

昔時金階白玉堂，即今唯見青松在[30]。
寂寂寥寥揚子居，年年歲歲一床書[31]。
獨有南山桂花發，飛來飛去襲人裾[32]。

30 以上四句寫時光飛逝，世事變幻，往日豪華隨著歲月流逝會煙消雲散，這種感慨在當時不少詩裡都曾出現，像陳子昂〈燕昭王〉裡的「丘陵盡喬木，昭王安在哉」、駱賓王〈帝京篇〉裡的「相顧百齡皆有待，居然萬化咸應改。桂枝芳氣已銷亡，柏梁高宴今何在」、王勃〈滕王閣〉裡的「閣中帝子今何在，檻外長江空自流」、李嶠〈汾陰行〉「昔時青樓對歌舞，今日黃埃聚荊棘」。劉希夷〈代悲白頭翁〉裡的「但看古來歌舞地，惟有黃昏烏雀飛」以及張若虛〈春江花月夜〉裡的「人生代代無窮已，江月年年只相似。不知江月照何人，但見長江送流水」，這就彷彿《紅樓夢》第一回〈甄士隱夢幻識通靈　賈雨村風塵懷閨秀〉裡甄士隱為〈好了歌〉作注的頭幾句「陋室空堂，當年笏滿床，衰草枯楊，曾為歌舞場，蛛絲兒結滿雕樑，綠紗今又在蓬窗上」，也彷彿劉禹錫〈烏衣巷〉的末兩句「舊時王謝堂前燕，飛入尋常百姓家」，它所感慨的世事變幻帶有一種對人生的根本性追問，即在永恆的宇宙時間中，人生究竟有什麼意義，於是，它的內涵便超越了對長安繁華或歷史變化的一般性描述而進入了哲理思索的層次。

31 揚子：即揚雄，揚雄曾閉門著《太玄》、《法言》，左思〈詠史〉便說：「寂寂揚子宅，門無卿相輿」；一床書：指揚雄的一大堆著作；有人認為揚子是作者自況，一床書是聊以自慰的書，但不如解釋為詩人認為揚雄寂寥，著書無用更合理，歲月流逝，時光無情，就是揚雄的故居和他的《太玄》、《法言》也只有寂寥冷落，在年年歲歲的流逝中蒙受灰塵。

32 裾：衣襟；這兩句開頭用了一個「獨」字，暗示上述一切在時間的長河中都不過是過眼煙雲，只有南山桂花這種自開自落、應時遷化的自然物永久長存，每到花季，香氣飄來飄去染在人的衣襟上。

杜審言 ・五首

杜審言（約六四八前—七〇八），字必簡，鞏縣（今河南鞏縣）人，唐高宗咸亨元年（六七〇）中進士。他當過隰縣（今山西隰縣）尉、洛陽丞，因向朝廷上言，於武后聖曆元年（六九八）被貶吉州，後被武則天召用，但神龍元年（七〇五）又因為與武則天的寵臣張昌宗、張易之等交往的嫌疑而被反對武則天及二張的人流放嶺南，第二年才被赦北歸，臨終那年當了修文館直學士，冬天就病死了。

在初唐詩壇上，如果說王勃等「四傑」由於大多沒有入過中朝而可以說是「在野」詩人，寫的詩未免有些跳蕩憤激的「野路子」的話，那麼，杜審言及沈佺期、宋之問卻可以說是沙龍裡的詩人，他們的詩比「四傑」的詩顯得整飭而且沉穩，明人鍾惺《唐詩歸》卷二就說過杜審言開了唐代「齊整平密一派門戶」。這「齊整平密」四字並非沒有根據的臆斷，一方面，杜審言及沈、宋等人的詩往往聲律形式都比較規範，在杜審言現存的五言詩中，有三分之二是律體，七言詩中，則全是律詩和絕句，雖然有些地方還不太合平仄調式，但基本上合轍中矩入了近體的格套，所以王夫之《薑齋詩話》卷二說「近體梁陳已有，至杜審言而始葉於度」，合轍中矩的詩當然會給人以拘謹方正的感覺，翁方綱《石洲詩話》說他「於初唐流麗之中別具沉摯」，這「沉摯」二字恐怕有一半也是從語言形式上來的，就是說字詞不那麼怪異譎詭豔奇，形式不那麼放逸奇矯出格，王世貞《藝苑卮言》卷四曾把近體詩律比為法律，說「天下無嚴於是者」，既然能規規矩矩地在五八四十個字和七八五十六個字裡討生活，在平仄對仗裡過活計，那麼多少有些平穩妥帖的老實相；另一方面，杜審言作為一流文人在當時似乎已經躋入了文化貴族的圈子，他和蘇味道、李嶠、崔融被稱為「文章四友」，和沈佺期、宋之問等又是好朋友，同榮同辱，一道寫詩一道被貶，所以不免染上宮廷文人的毛病，寫些應制、酬和之作，詩裡不少是平庸而淺陋的句子，為寫詩而寫詩，所以個性並不突出，力度也比較弱，像清人賀裳就在《載酒園詩話又編》裡說他「作磊坷語」的時候也「略無攢眉蹙額之態」，意思就是他寫坎坷、寫悲涼有時彷彿東施硬學西子捧心顰眉，心裡並不痛苦，只是為賦新詞強說愁而已，因此並不能在詩裡傾注濃烈激盪的情感。其實說來杜審言並不是一個性格溫厚敦重的人，他也和「四傑」中人一樣自負，據說他曾輕蔑地嘲諷過朋友蘇味道「彼見吾判當羞死」，也曾狂妄地揶揄同輩宋之問「吾在，久壓公等，今且死，固大慰，但恨不見替人。」（均見《新唐書》卷二〇一）甚至覺得自己文章比屈原、宋玉還好，書法比王羲之還強，但這點自負自傲沒有使他養出一種鬱悶激憤的不平之氣，卻好像「雪獅子向火」都化盡了似的，在詩裡竟看不見半分，這可能是因為他的自負自傲敵不過他的功名利祿之心。據說武則天召見他並暗示要起用他時，曾問「卿喜否」，這個五十來歲的人竟「舞蹈謝」，並遵旨寫了一首〈歡喜詩〉，演了一場老萊子戲綵娛親似的鬧劇，所以他不免要染上官場上的習氣，而這習氣又常常會淹沒人的真性情，寫起詩來溫柔敦厚得好像真的「思無邪」似的，於是不免給人以一種富貴閒人的雍容態，清人李重華就把他劃歸「台閣體裁」，並認為「翰院清華者宜宗之」（《貞一齋詩說》），這並不是沒有根據的亂點鴛鴦譜。

當然，這「齊整平密」四字也有不盡然之處，他的詩雖然缺少那種投入整個生命的慷慨悲歌，但也並非沒有一點真感情，他在放逐途中寫的山水詩中就常常有一種刻骨銘心的痛苦在，只不過這種苦痛常化在山水景物之間，語詞意象之中顯得十分含蓄，而含蓄則給人以氣度雍容、涵養深厚而不那麼心浮氣躁的感覺，所以有人說他「氣度高逸，神情圓暢」（《藝苑卮言》卷四），又有人說他「渾厚有餘」（《詩鏡總論》）。他的詩雖然「句律極嚴」（宋陳振孫《直齋書錄解題》），但也並不是死板呆滯，有時很能在句律的桎梏裡翻觔斗變花樣，就像下面所選的〈和晉陵陸丞早春遊望〉，首聯前句和尾聯前句活用虛字及動詞就極受後人稱道（《升庵詩話》卷五），而頸聯、頷聯又被王夫之《薑齋詩話》引為例子痛斥那些膠柱鼓瑟，非得一情一景的詩人，可見杜審言並不是死板地墨守成規的格律奴隸，後來很多人都指出杜甫的一些風格與技巧來自祖父，杜甫自己也說「吾祖詩冠古」（〈贈蜀僧閭丘師兄〉），雖然這種誇張的說法大半是出自孫輩對祖輩的尊敬和對家世的誇耀，但畢竟不是沒有根基的胡吹亂侃和捕風捉影的盲目崇拜。

和晉陵陸丞早春遊望[1]

獨有宦遊人，偏驚物候新[2]。
雲霞出海曙，梅柳渡江春[3]。
淑氣催黃鳥，晴光轉綠蘋[4]。

1 晉陵：唐屬毗陵郡，在今江蘇常州；陸丞：名不詳，當時晉陵縣的縣丞，曾作〈早春遊望〉一詩贈給當時同在毗陵郡的江陰縣任職的杜審言，這首詩便是杜審言的和詩，明人胡應麟〈詩藪〉曾說這首詩是初唐五言律中的第一好詩。

2 偏：特別；物候：各個季節裡自然界的不同物象，像冰融、花開、蟲鳴、葉落、降霜等能提示季節變化的物象都可以叫「物候」。這兩句是說在外任職的人特別對自然變化感到驚異，因為物候提醒了人們，時光在飛速流逝。

3 這兩句的語法比較特殊，應當是「雲霞出海（天才放）曙，梅柳（已開花長綠芽）渡江（才感到）春（天來臨）」，這是寫東南沿海一帶物候的詩句，但近體詩歌裡這些括號裡的詞全被壓縮掉了，頓時顯得很緊湊，這種密集化簡約化的句式不僅包容了較多的內涵，而且由於缺少說明性、過渡性的文字而減少了閱讀時的限制性，從而拓寬了聯想空間，所以，越來越多的詩人在寫近體詩時採用了這種句式。

4 淑氣：和煦的春天氣息；黃鳥：黃鶯，《禮記・月令》說仲春二月「倉庚（黃鶯）鳴」是早春的「物候」，但江南的黃鶯卻因春天來得早而叫得更早，晉代陸機〈悲哉行〉說「蕙草饒淑氣，時鳥多好音」，杜審言化用這兩句，並用忽聞歌古調[5]，歸思欲沾巾。

夏日過鄭七山齋[6]

共有樽中好[7]，言尋谷口來[8]。
薜蘿山徑入，荷芰水亭開[9]。

一個「催」字點明江南春意早的含義；晴光：春天的陽光；綠蘋指綠色的蘋草，梁代詩人江淹〈詠美人春遊〉有「江南二月春，東風轉綠蘋」句，用「轉」字是說蘋草由於春日而變為綠色。

5 古調：陸丞的詩，暗指陸丞的詩中那種悲嘆歲月流逝遊子思歸的意蘊，因為這種意蘊從〈古詩十九首〉以來一直是詩人詠歎的主題，所以下面說引起了自己歸鄉之思，不由得涕下沾巾。

6 鄭七：名不詳；山齋：山中別墅。從詩意來看，鄭七山齋在洛陽近郊山間，當時杜審言正任洛陽丞。

7 樽中好（ㄏㄠˋ）：喝酒的嗜好。

8 言：助詞。谷口：漢代隱士鄭璞曾在谷口隱居耕種，名氣很大，見皇甫謐《高士傳》及揚雄《法言・問神》，這裡因為鄭七也姓鄭，就用來借指鄭七山齋所在地。

9 這兩句也是近體詩裡典型的句式，意思是薜蘿和山徑一道彎曲延伸入峪，荷芰開在水亭之旁。薜蘿：蔓藤類植物；荷芰：荷花與菱花。

日氣含殘雨，雲陰送晚雷。
洛陽鐘鼓至，車馬繫遲回[10]。

旅寓安南[11]

交趾殊風候[12]，寒遲暖復催。
仲冬山果熟，正月野花開。
積雨生昏霧，輕霜下震雷[13]。

10 洛陽鐘鼓：指洛陽城內報時的鐘聲與鼓聲；遲回：猶豫徘徊的樣子。這兩句是說在鄭七山齋飲酒賞玩，不知不覺天色已暮，遠處傳來報時的鐘鼓聲，但詩人仍然拴著車馬遲遲不願離去。

11 安南：今越南河內市。唐中宗神龍元年（七〇五），杜審言被流放到峰州（今越南河西省山西西北），途經安南，在客舍或驛站中寫了這首詩懷念家鄉。

12 交趾：泛指今越南北部。

13 以上四句非常準確地描寫了南方的氣候與風景：冬天果熟，正月花開，連雨生瘴氣，山林像蒙著一重昏霧，雖然微有輕霜，卻又響著雷聲，寫這些令人陌生的景物，正為了表現對熟悉的家鄉的思念，所以下面筆鋒一轉，立刻轉到加倍而來的鄉思上去。

故鄉逾萬里，客思倍從來。

春日京中有懷

今年遊寓獨遊秦[14]，愁思看春不當春[15]。
上林苑裡花徒發，細柳營前葉漫新[16]。
公子南橋應盡興，將軍西第幾留賓[17]。

14 遊寓：指宦遊在外；秦：指長安。

15 心裡一團愁緒，所以雖然看著春天卻沒有把它當作春天，這句的句法就好像歐陽修〈蝶戀花〉裡的「淚眼問花花不語」，杜審言是因為自己心裡有愁而不把春天當春天，歐陽修是自己心裡有悲想把花當人花卻不理他。中唐戎昱〈秋月〉裡的兩句詩「思苦自看明月苦，人愁不是月華愁」正好移來解釋杜審言的這首詩。他自己宦遊長安覺得苦悶，就不把長安春天當春天，一心想著回洛陽，其實他自己也明白這裡仍是花開柳綠，到處宴樂歌舞，只是自己在異鄉彷彿是一個外人，心裡孤單寂寞而已。這種意思可參見漢《郊祀歌．日出入》：「春非我春，夏非我夏。」庾信〈和庾四〉：「無妨對春日，懷抱只言秋。」

16 上林苑：漢代皇家園囿，在長安城郊，借指唐代皇家園林；細柳營：漢代周亞夫屯軍之地，故址在今咸陽西南渭河北岸。這裡用「徒」、「漫」兩字暗示自己沒有賞玩春景的心情，所以花開是白開，柳綠是自綠，撩不動人的春興。

17 南橋：洛水上的天津橋；西第：漢代梁冀為大將軍時曾起別第於洛陽城西。這兩句是寫自己思念洛陽舊友宴飲遊樂

寄語洛城風日道，明年春色倍還人[18]。

渡湘江[19]

遲日園林悲昔遊[20]，今春花鳥作邊愁[21]。
獨憐京國人南竄[22]，不似湘江水北流。

的情景，公子、將軍、南橋、西第都是泛指洛陽的舊友和府第。

18 倍還人：指自己明年春天回到洛陽，洛陽春色將加倍地補償今年誤了春期的損失。

19 這首詩是神龍元年（七〇五）杜審言被流放途中寫的。

20 遲日：春日，《詩・豳風・七月》「春日遲遲，采蘩祁祁」。湘江曾是杜審言舊遊之地，故地重遊，本來是應該歡喜的，又何況是在春天的陽光下，但這時詩人是被流放，今非昔比，所以不由悲從中來。

21 邊愁：流放邊遠之地的哀愁。

22 竄：流放。

楊炯 · 一首

楊炯（六五〇—約六九三以後），華陰（今陝西華縣）人，十一歲時應神童舉，被授待制弘文館，後來任校書郎，盈川令。在「初唐四傑」中，他談論文學的見解最高明，常被後人引述來證明初唐文學思潮的變革，但他的詩卻寫得最差，所存詩歌很少有精彩的作品，卻殘留了不少陳、隋詩人搬弄詞藻典故的毛病。只是有的詩體現了初唐詩逐漸律化、聲韻和諧的發展趨向，有的詩裡那種按捺不住的憤懣激昂之氣也使它擺脫了上層詩壇的平庸與無聊，像下面這首〈從軍行〉便是一例。

從軍行[1]

烽火照西京[2]，心中自不平。

1 從軍行：樂府舊題，屬於相和歌辭的「平調曲」，漢魏時人常用這個樂府題寫軍旅生活，但到了唐代，漢魏樂曲大

牙璋辭鳳闕，鐵騎繞龍城[3]。
雪暗凋旗畫，風多雜鼓聲[4]。
寧為百夫長[5]，勝作一書生。

多已經亡佚，詩人只是用這個樂府題來寫詩，無法配合樂曲演唱了，所以這首詩本來應當屬於「樂府詩」。但是對於詩歌句式、音律、結構的審美習慣卻使六朝以來的詩人把這種「樂府詩」也逐漸寫成了五言八句、平仄相間的格式，便使得後人一概將它們稱為「五言律詩」。其實，在初唐詩人心目中未必有現在那麼明確的格律概念，也未必是有意地要寫出一種與樂府、古詩都不同的「律詩」，只是一種審美方面的習慣使他們寫詩的時候不約而同地注意了句式、平仄與結構而已。

2 烽火：古代邊境報警的煙火；西京：長安。

3 這兩句是說調兵遣將，大軍離京，鐵騎包圍了敵方的重鎮。牙璋：古代調兵的符信，用玉做成，分為兩半，相合處凸凹相嵌，合則是，不合則非，像人的上下牙，所以叫牙璋。《周禮・典瑞》：「牙璋以起軍旅」，鄭註：「若今時以銅虎符發兵」，這裡用「牙璋」指領軍大將。鳳闕：本指長安宮闕，《史記・封禪書》記漢武帝修建章宮，「東則鳳闕，高二十餘丈」，這裡是用「鳳闕」代指皇宮，說奉命出征的將士辭別了皇宮。龍城：匈奴的重要城市，《漢書・匈奴傳》記載：「匈奴……五月大會龍城，祭其先、天地、鬼神。」後來人寫詩文多用「龍城」代指敵人的核心要地。

4 這兩句寫戰地風光，在戰爭中，雪色也顯得那麼黯淡，映得戰旗都失去了顏色，風聲蕭蕭中，夾雜著陣陣戰鼓的響聲。

5 百夫長：軍隊裡的低級軍官。

王勃・六首

王勃（六五〇—六七六），字子安，絳州龍門（今山西省河津縣）人。當過朝散郎、沛王府修撰，由於為沛王寫鬥雞檄文被趕出王府，後又當了虢州參軍。上元二年（六七五）到交趾探望父親，次年落海淹死。

王勃與楊炯、盧照鄰、駱賓王被稱為「四傑」固然是初唐人就有了的說法，但在詩史上的地位卻有相當的緣故應當歸之於杜甫對他們的辯護與讚揚。杜甫在〈戲為六絕句〉裡說：「王楊盧駱當時體，輕薄為文哂未休。爾曹身與名俱滅，不廢江河萬古流」，這當然很正確，不過，他把哂笑王楊盧駱的人稱為「輕薄」，恰恰忘了初唐人正是把王、楊、盧、駱罵為「輕薄」的。詩歌史上常有的這種健忘，是因為同代人更多地看到詩人的人品行為，於是評價時不免以「人」論文，而後代人只能看到詩人的詩歌作品，於是評價時又容易以「詩」取人。其實我們如果「人」、「詩」合觀就可以發現，「初唐四傑」之所以是「初唐四傑」，成為初、盛唐詩史承上啟下的重要一環，一半兒在他們的「人」，一半兒在他們的「詩」。

張說《贈太尉裴公神道碑》中曾記載裴行儉對王、楊、盧、駱的評價，說「（楊）炯雖有才名，不過令長。其餘華而不實，鮮克令終。」這個頗像神算子看相的故事，顯然是張說看到了四傑身後生前遭遇才編出來恭維裴行儉的諛詞，但也透露了當時人對他們人品的印象。在舊時代道德尺度比照下，四傑無疑都是有大缺陷的文人，首先他們都很自負，而缺少謙謙君子的風度，像楊炯諷刺同僚是「麒麟楦」（《唐才子傳》卷一）、王勃「恃才傲物，為同僚所嫉」（《舊唐書・文苑傳》），彼此之間還為爭名次先後而互相攻訐，楊炯雖然給王勃文集寫序時說了不少好話，背後卻說自己「愧在盧前，恥居王後」（《舊唐書・文苑傳》），盧照鄰比楊炯謙虛一些，卻也不願和駱賓王排在一塊兒，說「喜居王後，恥在駱前」（《朝野僉載》卷六）；其次是行為出乎常理不夠本分，如王勃為沛王的雞作〈鬥雞檄文〉、盧照鄰寫乞討藥錢的〈乞藥值文〉、駱賓王更寫了惹火燒身的〈討武曌檄〉，所以裴行儉說他們「浮躁淺露」，何況他們還時時有些人們看上去頗「惡」的舉動，盧照鄰的自沉、駱賓王的造反違背了當時的道德規範，不免還屬於揚才炫己、奔競浮躁一流，而王勃藏了逃犯又殺了逃犯滅口，楊炯為官嚴酷濫殺下屬，就簡直令人不可思議，似乎有心理缺陷了。但是缺陷使他們免於千人一面的平庸，浮躁使他們不甘於眾口一詞的無聊，尤其是他們都有生不逢時、懷才不遇的悲憤、極為倔強濃烈的個性和滿肚皮的牢騷，恰恰是這種悲憤的情感使他們的詩湧動著一種其他人所沒有的氣勢，恰恰是這種個性使他們的詩擺脫了初唐詩壇的無聊與平庸而有了「氣骨」，恰恰是他們的坎坷經歷拓寬了初唐詩的表現領域而使詩歌承擔了更廣闊的責任與義務，就是說，他們的個性、經歷、氣質使他們的詩歌主題、情感、內涵都與六朝初唐詩歌不太一樣了，這正是王、楊、盧、駱在詩史上承上啟下的作用之一。

王、楊、盧、駱在詩史上承上啟下的作用之二就在於他們的「詩」，換句話說就是他們的「詩」在詩歌語言形式上有變革意義。比如他們的七言歌行不僅改變了六朝以來比較偪促、比較短小、拘泥於音樂的格局，大開大闔、氣勢雄張、內蘊豐富，而且在意韻的轉換銜接、結構的安排與節奏的變化上都拓展了六朝的舊路數；他們的五言詩歌在音律、句式、結構上也都越發接近律體，使五言詩的最佳格式逐漸成熟，寫出了一大批音韻鏗鏘、意境開闊、語詞清麗而且氣脈流暢的好詩。當然，他們的律體還不如沈（佺期）、宋（之問）、杜（審言）那麼精巧圓熟，句法還不夠凝練緊縮，「多以古脈行之」（《詩鏡總論》），篇法還不夠變化舒張，有時「八句皆濃」（《四溟詩話》卷二），詞語還過於雕琢，「詞旨華靡固沿陳隋之遺」（《藝苑卮言》卷四），有時還愛翻來覆去地重複那幾個得意的意象或囉哩囉嗦地堆垛典故，但畢竟他們已經不同於六朝詩歌的繁蕪、華麗、平板，多少有了一些「蒼深渾厚之氣」與「清新樸峻之風」，《詩鏡總論》說他們「調入初唐，時帶六朝顏色」，這句話其實可以反過來說，雖然四傑仍沾染了六朝風氣，但他們卻已經開啟了有唐一代詩格，尤其是為盛唐詩人開拓了一條比較寬的詩歌路子。

至於王勃本人，應該說在四傑中是最出色的一傑，這不僅在當時人為他們排座次時已經有了定論，就是後人也同意這一看法。《詩鏡總論》可以代表私下的議論，它說四傑中「子安最其傑」，《四庫簡目》可以代表官方的見解，它說王勃「文章巨麗為四傑之冠」。他的五、七言詩都有傑作，尤其是五言詩彷彿把六朝人用麗辭豔藻排得密密麻麻的詩歌撕開了一些縫隙，那些自然質樸的詩句挾著或蒼勁或悲涼的情感滲入詩中，使詩歌有開有闔有疏有密有句有篇，讓讀者讀上去不再是喘不過氣或眼花繚亂，而是張弛有序心理舒暢，只是他有時疏忽，使六朝詩風又偷偷地跑進來叫他的詩再犯典麗浮靡的老毛病。

詠風

肅肅涼景生[1]，加我林壑清。
驅煙尋澗戶，卷霧出山楹[2]。

1 肅肅：形容風吹得很疾速的樣子，《詩經・召南・小星》「肅肅宵征」，毛傳：「疾貌」；《後漢書・蔡琰傳》引蔡琰〈悲憤詩〉「胡風春夏起，翩翩吹我衣，肅肅入我耳。」涼景：涼風，晉庾闡〈江都遇風詩〉「流景登扶搖」也是用「景」來比擬風的。

2 風帶著煙霧在深山溪澗間來來去去。澗戶：溪澗的門戶，即夾峙在山澗兩側的岩崖；山楹：大山的楹柱，即高聳如柱的群山之門。

去來固無跡，動息如有情[3]。
日落山水靜，為君起松聲。

春日還郊

閒情兼默語，攜杖赴岩泉。
草綠縈新帶，榆青綴古錢[4]。
魚床侵岸水，鳥路入山煙[5]。

3 這兩句說風來去雖然渺無痕跡，但動靜之中似乎很通人情。晉湛方生〈風賦〉說風「等至道於無情」，梁王台卿〈詠風〉也說風「侵望不可識，去來非有情」，王勃卻說風有情，因為它送來了林壑的「清涼」，又送來了靜謐中的松聲。

4 綠草環繞像簇新的絲帶，榆樹的青莢像一串串連綴的古錢。榆樹未生葉先結莢，莢的樣子像古代銅錢，庾信〈燕歌行〉：「榆莢新開巧似錢」，據《漢書》記載，西漢時已將錢幣稱為「榆莢錢」了。而據《本草綱目》，古人也將榆莢稱為「榆錢」，用「錢」比榆莢或用「榆莢」比錢在古代很普遍。

5 魚床：魚群棲居的地方；鳥路：鳥飛的痕跡。

還題平子賦，花樹滿春田[6]。

深灣夜宿

津塗臨巨壑[7]，村宇架危岑[8]。
堰絕灘聲隱，峰交樹影深[9]。
江童暮理楫，山女夜調砧[10]。
此時故鄉遠，寧知遊子心。

6 平子：東漢張衡字平子，他寫有〈歸田賦〉，王勃在這裡提到張衡的〈歸田賦〉，是因為他在郊外春景中領略到了自然的純樸與秀麗，不免動了「歸田」的念頭，於是也想寫一篇歸隱田園的賦。

7 津塗：渡口的路；巨壑：深而大的山溝，這句是說渡口去村寨的路正好擋著高高的山崖，因為從高山上的村中看下來渡口正在深深的峽谷之中。

8 村宇：村裡的房屋；架危岑：架在高山上。危：高；岑：高山。

9 絕：隔絕；這兩句說堰壩像將河水隔在極遠處，人只能聽到隱隱的流水聲，山峰重疊，使樹影也顯得濃密而幽深。

10 江童：江畔生長的少年；理楫：收拾船上的工具；調砧：整理洗衣用的石塊。

送杜少府之任蜀州[11]

城闕輔三秦[12]，風煙望五津[13]。
與君離別意，同是宦遊人[14]。

11 這是王勃送別友人的作品。王勃寫送別的詩不少，像〈別薛昇華〉、〈秋日別薛昇華〉、〈送盧主簿〉、〈餞韋兵曹〉、〈白下驛餞唐少府〉、〈羈遊餞別〉、〈江亭夜月送別二首〉等，大都寫得悲涼淒絕，如「心事同漂泊，生涯共苦辛」、「窮途惟有淚，還望獨潸然」，偏偏這一首寫得曠達豪爽，於是人們便總是記住了它而稱讚王勃的送別詩別具一格。其實應該說，王勃送別友人時同樣免不了「悲莫悲兮生別離」的情調和「送君南浦，傷如之何」的俗套，但他獨特的個性有時使他不免出格一下。這首不帶任何小兒女氣的送別詩就恰使偶然引起了必然，人們記不住千篇一律哭哭啼啼的詩反而記住了這首獨具一格長歌朗笑的詩，於是王勃這首詩連同「海內存知己，天涯若比鄰」兩句就成了千古傳誦的名篇與名句。杜少府，不詳何人；少府，縣尉的通稱；之任，赴任；蜀州，治所在今四川省崇慶縣。有的版本蜀州作「蜀川」。

12 城闕：長安宮闕；輔：護持；三秦：今陝西一帶，項羽滅秦後曾將其地分為雍、塞、翟三國，所以叫「三秦」。這句說長安以三秦為護持之地，意思其實就是說長安在三秦的中心。

13 五津：泛指蜀州一帶，《唐音癸籤》卷十六引楊慎說從灌縣到犍為一段岷江中有五津，即白華津、萬里津、江首津、涉頭津、江南津，王勃這首詩的五津就是指這一帶。這句說蜀州一帶離長安極為遼遠，但見風煙浩杳，暗指杜少府的行程還很遠。

14 都是為了官事而奔忙的人。

海內存知己，天涯若比鄰[15]。
無為在歧路[16]，兒女共沾巾[17]。

秋江送別[18]

早是他鄉值早秋，江亭明月帶江流[19]。

15 這兩句被人們傳誦的詩其實脫胎於曹植〈贈白馬王彪〉「丈夫志四海，萬里猶比鄰。」
16 無為：不要，不須；歧路：分路的地方。
17 像婦女兒童一樣哭哭啼啼。《孔叢子·儒服》記載魯人子高與友人鄒文、季節分手，鄒、季淚流滿面，子高就說「始吾謂此二子丈夫爾，乃今知其婦人也」，曹植〈贈白馬王彪〉也寫道：「憂思成疾疹，無乃兒女仁。」王勃參用了上述典故與詩句。
18 原為兩首一組，這裡選一首。
19 第一、二句疊用「早」、「江」二字，讀起來有一種迴環往復的感覺，也有一種節奏緊湊的效果。和下面兩句一比，節奏的變化就顯出來了。而節奏由緊張變為紓緩，又正與送別時的愴然與別離後的惆悵相吻合。

已覺逝川傷別念[20]，復看津樹隱離舟[21]。

春莊

山中蘭葉徑，城外李桃園。
豈知人事靜，不覺鳥聲喧[22]。

20 逝川：《論語．子罕》「子在川上曰：逝者如斯夫，不捨晝夜」，這裡指流逝的江水，說看到流逝不返的江水更增添了別離的傷感。

21 更何況看到渡口的樹林隱沒了友人的舟船。宋人李覯〈鄉思〉中「已恨碧山相阻隔，碧山還被暮雲遮」用的也是這種更進一層的寫法。

22 當人間雜事都離我遠去，連鳥的喧鬧也不覺得了，這就是陶淵明〈飲酒〉「心遠地自偏」的意思。

劉希夷・一首

劉希夷（六五一—？），字庭芝，汝州（今河南臨汝）人，上元二年（六七五）中進士。據《大唐新語》卷八說，他「少有才華，好為宮體，詞旨悲苦，不為時所重」，所謂「不為時所重」，也許是因為他的詩「多依古調，體勢與時不合」（《唐才子傳》卷一），也就是說在語言體制、聲律對仗上沒有趕上時髦，並不是說他的詩內容意蘊上不受人重視，那個廣為流傳的宋之問與他爭搶「年年歲歲花相似，歲歲年年人不同」著作權的故事雖然只是謠傳（見《大唐新語》卷八、《劉賓客嘉話錄》、《本事詩・徵咎第六》），但也可以說明他的詩在當時未必那麼受人冷落。其實他的詩，尤其是他的詩裡表現的一種對於人生的思索，恰恰與當時瀰漫在整個詩壇上的一種悲涼情調合拍。而他所擅長的，通過女性角度感受韶華易失來表現的一種充滿青春氣息的傷感和一種追求享樂的浪漫，卻不僅超出了初唐詩人生主題的偏限，還啟迪了盛唐詩浪漫人生詠歎調的全新境界。也許當時人忽略了他的價值是由於他已太「新潮」，而他通過女性來表現的方式又太容易讓人誤解為這只不過是宮體、閨情的老一套。不過，當人們意識到他的詩的新意之後，就很快被看重，盛唐孫翌編《正聲集》，他曾被列為「集中之最」，連遠在邊陲的敦煌也傳抄著不少他的詩。不僅唐人賈曾抄襲過他的詩，就連千年後曹雪芹寫《紅樓夢》，也從他〈洛川懷古〉和〈代悲白頭翁〉裡分別抄了好幾句詠歎人生的話，改頭換面地編成甄士隱的〈好了歌注〉和林黛玉的〈葬花詞〉。

代悲白頭翁[1]

洛陽城東桃李花，飛來飛去落誰家。
洛陽女兒好顏色，坐見落花長嘆息。
今年花落顏色改，明年花開復誰在[2]。

1 這首詩的題目在各個版本中或作〈代白頭吟〉、〈白頭吟〉、〈白頭翁詠〉。

2 《玉台新詠》卷一宋子侯〈董嬌嬈〉「洛陽城東路，桃李生路傍。花花自相對，葉葉自相當。春風東北起，花葉正低昂。不知誰家子，提籠行採桑。纖手折其枝，花落何飄颺。請謝彼姝子，何為見損傷。高秋八九月，白露變為霜。終年會飄墮，安得久馨香……。」南朝陳沈炯〈幽庭賦〉引長謠「故年花落今復新，新年一故成故人」，劉希夷以下幾句即化用此意，後來岑參〈韋員外家花樹歌〉又寫作「今年花似去年好，去年人到今年老。始知人老不如花，可惜落花君莫掃」，曹雪芹在《紅樓夢》第二十七回替林黛玉寫葬花詞則又寫作「花謝花飛飛滿天，紅消香斷有誰憐。游絲軟繫飄香榭，落絮輕沾撲繡簾。閨中女兒惜春暮，愁緒滿懷無著處……桃李明年能再發，明年閨中知有誰……」便更細膩些了。

已見松柏摧為薪，更聞桑田變成海[3]。
古人無復洛陽東[4]，今人還對落花風。
年年歲歲花相似，歲歲年年人不同。
寄言全盛紅顏子[5]，應憐半死白頭翁。
此翁白頭真可憐，伊昔紅顏美少年。
公子王孫芳樹下，清歌妙舞落花前[6]。
光祿池台開錦繡，將軍樓閣畫神仙[7]。

3 摧：砍伐；薪：柴；〈古詩十九首〉「古墓犁為田，松柏摧為薪」，《神仙傳》卷七「麻姑自說云：『接侍以來，已見東海三為桑田。』」這兩個典故都是說歲月變遷迅速。

4 洛陽東：指繁華喧鬧的洛陽東城，這句是說古人一去不復返，不能再見到洛陽東城的繁盛。又一說指洛陽東北的北邙，《樂府詩集》卷九十四引張協〈登北邙賦〉說這裡「墳隴嵔疊，棋布星羅」，是漢、晉著名的墓地。劉希夷有〈北邙篇〉云「南橋昏曉人萬萬，北邙新故塚千千。自為驕奢彼都邑，何圖零落此山顛」，那麼這句是說古人已一去不復返都歸於北邙，和他另一首〈蜀城懷古〉裡的「古人無歲月，白骨冥丘荒」及〈洛川懷古〉裡的「北邙是吾宅，東嶽為吾鄉」相仿。

5 面色紅潤的年輕人。

6 曾是芳樹下的公子王孫，也曾是落花前輕歌曼舞的翩翩少年。

7 光祿：官名，《後漢書》卷二十四〈馬防傳〉記載馬防為光祿勳，「貴寵最盛……資產巨億，皆買京師膏腴美田，又大起第觀，連閣臨道，彌亘街路，多聚聲樂，曲度比諸郊廟。」將軍：指東漢貴戚梁冀，參見盧照鄰〈長安古意〉注7；這兩句形容白頭老翁年輕時的盛況。

一朝臥病無相識，三春行樂在誰邊。
宛轉蛾眉能幾時，須臾鶴髮亂如絲[8]。
但看古來歌舞地，惟有黃昏鳥雀悲[9]。

8 宛轉蛾眉：彎彎長長的眉毛，唐代女子多畫眉彎長如蛾蠶觸鬚，故稱蛾眉，這裡指青春美貌；鶴髮：白髮，這裡指年老。

9 這句就和他〈洛川懷古〉「昔時歌舞台，今成狐兔穴」的意思一樣，曹雪芹《紅樓夢》第一回中甄士隱注〈好了歌〉說「陋室空堂，當年笏滿床，衰草枯楊，曾為歌舞場」也是這個意思，很可能就是從這兩句裡化出來的。

沈佺期・三首

沈佺期（？—七一三），字雲卿，相州內黃（今河南內黃）人。他上元二年（六七五）中進士後，當過協律郎、通事舍人、考功員外郎、給事中，因受賄入獄，剛放出來不久又因與武則天寵臣張昌宗、張易之關係密切，被反對二張的人貶斥，流放到嶺南驩州（今越南榮市），後來被赦北歸，一直當到中書舍人、太子少詹事。

沈佺期和宋之問並稱「沈宋」，以創建近體詩律而聞名，但是把這樁詩歌語言形式變革功勞完全安在他們頭上多少有些不妥，因為近體詩律從魏晉以來逐漸成熟，到初唐已經差不多瓜熟蒂落，像「四傑」、杜審言等就寫有不少合轍中矩的近體律絕詩，並不能說沈宋就是近體詩律的「創始人」。清人錢良擇《唐音審體》所說的「律詩始於初唐，至沈、宋而其格始備」雖然是千口一詞的公論，但它實際上只不過沿襲了唐代獨孤及、皎然一直到歐陽修《新唐書》的現成說法，而這些人的說法又多少有些詩歌史家為確定坐標而簡單化的意味，就彷彿地理學家為一條長江分段不得不求助於江岸的顯著標誌。當然，沈、宋的確是當時詩壇上擅長寫近體律詩的詩人，正因為如此他們成了後人所選中的標記，用他們來顯示詩歌語言形式的演進軌跡。不過，沈、宋本人卻未必有自覺創建詩律的意識，而更多地是在一種普遍的審美風氣推動下，不自覺地承繼了六朝以來詩歌語言形式整飭化和四聲平仄二元化的趨勢。以七律為例，按清人方世舉《蘭叢詩話》的說法，「五言猶承齊梁格詩而整飭其音調，七言則沈、宋新裁」，但就是沈德潛極為推崇「骨高氣高色澤情韻俱高」、「擅古今之奇」的〈古意呈補闕喬知之〉和〈龍池〉（《說詩晬語》），也被後人看出新舊參半的痕跡，清人管世銘〈讀雪山房唐詩序例〉就偏以它們證明七律「出於樂府」而不是沈、宋獨出新裁。不僅僅因為這兩首詩都用了樂府題，其實那半敘事半抒情的方式和不那麼緊縮凝練的語言都殘存了樂府的餘味；另一個清人吳喬《圍爐詩話》卷二則偏以〈龍池〉為例猜測律詩之前還有一種「古律詩」，這個「古」字正好說明這種號稱「近體」的詩歌語言形式並不是沈、宋的發明而是逐漸演化而來的體制，就是在沈、宋筆下仍在不斷變化尚未定型的過程中。因此，以沈、宋為近體詩律創建的標誌並不等於沈、宋創建了近體詩律，也不等於到了沈、宋詩律就已定型，就彷彿我們以重慶、武漢為長江某段的標誌並不等於長江在重慶、武漢就自動停頓一樣，標誌只不過是為了幫助人們識別與記憶的方便而設立的符號，當然這並不否認沈、宋二人聲韻諧和對仗精巧的作品也的確促成了近體詩的成熟。至於沈佺期的詩，當時文壇領袖之一張說曾評以「清麗」二字（《唐才子傳》卷一），這「清麗」二字大體吻合沈佺期詩著色鮮麗、用詞雕琢的風格，但清麗便不免有些柔弱，缺乏猛銳的感情力度，這彷彿是宮廷詩人的通病。明人陸時雍說他「安詳合度」（《詩鏡總論》），這「安詳合度」是說沈佺期寫詩時感情不慍不火，雍容平和，但安詳合度就不免沒有個性，完全違反了「憤怒出詩人」或「窮而後工」的規律。特別是沈佺期寫詩不夠聰明，缺乏想像力，不得不牽惹一些典故麗辭，襲用一些六朝詩境，這使得他的詩缺少精警而新穎的意思，常常不耐讀，還不時泛出六朝人的底色來，像他常常被人提起的那聯「人疑天上坐，魚似鏡中懸」（〈釣竿篇〉），譬喻和想像倒很奇特，也曾被李白、杜甫、許渾及宋徐俯借用在自己的詩詞裡（見李白〈江上贈竇長史〉「人疑天上坐樓船，水淨霞明兩重綺」、〈清溪行〉「人行明鏡中，鳥度屏風裡」、杜甫〈小寒食舟中作〉「春水船如天上坐，老年花似霧中看」、許渾〈村舍二首〉之二「魚下碧潭當鏡躍，鳥還青嶂拂屏飛」、徐俯〈鷓鴣天〉「明月棹，夕陽船，鱸魚恰似鏡中懸」），但實際並非他的發明而是挪用了東晉王羲之的兩句話「山陰路上行，如在鏡中游」和南朝陳釋慧標〈詠水〉的兩句詩「舟如空裡泛，人似鏡中行」（參見《優古堂詩話》、《升庵詩話》卷五）。而同樣用剪刀隱喻春之將至，他的「寒依刀尺盡，春向綺羅生」（〈剪綵〉）未免笨拙，似乎趕不上宋之問「今年春色早，應為剪刀催」（〈奉和立春日侍宴內出剪綵花應制〉）來得自然，更趕不上賀知章「不知細葉誰裁出，二月春風似剪刀」（〈詠柳〉）來得新巧。

夜宿七盤嶺[1]

獨遊千里外，高臥七盤西。
山月臨窗近，天河入戶低。
芳春平仲綠，清夜子規啼[2]。
浮客空留聽，褒城聞曙雞[3]。

1 七盤嶺：在今四川廣元市東北，嶺上有七盤關。

2 平仲：銀杏；子規：杜鵑。舊時有銀杏象徵清白的說法，左思〈吳都賦〉「平仲君遷，松梓古度」，李善注引劉成曰「平仲之木，實白如銀」，沈佺期可能借寫銀杏來暗示自己為人清白；子規古時相傳是古蜀王望帝杜宇之魂所化，春天裡時時哀鳴「不如歸去」，沈佺期寫夜間子規啼聲，可能用來寄寓自己背井離鄉的愁思。

3 浮客：飄零在外的人；褒城：今陝西關中北面；末句的意思是已經入了蜀地，遠遠地還能聽見褒城的晨雞報曉聲，暗示自己心繫故地，又暗示一夜未眠。

雜詩[4]

聞道黃龍戍[5]，頻年不解兵[6]。
可憐閨裡月，長在漢家營[7]。
少婦今春意，良人昨夜情[8]。
誰能將旗鼓，一為取龍城[9]。

4 原為三首，這裡只選一首。

5 黃龍戍：唐代東北要塞，在今遼寧開原西北。

6 解兵：停戰撤兵。

7 因為閨中和軍營在同一輪明月照耀下，所以在遠征邊塞的丈夫看來，這輪昔日在家共同賞玩的明月總在營中伴隨自己，讓自己想起昔日團聚的歡樂。

8 良人：丈夫。這兩句寫閨中少婦與營中丈夫的相思。

9 將：率領；龍城：匈奴的名城。《漢書》卷九十四〈匈奴傳〉「匈奴諸王長少五月大會龍城，祭其先、天地、鬼神」，又卷六《武帝本紀》「遣車騎將軍衛青出上谷……青至龍城，獲首虜七百級」，後來顧炎武《京東考古錄》便指出六朝以下，文人多用「龍城」指代敵方要地，用衛青故事比喻一戰而捷。這兩句的意思和後來王昌齡〈出塞〉「但使龍城飛將在，不教胡馬度陰山」、李白〈子夜吳歌〉「何日平胡虜，良人罷遠征」相似，並不是要偃旗息鼓地撤兵罷戰，而是要一舉獲勝凱旋，並不想窮兵黷武征戰不休，而是想速戰速決家人團聚，這彷彿代表了大多數唐代文人對戰爭的心情。

古意呈補闕喬知之[10]

盧家少婦鬱金堂[11]，海燕雙棲玳瑁梁[12]。
九月寒砧催木葉，十年征戍憶遼陽[13]。

10 這首詩在《樂府詩集》中題作〈獨不見〉，歸入「雜曲歌辭」一類，但不少人卻認為它是一首七律，明代詩人何景明就以它為唐代七律的卷首之作。其實從它意脈流貫圓暢、語句比較疏朗、下字不避重複等語言特點來看，它的確像樂府，明代王世貞《藝苑卮言》卷四就指出它「末句是齊梁樂府語」，但七律本身就與樂府有淵源關係，這首詩平仄大體合律，中間兩聯對仗首尾不對仗也基本入格，所以說是七律也不錯。補闕：掌管諷諫的官；喬知之：武則天時代當過右補闕，後被武承嗣殺害。

11 《樂府詩集》卷八十五南朝梁武帝〈河中之水歌〉「河中之水向東流，洛陽女兒名莫愁。莫愁十三能織綺，十四採桑南陌頭。十五嫁為盧郎婦，十六生兒字阿侯。盧家蘭室桂為梁，中有鬱金蘇合香」，寫的是一個名叫莫愁嫁給盧郎的少婦，後人往往以她指代少婦；鬱金堂：就是堂上燃著鬱金蘇合香。

12 玳瑁：本是一種海龜，龜甲黑黃相間呈半透明狀；玳瑁梁：漆得像玳瑁色澤的房梁。這句用「雙棲」反襯盧家少婦的孤獨寂寞，用「鬱金」、「玳瑁」的華麗反襯盧家的清冷空寂。

13 寒砧：指寒風冷水中搗衣的砧杵相擊聲，砧是承托衣物的大石塊，古人九月將換冬衣，所以家家洗衣準備冬裝。在搗衣聲中，黃葉紛紛墜落，這時最容易引起對遠行親人的思念，所以下面緊接著就寫到了遠在遼陽守邊十年的親人。遼陽：指遼東一帶。

白狼河北音書斷[14]，丹鳳城南秋夜長[15]。
誰為含愁獨不見，更教明月照流黃[16]。

14 白狼河：即今遼寧的大凌河。

15 丹鳳城：指長安。相傳秦穆公女兒弄玉吹簫引鳳到咸陽，因而以「丹鳳」為城名，長安與咸陽緊鄰，所以也可稱「鳳城」。

16 誰為：為誰。流黃：黃紫相間的絹，這裡指帷帳。

宋之問・四首

宋之問（?—七一二），字延清，一名少連，虢州弘農（今河南靈寶）人，一說汾州（今山西汾陽）人。上元二年（六七五）中進士，曾當過洛州參軍、尚方監丞、左奉宸內供奉，因攀附武則天寵臣張易之被反對武、張的人貶斥，與沈佺期、杜審言等同被流放嶺南，不久逃歸洛陽，唐中宗景龍年間再任考功員外郎兼修文館直學士，又因受賄貶為越州（今浙江紹興）長史，唐睿宗即位後認為他「獪險盈惡」，所以再度將他流放欽州（今廣西境內），唐玄宗先天年間勒令自殺。宋之問和沈佺期是初唐最負盛名的宮廷詩人，並稱「沈宋」，他們的詩都以聲律調諧、對偶整齊為特色，相比起來，宋之問的詩寫得更聰明靈動一些，他不僅時時能琢磨出一些像「野人相問姓，山鳥自呼名」（〈陸渾山莊〉）、「江靜潮初落，林昏瘴不開」（〈題大庾嶺北驛〉）、「樓觀滄海日，門對浙江潮」（〈靈隱寺〉）、「雨色搖丹嶂，泉聲聒翠微」（〈早入清遠峽〉）之類或雋秀或生動或開闊的詩句，而且那幾首饒有田園風情的五律和〈渡漢江〉、〈燕巢軍幕〉等頗具情趣的小詩也顯出他的才情的確比沈佺期略高一籌。《唐音癸籤》卷五所謂「沈、宋固是並驅，然沈視宋稍偏枯，宋視沈較縝密，沈製作亦不如宋之繁富」似乎應是公平之論，而《唐詩紀事》卷三所記唐中宗時上官婉兒評沈、宋詩「二詩工力悉敵，沈詩落句……詞氣已竭，宋詩……猶陟健筆」，雖然也許只是傳聞，但也恰巧可以作為上面那段評論的佐證。

泛鏡湖南溪[1]

乘興入幽棲，舟行日向低[2]。
岩花候冬發，谷鳥作春啼。
沓嶂開天小，叢篁夾路迷[3]。

1 鏡湖：在今浙江紹興，是東漢永和年間會稽太守馬臻築塘蓄水而建成的人工湖，因水平如鏡而得名。宋吳曾《能改齋漫錄》卷九引〈輿地誌〉說「山陰南湖，縈帶郊郭。白水翠岩，互相映發，若鏡若圖。故王逸少云：『山陰路上行，如在鏡中游。』名始羲之耳。」宋代諱「敬」字，改稱「鑒湖」。

2 謝靈運〈鄰里相送方山〉「資此永幽棲，豈伊年歲別」，幽棲：本指隱居，但在這裡卻用作名詞，指幽靜而且宜於隱居的地方。日向低：迎人而來的太陽漸漸西下，劉長卿〈登餘干古縣城〉「落日亭亭向客低」即是這個意思，宋王安石〈將次洺州憩漳上〉有一句「天隨日去低」則是說天邊的太陽離人遠去，越來越低。

3 沓嶂：指重疊的山巒；天小：指山峰聳峙下顯得天格外狹窄；篁：竹。

猶聞可憐處，更在若耶溪[4]。

陸渾山莊[5]

歸來物外情[6]，負杖閱岩耕。
源水看花入，幽林採藥行。
野人相問姓，山鳥自呼名[7]。
去去獨吾樂，無能愧此生[8]。

4 可憐：即可愛；若耶溪：又名五雲溪，在浙江紹興東南若耶山下，相傳是歐冶子鑄劍和西施浣紗的地方，是道教七十二福地之一，也是唐代著名的山水遊覽地。
5 陸渾：縣名，在今河南嵩縣東北；山莊：別墅。
6 歸來：指歸隱田園，陶淵明有〈歸去來辭〉；物外情：超脫於世俗事務之外的情致。
7 晉崔豹《古今注》卷中：「南方有鳥名鷓鴣，其名自呼，常向日而飛。」這兩句寫農夫互相尋問，鷓鴣自問自答，顯示了農村渾樸淳厚的風情與自己閒曠自然的心境。
8 離開世俗瑣事，讓我獨自怡樂，不能浪費了一生時光。

題大庾嶺北驛[9]

陽月南飛雁，傳聞至此回[10]。
我行殊未已[11]，何日復歸來。
江靜潮初落，林昏瘴不開[12]。
明朝望鄉處，應見隴頭梅[13]。

9 大庾嶺：在今江西大庾縣南，神龍元年（七〇五）宋之問被貶嶺南，經過大庾嶺時寫下這首詩。

10 陽月：十月，正是雁南飛時，但傳說鴻雁南飛到大庾嶺便折回。

11 殊未已：還沒到目的地。

12 瘴：南方山林中的鬱蒸之氣。

13 大庾嶺上多梅樹，又稱梅嶺，據說因為南北寒暖不同，常嶺南梅花已落而嶺北梅花猶開。宋之問十月度嶺，正是嶺上梅花盛開時，他想像明天度嶺後，再回頭北望，將看見嶺上的梅花。還有一種解釋是，他想到「明朝」，也就是等到了流放地欽州的時候，再回頭眺望，恐怕北方家鄉的梅花也開了。

渡漢江14

嶺外音書斷，經冬復歷春。
近鄉情更怯，不敢問來人。

14 漢江：今漢水中游的襄河，宋之問於神龍二年（七〇六）從嶺南逃回洛陽，途經漢江。

賀知章・二首

賀知章（六五九—七四四），字季真，山陰（今浙江紹興）人。武后證聖元年（六九五）中進士，當過太子賓客、秘書監。天寶二年（七四三）底上表請求回鄉當道士，次年回鄉，不久就病死了。賀知章和包融、張旭、張若虛合稱「吳中四士」。似乎這些來自吳地的文人都有些狂放不羈的性格，詩歌也多是自然流暢的路數，也許這是受了吳楚精神的薰染和吳地民歌的影響。

詠柳[1]

碧玉妝成一樹高，萬條垂下綠絲絛[2]。

1 題目一作〈柳枝詞〉。
2 絲絛：即絲帶。

不知細葉誰裁出，二月春風似剪刀[3]。

回鄉偶書[4]

少小離家老大回，鄉音無改鬢毛衰[5]。
兒童相見不相識，笑問客從何處來[6]。

3 這個比喻很新巧，很可能是從古代初春「剪綵」習俗中聯想而來的。唐代宮廷立春之初，常令宮女剪綵花裝點尚未生芽葉的樹枝，以表示花葉即將滋生，沈佺期〈剪綵〉就有「寒依刀尺盡，春向綺羅生」，宋之問〈奉和立春日侍宴內出剪綵花應制〉就有「今年春色早，應為剪刀催」。但彩花與剪刀畢竟黏著過近，賀知章這兩句寫真正的柳葉被春風吹綠，而以剪刀比擬風，卻顯得又轉過一層，於是便使這平淡流暢的詩句顯出了新巧精緻。

4 原題有兩首，這是第一首。作於天寶三載（七四四）初賀知章辭官回鄉時，這時他已是八十多歲的老人了。

5 衰（ㄘㄨㄟ）：疏落。

6 宋人范晞文《對床夜語》卷三：「盧象〈還家〉詩云：『小弟更孩幼，歸來不相識』，賀知章云『兒童相見不相識，笑問客從何處來』，語益換而益佳，善脫胎者宜參之。」其實賀知章這兩句未必是從盧象那裡脫胎而來的，也許只是偶然巧合，但盧象那兩句近乎紀實，有「小弟」則有親人有家，而賀知章少小離家老大歸，只有不相識的兒童驚問他從何處來，則多少有些「無家感」在其中，因此這「笑」字背後的悲哀就比盧象詩中直露的淒涼更讓人沉吟深思。

陳子昂・四首

陳子昂（六六一—七〇二），字伯玉，梓州射洪（今四川射洪）人，出身富豪之家。唐睿宗文明元年（六八四）中進士，因受武則天賞識授麟台正字，後歷任右衛冑曹參軍、右拾遺，聖曆元年（六九八）辭官回鄉，被縣令段簡陷害，死在獄中。

陳子昂向來被認為是初唐以復古為革新手段的文學家，自從他的朋友盧藏用對他高度評價，稱其「卓立千古，橫制頹波，天下翕然，質文一變」（《陳子昂別傳》），杜甫和韓愈又稱他「名與日月懸」（〈陳拾遺故宅〉）、「子昂始高蹈」（〈薦士〉）以來，他的地位一直高得嚇人，他的詩也不知不覺中抬了身價。被杜、韓兩大詩文宗師名頭鎮住了的後人忙不迭地尊他為「唐之詩祖」，彷彿他身後的唐代詩人都是亦步亦趨地踩著他的足跡走路（方回《瀛奎律髓》卷一）。沿著現成思路慣性下滑的後人則不假思索地把他當作沈、宋的對頭，認為應當用黃金鑄陳子昂像來頂禮膜拜，彷彿沒有他力挽狂瀾於既倒，唐詩就成了齊梁餘孽（元好問〈論詩絕句〉），以致於歐陽修《新唐書》對陳子昂人品的小小微詞也引起了後人的不滿，好像這種批評會玷污他的偉大形象（如文同《拾遺亭記》、葉適《習學記言序目》卷四

十一、陳沆《詩比興箋》卷三）。其實，用「復古」口號來掩護「革新」內容是中國文化人常用的伎倆，雖然很容易奏效，但也常常要以某種偏頗的缺失為代價。初唐詩壇承襲了齊梁以來的詩歌語言技巧，使詩歌日益精巧成熟，也承襲了齊梁詩歌的主題內涵，使一部分詩歌內容貧瘠蒼白顯得陳舊，這已經引起了詩人的關注，「四傑」甚至沈、宋、杜都已開始對此矯正。陳子昂激烈的「復古」主張只不過是矯枉須過正的口號而已，他疾呼詩歌的「風骨」，追蹤超越齊梁的漢魏，尋找深沉悲涼的情懷，要求闊大開朗的視境，這本來很對，但他一味上溯漢魏，漠視齊梁初唐以來逐漸完美的詩歌語言形式，就不免忘掉革新而只記得復古，無疑偏離了初唐「文質彬彬」（《隋書・文學傳序》）、「斟酌古今」（《周書・王褒庾信傳論》）的公正而偏執一隅。說起來，他的「風骨」、「比興」論只是《詩大序》、《詩品序》、《文心雕龍・比興》的唐代再版，而他的復古也只是想讓詩歌回歸到建安、正始時代，因此他的詩雖然被人稱為「以雅易鄭」（獨孤及〈檢校尚書吏部員外郎趙郡李公中集序〉）、「始變雅正」（《新唐書》卷一〇七〈陳子昂傳〉），但也並沒有變回「杭育杭育」的號子或「關關雎鳩」的四言那裡，只不過「專師漢魏」（宋濂《答章秀才論詩書》）、「蹈襲漢魏蹊徑」（《原詩》內篇卷上）。雖然慷慨悲涼，但不免缺乏文采沒有韻味，所以明人王世貞說他「天韻不及」（《藝苑卮言》卷四），清人姚范說他「才韻猶有未充」（《援鶉堂筆記》卷四十）。過多地模擬阮籍〈詠懷〉，雖然贏得了「子昂，阮也」的讚譽（《詩藪》內編卷二），但也讓人看出了「失自家體段」的毛病（《原詩》內篇卷上），唐代皎然《詩式》說他「復多而變少」，正是一針見血。

感遇[1]

朔風吹海樹，蕭條邊已秋。
亭上誰家子，哀哀明月樓[2]。
自言幽燕客，結髮事遠遊[3]。

1 〈感遇〉是陳子昂感慨生平遭遇和天下大事寫的一組詩，共三十八首，這是陳子昂常常被人引述和讚賞的作品，它的特點是有感而發，常寫出心中一段悲涼，涉及社會廣泛現實，多為當時寫照存真，語言比較古樸流暢，沒有雕飾造作的痕跡，所以前人稱它「盡削浮靡，一振古雅」（《詩藪》內編卷二）。但這組詩過於模擬阮籍〈詠懷〉，這一點很多人都曾指出過（如清田雯《古歡堂集・雜著》卷二、喬億《劍溪說詩》又編），而且說理太多，顯得質木而沒有韻味，清人毛先舒《詩辯坻》卷四說「阮逐興生，陳依義立」正好切中要害。其中有的詩入世意味很重，寫得像議論奏摺，有的詩又有些出世之想，正像清張謙宜《絸齋詩談》卷四所說「見得理淺，到感慨極深處，不過逃世遠去，學佛學仙耳」，當然也有寫得很好的。這裡所選的一首在組詩中是第三十四首。

2 亭、樓：都是指戍邊軍人的居所。

3 幽燕：即幽州與燕州，在今河北、北京一帶；結髮：束髮，古代男子成年即把披散的頭髮束於頭頂，上面加冠。這裡指成年。

赤丸殺公吏，白刃報私仇[4]。
避仇至海上，被役此邊州。
故鄉三千里，遼水復悠悠[5]。
每憤胡兵入，常為漢國羞。
何知七十戰，白首未封侯[6]。

登幽州台歌[7]

前不見古人，後不見來者。

4 赤丸：見盧照鄰〈長安古意〉注17。

5 遼水：今遼河，出自吉林東遼吉林哈達嶺及內蒙白岔山，於遼寧昌圖匯合，稱遼河，由盤山灣入渤海。

6 《史記》卷一〇九〈李將軍列傳〉記載李廣與匈奴大大小小打了七十餘仗，到六十歲還得不到封侯，反而因出兵迷路而須受審，終於悲憤自殺。

7 幽州：郡名，治所在今北京大興。幽州台：薊北樓，在今北京市內，陳子昂於萬歲通天二年（六九七）隨軍北征契丹，在此登台遠眺，便寫下了這首詩。

念天地之悠悠，獨愴然而涕下[8]。

度荊門望楚[9]

遙遙去巫峽，望望下章台[10]。

8 愴然：傷感悲涼的樣子。這四句詩來自〈楚辭・遠遊〉「惟天地之無窮兮，哀人生之長勤。往者余弗及兮，來者吾不聞。步徙倚而遙思兮，怊惝怳而乖懷。」感嘆人生短暫，宇宙無垠，時光流逝，這是初唐詩中的常見主題，像前面選注過的盧照鄰的〈長安古意〉、劉希夷〈代悲白頭翁〉以及未選注的李嶠〈汾陰行〉。

9 荊門山在今湖北宜都縣西北，《水經注》卷三十四〈江水注〉：「江水又東歷荊門、虎牙之間，荊門在南，上合下開，暗徹山南，有門像，虎牙在北，石壁色紅，間有白文，類牙形……此二山，楚之西塞也。」陳子昂沿江而下，經荊門至楚地，便寫了這首詩。這首詩是五言律詩，雖然有少許不合平仄處，但章法卻很標準，王世貞《藝苑卮言》卷四說他「律詩時時入古」，其實並不是有意「矯枉」，而實在是當時律詩限制尚未落入刻板規範的緣故。胡應麟《詩藪》內編卷二批評陳子昂除〈感遇〉而外，「餘自是陳、隋格調，與〈感遇〉如出兩手」，則未免是老吏斷獄的過苛之辭。當時律詩已成時尚，他也不能例外，倒是他有意立異寫的〈感遇〉、〈薊丘覽古〉像在滿城洋裝中獨著馬褂一樣。清人喬億《劍溪說詩》又編說得好：「陳伯玉惟〈感遇〉諸篇全法阮步兵，餘皆其自體」，這「自體」就是說「自家面目」，可見陳子昂也在時尚詩風中搖搖晃晃，曾跟著走，只是為了標新立異才有意學為「古詩」的。公正地說，這首詩雖然是近體，但無論語言詞彙還是情感內蘊，都不比〈感遇〉遜色。

10 巫峽：三峽之一，在荊門上游的四川巫山東；望望：遠眺的樣子；章台：章華台，春秋時楚國所建，在荊門以東的湖北省境內。

巴國山川盡，荊門煙霧開[11]。
城分蒼野外，樹斷白雲隈[12]。
今日狂歌客，誰知入楚來[13]。

晚次樂鄉縣[14]

故鄉杳無際[15]，日暮且孤征[16]。
川原迷舊國，道路入邊城[17]。

11 巴國：指今四川東部古代巴國一帶。
12 隈：邊角處。
13 《論語・微子》記楚狂接輿高歌諷刺孔子，這裡作者自稱「狂歌客」，意思是說想不到我這個狂歌客今天竟狂歌著到楚狂的老家來了。
14 樂鄉縣：在今湖北荊門北九十里。
15 杳：遼遠。
16 孤征：獨自遠行。
17 樂鄉縣原屬楚國，春秋戰國時的楚國及三國時的吳國都是接近邊疆的地方。這兩句說平川荒野一片迷茫，看不見昔日舊國，長長的道路一直延伸，通向往日邊城。

野戍荒煙斷，深山古木平[18]。
如何此時恨，嗷嗷夜猿鳴[19]。

18 野戍：荒野中士兵的守望處；平：指暮色中樹林不辨高低。
19 嗷嗷：野猿叫聲。

張若虛・一首

張若虛（生卒年不詳），揚州（今江蘇揚州）人，當過兗州兵曹。唐玄宗開元初年與賀知章、包融、張旭合稱「吳中四士」，現存詩雖然只有兩首，但下面這首〈春江花月夜〉卻以搖曳生姿的章法和悲而不傷的情調使他躋身於一流詩人中，並使他的姓名出現在幾乎所有的唐詩選本裡。

春江花月夜[1]

春江潮水連海平，海上明月共潮生。

1 春江花月夜：是樂府歌曲名，屬於「清商曲・吳聲歌」。《舊唐書・音樂志》說創始於陳後主，可能是陳後主採用吳地流傳的民歌樂曲改編而成的。張若虛是吳人，也許很熟悉它的體制，便用它來寫詩，不過，也可能在張若虛的時代「春江花月夜」的樂曲與歌詞已經完全不相干了，他只是借「春江花月夜」五字的意境來寫自己的人生感慨。這首詩以「江」、「花」、「月」為詠歎對象寫詩人春夜中對宇宙與人生的傷感之情，在後世極為流傳。清人毛先舒《詩

灩灩隨波千萬里[2]，何處春江無月明。
江流宛轉繞芳甸，月照花林皆似霰[3]。
空裡流霜不覺飛，汀上白沙看不見[4]。

辯詆》卷三說它「不事粉澤，自有腴姿，而纏綿蘊藉，一意縈紆，調法出沒，令人不測」，看出了它在結構章法和意境情感兩方面的高超，但沒有說到它所蘊含的人生傷感與哲理正是初、盛唐之間詩歌的一大主題。賀裳《載酒園詩話又編》裡從「風度格調」中看出它與劉希夷〈搗衣〉相近，並指出它是「盛唐中之初唐」，但他也沒有說出它為什麼有「初唐」韻味。其實，一方面它的歌行體制如轉韻、鋪陳及節奏與初唐七言歌行相似，另一方面它帶有女性意味的對青春韶華、美景良辰的慨嘆與傷感，和劉希夷〈搗衣〉、〈代悲白頭翁〉相近，多少有些初唐文人的敏感、纖弱而不大有盛唐意味的開朗、曠放，所以讓人感到它「盛唐中之初唐」的韻味。不過，比起劉希夷等人來，闊大的時空視界使它的悲涼意味少些，境界闊朗些，色彩也明亮些，所以明人胡應麟認為它「流暢婉轉出劉希夷〈白頭翁〉上」（《詩藪》內編卷三），而今人聞一多則把它和盧照鄰、駱賓王、劉希夷的歌行體詩一併列入齊梁以來的舊調宮體，說它的寧靜爽朗中有強烈的宇宙意識，是「詩中的詩，頂峰上的頂峰，從這邊回頭一望，連劉希夷都是過程了，不用說盧照鄰和他配角駱賓王，更是過程的過程。」（《聞一多全集》三《宮體詩的自贖》）。

2 灩灩：波光粼粼的樣子。

3 芳甸：鮮花盛開的平野；霰：雪珠。後一句用蕭繹〈春別應令〉「昆明夜月光如練，上林朝花色如霰」的意思。以上幾句寫「春江花月夜」，類似的景觀在隋煬帝〈春江花月夜〉裡也有過，「暮江平不動，春花滿正開。流波將月去，潮水帶星來」，但遠不如這幾句的闊大，也沒有這幾句的動感，更沒有這幾句寓意深沉，至於梁元帝〈望江中月影〉就更只是單純寫景了。

4 月光像空中飛霜一樣流動，灑在汀洲白沙上看也看不見。

江天一色無纖塵，皎皎空中孤月輪。
江畔何人初見月？江月何年初照人？
人生代代無窮已，江月年年只相似。
不知江月照何人，但見長江送流水[5]。
白雲一片去悠悠，青楓浦上不勝愁。
誰家今夜扁舟子？何處相思明月樓？
可憐樓上月裴回，應照離人妝鏡台[6]。
玉戶簾中卷不去，擣衣砧上拂還來[7]。

5 以上六句先以發問的方式尋問江上什麼人最先看見月亮，江上月亮最早在什麼時候照到人身上，然後感嘆月亮永恆閃耀而人生卻短暫即逝，並以長江流水暗示無窮無盡地逝去的時間，和劉希夷〈代悲白頭翁〉「年年歲歲花相似，歲歲年年人不同」一個意思，和劉希夷另一首〈謁漢世祖廟〉「空餘今夜月，長似舊時懸」更相彷彿。這一主題在過去的詩裡也曾有過，如曹植〈送應氏〉「天地無終極，人命若朝霜」，阮籍〈詠懷〉「人生若塵露，天道邈悠悠」，但都不如這幾句那麼出色，有一種明媚的青春意識與淡淡的傷感情懷。後來在詩文中也經常出現，像李白〈把酒問月〉：「今人不見古時月，今月曾經照古人。」最有名的當然是蘇軾在〈前赤壁賦〉裡寫的那段話：「哀吾生之須臾，羨長江之無窮，挾飛仙以遨遊，抱明月而長終，知不可乎驟得，託遺響於悲風。蘇子曰：客亦知夫水與月乎？逝者如斯，而未嘗往也，盈虛者如彼，而卒莫消長也。」當然蘇軾的態度更曠達一些，而這幾句則更傷感一些。

6 裴回：徘徊。曹植〈七哀詩〉：「明月照高樓，流光正徘徊。」

7 離愁像月光一樣，在門簾上隔不斷也捲不起，在擣衣砧上拂也拂不去，就彷彿李煜〈清平樂〉「離恨恰如春草，更

此時相望不相聞，願逐月華流照君[8]。
鴻雁長飛光不度，魚龍潛躍水成文[9]。
昨夜閒潭夢落花，可憐春半不還家[10]。
江水流春去欲盡，江潭落月復西斜[11]。
斜月沉沉藏海霧，碣石瀟湘無限路[12]。
不知乘月幾人歸，落月搖情滿江樹[13]。

行更遠還生」，秦觀〈八六子〉「恨如芳草，淒淒剗盡還生」一樣，寫愁緒纏人，無法排遣。

8 以上八句轉而用女性口吻寫纏綿愁思，這是齊梁以來樂府詩的一貫手法。

9 鴻雁飛得再遠依然是這一片月光，魚龍潛得再深月光依然照著牠划動的水紋。

10 昨夜夢見花落江潭，傷心春天又將過去。

11 又以水流春去的「動」與映潭斜月的「不動」感嘆時光流逝。

12 碣石：山名，在河北；瀟湘：水名，在湖南。這裡用碣石、瀟湘相距萬里再一次傷感人相去之遠。

13 西落的明月把一片傷感惆悵灑遍江樹；末兩句照應開頭，以月起興，以月結束，歸於一片靜謐。

張旭・一首

張旭（生卒年不詳），字伯高，吳（今江蘇蘇州）人。曾當過常熟縣尉，和賀知章、包融、張若虛並稱「吳中四士」。他的狂放不羈、好飲常醉和他的草書一樣有名，杜甫〈飲中八仙歌〉就說他「脫帽露頂王公前，揮毫落紙如雲煙」，李頎〈贈張旭〉也說他「瞪目視霄漢，不知醉與醒」。現存詩只有六首，但幾乎每首都很有味，自然流暢、輕靈新巧，彷彿當時吳中詩人都走的是這個路子。

山行留客

山光物態弄春暉，莫為輕陰便擬歸[1]。
縱使晴明無雨色，入雲深處亦沾衣[2]。

1 輕陰：天氣微陰。
2 山中雲氣濕潤，晴天入山也會沾濕衣衫，所以不要因為陰天就罷遊，辜負了一山春色。

張說・一首

張說（六六七—七三〇），字道濟，一字說之，洛陽人。武后天授元年（六九〇）制科登第後，當過太子校書郎、鳳閣舍人，長安三年（七〇三）因得罪武后寵臣張易之兄弟而被流放欽州（今廣西境內），唐中宗即位後召還。在中宗、睿宗、玄宗三朝歷任兵部侍郎、同中書門下平章事、封燕國公，玄宗時一度被貶為相州、岳州刺史，但不久便回到長安，最後當到左丞相。張說的散文寫得剛健流暢，在當時和蘇頲（許國公）並稱「燕許大手筆」，被譽為「海內文章伯」，在後世也很有影響。但他的詩歌卻寫來平平，也許是那些彷彿大批量機器生產似的應制、奉和、贈酬詩損害了他的機智與文采，使得他不得不手忙腳亂地草草搪塞詩債，而無法細細琢磨慢慢涵詠，只是到了被貶放逐，周圍冷清時才寫了一些好詩。《唐詩紀事》卷十四說他「謫岳州後，詩益悽惋，人謂得江山之助」，其實江山處處都有，長安、岳州並無不同，只是心境變異使詩人遊心物境由淺入深，斟字酌句由粗而細罷了。

深渡驛[1]

旅宿青山夜，荒庭白露秋。
洞房懸月影，高枕聽江流[2]。
猿響寒岩樹，螢飛古驛樓[3]。
他鄉對搖落[4]，並覺起離憂[5]。

1 深渡驛：在今安徽歙縣一帶新安江邊。

2 洞房：深而狹的內室，指驛站的房舍。宋人吳開《優古堂詩話》指出杜甫〈客夜〉裡的「入簾殘月影，高枕遠江聲」是仿效了張說這兩句詩，但未加評論，明人謝榛《四溟詩話》卷二則說「句意相類，子美自優」，但也沒有說所以然。其實，關鍵在「殘」字和「遠」字上，用「殘」字帶有憐惜的心情和月光破碎的含意，用「遠」字則暗示了漸漸入夢的時間流動，又暗示了江水聲的隱隱約約，因而使杜甫的兩句詩在心理與物理的容量上比張說的兩句詩大得多。

3 古人總認為猿啼悲哀、螢影清冷，像《藝文類聚》卷九十五引晉袁山松〈宜都山水記〉：「峽中猿鳴至清，諸山谷傳其響，泠泠不絕，行者歌之曰：巴東三峽猿鳴悲，猿鳴三聲淚沾衣。」又卷九十七引晉傅咸〈螢火賦〉：「潛空館之寂寂，意遙遙而靡寧，夜耿耿而不寐，憂悄悄以傷情。」這裡用猿啼之聲與螢影之色加上寒岩樹、古驛樓構成一個荒涼淒婉的意象來表現詩人的愁苦。

4 搖落：指秋天草木凋零的肅殺景象。《楚辭·九辯》中有「悲哉，秋之為氣也，蕭瑟兮草木搖落而變衰。」

5 並覺：倍覺；離憂：指被貶謫之憂愁。《史記·屈原賈生列傳》說〈離騷〉「猶離憂也」，「離」通「罹」，遭受苦難的意思，《詩·王風·兔爰》中有「我生之後，逢此百罹。」

張九齡 · 四首

張九齡（六七八—七四〇），字子壽，韶州曲江（今廣東韶關）人。武后神功元年（六九七）中進士後，曾任過左拾遺，唐玄宗時當到同中書門下平章事、中書令，是開元時期有聲譽的宰相，因被素有「口蜜腹劍」之稱的李林甫排擠，開元二十五年（七三七）貶為荊州長史，不久便死於荊州。張九齡與張說一樣，是高級官員兼詩人，也是開元初「學士院」詩人的領袖，但張九齡的詩要比張說高明，正如後人所說的既「雅正沖澹」（《劍溪說詩》卷上），又「委婉深秀」（《石洲詩話》卷一），不像張說的詩那麼千篇一律。比如「一水雲際飛，數峰湖心出」（〈彭蠡湖上〉）的動感，「水暗先秋冷，山晴當晝陰」（〈湞陽峽〉）的細膩，「日照虹霓似，天清風雨聞」（〈湖口望廬山瀑布泉〉）的傳神，「瓦飛屋且發，帆快檣已摧」（〈江上遇疾風〉）的誇張，都顯出他的確具有詩人氣質。而被後人反覆抄來改去化用在各種詩詞裡的「卻記從來意，翻疑夢裡遊」（〈初入湘中有喜〉）、「扁舟從此去，鷗鳥自為群」（〈初發江陵有懷〉）等頗新巧的句子，則表明他的確具有詩人才能。不過，《滄浪詩話》把他的詩單列一個「張曲江體」則未免太過，他的律絕體詩不夠綿密精緻，有時匆匆忙忙地講些道理，粗針大線地綴些感受，使詩顯得呆板枯燥缺乏形象，有時勉勉強強地夾雜些古詩的句式，平平白白地描寫些古澹的意象，使詩顯得「質直有餘，微傷雅緻」（《詩辯坻》卷三）。而他的古體詩雖然受到了後人的一致稱讚，但始終沒有越出〈古詩十九首〉、阮籍〈詠懷〉的樊籬，像他著名的〈感遇〉二十首，雖然「語語本色」（《詩筏》）、「直接漢、魏」（《峴傭說詩》），但畢竟「窘於邊幅」，讓人讀來不免有似曾相識的感覺，終究缺乏沁人心脾的魅力和新穎獨特的個性。

耒陽溪夜行[1]

乘夕棹歸舟，緣源路轉幽[2]。
月明看嶺樹，風靜聽溪流。
嵐氣船間入，霜華衣上浮[3]。

1 耒陽：縣名，在今湖南境內，唐代屬衡州。

2 棹：划船。緣源：沿流而上。

3 嵐氣：山間霧氣。謝靈運〈晚出西射堂〉「夕曛嵐氣陰」就是說黃昏時山間霧氣在夕陽中的暗淡樣子，張九齡這句則是說，在月光下，山林霧氣縷縷飄入船中。霜華：月光。

猿聲雖此夜，不是別家愁。

望月懷遠[4]

海上生明月，天涯共此時[5]。
情人怨遙夜[6]，竟夕起相思[7]。

4 懷遠：思念遠方的親人。

5 對空間和時間距離的差異，古人常常想到月亮，像謝莊〈月賦〉中的「隔千里兮共明月」，說的就是在同一時間而不在同一空間的人都能看到同一個月亮，而劉希夷〈謁漢世祖廟〉「空餘今夜月，長似舊時懸」、李白〈把酒問月〉「今人不見古時月，今月曾經照古人」，說的則是在同一空間卻在不同時間的人也都能看到同一個月亮。前者由於同一個月亮把懸隔萬里的人聯繫在一起，所以特別容易引發思念之情，彷彿這一思念也能藉助月光分灑兩地；後者由於同一個月亮把身處異代的人聯繫起來，所以特別容易引發思古幽情，彷彿「秦時明月」的一直存在，使人感到古今人們各自短暫的人生都在永恆的時間中相遇。張九齡在這兩句裡使用的是前一個意思，說遠隔天涯的親人和我都在同一時間眺望這從海上生起的明月。

6 情人：這裡是用女子口吻來寫詩的，所以指思念有情人的女子。遙夜：長夜。

7 竟夕：終夜。

滅燭憐光滿，披衣覺露滋[8]。
不堪盈手贈，還寢夢佳期[9]。

湖口望廬山瀑布泉[10]

萬丈紅泉落，迢迢半紫氛[11]。
奔飛下雜樹，灑落出重雲。
日照虹霓似，天清風雨聞[12]。

8 憐：愛；露滋：露沾濕衣物，暗示已到夜深時分。

9 陸機〈擬明月何皎皎〉寫月色「照之有餘輝，攬之不盈手」，後句指月色捉不住。這裡化用陸機詩意，說既然月光不能捉來贈送遠方的親人，還不如回去做一個夢，夢見歡娛的時刻。

10 湖口：在今江西九江東，唐代為彭澤縣地，曾置湖口戍所，因為這裡是鄱陽湖口。

11 紅泉：指瀑布在日光下呈燦爛的紅色。謝靈運〈入華子岡是麻源第三谷〉中也說「石磴瀉紅泉」；紫氛：即李白〈望廬山瀑布水〉所說的「日照香爐生紫煙」的紫煙，釋慧遠《廬山記》說「游氣籠其上，則氤氳若香菸」，紫氛就是山間嵐氣。

12 陽光下瀑布像七色彩虹，雖然天氣晴朗卻聽見風雨之聲。

靈山多秀色，空水共氤氳[13]。

賦得自君之出矣[14]

自君之出矣，不復理殘機[15]。
思君如滿月，夜夜減清輝[16]。

13 靈山：仙山；空水：天空與瀑布；氤氳：雲煙瀰漫融為一體的樣子。

14 賦得：凡指定或限定詩題寫詩，照例往往在題目前加上「賦得」二字，就好像「詠物」的「詠」字一樣；「自君之出矣」是一個樂府舊題，三國魏徐幹有《室思詩》五章，第一章就是「自君之出矣，明鏡暗不治。思君如流水，無有窮已時」，後來很多人都仿照它寫樂府歌辭，張九齡也是吟詠這個樂府舊題，所以叫「賦得自君之出矣」。

15 機：織機。

16 這是一個很新巧的譬喻，月到十五為滿月，以後一天天變小，光澤也減弱，用來擬人因相思而瘦。清人賀貽孫《詩筏》說：「『滿』字『減』字纖而無痕，殊近樂府，此題第一首詩也。」

王翰・二首

王翰（生卒年不詳），字子羽，并州（今山西太原）人，景雲元年（七一〇）中進士。開元八年至開元九年間（七二〇—七二一）張說任并州長史時很看重王翰，薦舉他參加直言極諫、超群拔類科考試，當張說入朝輔政時，又召他任秘書正字駕部員外郎。開元十四年（七二六）張說罷相，王翰也被牽連，被貶為仙州別駕。據《舊唐書》卷一九〇說，王翰是個放浪形骸、豪放不羈的世家弟子，養名馬、蓄妓樂，說話不拘小節，自比王侯，對人頤指氣使，目空一切，《封氏聞見記》卷三還記載了一個故事，說王翰曾在科舉時自己評定了九等文人的名單貼在吏部東街，搞得沸沸揚揚，惹得不少人大為惱火。這證明王翰詩中「落花一度無再春，人生作樂須及辰」（〈春女行〉）、「情知白日不可私，一死一生何足算」（〈古蛾眉怨〉）並不是人云亦云的話，而是發自內心的人生意識與生命意識的流露，也證明了下面這首著名的〈涼州詞〉裡的豪放氣概與苦中作樂情調，絕不是惺惺作態，而是他性格的自然表現。

涼州詞[1]

葡萄美酒夜光杯[2]，欲飲琵琶馬上催[3]。
醉臥沙場君莫笑，古來征戰幾人回。

1 樂府有〈涼州歌〉，據《樂府詩集》卷七十九引《樂苑》說，是開元中西涼府都督郭知運採集進獻給朝廷的，王翰、王之渙等人大約就是為〈涼州歌〉寫詞而題為〈涼州詞〉的。涼州在今甘肅武威。

2 用葡萄釀成的美酒在西漢已傳入中國，但因為它原產於西域大宛，所以寫邊塞詩時用它來渲染西北邊關的氣氛；夜光杯：據《十洲記》說，周穆王時西胡曾獻「夜光常滿杯」，「杯是白玉之精，光明夜照」，因為它原產西北，所以也用它來營造一種邊塞風情。

3 催有兩種解釋：一說是以音樂勸人飲酒，相當於「侑」，李白〈襄陽歌〉「車旁側掛一壺酒，鳳笙龍管行相催」、韓翃〈贈張千牛〉「急管晝催平樂酒」，這兩個「催」字都是這個意思；一說是催人出征，就像王昌齡〈從軍行〉「琵琶起舞換新聲」、李頎〈古塞下曲〉「琵琶出塞曲」裡的琵琶聲一樣，使將士感到戰爭迫近；但是這裡的「催」字並不需要這樣尋根究底的解釋，「催」字本身就有彈奏的意思，李白〈前有尊酒行〉之二「催弦拂柱與君飲」中的「催」字即撥弦彈奏，軍士們剛捧起酒杯，就聽到馬上琵琶聲，這琵琶聲是悽楚的塞下曲在催人出征，還是歡快的勸酒歌在促人痛飲，這都無關緊要，反正後兩句那種悲涼中帶豪爽的無可奈何的情調已經定下了這樂聲與酒味的基調：樂聲有如項羽垓下之戰時的〈力拔山操〉，酒味有如項羽與虞姬對飲時的美酒，前者豪放而又悲涼，後者甘醇而又苦澀，清人施補華《峴傭說詩》說「作悲傷語讀便淺，作諧謔語讀便妙，在學人領悟。」不過，這裡應當補充的是，這一「諧謔」絕不是興沖沖時的調侃，而是懷著必死之心時的自我解嘲與自我宣洩。

春日歸思

楊柳青青杏發花，年光誤客轉思家。
不知湖上菱歌女，幾個春舟在若耶[4]。

4 若耶：即若耶溪，傳說是歐冶子鑄劍處，在今浙江紹興南，南朝至唐代這裡是著名的風景區，《水經注・漸江水》說若耶溪「水至清，照眾山倒影。窺之如畫。」

王灣・一首

王灣（生卒年不詳），洛陽人。先天元年（七一二）中進士，曾任滎陽主簿，開元年間曾參預朝廷校理群書，後任洛陽尉。王灣成名很早，詩歌被當時人推崇，但現在卻只存下十首。下面所選的這首〈次北固山下作〉最有名，不僅當時曾被宰相張說「手題政事堂，每示能文，令為楷式」（《河岳英靈集》卷下），而且後世各種選本也無一例外地選錄了它，覺得它顯示了一種「盛唐氣象」。

次北固山下作[1]

1 次：停宿；北固山：在今江蘇鎮江長江南岸，與金山、焦山並稱「京口三山」。唐代殷璠《河岳英靈集》卷下收錄了這首詩，題目是〈江南意〉，文字也有很大差異，這裡採用唐代芮挺章《國秀集》卷下的文本。

客路青山外，行舟綠水前[2]。
潮平兩岸闊[3]，風正一帆懸[4]。
海日生殘夜，江春入舊年[5]。

2 遠行人的船還在綠水上，但要走的路還遠在青山外。《河岳英靈集》中這兩句作「南國多新意，東行伺早天」，意思比較明確，說明北方人王灣乍一見江南風光，感到處處新鮮，又說明他是趁著天色尚早向東航行，雖然有助於理解詩意，但沒有這兩句形象和含蓄。

3 闊：《河岳英靈集》中作「失」，潮水上漲和兩岸平行，使江面顯得格外開闊，這種情景在《莊子・秋水》中就有過：「涇流之大，兩涘渚崖之間，不辨牛馬。」當然，這裡講的不是秋水，而是春潮。清人沈德潛《唐詩別裁》卷十認為，用「失」字比用「闊」字更有氣勢，「兩岸失，言潮平而不見兩岸也，別本作闊，少味」，潘德輿《養一齋詩話》卷八也說「闊字不如失字之雋」，但賀裳《載酒園詩話》卷一卻反駁說：「凡波浪洶湧，則隔岸不見，波平，岸始出耳。『闊』字正與『平』字相應，猶『懸』字與『正』字相應。」紀昀評《瀛奎律髓》卷十也說「失字有斧鑿痕，唐人不甚用此種字。」似乎前者想像力更豐富，而後者觀察力更細膩。

4 風向正好吹帆前往，遠遠看去，一隻船帆像懸在天上。賀裳《載酒園詩話》卷一說「正」字和「懸」字正相配合，「若使斜風，則帆欹側不似懸矣。」有的版本「一」作「數」，「數帆懸」當然不如「一帆懸」好，不僅雜亂，而且失去了一帆孤懸江面橫闊給人的立體感，和上一句缺乏配合。再說，好幾條船結伴而行，也沒有行客孤舟獨行的暗示意味。

5 這是當時盛傳的名句，海上湧出一輪紅日，但四周卻是殘夜，江上已有春意，但舊年尚未過完。王灣初到江南，對南方近海處的這些物候格外敏感，觀察也很細膩，這兩句詩不僅準確地傳達了這裡的特有景色，而且色彩很強烈，視野很開闊，所用的字句也很精巧。《峴傭說詩》指出這是「殘夜海日生，舊年江春入」的倒裝，但沒說清為什麼要「倒裝」，其實，這種詞序的顛倒絕不僅僅是為了湊韻，而是這樣一來，就使得「海日」、「殘夜」、「江春」、「舊鄉書何處達，歸雁洛陽邊[6]。

年」四個語詞不再有主賓輕重的差別而成了四個並列的意象。當讀者讀到這四個並列凸現的意象時，海上旭日、殘夜黑幕、江上春色、舊年殘冬就同時呈現在視界中，讓你在剎那間體驗出時序交替的情景，而不像正常語序有主謂賓定狀之分，使讀者只注意到它提示的「意思」而忽略了它呈現的「意象」。此外，動詞「生」、「入」兩字也用得十分講究，「生」字很平常，使你幾乎注意不到它的存在，突出了兩端的意象；而「入」字卻很「彆扭」，不說「舊年」有了「春意」，卻說「江春」入了「舊年」，於是讀者就感到了新穎與精緻。正因為這兩句詩的視界開闊、語言新巧和意蘊深沉，使它成為千古傳誦的佳句，唐人殷璠《河岳英靈集》卷下說「詩人以來，少有此句」，鄭谷〈偶題〉說「何如海日生殘夜，一句能令萬古傳」，而清人沈德潛《說詩晬語》則以它為例告誡詩人「不可不造句，江中日早，殘冬立春，亦尋常意思，而王灣……一經錘煉，便成警絕。」就是現代人，也常常因為它的闊朗曠逸而把這首詩都看成「盛唐氣象的象徵」。晚唐顧非熊〈月夜登王屋仙壇〉模擬前一句寫成「雲中日已赤，山外夜初殘」，就沒有味道得很了。

6 家信寄到哪裡?歸雁飛到洛陽。這兩句《河岳英靈集》作「從來觀氣象，惟向此中偏」，意思是從來觀賞山川氣象，唯有這裡最別緻奇異。這樣雖然與開頭「南國多新意」相呼應，但未免損害了詩意，把一首山水詩寫成了考察報告，遠不如「鄉書何處達，歸雁洛陽邊」來得感慨良多，意蘊含蓄。

崔顥・四首

崔顥（？—七五四），汴州（今河南開封）人。開元十一年（七二三）中進士，曾入河東節度使手下為幕僚，後任太僕寺丞、司勳員外郎。

自從宋代嚴羽《滄浪詩話・詩評》有過「唐人七言律詩，當以崔顥〈黃鶴樓〉為第一」的評語，後人選唐代七律總要選崔顥的這首詩，但明清以來很多人卻看出了這首七律「體例不純」，明人崇拜盛唐詩，只敢含含混混，便說它「律間出古」（《麓堂詩話》），「起法是盛唐歌行語」（《藝苑卮言》卷四），根本不加褒貶；清人膽子大些，便說好說歹，名氣很大的尤侗批評它一連用了「悠悠、歷歷、萋萋」三個疊詞，並說「若遇子美，恐遭小兒之呵」（《養一齋詩話》卷八引），彷彿有個蠻橫霸道的成衣鋪老闆按一個型號做了衣裳，卻要胖瘦高矮的顧客各自砍長削短將就他的產品，完全按後人的七律規矩來橫挑鼻子豎挑眼；跟著趙執信作《聲調譜拾遺》的翟翬則指出它前四句或「不黏」或「六仄」的聲律反常，但沒有指出它為何反常，彷彿崔顥是個善於花樣翻新的時裝大師，故意在七律中別出心裁似地自有他不合律的理由。其實，〈黃鶴樓〉「直以古歌行入律」，既不是崔顥疏忽忘了格律規則，也不是他有意違反近體聲韻，而是當時並沒有「平平仄仄平平仄，仄仄平平仄仄平」這樣死板的格套，也沒有下字避重複、結構講起承轉合之類僵硬的規矩，更沒有私塾先生或閱卷委員在那裡預定標準答案讓人照貓畫虎，七律的形式只不過來自詩人比較一致的審美習慣和語言形式，出自歌行的七律自然常常參用歌行的句式，而這種新舊羼糅的語言形式恰恰沒有後來定型七律的呆板僵滯或圓熟俗濫，所以當時沈佺期、崔顥、李白等人的所謂「七律」反而顯出一種剛健奇崛而又流動靈活的韻味。也許崔顥當時登樓賦詩，只是信口而吟，信筆而書，根本沒有粉本規矩的拘束，恰如《說詩晬語》所說，「意在象先，縱筆所到，遂擅古今之奇」，因此寫來如「大斧劈皴」（《升庵詩話》卷十），於是自然免不了「體例不純」，顯出七言歌行的底色紋路來。

《滄浪詩話》給了「第一」的評語，《唐詩紀事》卷二十一又不知從哪兒抄了一則李白見〈黃鶴樓〉詩而感慨「眼前有景道不得，崔顥題詩在上頭」的逸聞。於是，後人的目光大都被這首〈黃鶴樓〉吸引過去而忽略了崔顥的其他各體詩作，就連看得最全面的清人吳喬，在《圍爐詩話》卷二中也只說到他「五古奇崛，五律精能，七律尤勝」，而偏偏忘了提崔顥最本色當行的七言歌行。其實崔顥的七言歌行中像〈長安道〉、〈江畔老人愁〉、〈渭城少年行〉、〈邯鄲宮人愁〉不僅有對人生、命運的深沉感慨，而且對社會的人情炎涼有自己的洞察；不僅有流暢靈動的意脈，而且章法結構頗為精緻，節奏轉換流暢自然，如〈江畔老人愁〉中繁盛與衰頹之間的銜接，不禁令人想起人人驚嘆的〈長恨歌〉那兩句「漁陽鼙鼓動地來，驚破霓裳羽衣曲」，這種簡練而又輕快的轉換就像一個合頁把兩扇門不動聲色地連接起來一樣，既突出了層次，又貫通了意脈，正如《紅樓夢》七十八回眾人評賈寶玉〈姽嫿詞〉時說的「連轉帶煞」或「轉的不板」。〈黃鶴樓〉一詩連用三個疊詞，兩用「去」、「空」二字，交叉使用「白雲」、「黃鶴」兩個意象，使它不像成型七律那麼節奏呆板，反而有一種歌行轆轤相轉、氣脈聯貫相通的靈動感，這焉知不是由於他擅長七言歌行的緣故。應當注意到，初唐以氣脈流貫取勝的古體和以聲韻辭藻見長的近體本來各為一路，入得盛唐逐漸融為一體後，才造就了「聲律風骨」兼備的盛唐詩歌，從這個角度來看崔顥的各體詩，也許對他的七律和七言歌行都能有新的理解。

長干行[1]

其一

君家何處住？妾住在橫塘[2]。

停船暫借問，或恐是同鄉。

其二

家臨九江水[3]，來去九江側。

同是長干人，自小不相識[4]。

1 〈長干行〉是樂府「雜曲歌辭」舊題，大約來源於當地民歌，所以多男女情歌。崔顥〈長干行〉共四首，是聯章體，寫舟行途中男女對話。這裡選了第一、二首。長干在今江蘇南京秦淮河之南，其地為狹長的山崗，號長干里。

2 橫塘：在長干附近。

3 九江：泛指長江中下游一帶的江水，不是指九江這個地名。

4 王夫之《薑齋詩話》卷二曾以這組詩為例說寫詩要有「咫尺萬里之妙」，並說第一首末句「墨氣所射，四表無窮，無字處皆其意也。」也許是因為「或恐是同鄉」背後潛藏了孤獨女子尋求溫暖友情的期望和屢屢失望之後的膽怯，而第二首末句「自小不相識」背後的潛台詞，則是希望今日相識。

古意[5]

十五嫁王昌[6]，盈盈入畫堂。
自矜年最少，復倚婿為郎[7]。
舞愛前溪綠，歌憐子夜長[8]。
閒來鬥百草[9]，度日不成妝。

5 一作〈王家少婦〉。據說當時大學者李邕聽說崔顥詩名而邀請他，崔顥獻上這首詩，李邕聽了第一句「十五嫁王昌」，便拂袖大怒，說「小兒無禮」，大概這時崔顥還年輕（《新唐書》卷二〇三，《國史補》卷上）。據說崔顥是個狂放不羈的文人，好遊俠賭博，好美人醇酒，歷來都認為他「有俊才無士行」（《舊唐書》卷一九〇）、「名陷輕薄」（《河岳英靈集》卷下），李邕大概就是這麼看的。其實這未免過分以道德尺度量詩歌，盛唐文人大多並不那麼一本正經，倒是明胡應麟《詩藪》外編卷四說得清楚，「這是樂府本色語，李邕以為小兒輕薄，豈六朝諸人製作全未過目邪？」而清人賀裳《載酒園詩話又編》也說得有理：「（李邕）生平好持正論，作煞風景事，真是方枘圓鑿。」

6 王昌：是南朝樂府中的人名，據說他的妻子是著名的美人，所以詩人常吟詠到他。梁武帝〈河中之水歌〉「人生富貴何所望，恨不早嫁東家王」，唐代上官儀、王維等也曾有詩說到他，究竟是否實有其人，則不可考。

7 矜：倚仗、自負；婿：女子稱自己的丈夫；郎：郎官，古代諸司長官有侍郎、郎中、員外郎，這裡只是說這個女子倚仗丈夫在朝中為郎官。

8 前溪：南朝歌舞名，因出自吳興武康，即今浙江德清的前溪而得名。子夜：晉代歌曲名，相傳是一個叫子夜的女子所作，屬吳地歌曲，南朝極為流行。

9 鬥百草：梁宗懍《荊楚歲時記》記載古代五月初五鬥草的習俗，唐代叫「鬥百草」，主要是以花草的名稱或韌性來

黃鶴樓[10]

昔人已乘白雲去[11]，此地空餘黃鶴樓。
黃鶴一去不復返，白雲千載空悠悠。
晴川歷歷漢陽樹，芳草萋萋鸚鵡洲[12]。
日暮鄉關何處是[13]，煙波江上使人愁。

比高下。宋代詩詞中常提到這種遊戲，魏野〈春日述懷〉有「兒誇鬥草贏」，晏殊〈破陣子〉有「疑怪昨宵春夢好，元是今朝鬥草贏」。《紅樓夢》六十二回記小螺、香菱、芳官、藕官等人鬥草，即以「觀音柳」比「羅漢松」，「君子竹」比「美人蕉」等；近時鄉間也有以狗尾巴草互相拉扯，不斷者勝。也許都是古時「鬥草」的遺風。

10 黃鶴樓在今湖北武昌黃鶴山西北黃鶴磯，峭立江邊，俯瞰江漢，舊時傳說因仙人子安駕黃鶴過此地而得名，一說是因費文禕乘黃鶴登仙，於此地休息而得名。

11 此句一作「昔人已乘黃鶴去」。昔人：指傳說中的仙人。

12 歷歷漢陽樹：指漢陽樹木清晰可見；芳草萋萋：春草茂盛的樣子；鸚鵡洲：唐代在漢陽西南長江中的一個沙洲，後被江水淹沒，據說它是因為東漢末寫過〈鸚鵡賦〉的禰衡被殺於此地而得名的。

13 鄉關：故鄉。

王之渙 · 二首

王之渙（六八八—七四二），字季凌，祖籍晉陽（今山西太原），移居絳郡（今山西新絳）。曾任衡水主簿，後被誣告辭官，十五年後才又任文安縣尉，卒於任上。唐代薛用弱《集異記》卷二曾記載了一個很有名的「旗亭賭唱」故事，說王之渙、王昌齡、高適三人寒雪天在旗亭小飲，有梨園伶官十餘人也到此會飲唱曲，三人便暗中記下伶官演唱的自己的作品以賭賽自己的詩名高下。開頭三首分別是王昌齡及高適的，王之渙不忿，便指著最好的歌妓說，其他人唱的只是「巴人下俚之詞」，等她唱時一定是「陽春白雪之曲」，果然這個歌妓唱的是他的〈涼州詞〉。這個故事不一定可靠，但可以證明靳能為他所作墓誌銘中「傳乎樂章，布在人口」及《唐才子傳》卷三關於他「每有作，樂工輒取以被聲律」的可信。可是他在開元年間詩名雖然很盛，現在卻只剩下六首詩，就連下面所選的這首著名的〈登鸛雀樓〉，唐人芮挺章《國秀集》還說是另一個處士朱斌所作的。

登鸛雀樓[1]

白日依山盡，黃河入海流。
欲窮千里目，更上一層樓。

涼州詞

黃河遠上白雲間[2]，一片孤城萬仞山[3]。

1 鸛雀樓在蒲州（今山西永濟）西南城上，因鸛雀常棲於此而得名，宋沈括《夢溪筆談》卷十五記載「鸛雀樓三層，前瞻中條，下瞰大河。」唐代寫鸛雀樓的詩有三首最有名，一是王之渙這首，二是暢諸的一首五律，三是李益的一首七律，按清潘德輿《養一齋詩話》卷九的說法，暢諸那首「興之深遠，不逮之渙作，而體亦峻拔，可以相亞」，而李益那首「去王、暢二詩終不可以道里計」。當然，最出名的仍是這一首，不僅簡潔凝練，而且意味深長，境界闊大。

2 此句一作「黃沙直上白雲間」，像來歷頗早的《文苑英華》、《樂府詩集》和《唐詩紀事》，因此清人吳喬《圍爐詩話》卷三說應該作「黃沙直上」，並且認為「黃河去涼州千里，何得為景？且河豈可言『直上白雲』耶？」這種見解也許有版本校勘學上的理由與依據，但卻不符合詩歌創作的想像。詩歌並不是地理考察報告，以想像寫詩也不必盡如測量畫地圖，從詩的氣勢與意境上來說，也許「黃河遠上白雲間」更深邃闊大而遼遠些。

3 用「一片」使得孤城在萬仞山中更顯得渺小，就像王維〈同崔傅答賢弟〉中的「一片揚州五湖白」把揚州夾置在五羌笛何須怨楊柳[4]，春風不度玉門關。

湖中的感覺一樣。

4 古人有臨別折柳送行的習俗，像梁元帝〈折楊柳〉「同心宜同折，故人懷故鄉」，劉邈〈折楊柳〉「摘葉驚開駃，攀條恨久離」，盧照鄰〈折楊柳〉「攀折聊將寄，軍中書信稀」，王之渙也有一首〈送別〉詠到柳，說「近來攀折苦，應為別離多」。所以楊柳總是別離與遠行的象徵，而〈折楊柳〉也成了懷鄉怨別的曲調。羌笛據說是一種來自西部的「羌樂」，漢代馬融〈長笛賦〉說「近代雙笛從羌起」，據《樂府雜錄》，笛子古曲恰恰就有〈折楊柳〉，陳賀微〈長笛〉詩說「柳折城邊樹」，吹起這首笛曲便會引起離愁別恨，所以李白〈春夜洛城聞笛〉就說「誰家玉笛暗飛聲，散入春風滿洛城。此夜曲中聞折柳，何人不起故園情。」王之渙這兩句中的「怨楊柳」極巧妙地利用了這些典故與內涵，構造了一個語義多歧的詩境：既可以解釋為羌笛何必吹奏幽怨的〈折楊柳〉曲，反正沒有回歸之期，而春風又是不會光顧玉門關外遠戍的人的；也可以解釋為羌笛曲調似在埋怨楊柳，其實何必抱怨它，春風不到玉門關外，楊柳也得不到溫暖而遲遲不長枝葉。前者悲涼中有放曠，後者宛轉而又傷感，這些複雜的感情便被交織在這兩句看似平淡的句子裡，使後人讀它時常品咂出不同的意味來，於是長期以來它都被稱為盛唐絕句的「壓卷之作」（見明王世懋《藝圃擷餘》），因為它哀怨又不失豪爽，淒婉而不失宏放。

孟浩然・七首

孟浩然（六八九—七四〇），襄陽（今湖北襄樊）人。他一生中曾於開元十六年（七二八）、開元二十一年（七三三）兩次入長安應試或求職，但因為「當路無人」或其他緣故都沒有結果，只好歸鄉閒居，開元二十五年（七三七）一度入荊州大都督長史張九齡幕府為從事。三年後，王昌齡到襄陽時他正害毒瘡，但一見之下，「浪情宴謔」，吃了不該吃的食物病發而死。

後人常常把孟浩然算作「田園詩人」或「隱逸詩人」，其實這是一種誤會。在他的詩裡，田園詩不過寥寥幾首，遠不如儲光羲田園詩多；他也不曾真正堅定過隱遁的念頭，雖然他一再地在詩裡表示「予意在山水」（〈聽鄭五愔彈琴〉）、「歸賞故園間」（〈秋登張明府海亭〉），但始終在孜孜以求做官。「魏闕心恆在，金門詔不忘」（〈自潯陽泛舟經明海〉），比起「願言解纓紱，從此去煩惱」（〈宿天台桐柏觀〉）來更像是實話，至少他也是在「朱紱恩雖重，滄洲趣每懷」（〈留別王維〉）的心理矛盾中左右徘徊的。之所以後人覺得他是田園或隱逸詩人也許有以下兩方面原因：一是他自己愛在詩裡標榜「日耽田園趣，自謂羲皇人」（〈仲夏歸漢南園寄京邑耆舊〉），以致於後人把他言不由衷的自我安慰和寫給人看的自我表白當成了真實內心的寫照，覺得他真的熱愛鄉村田園；二是他的詩在語意的淡泊、語脈的流暢和語詞的樸素上常常有些像陶淵明的地方，以致於後人把他「嘗讀高士傳，最嘉陶徵君」（同上）的詩句和他的詩作本身混為一談，疊成了一個陶淵明式的剪影。由於這種樸素詩風總是來自遙遠而恬靜鄉村的牧歌，而不是出於喧鬧而繁華都市的時調，所以後人總覺得孟浩然就是陶淵明一流的隱逸詩人，他的詩就像陶淵明筆下的田園詩歌，並把他和另一個彷彿也學過陶淵明的大詩人王維並稱為「王孟」。

關於「王孟」有兩點應當注意。第一，孟浩然其實與王維一樣，是學陶（淵明）也學謝（靈運、朓）的，這一點，清人田雯《古歡堂集雜著》卷二說得很清楚：「王維、孟浩然……取神於陶、謝之間。」牟願相《小澥草堂雜論詩》說得也很對：「唐人學陶者……（孟）浩然清詞麗句有小謝之意。」我們看孟浩然一些詩句，如「回潭石下深，綠篠岸傍密」、「狹徑花障迷，閒庭竹掃淨」、「天邊樹若薺，江畔舟如月」、「松月生夜涼，風泉滿清聽」，這些出自五古的麗句，在字面的精巧、語法的凝練和意境的清麗上都彷彿二謝，就連他賴以成名的一聯「微雲淡河漢，疏雨滴梧桐」和最為人傳誦的兩句「野曠天低樹，江清月近人」，也被人指出是脫化於謝靈運的詩句。只不過孟浩然屬於京城外「野體」詩人，擅長於寫古體詩而不擅寫近體詩，習慣於採用一氣直貫的句法，樸素直露的詞語和平緩疏朗的節奏而不習慣於近體詩的緊縮句法、精麗辭語和凸出節奏，所以詩歌不免寫得平易淺近，讓人覺得更像陶淵明罷了。第二，王、孟並稱，固然有幸抬高了孟浩然的地位，但也不幸地使他總是在巨人面前矮了一頭。明清以來，除了《麓堂詩話》之外，絕大多數詩論家都認為他比不過王維，有人說他「未免淺俗」（《筱園詩話》卷一）、「有寒儉之態」（《師友傳詩續錄》），有人說他可短不可長，「衍作五言排律，轉覺易盡」（《蠖齋詩話》）、「局於狹隘」（《野鴻詩的》），因此有人想出兩個漂亮而含蓄的比喻，說「王是佛語，孟是菩薩語」（《師友傳詩續錄》），「王如一輪秋月，碧天如洗，而孟則江月一色，蕩漾空明。雖同此月，而孟所得者特其光與影耳」（《詩筏》）。這種結論當然不無道理，但批評卻似乎沒有說到點子，孟不如王並不在俗不俗、善不善長篇，而在於孟浩然不如王維才氣大視野寬詩思巧，下筆時肚裡往往沒有「材料」，構思時心中往往缺乏巧思，所以蘇軾說他「韻高才短」，「如造內法酒手而無材料」（《後山詩話》引），有時寫的詩雖樸素卻很平熟，像《載酒園詩話又編》舉的「當杯已入手，歌妓莫停聲」之類，就不免濫俗，有時寫的詩雖沖淡卻很單薄，像〈自洛之越〉「扁舟泛湖海，長揖謝公卿」，就不免直露，所以葉燮《原詩》說他「無縹緲幽深思致……後人胸無才思，易於衝口而出，孟開其端也。」但是，公正地說來，孟浩然雖然比不上王維，但他畢竟是盛唐一個出色的詩人，他的樸素沖淡的五古畢竟獨具一格，而他近乎古體的五律也畢竟避開了近體詩的圓熟，所以正如徐獻忠《唐詩品》所說，他雖「藻思不及李翰林，秀潤不及王右丞，而閒淡疏豁，翛翛然自得之趣，亦有獨長。」（《唐音癸籤》卷五引）。

夏日南亭懷辛大[1]

山光忽西落，池月漸東上[2]。
散髮乘夕涼[3]，開軒臥閒敞[4]。
荷風送香氣，竹露滴清響。
欲取鳴琴彈，恨無知音賞[5]。

1 辛大：不詳，一作「辛子」，有人懷疑即孟浩然另一首詩〈西山尋辛諤〉中的辛諤。
2 山頭太陽忽然西落，映在池塘裡的月亮漸漸東昇。這種一開頭就點明時間的敘述方式是陶淵明常用的，它使詩的節奏平緩順暢，給人以從容不迫的感覺，像陶淵明《雜詩十二首》中第二首的開頭就是「白日淪西河，素月出東嶺」，而孟浩然這兩句就像把陶淵明那兩句的山、河與日、月重新組合了一下，意思卻沒有變化。
3 古人在公眾場合總是束髮戴冠、正襟危坐的，散髮是表示閒居時不拘小節的瀟灑與自由，比如那個著名的阮籍就常常「散髮箕踞」，而嵇康的詩中也說「採薇山阿，散髮岩岫。」
4 軒：窗；閒敞：安靜寬敞的地方。
5 知音：指辛大。《呂氏春秋．本味》裡記載楚人鍾子期能聽出伯牙琴聲中的高山、流水之意，鍾子期死後，伯牙就不再演奏，認為世上已沒有知音了。後世就用「知音」來比擬知己朋友。

感此懷故人，中宵勞夢想。

夜歸鹿門山歌[6]

山寺鳴鐘晝已昏，漁梁渡頭爭渡喧[7]。
人隨沙岸向江村，余亦乘舟歸鹿門。

6 鹿門山：在今湖北襄陽，孟浩然曾在此隱居，據《後漢書．龐公傳》說，東漢時襄陽人龐公曾攜妻兒到鹿門山採藥，再也沒有返回城市，是著名的隱逸之人，孟浩然在襄陽郭外有先人留下來的澗南園，在鹿門山隱居只是為了仿效龐公。

7 漁梁：一種以土石截水分流並以竹網攔水捕魚的裝置，因土石壘砌成一道梁而得名，這裡是指緊傍渡口的漁梁。宋胡仔《苕溪漁隱叢話》後集卷九說這兩句不如岑參〈巴南舟中夜市〉中的「渡口欲黃昏，歸人爭渡喧」，因為岑參的詩「語簡而意盡」，其實不見得，詩歌不是發電報，字數越少就越能省錢，如果字少便好，那麼陸游〈梅市道中〉「人喧北渡頭」豈非最佳？古歌行也不比五律，越精練就越巧妙，倒如《紅樓夢》七十八回寶玉所說「長歌也須得要些詞藻點綴點綴」。何況這兩句還說到「山寺鳴鐘」，而岑參的詩還需接上兩句「近鐘清野寺，遠火點江村」才提到山寺與鐘聲，算起來也不簡省。孟浩然這兩句詩後來成了中國詩畫的一個常見意象，中唐人皇甫冉〈歸渡洛水〉中的名句「暝色赴春愁，歸人南渡頭」寫的意思與此相近，宋元畫家就畫有〈漁梁渡頭爭渡喧〉，直到明代，一個叫張羽的詩人還寫過「漁梁夜爭渡，知是醉巫歸」（《靜居集》卷一）。

鹿門月照開煙樹[8]，忽到龐公棲隱處。
岩扉松徑長寂寥，唯有幽人自來去[9]。

過故人莊

故人具雞黍[10]，邀我至田家。
綠樹村邊合[11]，青山郭外斜。

8 開煙樹：樹林本來籠罩著暮煙，月光一照，煙霧似乎散開了，現出樹林來。

9 岩扉：山崖相對如門稱岩扉；幽人：隱者。

10 故人：老朋友；雞黍：農家豐盛的待客飯菜，《論語・子微》記子路遇荷篠丈人，荷篠丈人曾「殺雞為黍而食之」，後來雞黍成了鄉村待客飯菜的代稱，彷彿用了它就頓時有了田園風味。范雲〈贈張徐州謖〉就說過「恨不具雞黍，得與故人揮」，而孟浩然有一首〈裴習士見尋〉說「廚人具雞黍，稚子摘楊梅」，另一首〈戲贈主人〉也說「已言雞黍熟，復道甕頭清」。

11 合：綠樹將村莊罩成一片綠蔭。用「合」字還有一種動態的意思在內，樹葉長茂盛了，稀疏的枝幹就隱沒其中，彷彿綠蔭漸漸合攏起來遮蔽了村莊，唐玄宗〈早渡蒲關〉「春來津樹合」的「合」字中這種意思尤其明顯，許渾〈歲暮自廣江至新興往復中題峽山寺〉「樹隨山崦合」的「合」也是這個意思，後來宋代曾幾〈榴花〉也寫過「樹陰看已合」。

開筵面場圃，把酒話桑麻[12]。
待到重陽日，還來就菊花[13]。

臨洞庭[14]

八月湖水平，涵虛混太清[15]。

12 場圃：曬穀場和菜園子；桑麻：農事。陶淵明〈歸園田居〉「相見無雜言，但道桑麻長。」

13 古人認為九是陽數，所以九月九日是重陽，這一天古代習俗要飲菊花酒，所以說「還來就菊花」，意思是再來聚飲歡宴。明楊慎《升庵詩話》卷六說：「孟集有『到得重陽日，還來就菊花』之句，刻本脫一『就』字，有擬補者，或作『醉』，或作『賞』，或作『泛』，或作『對』，皆不同，後得善本，是『就』字，乃知其妙。」這可能是楊慎自己仿照《六一詩話》關於杜詩「身輕一鳥過」的「過」字故事的杜撰，因為各種刻本這個「就」字都不曾脫、誤，其用意無非是讚歎這個「就」字下得好而已，既妥帖而自然，又有悠久的來歷，因為樂府馮子都詩就有「就我求清酒」、「就我求珍肴」。《歷代詩話考索》更找出來頭古老的《國語》證明戰國時已有「處士就閒晏」。孟浩然寫詩是否胸中先存了這麼些故典很難說，不過他有時的確是把古人的話化用在詩裡的，宋人《王直方詩話》就曾指出他的詩中「以吾一日長」、「異方之樂令人悲」、「吾亦從此逝」等或來自經或來自史，這一點和陶淵明自然風格不同，卻與善於用典下字的二謝一流詩人合拍。

14 詩題又作〈望洞庭湖贈張丞相〉，張丞相即張九齡。

15 虛：天空，太清：也指天空，《文選・吳都賦》劉淵註：「太清，謂天也。」這句的意思是八月湖水浩淼闊大，彷氣蒸雲夢澤，波撼岳陽城[16]。
欲濟無舟楫[17]，端居恥聖明[18]。
坐觀垂釣者，徒有羨魚情[19]。

佛水天一色。

16 蒸：水氣升騰；撼：搖動。雲夢澤：在今湖北湖南長江南北，古有雲、夢兩大湖泊，後來大部分淤為陸地，便並稱雲夢澤，現在洞庭湖即雲夢澤一部分，岳陽城在今湖南岳陽。這兩句形容洞庭氣勢，可參見宋人范致明《岳陽風土記》的記載：「（岳陽）城據湖東北，湖面百里，常多西南風，夏秋水漲，濤聲喧如萬鼓，晝夜不息。」也可參見宋范仲淹《岳陽樓記》：「（洞庭湖）銜遠山，吞長江，浩浩湯湯，橫無際涯，朝暉夕陰，氣象萬千。」前人都很稱讚「蒸」、「撼」兩字，認為用得很傳神，像《燃燈記聞》就曾引述王士禛的話說這兩字「何等響，何等確，何等警拔也」；前人也很稱讚這兩句的氣勢，像方回《瀛奎律髓》就把它和杜甫〈登岳陽樓〉「吳楚東南坼，乾坤日夜浮」並提，說這兩聯寫在岳陽樓上，「後人自不敢復題也」。不過，孟浩然並不擅長寫這種雄壯闊大的句子，這兩句應該說是他的「別調」（《野鴻詩的》），所以全詩未免輕重失調，清人毛先舒《詩辯坻》卷三就指出：「起句平平，三四雄，而『蒸』、『撼』，語勢太矜，句無餘力。……上截過壯，下截不稱」，張謙宜《絸齋詩談》卷五也指出它「盡力於前四句，後面趁不起，故一邊輕耳」，批評得很有道理，這也是孟浩然不如王維才氣胸襟之「厚」的一例。

17 濟：渡。這句是說想渡過湖去但又沒有船隻，暗示想做官而無人引薦。

18 端居：安居、閒居；聖明：指聖明的時代；這句是說，生於聖明時代卻安居在家，不能有所作為，自己感到羞愧。

19 《淮南子・說林》有「臨河而羨魚，不若歸家織網」，就是說與其嘖嘖稱羨河中魚的美味，不如回家織網來捕魚。孟浩然這裡則說，我徒然有稱羨魚的心，可是沒有網，也沒有釣竿，只好看著別人垂釣，暗示沒有人引薦自己，自己空有從政心也是白搭。

春曉

春眠不覺曉，處處聞啼鳥[20]。
夜來風雨聲，花落知多少。

宿建德江[21]

移舟泊煙渚，日暮客愁新[22]。
野曠天低樹，江清月近人[23]。

20 鳥的啼聲暗示了天亮與天晴。

21 建德江：新安江下游，在今浙江建德境內。

22 煙渚：煙氣籠罩的江中小洲；客愁新：指無端又勾起了遊子的愁緒，彷彿日暮時分人很容易悵惘，所以梁費昶〈長門怨〉說「向夕千愁起」，孟浩然另一首〈秋登蘭山寄張五〉也說「愁因薄暮起」，這裡的「新」字和「暮」字相映，天已黃昏，一日已「舊」，遊子心情本已稍稍平靜，此時又生悵惘，所以是「新」。

23 這兩句源自謝靈運〈初去郡〉「野曠沙岸靜，天高秋月明」，都是寫自己視境中的感覺，但孟浩然這句更含蓄凝練細膩，「低」字既指自己感覺中樹林的「低」，又指田野開闊天空壓迫著樹林的上端，「近」字既指感覺中月亮與人的距離，又指清清江水中月影與人的距離，孟浩然把動詞放在天、樹和月、人之間，比謝靈運把動詞放在沙岸、秋月

過融上人蘭若[24]

山頭禪室掛僧衣，窗外無人溪鳥飛。
黃昏半在下山路，卻聽鐘聲連翠微[25]。

後面要巧妙得多，使意思多了一層轉折，所以張謙宜《絸齋詩談》卷五說它是「宋人所謂詩眼，卻無造作痕，此唐詩之妙也。」後來宋人羅大經《鶴林玉露》卷十三發現，杜甫有一句「江月去人只數尺」，和孟浩然這句「江清月近人」很像，懷疑年輩較小的杜甫「祖述而敷衍」孟詩，但這是偶然巧合還是有意模仿，卻不太好下斷語。所以他也只好說「浩然之句渾涵，子美之句精工」，而宋人陳師道的〈寓目〉中也照樣寫了「野曠低歸鳥，江平進晚牽」，但顯得很拙劣，彷彿是畫虎不成反類犬。

24 融上人：不詳。上人是對佛教僧人的尊稱；蘭若：僧舍。梵文 Araṇyaka 的音譯，原指樹林，意譯為寂靜處、遠離處，後逐漸引申，指佛寺僧室，這首詩一作綦毋潛詩。

25 黃昏時已下到半山腰，卻又聽見了山頭的鐘聲。翠微：淡綠青蔥的山色。

王維 ・二十三首

王維（六九二—七六一），字摩詰，太原祁（今山西祁縣）人，開元九年（七二一）中進士，任大樂丞，因伶人舞黃獅子一事被貶到濟州當司倉參軍，幸好賞識他的張九齡當了中書令，才又被重用為右拾遺、左補闕、給事中。安史之亂時，他淪陷在長安，照規矩，凡是亂中接受了偽職的人都要受嚴懲，但由於他裝過病，又寫過一首哀傷當時百官被迫聽音樂的詩，所以安史之亂後在他弟弟的回護下僅受到降職的處分，後來又當上了中書舍人、尚書右丞等官。

人們通常把王維和李白、杜甫並稱為盛唐三大詩人，倒不僅僅是由於他們剛好象徵了盛唐詩壇佛、道、儒三大思潮，而是很早就有人把他們一視同仁地視為當時最了不起的詩歌大師。和他時代先後的殷璠編《河岳英靈集》便在序中以他和王昌齡、儲光羲為開元、天寶間的詩壇代表，獨孤及〈左補闕安定皇甫公集序〉則認為沈（佺期）、宋（之問）之後的大詩人當推王維與崔顥，宋代人也說李、杜之下孟浩然、王維「當為第一」（《許彥周詩話》）。無論什麼人論盛唐詩，都要數到王維，就連在李白、杜甫聲譽如日中天的後世，人們私下裡還是更偏好文人味道十足的王維，覺得他的詩不像李白那麼激揚蹈厲，熱烈得讓人難以平靜，也不像杜甫那麼嚴肅整飭，沉重得讓人難以輕鬆，所以《詩鏡總論》便對「世以李、杜為大家，高（適）、岑（參）為傍戶」的說法頗有微詞，轉彎抹角地提醒人們王維「寫色清微，已望陶（淵明）、謝（靈運）之藩」；《而庵詩話》則對「俎豆杜陵者比比，而皈依摩詰者甚鮮」的現象公開表示不滿，暗中以「天子」、「妙悟」比王維，以「宰相」、「師承」說杜甫，狠抬了王維一番；那位素來不喜歡杜詩的王士禛雖然礙於輿論不便公然揚王抑杜，但論詩的時候也免不了表露出自己的偏愛，像《答師友詩傳錄》裡說到唐人七律就說王維是「正宗」，偏不提最擅長七律的杜甫。

關於王維的詩，比較一致的說法，當然是稱讚它「澄澹精微」（司空圖《與李生論詩書》）、「淳古淡泊」（歐陽修《書梅聖俞稿後》）、「清深閒淡」（魏慶之《詩人玉屑》）。這種直接來自感受的印象式評論和象徵式術語大體不錯，一下子就抓住了王維詩的特徵，也很吻合王維深受佛禪薰染而追求曠逸高遠的心理性格。但應當更明確、更具體地說明的，也許還有以下兩點：

第一，既擅繪畫又精樂理的王維有極出色的聲、色感覺。宋人曾有王維「詩中有畫」，兼顧長康善畫、杜子美善詩之長的贊語，但他們都只提到了有關色彩的一面，其實，最早指出這一點的唐人殷璠，在《河岳英靈集》裡就已說到王維詩「在泉為珠，著壁成繪」。前一句的「珠」好像〈琵琶行〉裡「大珠小珠落玉盤」的「珠」，它不是嘩嘩啦啦淅淅瀝瀝不斷流淌的水聲雨聲，而是清泉滴露深潭濺玉般既清亮又幽深的泉聲，這種聲響給人的感覺恰恰是無聲，因而反倒渲染了幽深靜謐的氣氛，像〈鹿柴〉的「空山不見人，但聞人語響」、〈竹里館〉的「獨坐幽篁裡，彈琴復長嘯」、〈鳥鳴澗〉的「月出驚山鳥，時鳴深澗中」，這種方式可能受到南朝人「蟬噪林逾靜，鳥鳴山更幽」的啟發，所以他一再使用，如〈贈東岳焦煉師〉「山靜泉愈響」、〈奉和聖制玉真公主山莊〉「谷靜泉愈響」、〈過感化寺曇興上人山院〉「谷鳥一聲幽」等等，都是試圖營造一種秋夜聽蟋蟀聲似的清幽聽覺效果；後一句「著壁成繪」就是蘇軾說的「詩中有畫」，但這畫畢竟不是有形有色的真畫，而是以語詞在讀者視境中突出鮮亮或朦朧的色感，比如令蘇軾感佩不已的那首「藍溪白石出，玉川紅葉稀。山路元無雨，空翠濕人衣」，白石在碧水，紅葉點山川，這些跳動的色彩一下子就使視境豁亮，而後兩句又以「空翠」這種大塊色調一筆染過，尤其是下一個「濕」字使讀者眼中頓時出現朦朧空靈的淡色和淡色中的幾塊亮點，這就是中國水墨畫般的色彩效果。此外，如「滿園深淺色，照在綠波中」（〈遊春曲〉之二）、「嫩竹含新粉，紅蓮落故衣」（〈山居即事〉）、「泉聲咽危石，日色冷青松」（〈過香積寺〉）、「江流天地外，山色有無中」（〈漢江臨泛〉）、「青菰臨水映，白鳥向山翻」（〈輞川閒居〉）等，都顯出一種淡而不暗、亮而不豔、可觸可摸的色彩。這種聲、色感交融在一道，使他的山水田園詩常常能一下子抓住讀者的視覺與聽覺，不由自主地隨他的詩句進入那幽深清遠的境界。

第二，在盛唐詩人中王維是很能全面吸收漢魏六朝詩歌長處的。一方面他學了陶淵明的淡曠閒恬，即《後山詩話》說的「得其自在」，這「自在」包括了意境高遠閒曠，也包括了意脈從容不迫，意象樸素自然。他的詩歌語言不像李白那麼奇異譎詭，也不像杜甫那麼精緻艱深，看上去明白如話，所用的也大多是簡單詞彙，很少繞彎子引典故捏腔子作文謅謅狀，相反他還有意仿照漢魏六朝古詩，以一些最普通的名詞為意象，用最平直的語序說出來，構成最樸素的詩境，反而造就了自然淡泊的韻味；另一方面他又學了謝靈運、謝朓一流的精緻工巧，在樸素淡雅的詩句中融入了尖新流麗，使詩歌既不過分枯瘠質直，又不過分濃豔華麗，即《麓堂詩話》所謂的「豐縟而不華靡」或呂夔〈王右丞集序〉所謂的「句本沖淡而興則悠長，諸詞清婉流麗」，這使得六朝詩歌兩大風格在盛唐合而為一，並啟迪了中晚唐詩歌的發展路向，後來的大曆十才子、劉長卿、韋應物乃至晚唐一些詩人大都走的是這個路數。當然，早年王維的詩風與此並不相同，多少還有些激揚風發的作品，晚年王維也有一些詩並不能包容在上述風格中，有的時候也不免寫些繁縟、平直或枯瘠的詩作。不過，就其主導詩風來說，他還是像上面所說的那樣，關於這一點，只要讀一讀下面所選的詩就能明白。

渭川田家[1]

斜光照墟落，窮巷牛羊歸[2]。
野老念牧童，倚杖候荊扉[3]。
雉雊麥苗秀[4]，蠶眠桑葉稀。
田夫荷鋤立，相見語依依。
即此羨閒逸，悵然吟式微[5]。

1 渭川：即今流貫陝西境內的渭水，發源於甘肅渭源，到潼關注入黃河。王維這首詩寫的是渭水流域的農村生活，從語言、景物到主題都很像陶淵明的田園詩。

2 斜光：黃昏的陽光；一作「斜陽」。墟落：泛指村郭；窮巷：深巷。這種黃昏鄉村景像在《詩經》的時代就有人吟唱過，《詩・王風・君子於役》有「日之夕矣，牛羊下來」，「日之夕矣，牛羊下括」，江淹《雜體三十首》中那首擬陶淵明的詩中也有「日暮巾柴車，路暗光已夕。歸人望煙火，稚子候簷隙」，據說日暮時分的夕陽西下、牛羊歸圈、雞棲於塒，再加上親人倚門盼歸，炊煙縷縷向上，不僅是典型的田園風光，而且特別能喚起人們對家園的眷念之情與溫馨回憶。

3 荊扉：柴門。

4 雉：野雞；雊（ㄍㄡˋ）：鳴叫。

5 式微：《詩經・邶風》中的篇名，其詩中有「式微，式微，胡不歸」一句，王維選用了「胡不歸」之意，即為什麼還不回的意思，表示自己羨慕田園生活閒逸，想歸隱鄉村。

山居秋暝

空山新雨後，天氣晚來秋[6]。
明月松間照，清泉石上流[7]。
竹喧歸浣女，蓮動下漁舟[8]。

6 這兩句中值得一提的是「空」字與「秋」字。「空山」並不是什麼也沒有的山，而是幽深靜謐得有些朦朦朧朧的山。唐人愛用「空」字作山林的定語，王維尤其好用「空」字，如「空谷歸人少」（〈酬比部楊員外暮宿琴台〉）、「夜坐空林寂」（〈過感化寺曇興上人山院〉）、「空山五柳春」（〈過沈居士山居哭之〉），當然最出名的還是「空山不見人」（〈鹿柴〉）和「夜靜春山空」（〈鳥鳴澗〉），大概用「空」字很能烘托詩人那種幽靜空寂的主觀感受；「秋」字則有雙重意味，一是點明標題中的季節，二是名詞作形容詞用，來表現晚來秋寒襲人的感覺。把「秋」字放在句末似乎不太合語法，但很合符感覺的順序，因為天色近晚才能感到涼意，而感到涼意則意識到秋天的到來。

7 清人宋徵璧《抱真堂詩話》說：「王摩詰『明月松間照，清泉石上流』，魏文帝『俯視清水波，仰看明月光』，俱自然妙境。」但王維這兩句比曹丕的兩句色彩層次更豐富，松間明月不僅有「明月光」的皎潔還有松林的幽深，石上清泉不僅有「清水波」的碧清還有石灘溪水的清淺。所以後來的好多詩人畫家都追蹤王維這兩句的意境，如明人項聖謨就專門用這兩句畫了好幾幅山水畫，張羽乾脆在一首題畫詩上把五言兩句敷衍成了四句七言「百道清泉石上流，白雲初起亂峰秋。此中疑有陶弘景，高臥松風第一樓」，而那個特別好題字的乾隆皇帝，也三番五次地御筆書下這兩句詩，當作幾處園林的對聯。

8 這是兩個倒裝句，從語法上來說應當是「浣女歸（而）竹喧，漁舟下（而）蓮動」，但從感覺上來說卻是先聽到了竹林中的喧鬧才知道浣女歸來，先看到了蓮葉擺動才看到了漁舟駛近，詩歌尤其是近體詩，不必過分拘泥語法而更注重感覺，所以王維這樣安排反而更有韻味，當然也有著韻律的緣故。

隨意春芳歇[9]，王孫自可留[10]。

漢江臨泛[11]

楚塞三湘接，荊門九派通[12]。
江流天地外，山色有無中[13]。

9 隨意：這裡是任從的意思；歇：消失。

10 這句出自《楚辭・招隱士》「王孫兮歸來，山中兮不可以久留」，本來，〈招隱士〉的主題是招隱逸者出山，而王維卻反其意而用之，說春天的芳華儘管已消失，但這裡秋景也很美麗，人們盡可以留在山中，兩句中暗寓了詩人歸隱秋山的希望。

11 漢江：即漢水，發源於陝西寧強嶓冢山，入湖北，於漢陽注入長江。臨泛：臨流泛舟，一作「臨眺」。

12 楚塞：楚地；三湘：湘水合灕水稱灕湘、合蒸水稱蒸湘、合瀟水稱瀟湘，所以叫三湘；荊門：山名，在湖北荊門，與長江北岸虎牙山相對；九派：指長江九條支流，《文選》郭璞〈江賦〉李善注引應劭《漢書》：「江自廬江潯陽分為九。」這兩句寫江漢的廣袤，南連三湘，西至荊門，東達九江。

13 江：漢水；山：荊門。江流望不到盡頭，所以如在「天地外」，山色若隱若現，所以似乎「有無中」。這兩句詩以十個字勾勒了一幅廣闊而渺茫的山水，氣勢浩大，不料竟遭到王夫之的指摘，《薑齋詩話》卷二說：「有大景，有小景，有大景中小景。……若『江流天地外，山色有無中』……張皇使大，反令落拓不親。」其實這種批評未免牽郡邑浮前浦，波瀾動遠空[14]。
襄陽好風日，留醉與山翁[15]。

強，盛唐人胸襟宏放，常常想像力豐富，像「黃河遠上白雲間」（王之渙）、「一覽眾山小」（杜甫）、「秦時明月漢時關」（王昌齡）、「黃河之水天上來」（李白），都是「欲窮千里目」的寫法，就是專寫荊門的詩，初唐有陳子昂「巴國山川盡，荊門煙霧開」（〈度荊門望楚〉），盛唐有李白「山隨平野闊，江入大荒流」（〈渡荊門送別〉），都不拘泥於眼中所見，杜甫〈客亭〉中的「日出寒山外，江流宿霧中」也很像這兩句，何必像晚唐詩人那樣斤斤於細水小澗孤峰片石之間，專門摹寫刻畫一角山水才算真實可親呢？何況這兩句簡淡渺遠，極富神韻，深得水墨丹青的真髓！後來不少人學這種意境，但學得好的也只有中唐權德輿〈晚渡揚子江〉「遠岫有無中，片帆煙水上」、宋代歐陽修〈平山堂〉詞「平山欄檻倚晴空，山色有無中」，氣勢仍不如王維的開闊。

14 水勢浩大，郡邑就如浮在水面，波瀾起伏，遠空也彷彿隨之波動。

15 這兩句意思是說，襄陽風景好，願與山翁一道，留在這裡暢飲酣醉。山翁：指西晉名士山簡，據說他性好飲酒，在襄陽任征南將軍時，常到習氏園林去，邊遊賞山水，邊設宴飲酒，而且每次都大醉方休。

終南山[16]

太乙近天都，連山接海隅[17]。
白雲回望合，青靄入看無[18]。
分野中峰變，陰晴眾壑殊[19]。
欲投人處宿，隔水問樵夫[20]。

16 終南山：又稱秦嶺，為渭水與漢水分水界，王維有終南別業在山中。

17 太乙：即終南山主峰；天都：天帝所居之處，一說指京城長安；海隅：海邊。這兩句寫遠處望終南山時的感覺。

18 這兩句寫入終南山後看山的感覺，回頭望去白雲繚繞鎖住了後面，進得山來，山間青色的煙嵐又不見了。

19 終南山很高大，在峰頂望去，各處陰晴都不一樣。這兩句又寫從峰頂俯視的感覺。

20 前六句都寫的是遼闊浩瀚的大景，這兩句卻突然轉入具體的小景，前六句都沒有寫到人，這兩句則轉入活動於山中的人，於是畫面就有了層次與動感。王夫之《薑齋詩話》卷下說，讀這兩句，「則山之遼廓荒遠可知，與上六句初無異致，且得主賓分明」，正是這個意思。人處：人家。

觀獵

風勁角弓鳴，將軍獵渭城[21]。
草枯鷹眼疾[22]，雪盡馬蹄輕。
忽過新豐市，還歸細柳營[23]。
回看射鵰處，千里暮雲平[24]。

21 渭城：即咸陽故城，在長安西北渭水之北，秦代稱咸陽，漢代初期稱新城，漢武帝時改稱渭城。

22 疾：銳利。

23 新豐市在今陝西臨潼東，是產美酒的地方；細柳營在今陝西長安縣，是漢代名將周亞夫屯兵處。這兩處都是泛指長安附近，寫打獵的將軍返回途中所經過的地方。

24 射鵰處：打獵的地方。雕是猛禽，不易射得，北魏斛律光曾射落大雕，人稱射鵰手，這裡不說「田獵處」而說「射鵰處」，暗中讚美將軍的勇武並烘托圍獵的壯觀。清人極讚賞這首詩的結構章法，清代名詩人王士禛曾一再稱讚這首詩前兩句「警策」、「工於發端」（《師友詩傳續錄》、《漁洋詩話》卷中），末兩句「何等氣概」（《燃燈記聞》），施補華《峴傭說詩》也以這首詩為例，指出「起處須有崚嶒之勢，收處須有完固之力，則中兩聯愈形警策」，這指的是前兩句不是按常規先寫將軍打獵後寫打獵情形，而是「一句空摹聲勢，一句實出正面」（《絸齋詩談》卷五），「倒戟而入」，於是一起頭就渲染了一種突兀健舉的氣氛，使後面接踵而來的幾句都精神抖擻，而後兩句則「勒回追想」，又回頭照應前二句，並以「千里暮雲平」這種渺遠疏緩的意境與前面形成了對比，使全詩由張而弛，漸入遼遠，所以沈德潛《說詩晬語》說這首詩「神完氣足，章法、句法、字法俱臻絕頂」，而張謙宜《絸齋詩談》也用起承轉合的「永」字八法說它是「五律準繩」。

使至塞上[25]

單車欲問邊，屬國過居延[26]。
征蓬出漢塞[27]，歸雁入胡天。
大漠孤煙直，長河落日圓[28]。

25 開元二十五年（七三七），王維曾奉命出使涼州，慰問河西節度副大使崔希逸，這首詩就是在出使途中所作。

26 單車：獨車；問邊：到邊關慰問；屬國：一說指歸屬漢朝的地區，那麼這句即「過居延屬國」，居延在今甘肅張掖西北，《後漢書．郡國志》「涼州有張掖、居延屬國」；一說指秦漢時掌管少數民族事務的官員典屬國，唐代曾以「屬國」代指出使邊塞的官員，如杜甫〈秦州雜詩〉「屬國歸何晚」，那麼王維這句「屬國」是自稱，指自己已經過了居延。

27 征蓬：風捲起的蓬草。

28 戈壁灘上的狼煙直上雲天。唐代在邊地設戍所，在無事時用狼糞點煙表示平安，胡三省注《資治通鑑》引《六典》說，「唐鎮戍烽候所至，大率相去三十里，每日初夜放煙一炬，謂之平安火」，戈壁晴日，狼煙凝聚不散，直上如縷，所以唐段成式《酉陽雜俎》、宋陸佃《埤雅》說「其煙直上風吹不斜」。長河，一說指黃河，一說指弱水，即額洛納河、黑河。這兩句都是寫邊塞景色的名句，正如張謙宜《絸齋詩談》卷五所說「邊景如畫，工力相敵」，可是不少詩論家卻在這煙如何直等問題上喋喋不休，甚至還有人為了說明這兩句寫景的合符實情牽來了龍捲風、氣壓高低等現代氣象學知識，也有人為了彌縫所謂的「寫景不實」則想把「煙」改為「沙」，這種膠柱鼓瑟的說解彷彿還不如《紅樓夢》四十八回初學詩的香菱的那段話：「想來煙如何直？日自然是圓的。這『直』似無理，『圓』字似太俗，合上書一想，倒像是見了這景的，要說再找兩個字來換這兩個，竟再找不出兩個字來。」因為詩不是勘測報告而是詩，「詩的好處，有口裡說不出來的意思，想去卻是逼真的，又似乎無理的，想去竟是有理有情的。」王維蕭關逢候騎，都護在燕然[29]。

輞川閒居贈裴秀才迪[30]

寒山轉蒼翠，秋水日潺湲[31]。
倚杖柴門外[32]，臨風聽暮蟬。

這兩句詩之所以「邊景如畫」，正在於它「想去竟是有理有情的」，大漠遼闊，孤煙直上，一縱一橫，長河遠臥，落日西下，又是一縱一橫，大漠長河勾出渺遠遼闊，煙直上而日弧下，則勾出蒼穹無垠，這正是王維使至塞上時心中的感覺與眼前的視境，而白居易〈渡淮〉一詩模仿這兩句說：「孤煙生乍直，遠樹望多圓」，就遠不如它，因為白詩看不出寫的是什麼地方的特有景緻。

29 蕭關：今寧夏固原東南；候騎：騎馬的哨兵；都護：邊疆統帥，指河西節度使；燕然：山名，在今蒙古杭愛山，東漢竇憲與匈奴作戰曾到此山，班固作有〈封燕然山銘〉，這裡指都護正在勝利進軍，所以都護居處還在前方。這兩句彷彿從虞世南〈擬飲馬長城窟行〉中的兩句「前逢錦車使，都護在樓蘭」中化出。

30 輞川在陝西藍田南終南山下，宋之問曾在此建有藍田別墅，後歸王維，王維曾長期居住在這裡；裴迪，是王維的朋友，也是一個詩人，後曾任蜀州刺史。

31 轉蒼翠：指黃昏山色越來越濃；日潺湲：日日不停流淌。

32 參見〈渭川田家〉注3。

渡頭餘落日，墟里上孤煙[33]。
復值接輿醉，狂歌五柳前[34]。

酬張少府[35]

晚年惟好靜，萬事不關心。
自顧無長策，空知返舊林[36]。

33 後一句是從陶淵明〈歸園田居〉其一「曖曖遠人村，依依墟里煙」中化出，但顯得更凝練，特別是與前一句相對，渡頭在水，墟里在陸，落日昏黃，孤煙灰青，落日徐下，孤煙直上，構成了一幅恬淡的黃昏鄉景。《紅樓夢》四十八回香菱說得很妙：「這『餘』字合『上』字，難為他怎麼想來，我們那年上京來，那日下晚便挽住船，岸上又沒有人，只有幾棵樹，遠遠的幾家人家作晚飯，那個煙竟是青碧連雲。誰知我昨兒晚上看了這兩句，倒像我又到了那個地方去了。」真可謂「會心處不在遠」。

34 接輿：春秋時楚國隱士，曾佯狂避世，這裡指裴迪；五柳：陶淵明有〈五柳先生傳〉寫自己「宅旁有五柳樹，因以為號焉」，這裡王維自比陶潛。

35 張少府：不詳，詩題冠以「酬」字，當是張少府先有詩相贈，這是王維的酬答詩。

36 長策：指深遠的策略與計劃；舊林：指舊日閒居的山林。

松風吹解帶，山月照彈琴[37]。
君問窮通理[38]，漁歌入浦深[39]。

山居即事

寂寞掩柴扉，蒼茫對落暉[40]。

37 松林吹來的清風為我寬衣解帶，山間高懸的明月照我彈琴。松風、明月在舊時都是高潔的象徵，解帶與彈琴在古代則是閒適的表現。

38 窮通：困厄與顯達。

39 《楚辭‧漁父》裡記載一個看透世情的漁父在聽了屈原執拗的話後「莞爾而笑，鼓枻而去」，並作歌「滄浪之水清兮，可以濯吾纓，滄浪之水濁兮，可以濯我足」，據漢王逸《楚辭章句》說，水清比喻時代「昭明」，水濁比喻時代「昏暗」。但無論時代如何，真正的高士都自有一套處世之道，這就是《莊子‧讓王》裡說的「古之得道者，窮亦樂，通亦樂，所樂非窮通也」，不為物喜不為己憂，後來陶淵明〈歲暮和張常侍〉就說「窮通攸所慮，顦顇由化遷」，王維在這裡暗用了這些故事與詩意，說你問我關於窮通的道理嗎？且聽水邊漸漸遠去的漁歌吧。暗示應當如不計榮辱自得其樂的漁父一樣，對一切抱著無所謂的瀟灑心情。

40 黃昏落日半暗半明。

鶴巢松樹徧，人訪華門稀[41]。
嫩竹含新粉，紅蓮落故衣[42]。
渡頭燈火起，處處采菱歸。

過香積寺[43]

不知香積寺，數里入雲峰。
古木無人徑，深山何處鐘[44]。
泉聲咽危石，日色冷青松[45]。

41 徧：遍；華門：即柴門或竹門。
42 故衣：指蓮花外部先行剝落的花瓣。
43 香積寺：在今陝西長安縣附近山中。
44 到處是古木參天沒有人行小路的蹤跡，但深山中卻有鐘聲。
45 咽：泉水流經巨石發出幽咽苦澀的聲音，〈北山移文〉中曾有「石泉咽而下愴」；危石：高而險峻的山石；冷：指透過濃密青松日光似乎也變得冷了。參看駱賓王〈至分水戍〉注9。

薄暮空潭曲[46]，安禪製毒龍[47]。

積雨輞川莊作

積雨空林煙火遲[48]，蒸藜炊黍餉東菑[49]。
漠漠水田飛白鷺，陰陰夏木囀黃鸝[50]。

46 空潭曲：使深潭寧靜而清澈。

47 安禪：佛教徒坐禪時心靈空淨安詳，進入境界，稱為「安禪」，安禪是梵文的音譯與意譯的結合，東漢安世高曾譯《安般守意經》，「安般」即音譯，「守意」即意譯，前者又與「安靜」的「安」混為一談，後者則又與「禪那」的「禪」互通，於是又合成了「安禪」一詞。毒龍：在佛經中，「毒龍」是一個常見的譬喻。《大般涅槃經》說，「我心無他，深相愛重。」但這一「愛重」卻有如「毒龍」，「其性暴急，恐相危害」，所以要靠「坐禪」之類的佛教方法來制服它，如果能夠這樣，就可以心境放鬆而超越。

48 遲：煙氣繚繞不散的樣子。空氣濕潤時炊煙與雨纏繞罩在林梢是雨天常見的現象。

49 藜：一種野菜；黍：參見孟浩然〈過故人莊〉注10，是北方農村主要糧食，又稱黃米。餉東菑：把飯菜送到東面新開的田土上去，送飯叫「餉」，新開一年的土地叫「菑」。

50 這兩句從李肇《國史補》說是王維竊取李嘉祐之作以來，王維彷佛背上了黑鍋，差點兒得了個「剽竊之雄」的諢名（《王直方詩話》），但這只是個冤假錯案，且不說王維創作時代與成名時代都比李嘉祐早，不大可能去抄襲年代較山中習靜觀朝槿，松下清齋折露葵[51]。
野老與人爭席罷[52]，海鷗何事更相疑[53]。

晚的李詩，就算這兩句用了李嘉祐「水田飛白鷺，夏木囀黃鸝」，可王維加上了「漠漠」、「陰陰」，就使兩句詩擺脫了單純的寫景而滲入了心境與感受，擺脫了單色調的自然描摹而加上了水墨畫似的朦朧意味。宋虞似良〈橫溪堂春曉〉「輕煙漠漠雨冥冥」、「白鷺飛來無處停」似乎就是從這一句中拆出的景緻，所以宋葉夢得《石林詩話》卷上說「此兩句好處正在添漠漠陰陰四字」，而清人施補華《峴傭說詩》也說「不知無此四字，便成死語，有此四字，乃現活相。」

51 習靜：道教靜坐守一的方法；觀朝槿：槿花朝開暮落，靜觀槿花可以悟到人生短暫的道理；清齋：素食；露葵：帶露的新鮮蔬菜。

52 《莊子》雜篇〈寓言〉記載楊朱去見老子之前，倨傲驕矜，人們都得給他讓出坐席，見老子之後，學到了隱晦謙和，人們不再把他當特殊人物，敢於和他爭坐席了，於是他便成了一個淳厚而平凡的人了。這句是說通過修練習靜與清齋，已沒有驕傲和損人之心。

53 《列子・黃帝》中說有人在海邊，常與海鷗相親，海鷗都不怕他，但他父親卻要他捉海鷗來玩，第二天他去海上，海鷗都不下來與他親近了。這句意思是我已沒有好勝害人之心，海鷗還有什麼不相信我的呢？

鳥鳴澗[54]

人閒桂花落，夜靜春山空。
月出驚山鳥，時鳴深澗中[55]。

54 這是〈皇甫岳雲溪雜題〉五首中的第一首。

55 這首詩的核心在一個「閒」字一個「靜」字，王維崇信佛教，而佛教正講究由閒入靜而達到無欲無念。在閒適心境中，人對自然微細的變動既敏感又安詳，恰如《祖堂集》卷三所引〈樂道歌〉所説「兀然無事坐，春來草自青」，所謂「人閒桂花落」即是在人安閒靜坐時體察到的花開花落，這個意思李嘉祐詩「閒花落地聽無聲」（〈送嚴員外〉）、宋王安石詩「細數落花因坐久」（〈北山〉）曾説到，王維自己的〈從岐王過楊氏別業應教〉「坐久落花多」也曾説到過。而在極靜謐的時候，常常又會聽到自然極細微的聲音，就像王維自己形容的「夜靜群動息，蟪蛄聲悠悠」（〈秋夜獨坐懷內弟崔興宗〉）似的秋夜蛩聲，這種細微的聲響更增加了四周的靜謐感，所以王維曾多次寫到過鳥鳴澗一類的意境，像「谷鳥一聲幽」（〈過感化寺曇興上人山院〉）、「谷靜泉愈響」（〈奉和聖制幸玉真公主山莊〉）、「谷靜惟松響」（〈過感化寺〉）等等，當然後兩句還令人想到曹操〈短歌行〉裡的「月明星稀，烏鵲南飛」。

鹿　柴[56]

空山不見人，但聞人語響。
返景入深林[57]，復照青苔上[58]。

木蘭柴[59]

秋山斂餘照，飛鳥逐前侶。
彩翠時分明，夕嵐無處所[60]。

56 王維吟詠自己輞川別業有《輞川集》二十首五言絕句，這首〈鹿柴〉以及下面所選的〈木蘭柴〉、〈竹里館〉、〈辛夷塢〉都是《輞川集》中的。柴：即柵籬，鹿柴是輞川別業中的一個地名。

57 返景：夕陽返照的光。

58 空山人語，反襯了山林的幽靜，青苔光影，更烘托深林的幽暗，但幽靜中有聲響，幽暗中有亮點，這正是王維詩的妙處。

59 《陝西通志》卷七三引〈小輞川記〉云「聚遠樓之東有廡，廡南有樓台，繞以朱欄，植玉蘭環之，題曰木蘭柴。」

60 彩翠：指落日餘照；夕嵐：黃昏山中煙氣。這首詩的意境頗像陶淵明〈飲酒〉中的「山氣日夕佳，飛鳥相與還」，但色彩絢麗得多。

竹里館[61]

獨坐幽篁裡[62]，彈琴復長嘯。
深林人不知，明月來相照。

辛夷塢[63]

木末芙蓉花[64]，山中發紅萼。
澗戶寂無人，紛紛開且落。

61 竹里館：輞川一個地名。
62 幽篁：幽深的竹林。
63 辛夷：木筆樹；塢：山間谷地。辛夷塢也是輞川一個地名。
64 木末：樹梢；芙蓉花：指紅色的辛夷樹花。

山中

荊溪白石出，天寒紅葉稀[65]。
山路元無雨[66]，空翠濕人衣。

田園樂[67]

其一

萋萋芳草春綠，落落長松夏寒[68]。
牛羊自歸村巷[69]，童稚不識衣冠[70]。

65 荊溪：本名長水，源出自陝西藍田西北。荊溪：一作「藍溪」；天寒：一作「玉關」，一作「玉川」。
66 元：原。
67 原題七首，這是第四、五、六首。
68 萋萋芳草：參見崔顥〈黃鶴樓〉注12；落落：高超不凡的樣子，漢杜篤〈首陽山賦〉「長松落落，卉木濛濛。」
69 參見〈渭川田家〉注2。
70 衣冠：指城市裡來的士大夫。這句是說鄉村兒童不像城裡人懂得禮儀，見了城裡士大夫渾然不知，反而更顯得淳樸

其二

山下孤煙遠村，天邊獨樹高原。
一瓢顏回陋巷，五柳先生對門[71]。

其三

桃紅復含宿雨，柳綠更帶春煙[72]。
花落家僮未掃，鶯啼山客猶眠[73]。

可愛，宋蘇軾〈浣溪沙〉中寫鄉村女子「旋抹紅妝看使君，三三五五棘籬門，相挨踏破蒨羅裙」也是這個意思，但多少有些士大夫自鳴得意調侃鄉下人的意味。

71 《論語・雍也》中孔子曾稱讚他的弟子顏回：「賢哉，回也。一簞食，一瓢飲，在陋巷，人不堪其憂，回也不改其樂，賢哉，回也。」後來常以顏回比擬安貧樂道、不落俗情的賢人，王維這裡是自喻。五柳先生：見〈輞川閒居贈裴秀才迪〉注34。

72 宿雨：夜間雨滴；春煙：春日晴嵐。

73 一夜風雨，落花繽紛，家僮尚未掃去，雨過天晴，群鶯亂啼，山居人猶未起身；這首詩寫夜雨晨晴的天氣、寫春天豔麗的景色、寫詩人閒適的心境，都十分細膩傳神而且凝練自然，所以宋人《玉林詩話》說它「最為警絕，後難繼者」，清人《絸齋詩談》卷五說它「何嘗不風流，只是渾含」。

送元二使安西[74]

渭城朝雨浥輕塵[75]，客舍青青柳色新[76]。
勸君更盡一杯酒，西出陽關無故人[77]。

74 元二：不詳；安西：即安西都護府，治所在今新疆庫車境內。這首詩題一作〈渭城曲〉，因為它在唐代曾被譜曲廣泛演唱，所以人們就取了它頭兩個字「渭城」為樂題，又因為末句「西出陽關無故人」要反覆疊唱，所以人們又叫它〈陽關三疊〉，劉禹錫〈與歌者何戡〉「舊人惟有何戡在，更與殷勤唱〈渭城〉」、白居易〈晚春欲攜酒尋沈四著作〉「最憶〈陽關〉唱，真珠一串歌」、李商隱〈飲席戲贈同舍〉「唱盡〈陽關〉無限疊，半杯松葉凍頗黎」、〈贈歌妓〉其一「紅綻櫻桃含白雪，斷腸聲裡唱〈陽關〉」，說的都是這首詩譜成的歌曲。

75 浥：濕潤。

76 楊柳與離別在古代似乎結下了不解之緣，自從《詩·采薇》「昔我往矣，楊柳依依」以來，文人墨客在楊柳的「依依」姿態、凡插必青等各個方面發掘它與離別的聯繫，以致於形成了條件反射。凡說楊柳，必想到離別，凡說到離別，必想到楊柳，於是楊柳便積澱成為別離的固定象徵與意象，其實倒是宋黃庭堅〈題陽關圖〉說得透徹，「渭城柳色關何事，自是離人作許愁」。不過，既然離別人已經愁緒滿懷了，看見青青柳色，想到明媚春日，當然就會愁上加愁，因為西去大漠戈壁裡只有風沙，沒有青青柳色與明媚春日。

77 更：再；陽關：在今甘肅敦煌南，與玉門關同為出西北的必經之地，因在玉門關南，所以叫陽關。宋人《環溪詩話》卷下說這兩句「寫送別之真情也」，為什麼？清沈德潛《唐詩別裁》說：「陽關在中國外，安西更在陽關外，言陽關已無故人，況安西乎？此意須微參。」其實說得並不對，別離傷情，千里也罷，百里也罷，陽關也罷，安西也罷，都是一樣的，這裡須注意「更」字，一勸再勸，一杯又一杯，並非僅是殷勤，而是戀戀不捨、依依惜別之意，這樣，有老友侑酒和下面無故人相迎就成了強烈對比，平添了幾許惆悵，《繉齋詩談》卷五評此詩說「凡情真

九月九日憶山東兄弟[78]

獨在異鄉為異客，每逢佳節倍思親。

遙知兄弟登高處，遍插茱萸少一人[79]。

以不說破為佳」，這首詩正是「不說破」，送別者的心情都潛藏在一個「更」字下。

78 這是王維早年的作品。九月九日是重陽節，古代有重陽佩戴茱萸登高飲菊花酒的習俗；山東：指華山以東，王維的家鄉就在這一帶。

79 茱萸：一名樧椒，一種有濃香的植物。《太平御覽》卷三十二引周處《風土記》說「九月九日……折茱萸房以插頭，言辟惡氣而御初寒。」這兩句是說，遙想故鄉的兄弟今天都在登高插茱萸，但我一個人卻獨自在異鄉，末句是從山東兄弟眼中寫來，所以《絸齋詩談》卷五說「不說我想他，卻說他想我，加一倍淒涼。」

送沈子福歸江東[80]

楊柳渡頭行客稀，罟師蕩槳向臨圻[81]。
惟有相思似春色，江南江北送君歸。

80 沈子福：不詳；江東：指今長江下游南岸地區，唐開元二十一年（七三三）分江南東道，治吳郡，轄區相當於今江蘇南部。

81 罟師：漁人；臨圻：岸邊。

祖詠・一首

祖詠（生卒年不詳），洛陽人。開元十二年（七二四）中進士，與王維是好朋友。他的詩寫得小巧細膩，尤其是一些景句寫得凝練精緻，似乎在下字和琢句上都很下功夫，像「砌分池水岸，窗度竹林風」（〈宴吳王宅〉）、「細煙生水上，圓月在舟中」（〈過鄭曲〉），而境界則比較狹小，情調也略顯低沉，如「澗鼠緣香案，山蟬噪竹扉」（〈題遠公經台〉）、「風簾搖竹影，秋雨帶蟲聲」（〈宿陳留李少府揆廳〉），好像不大有盛唐詩的自然高朗氣韻，反而像中唐人的蕭瑟窘迫味道。《峴傭說詩》說祖詠「蒼秀之筆與韋（應物）相近」，《全唐詩》卷一三一曾把兩首中唐李端的詩誤收於他的名下，也許都是由於這一原因。

終南望餘雪[1]

終南陰嶺秀[2]，積雪浮雲端[3]。
林表明霽色[4]，城中增暮寒[5]。

1 據說這是祖詠應試時的作品。唐代科考時寫詩曾規定五言六韻十二句，但祖詠只寫了這四句就交卷了。有人問他為什麼只寫四句，他回答：「意盡。」（《唐詩紀事》卷二十）

2 終南山在長安之南，從長安望去，只能看到終南山的北麓，古人把山南稱「陽」，山北稱「陰」，所以這裡說「終南陰嶺秀」。

3 遠遠看去山頭積雪像浮在雲間。

4 林表：林上；霽色：雪後晴光。

5 城裡傍晚寒意越發濃重。賀裳《載酒園詩話又編》說「愚意嫌一『增』字，『餘雪』者，殘雪也，不應雪殘而寒始增」，這話說錯了，所以黃白山評論說：「豈不聞『霜前暖，雪後寒』耶？」這就是現在俗話所說的「下雪不冷化雪冷」，祖詠的觀察還是很細膩的。

綦毋潛・一首

綦毋潛（生卒年不詳），字孝通，虔州（今江西贛縣）人。開元十四年（七二六）中進士，當過宜壽尉、集賢院直學士、秘書省校書郎、著作郎。殷璠《河岳英靈集》卷中說他「屹崒峭蒨足佳句，善寫方外之情」，前一句是指他的詩常有一些新巧的麗句，像「松覆山殿冷，花藏溪路遙」（〈題鶴林寺〉）、「潭影竹間動，岩陰簷際斜」（〈若耶溪逢孔九〉）、「潭煙飛溶溶，林月低向後」（〈春泛若耶溪〉）和「塔影掛清漢，鐘聲和白雲」（〈題靈隱寺山頂禪院〉），後一句是說他受佛教影響，詩裡總是滲透著一種幽深清遠的隱逸出塵意味。不過，綦毋潛的詩往往有佳句卻少佳篇，他的「方外之情」也常常過於直露，時時匆匆說出幾句來自佛典禪籍的詞語，使詩歌的「景」與「情」像油水分作兩處，理念化的結尾往往使那些「佳句」彷彿是浮在表層的點綴。

題靈隱寺山頂禪院[1]

招提此山頂，下界不相聞[2]。
塔影掛清漢，鐘聲和白雲[3]。
觀空靜室掩，行道眾香焚[4]。
且駐西來駕，人天日未曛[5]。

1 靈隱寺：在今浙江杭州西北靈隱山。

2 招提：佛寺。梵文 Caturdeśa 的本義是四方，招提僧坊即四方僧人的住所，北魏時修佛寺題名只用「招提」二字，後來就把佛寺也叫「招提」了。下界：人世，相對於天上世界而言，這裡是說佛寺在山頂，彷彿在天上，俗世之人不能了解。

3 這是唐詩裡有名的句子，殷璠《河岳英靈集》卷中說這兩句「歷代未有」，據說晚唐人張祜自負詩才，誇耀自己的詩句「樹影中流見，鐘聲兩岸聞」，也要拿綦毋潛這兩句來作比較（見《雲溪友議》）。其實張祜那兩句並不出色，遠比不上綦毋潛這兩句，這兩句的佳處一是他選擇了四個最適於表現佛教出塵脫俗意味的意象：渺渺的塔影、淡淡的銀河、悠遠的鐘聲和任意東西的白雲，二是他精心選擇了兩個極富有表現力的動詞來繫連這幾個意象，塔本立在地面，他卻說「掛」在銀河，於是不僅顯出它高，而且暗示了它的渺茫，鐘聲本與白雲毫不相干，他卻說「和」白雲，於是悠揚的鐘聲彷彿隨白雲悠悠而去並留下裊裊餘音。相形之下，張祜那兩句就顯得韻味不足了。

4 觀空：佛教術語，指靜靜地思考體驗一切本空的道理，以達到身心空寂境界。《仁王經・觀空品》「言觀空者，謂無相妙慧照無相境，內外並寂，緣觀共空。」行道：僧眾禮佛誦經時沿佛像右方旋繞的儀式。

5 駐：停；西來駕：指從西方來東土的佛祖；人天：人間；曛：日暮，天黑。

王昌齡・十首

王昌齡（六九八—約七五七），字少伯，京兆（今陝西西安）人，一說太原（今山西太原）人。開元十五年（七二七）中進士，當過秘書省校書郎，開元二十二年（七三四）又應博學宏詞科考試，當了汜水尉。開元二十七年（七三九）被貶嶺南，第二年北歸後再任江寧縣丞，不久又一次被貶龍標（今湖南黔陽）當縣尉。安史之亂中棄官家居，被刺史閭丘曉殺害。王昌齡在盛唐詩人中地位很高，在李白、杜甫還沒有被人拈出來作「雙子星座」的時候，彷彿他曾是當時詩壇的「天子」（《後村詩話》新集卷三引唐人《琉璃堂圖》），盛唐人殷璠選《河岳英靈集》時選他的詩也最多，在王維、李白之上，並認為他是四百年後復興詩歌「風骨」的兩主將之一。就在李、杜日漸「光焰萬丈長」並被尊為盛唐詩壇盟主的晚唐，人們數到那個時代的詩人，也在李、杜之後就立即會想起他，像顧陶《唐詩類選》的序文就說「杜、李挺生於時……其亞則昌齡」，司空圖《與王駕評詩》也說「沈、宋始興之後，傑出於江寧（王昌齡），宏肆於李、杜。」可是，到明代，人們再提起的時候，他的聲望似乎沒有那麼大了，但他的七言絕句還使他仍廁身於一流詩人之中，像王世貞就說「七言絕句，王江寧與（李）太白爭勝毫釐，俱是神品」（《唐音癸籤》卷十），他的弟弟王世懋也說「惟青蓮（李白）、龍標（王昌齡）二家詣極」（《藝圃擷餘》），這種說法到了清代似乎成了定論，就是那些平時論詩常好標新立異的詩論家也不得不承認這一點，像葉燮《原詩》卷四、宋犖《漫堂說詩》、沈德潛《唐詩別裁・凡例》，甚至那個一向很苛刻的王夫之《薑齋詩話》，說到七言絕句就一定會提到王昌齡，當然他們仍忘不了捎帶說一下李白。應該說，後代人以後代的審美習慣對古人詩歌挑挑揀揀雖免不了越俎代庖，但也常常能披沙揀金，時代的距離有時會給人以隔膜誤解，但有時也會給人以冷靜與公正。殷璠《河岳英靈集》卷中列舉的那些所謂「驚耳駭目」的詩句和現在盛傳的王昌齡名句無一相合，固然說明王昌齡在盛唐並非僅以七絕一體見長，但明清人只推重他的七絕卻絕非後人的偏見，如果我們用王昌齡《詩格》「搜求於象，心入於境」、「心偶照境，率然而生」、「力疲智竭，安放神思」這些理論來觀照他自己的詩作，那麼就可以發現只有他的七言絕句能夠將心靈、世界、語言和諧地融匯在一起，讓人感到他構思綿密細緻而表達自然流暢，換句話說就是深層意緒婉轉曲折而表層語言輕快流利，「和婉中渾成，盡謝爐錘之跡」（《詩藪》內編卷六），很吻合「意尚含蓄，語務從容」的美學原則，這也許是他正處於「學士院」詩人與「京城外」詩人之間，糅合了「雅」、「野」二體，綜合了聲律修辭與風骨氣勢兩種長處的結果，但他的五古、五律等體詩卻的確沒有七言絕句出色，有的寫得比較質樸卻缺乏明亮色彩與變化節奏，有的雖然明麗卻又羼入了六朝的陳詞濫調，至於那寥寥兩首七律，又寫得「拙弱可笑」（《詩藪》內編卷五），那不多幾首雜言歌行，則又沒有超過初唐人的水平。

塞下曲[1]

蟬鳴空桑林[2]，八月蕭關道[3]。
出塞復入塞，處處黃蘆草。
從來幽并客[4]，皆向沙場老。
莫學遊俠兒，矜誇紫騮好[5]。

1 塞下曲：唐代樂府歌曲題，來自漢樂府〈出塞〉、〈入塞〉，屬「橫吹曲」，多寫邊塞戰爭。原題一組三首，這是第一首。

2 空桑林：指邊塞秋天凋落後的桑樹林。

3 蕭關：據《元和郡縣誌》卷三，一為古蕭關，在原州平高縣東南三十里，一為唐代蕭關縣，在原州白草軍城，均在今寧夏固原附近。

4 幽并是幽州與并州，泛指今京津、河北北部、山西北部，《隋書・地理志》說：「自古言勇俠者，皆推幽并。」

5 紫騮：指駿馬。有人說這兩句是勸人莫學好名馬的遊俠兒，只會誇耀豪華而不去邊關出力，而應學幽并健兒駐守邊

越女

越女作桂舟，還將桂為楫[6]。
湖上水渺漫，清江不可涉。
摘取芙蓉花，莫摘芙蓉葉。
將歸問夫婿，顏色何如妾[7]？

從軍行[8]

其一

疆直到一生；也有人認為這兩句中的「遊俠兒」即指「幽并客」，是感嘆那些好勝逞強的年輕人為出風頭而死於沙場。

6 用桂木做船槳似乎被古人所珍視，《九歌・湘君》「桂櫂兮蘭枻」，桂櫂就是桂木船槳。

7 在王昌齡之前，有徐延壽〈人日剪綵〉寫了這種少婦嬌羞的神態：「擎來問夫婿：何處不如真？」但不如王昌齡這兩句意思複雜，既有嬌羞，又有矜誇；在王昌齡之後，有朱慶餘〈近試上張水部〉的「妝罷低聲問夫婿，畫眉深淺入時無」，似乎比王昌齡這兩句又進了一層，在嬌羞矜誇之外還多了一些言外之意。

8 從軍行：見楊炯〈從軍行〉注1。原題一組共七首，這裡選的是第一、二、四首。

烽火城西百尺樓[9]，黃昏獨坐海風秋[10]。
更吹羌笛關山月[11]，無那金閨萬里愁[12]。

其二

琵琶起舞換新聲，總是關山舊別情[13]。
撩亂邊愁聽不盡[14]，高高秋月照長城[15]。

9 烽火：邊境築高台，有敵入侵時白天燃煙，夜晚舉火以報警。

10 西北有不少大湖稱作海，這裡指湖風吹來的秋意。

11 〈關山月〉是樂府曲名，屬「橫吹曲」，《樂府詩集》卷二十三引《樂府解題》說「〈關山月〉，傷離別也」，所以下面轉入寫閨中人的萬里邊愁。

12 這一句唐汝詢《唐詩解》卷二十六，沈德潛《唐詩別裁》卷十九都說是戍邊的人在萬里之外念及家中親人而生愁，其實是誤解了詩意，他們只一串地從「更吹羌笛」看下去，以為「萬里愁」是吹笛人的離別之思，其實王昌齡在末句已經轉過一層，從閨中人眼中來望萬里邊塞了，所以說「無那」，無那即無可奈何，閨中人似乎遙遙聞笛，卻不能飛越萬里關山，所以愁緒萬端。這樣，詩就有了更廣闊的視境，有了重疊的剪影，也有了兩個彼此對立的視角。

13 總是：都是。

14 撩亂：心緒煩亂。

15 對於末句突然拓開轉而寫景，唐汝詢《唐詩解》卷二十六說「邊聲已不堪聞，其奈月照長城乎」，是把音樂聲與邊塞景放在一塊兒體味其中相聯繫的意蘊，而黃牧邨在《唐詩箋注》卷八中說「聽不盡」下已「無語可續」，「妙在即景以托之，思入微茫，魂遊惝恍，似脫實黏」，則是把琵琶邊愁與秋月長城打成兩截再來追尋意蘊的延伸，這兩種

其三

青海長雲暗雪山[16]，孤城遙望玉門關。
黃沙百戰穿金甲，不破樓蘭終不還[17]。

出塞[18]

秦時明月漢時關[19]，萬里長征人未還。

理解都可以，所謂「似脫實黏」，語脈斷而意脈不斷的好處就在於它供人玩味的空間極其闊朗。

16 青海：即今青海湖；雪山：指祁連山。

17 樓蘭：漢代西域的鄯善國，在今新疆鄯善東南。漢武帝時，樓蘭與匈奴屢次勾通，阻殺漢朝使臣，漢昭帝元鳳四年（前七七）平樂監傅介子用計斬其國王而還。這裡用這個典故，以「樓蘭」泛指西北之敵。末句也有兩種理解，一是說不擊破敵人絕不回還，表示將士豪氣干雲；一是說不擊敗敵人就不能回還，表示將士心中悲壯慷慨，「終」一作「竟」，如果用「竟不還」，則後一種理解也不是沒有道理的。

18 出塞：是樂府中「漢橫吹曲」中的舊題。

19 這句是久負盛名的名句。明楊慎《升庵詩話》卷二說「秦時雖遠征而未設關，但在明月之地，猶有行役不逾時之意，漢則設關而戍守之，徵人無有還期矣」，就是說秦朝遠征但還沒修築關隘，所以遠戍將士還可以回家，漢代修了邊防建築，因此將士長駐此地無回鄉之日，楊慎還特意說這幾個字「用意深矣」，其實這種看似落到實處的解釋

但使龍城飛將在[20]，不教胡馬度陰山[21]。

採蓮曲[22]

荷葉羅裙一色裁，芙蓉向臉兩邊開。

只是穿鑿附會，而所謂「用意深」乃是評論者的故作深刻，所以黃牧邨說「七字天設地造訓詁不得」（《唐詩箋注》卷八）；要認真講起來，也許「秦時明月漢時關」的真正用意是一種懷古傷今的起興：月亮還是秦時的月亮，邊關仍是漢代的邊關，古往今來，一代又一代的人拋枯骨灑熱血在這裡，這裡卻仍然還是秦時明月漢時關，正如唐汝詢所說的「月之臨關秦漢一轍，徵人之出俱無還期」（《唐詩解》卷二十六），這樣，使這一句詩中頓時有了開闊的空間與渺遠的時間，開闊的空間造成空曠寂寥的感覺，渺遠的時間引發悲涼失望的傷感，於是使人讀到它就感到內涵十分豐富而語言卻極其簡練，胡震亨《唐音癸籤》卷十說它「發端句雖奇，而後勁尚屬中駟」，王夫之《薑齋詩話》卷下說它「施之小詩未免有頭重之病」，雖然是從整體結構上著眼的批評，但也不能不承認這一句奇特而有分量，李攀龍選《唐詩選》以這首詩為壓卷之作，看法與胡、王相反，但據王世懋《藝圃擷餘》說，他也是「意止擊節秦時明月四字」。

20 龍城：一作盧城，清閻若璩《潛邱札記》卷二說指右北平，治盧龍縣，西漢飛將軍李廣曾當過右北平太守，所以這裡叫他「龍城飛將」。

21 陰山：即今西起河套，橫亙內蒙古，東與興安嶺相接的陰山山脈，漢代匈奴常從陰山南侵。

22 採蓮曲：樂府舊題，屬「清商曲」七曲中的第三曲。原題一組兩首，這是第二首。

亂入池中看不見[23]，聞歌始覺有人來。

長信秋詞[24]

奉帚平明秋殿開[25]，暫將團扇共徘徊[26]。
玉顏不及寒鴉色，猶帶昭陽日影來[27]。

23 這首詩的意思和梁元帝蕭繹〈碧玉詩〉「蓮花亂臉色，荷葉雜衣香」相似，但更有味道，說荷葉和羅裙都是綠的，芙蓉和臉都是紅的，所以人入池塘「看不見」。

24 《樂府詩集》卷四十三曾將這一題下兩首詩收入「相和歌・楚調曲」，題為〈長信怨〉，據說它來自〈婕妤怨〉。長信即長信宮，漢成帝時，班婕妤曾受到寵愛，後來漢成帝又寵愛趙飛燕姐妹，班婕妤失寵後怕受到趙飛燕姐妹的迫害，就請求到長信宮去侍奉太后，從此寂寞地度過一生。〈婕妤怨〉就是後人哀惜班婕妤所作的樂歌，〈長信怨〉也是以班婕妤的悲慘一生為內容的樂歌，多用來暗指宮妃精神的痛苦與生活的寂寞。這組〈長信秋詞〉共五首。這是第三首。

25 奉帚：持帚灑掃。平明：黎明。

26 相傳班婕妤曾寫有〈團扇詩〉，詩中說「常恐秋節至，涼飆奪炎熱。棄捐篋笥中，恩情中道絕」，暗中以團扇夏用秋棄比喻皇帝恩寵中途變化。這句說暫且與團扇一道徘徊，實際上是說宮妃也像團扇一樣的命運。

27 玉顏：指宮中女子的容貌；昭陽：昭陽宮，在長信宮東面，是趙飛燕妹妹趙合德的住地，據《漢書・外戚傳》說，

閨怨

閨中少婦不知愁，春日凝妝上翠樓[28]。
忽見陌頭楊柳色[29]，悔教夫婿覓封侯。

趙飛燕當皇后不久，漢成帝便不太寵愛她了，更喜歡她妹妹趙合德，於是常住昭陽宮；日影：即陽光，古代以太陽比君主，日影即指皇帝的恩寵。這兩句的意思是，我的花容月貌還比不上寒鴉，牠從東邊飛來，還能沾上一點昭陽宮裡的陽光。清人施補華《峴傭説詩》很讚賞這兩句，説它「羨寒鴉羨得妙……可悟含蓄之法」，為什麼説它「含蓄」，因為它一用典，不直接説，二不怨懟斥罵，「怨而不怒」，正如宋人魏慶之《詩人玉屑》卷十所説「句、意俱含蓄」。

28 凝妝：精心打扮。又，凝妝據説是以花上黃粉塗在額上，妝作少女。

29 陌頭：道邊；楊柳色：春天楊柳發青，遠別人一見就會感到時間的流逝；春天楊柳吐芽，閨中人見了會感到生活寂寞孤零；楊柳是別離的象徵，少婦不由得後悔當時不「留」（「柳」的諧音）住夫婿。所以下句説後悔讓丈夫去遠方征戰，掙個一官半職，還不如闔家團團圓圓共度春光，而現在「凝妝」雖好，又有誰來看！這裡，「忽見」二字是一個轉折，將「不知愁」到「愁」的心理變化寫得極為自然妥帖。另一位唐代詩人于鵠有一首〈題美人〉和這首詩有些相仿：「秦女窺人不解羞，攀花趁蝶出牆頭。胸前空戴宜男草，嫁得蕭郎愛遠遊」，但遠不如這首詩細膩曲折，也不如這首詩寓意深遠，更沒有這首詩的悲涼情調，倒像是在輕佻地調侃。

芙蓉樓送辛漸[30]

寒雨連江夜入吳[31]，平明送客楚山孤[32]。
洛陽親友如相問，一片冰心在玉壺[33]。

30 原題一組兩首，這是第一首。芙蓉樓：在潤州，即今江蘇鎮江，《元和郡縣誌》卷二十五記載「晉王恭為刺史，改創西南樓為萬歲樓，西北樓為芙蓉樓。」辛漸：不詳。

31 寒雨彷彿與江流一道在夜中降臨潤州，潤州為古吳國地盤。

32 由於夜來降雨，早晨送辛漸時，只見楚地山影在浩大的水面上顯得孤孤零零。

33 這個比喻早就有人寫過，像南朝宋鮑照的〈白頭吟〉「直如朱絲繩，清如玉壺冰」，像盛唐姚崇的〈冰壺誡〉「內懷冰清，外涵玉潤，此君子冰壺之德也」，但前者把「玉壺冰」三字連用，雖然簡練卻失去了對映疊影的層次，彷彿把玉、冰融成了一團，後者雖分開了玉、冰的象徵意義，卻用「內」、「外」二字畫地為牢，彷彿冰指內而玉比外，冰只清而玉只潤，王昌齡這一句則冰心玉壺互相映發，一片晶瑩，又不用任何說明性的理念文字，也不用任何「如」之類的明喻字樣，於是比較起來生動含蓄得多。許多人都聯繫《河岳英靈集》卷中關於王昌齡「奈何晚節不護細行，謗議沸騰」的記載，認為這一句有表白心跡的意思，這固然很有可能，但這樣來讀詩有可能把詩讀成了申訴書或上告狀，未免煞風景。

常建 · 二首

常建（生卒年及籍貫均不詳），開元十五年（七二七）中進士，當過縣尉一類小官，也曾一度隱居山林。他在開元、天寶之間詩名極盛，殷璠選《河岳英靈集》把他列在卷首，選詩數量也僅次於王昌齡、王維，比李白、孟浩然都多。直到宋代，歐陽修還極力稱讚他的詩，覺得「竹徑通幽處，禪房花木深」兩句好得不得了，「欲效其語作一聯，久不可得，乃知造意者為難工也」（《續居士集》卷二十三〈題青州山齋〉）。但明清以來，對常建的評價卻越來越低，施補華《峴傭說詩》把他和王昌齡、孟浩然綁在一道，說他們的五古比起王維來「篇幅較窘」，而毛先舒《詩辯坻》卷三則乾脆把他單挑出來，說他的七絕是盛唐「最劣」，好的不過中唐水平，卑的則是宋人格調，於是除了〈題破山寺後禪院〉外，常建彷彿被人輕輕拋在一邊沒人理會。其實，常建也可以算盛、中唐詩風嬗變的一個中間標誌，他五律中的「清微靈洞」的意境和精巧工致的語詞（《詩筏》），開啟了大曆乃至晚唐的詩風，而他那幾首古體歌行，又隱隱與李賀歌詩有一定的關係，這一點清代賀裳看得很準，他在《載酒園詩話又編》裡說：「此實唐風之始變也。吾讀盛唐諸家，雖淺深濃淡奇正疏密各自不同，咸有昌明之象，獨常盱眙如去大梁、吳楚而入黔、蜀，觸目舉足，皆危崖深箐，其間幽泉怪石，良非中州所有，然亦陰森之氣逼人。」

古興[1]

轆轤井上雙梧桐[2]，飛鳥銜花日將沒。
深閨女兒莫愁年[3]，玉指泠泠怨金碧[4]。

1 古興指仿效古代興體詩歌而作的詩。興是一種即景抒情的詩歌寫作手法，《詩・周南・關雎》的小序說：「詩有六義……四曰興」，朱熹《詩集傳》解釋說：「興者，先言他物以引起所詠之詞也。」這首詩的頭兩句就是「興」，它只是以景烘托一種氣氛，與下面的內容並沒有直接的邏輯關係，最多有一些暗示意味。

2 轆轤：井上汲水的裝置。

3 莫愁年：莫愁的年歲。莫愁，古代詩歌中經常吟詠的一個女子，參見沈佺期〈古意呈補闕喬知之〉注11。

4 玉指泠泠：指手指彈奏樂器，發出幽怨樂聲。金碧：指豪華富裕的生活。

石榴裙裾蛺蝶飛[5]，見人不語顰蛾眉。
青絲素絲紅綠絲，織成錦衾當為誰[6]？

題破山寺後禪院[7]

清晨入古寺，初日照高林。

5 石榴紅色的裙裾上繡著彩蝶。
6 錦衾：錦繡被子。
7 破山寺：即興福寺，在今江蘇常熟虞山北麓。

曲徑通幽處[8]，禪房花木深[9]。
山光悅鳥性，潭影空人心[10]。
萬籟此俱寂，但餘鐘磬聲[11]。

8 曲徑通幽處：彎曲的小徑通往幽靜深邃之處。宋人吳可《藏海詩話》說當時破山寺刻了這首詩，這一句作「一徑遇曲處」，並說用「遇」字是為了與下句「花」字相應，都成「拗」字，而宋人姚寬《西溪叢語》卷上則記歐陽修在青州題這首詩，作「竹徑遇幽處」，「不知別本邪，抑永叔改之邪？」但無論「竹徑」還是「一徑」，都不如「曲徑」有遮蔽視線的趣味，中國的園林用照壁、迴廊、假山都是為了避免一覽無餘，而「曲徑」也是如此，才能與下面「幽處」互相照應；而「通」字則有使視線向遠處延伸的意味，下一「通」字能使人遙想小徑彎曲直向幽處的情景，若用「遇」字，則彷彿小徑即在幽處，少了不少含蓄深遠的意趣。

9 禪房深藏於花木叢中。這就是上句的「幽處」。

10 山光使野鳥怡然自得，潭影使人們心中俗念消淨。

11 一切聲響在這裡都消失了，只剩下寺院裡的鐘磬聲。

李頎・四首

李頎（生卒年不詳），趙郡（今河北趙縣）人，居住潁陽（今河南許昌附近）。開元二十三年（七三五）中進士，當過新鄉縣尉，後棄官回鄉隱居。從他的詩來看，他是個志向很高的文人，心裡總有很多欲望，時而學佛習禪，時而學道餌丹，一會兒想出世，一會兒想入世，忽而覺得應當棄文就武取功名，後悔「徒爾當年聲籍籍，濫作詞林兩京客」（〈放歌行答從弟墨卿〉），忽而覺得應當讀書求祿位，後悔早年荒唐，「早知今日讀書是，悔作從前任俠非」（〈緩歌行〉），所以心裡總是沉甸甸地揣著一腔悲涼憤慨，以致於聽琴、聽胡笳、聽觱篥，都聽出「霜淒萬樹」、「長風吹林」的「寒颸颼」、「亂啾啾」味兒來（參〈琴歌〉、〈聽董大彈胡笳聲兼寄語房給事〉及〈聽安萬善吹觱篥歌〉）。這種情懷滲入他的詩歌，則使他的詩呈現了盛唐特有的宏放的悲涼和高曠的哀婉，使得清人賀貽孫《詩筏》不得不用「幽細」和「沉壯堅老」兩個幾乎內涵相矛盾的印象式詞語來評論他的詩風。距離李頎時代很近的殷璠曾對李頎詩歌有過十六字評語：「發調既清，修辭亦秀。雜歌咸善，玄理最長」（《河岳英靈集》卷上），前兩句說的是李頎詩既有高朗的意境又有秀麗的意象，既有雄放的氣勢又有精緻的語言，歷代詩論家均無異詞接受了這一說法，但後兩句說到李頎詩的眾體皆佳富於哲理時，卻被後世詩論家輕輕放過不置一詞。自從明代頗負盛名的李攀龍把李頎和王維並稱為盛唐七律頂峰後，明、清詩話幾乎都首肯了這種說法，就連最自負的王士禛也隨聲附和「唐人七言律，以李東川、王右丞為正宗」（《師友詩傳錄》），雖然明代王世貞曾說過王維、李頎「極風雅之致而調不甚響」，但也只能抬出「大國武庫」杜甫來壓一頭，仍不能不承認「老杜外，王維、李頎、岑參耳」（《藝苑卮言》卷四），似乎只有清人吳喬《圍爐詩話》卷二反潮流，說「李頎五律高澹大勝七律」，但他並沒有道出個子丑寅卯，於是誰也不把他當一回事兒，說到李頎，仍是「七律聖手」，全不把殷璠「雜歌咸善」四字放在心上，儘管李頎七律只有寥寥七首，而這七首中又只有三、四首出色。其實，除了這三、四首七律「圓如貫珠」（《國雅品》）之外，值得一提的是他那三、四十首七言或雜言歌行體詩，這些詩不僅氣脈流暢、節奏變幻，而且蘊含了他對世態炎涼、人情冷暖的喟嘆，許多直率、辛酸的話語決不是人云亦云的套話，而是心直口快的陳述，也表達了他心中的欲望、理想與矛盾。這一切都彷彿小孩兒家口沒遮攔似地寫來，絕不像後代文人那麼扭捏造作猶抱琵琶半遮面，也不像近體詩那樣各種欲望在象徵典故中躲躲閃閃，《吳禮部詩話》說李頎詩「尤有古意」，不知是否就指的是這種慷慨悲涼直抒胸臆的風格。

古從軍行[1]

白日登山望烽火，黃昏飲馬傍交河[2]。
行人刁斗風沙暗[3]，公主琵琶幽怨多[4]。
野雲萬里無城郭，雨雪紛紛連大漠。
胡雁哀鳴夜夜飛，胡兒眼淚雙雙落[5]。
聞道玉門猶被遮[6]，應將性命逐輕車[7]。
年年戰骨埋荒外，空見蒲桃入漢家[8]。

1 從軍行：古樂府詩題，多寫軍旅征戰生活，屬「相和歌辭．平調曲」，李頎是擬古樂府之作，所以叫〈古從軍行〉。
2 交河：在今新疆吐魯番，因兩河交叉環抱而得名，唐代為安西都護府治所。
3 刁斗：古代軍中的銅炊具，可容一斗，夜間用來敲擊報更。
4 傳玄〈琵琶賦〉記載漢代烏孫公主遠嫁昆彌，在路上曾讓樂工「載琴箏築箜篌之屬為馬上之樂」，一樂器就是琵琶。
5 這裡的「胡兒」指的是遠在西北邊陲的士兵，不是像通常那樣指少數民族。
6 遮：攔阻。《漢書．李廣利傳》及《史記．大宛傳》都記載漢武帝時，曾派使關閉玉門關，以斷絕出關打仗的漢軍的退路，並命令「軍有敢入，斬之。」
7 輕車：漢代有輕車將軍。這裡指領兵征戰的將領。
8 《漢書．西域傳》記載當時「漢使采蒲陶、苜蓿種歸」，蒲桃、蒲陶即葡萄，漢代傳入中原。這裡是說將士的犧牲

送劉昱[9]

八月寒葦花，秋江浪頭白。
北風吹五兩[10]，誰是潯陽客[11]？
鸕鷀山頭微雨晴，揚州郭里暮潮生。
行人夜宿金陵渚[12]，試聽沙邊有雁聲[13]。

只換來葡萄種進入皇家園林或葡萄酒進入漢家宮廷。

9 劉昱：不詳。

10 古人測風向，用五兩雞毛紮在高竿或旗杆上看它飄動的方向，這種簡易的測風器叫「五兩」或「綄」，王維〈送宇文太守赴宣城〉一詩中也有「何處寄相思，南風吹五兩。」

11 潯陽客：指劉昱即將遠客潯陽。潯陽在今江西九江。

12 鸕鷀：鸕鷀堰，在今揚州、鎮江一帶；揚州：今江蘇揚州；金陵：今江蘇南京。以上三地都是劉昱即將經過的地方。

13 《唐詩解》卷十七說，這句之所以用「雁聲」，是因為「雁集必有儔侶，故離別者興思焉」，也就是說用群聚的雁反襯離別者的孤獨與悲哀。

送魏萬之京[14]

朝聞遊子唱離歌，昨夜微霜初渡河[15]。
鴻雁不堪愁裡聽，雲山況是客中過[16]。
關城樹色催寒近，御苑砧聲向晚多[17]。

14 魏萬：後名魏顥，號王屋山人，上元初登第，與李白是好朋友，曾為《李白集》作過序。之：往。

15 通常認為這兩句是跨句倒裝的句式，方東樹《昭昧詹言》說：「言昨夜微霜遊子今朝渡河耳，卻煉句入妙。」那麼這兩句的正常語序應當是「昨夜微霜，朝聞遊子唱離歌初渡河」，也就是昨夜降了微霜，今天早晨，聽見你唱著離歌渡河而去。但這種解釋有些令人懷疑，一是這種句法太特殊，既跨句又倒置，似乎不可思議，二是這種理解有些轉彎抹角過了頭，三是「初」字無法圓滿解釋。其實，可以把這兩句看作只是在時間敘述上有意倒敘：早上聽見你唱起離別歌離去，昨晚薄薄的霜初次降在河這邊。用「渡」字形容物候隨地域變化，就好似杜審言〈和晉陵陸丞早春遊望〉中「梅柳渡江春」的「渡」字一樣。遊子，指魏萬；離歌，告別之歌。一作「驪歌」，逸詩有〈驪駒〉篇，《漢書》卷八十八〈王式傳〉記載這是告別時客人唱的，「客歌〈驪駒〉，主人歌〈客毋庸歸〉」，歌詞是「驪駒在門，僕夫具存；驪駒在路，僕夫整駕」，李白〈灞陵行送別〉詩就有「正當今夕斷腸處，驪歌愁絕不忍聽」。

16 鴻雁鳴叫本來已令人心憂，何況正當別離之愁的時候聽到它，雲霧山本來就難行，何況是在客遊四方的漂泊途中經過它。

17 關城：潼關；御苑：皇家宮苑，指長安。本來是寒氣催樹色變黃，這裡故意倒著說樹色使寒意迫近，一方面為對仗，一方面使語言更遠離日常話語而富於詩味。

莫見長安行樂處，空令歲月易蹉跎[18]。

絕 句[19]

遠客坐長夜，雨聲孤寺秋。
請量東海水，看取淺深愁[20]。

18 不要看到長安是行樂之地，就讓歲月年華白白地浪費掉了。《升庵詩話》卷六說這兩句和杜審言「始出鳳凰池，京師易春晚」句一樣，「蓋言繁華之地，流景易邁」。

19 這首缺了詩題的詩不見於《全唐詩》及各種唐人選本，見於宋人洪邁《容齋隨筆》卷四。

20 洪邁評這首詩說：「作客涉遠，適當窮秋，暮投孤村古寺中，夜不能寐，起坐悽惻，而聞簷外雨聲，其為一時襟抱，不言可知。而此兩句十字中，盡其意態。海水喻愁，非過語也。」

李白・二十二首

李白（七〇一—七六二），字太白，先祖據說是隴西成紀（今甘肅天水）人，但很早遷徙到西域，李白就出生在中亞碎葉（今哈薩克斯坦托克馬克，一說在新疆庫爾勒和焉耆附近）。他五歲時隨父遷回綿州彰明（今四川江油），二十五歲時「仗劍去國，辭親遠遊」（〈上安州裴長史書〉），離開蜀中，到處漫遊。據說十年間他仗劍任俠，學仙訪道、飲酒賦詩，結交文友，闖出了不小的名聲，以致於比他年長了四十多歲的老詩人賀知章都對他驚佩不已，稱他為「謫仙人」，稱他的詩「可以泣鬼神」（參見孟棨《本事詩・高逸》及王定保《唐摭言》卷七），於是他的狂放性格和天賦詩才都一下子聞名遐邇。靠著這種名氣和一些手眼通天的道教徒的推薦，天寶元年（七四二）他第二次入京時當上了供奉翰林並受到唐玄宗特殊禮遇，據說玄宗不僅親自迎接，以七寶床賜食，還親手為他調羹（參見李陽冰〈草堂集序〉、范傳正《唐左拾遺翰林學士李公新墓碑》），但唐玄宗並沒有把他當成輔弼之才委以重任，而只不過把他視為「敏捷」詩人來養一個清客，李白也並不是胸懷韜略能匡時經國的政治家，而只是一個天真狂放的詩人在做入世之夢。所以不過兩年，這個皇帝和文人的「蜜月」就在重重猜忌、挑撥、讒毀下結束了，唐玄宗仍當他的天子，李白仍四處漫遊作他的詩，直到安史之亂爆發，玄宗退位，李白也又一次結束了他浪漫的詩人生活，入了永王李璘的幕府去討伐叛亂。可是至德二年（七五七），李璘由於受朝廷猜忌被擊敗，李白又被牽連，受到流放夜郎（今貴州桐梓）的處分，幸而中途遇赦才得返回。上元二年（七六一）六十一歲的李白從金陵出發，到臨淮（今安徽泗縣）參加太尉李光弼的軍隊去討伐叛亂，不料中途生病只能返回，第二年就病逝於當塗縣令李陽冰處。

李白是盛唐最有天賦的詩人，「豪放」、「飄逸」是古人談論李白詩時最常用的詞眼，它們和今人最愛用的「浪漫主義」、「富於想像」等文學批評術語一樣，用在李白詩的評論上有足夠的依據和充分的概括力，但在這裡我們想揀出另外一個詞來形容李白的詩，這就是宋代王安石首先使用過的那個「快」字（《冷齋夜話》與《捫蝨新話》均引王安石語說李白「詞語迅快」）。「快」在中國最古老最權威的字典《說文解字》裡是「喜也」，但人們常用於詩評的卻是它的引申義「疾速」（《說文解字注》），以及再引申義「爽快」、「痛快」、「暢快」，王安石所謂的「快」似乎沒有兼容這許多意思在內，但後來《韻語陽秋》卷一所謂「思疾而語豪」的「疾」、《四溟詩話》卷二引孔文谷所謂的「然卻太快」的「快」，《小澥草堂雜論詩》所謂的「只是一爽字」的「爽」，大約都涵蓋了爽快、痛快、暢快之意，這使李白的詩得了這樣一個形象卻不怎麼雅緻的比喻：「飢鷹下掠。」

不過，我們這裡說李白詩「快」更側重於指他詩思與詩語之間的疾速。李白身上濃重的詩人氣質和豪爽的天真性情使他不願意像其他詩人那樣斟字酌句，涵詠體味，把心頭的意思掖掖藏藏，也不願意被詩律聲病捆手綁腳，弄得磕磕絆絆，他的心思和他的話語之間彷彿沒有閘門，心頭的衝動總是那麼急不可耐、爭先恐後地從喉嚨裡奔跑出來，於是，他的詩一方面由於「迅快」而自然流暢、氣脈貫通，所謂「語多卒然而成者」（《滄浪詩話》），即明江盈科《雪濤詩評》說的「青蓮是快活人，當其得意，鬥酒百篇」，往往寫來就彷彿「小孩兒家口沒遮攔」似的心直口快地表現著他的情感和性格，所謂「他人作詩用筆想，太白但用胸口一噴即是」，就是說他完全是以「我」為主，隨情緒變化來安排詩歌氣脈的曲折，而絕不像杜甫一流以學力與技巧取勝的詩人那樣含蓄曲折，靠語言詞句上費心安排，因而後人就把他評別人詩的兩句話「清水出芙蓉，天然去雕飾」轉用在他自己身上；一方面由於「迅快」而顯出了豪爽瀟灑，所謂「思疾而語豪」，就是說他「興酣落筆而不自覺，然逸氣橫生」（《劍溪說詩又編》），他是一個極端自信自大的文人，他自認為是「巢由以來，一人而已」的天才（〈代壽山答孟少府移文書〉），是「謫仙人」（〈答湖州迦葉司馬〉），所以說話從不扭扭捏捏躲躲閃閃，而是嗓門大，喉嚨粗，「跌宕自喜，不閑整栗」（《詩辯坻》卷三），再加上他把從道教那裡學來的五花八門的神話仙話鬼話一古腦寫在詩裡，把自己幻想到的種種奇幻譎詭的幻象、自己膨脹得無邊無際的自信和古往今來各種句法語詞統統捏在一塊，於是使眼花繚亂的讀者不得不被他的想像所震懾，才氣小的後人不得不被他的氣勢壓倒，只好驚嘆他「言在口頭，想出天外」（《詩概》）、「仙人無蹤跡可躡」（《峴傭說詩》），所以後來的不少詩論家只好挪借杜甫寫李白其人的一句詩「飛揚跋扈為誰雄」（〈贈李白〉）來評李白的詩（《詩筏》及《載酒園詩話又編》）。

當然，說李白詩「快」不是說他寫詩只憑天賦可以衝口而出，後來不少人學李白而「畫虎不成反類犬」變成了粗率俗滑，證明李白並非沒有本錢的買空賣空，相反他「五歲誦六甲，十歲觀百家」（〈上安州裴長史書〉），肚子裡積攢了雄厚的詩家資本，所以他可以從上自《詩經》、《楚辭》下至齊梁詩人那裡挪借來無數詩材。在盛唐詩人中他是學古最多的一個，杜甫用陰鏗、鮑照、庾信來比擬他的詩，也許只是朋友間互相讚美的例行用語，但李白自己反覆吟詠阮籍、謝朓等人，無疑是亮出了自家的底牌，清人《劍溪說詩》卷上就曾說到「太白詩有似《國風》、《小雅》者，有似《楚辭》者，似漢魏樂府及古歌謠雜曲者，有似曹子建、阮嗣宗者，有似鮑明遠者，似謝玄暉者，又有似陰鏗、庾信者，獨無一篇似陶。」這裡前面一段說得有理，卻忘了李白模擬對象中還有左思、謝靈運，他的〈古風〉中一些詩意直接來自左思〈詠史〉，而「襟前林壑斂暝色，袖上煙霞收夕霏」則只是給謝靈運〈石壁精舍還湖中作〉兩句名句加了帽子；後面一句則結論下得太乾脆，其實李白〈月下獨酌〉四首、〈春日獨酌〉二首，〈下終南山過斛斯山人宿置酒〉全是擬陶，其中「孤雲還空山，眾鳥各已歸。彼物皆有托，吾生獨無依」簡直就是從陶淵明〈詠貧士〉中抄出來的。

可是由於他的詩來得太「快」，使他自己的詩思來不及細細琢磨，自己的詩語來不及修飾，而古人的詩材、意境、語言也常常消化得不夠細緻，於是就像清人毛先舒《詩辯坻》卷三所說「飄逸而失之輕率」，便使他的詩時有粗糙、時有淺近，有時自己的意思「開門見山」就說得乾乾淨淨（《滄浪詩話》），以致於後面敷衍成篇，有時古人的詩材疙疙瘩瘩囫圇亙在詩中以致於全篇不諧。有時候他的橫溢天才使他的獨創個性凸現得淋漓盡致，使人們不得不佩服他「奇之又奇，自騷人以還，鮮有此體調」（《河岳英靈集》卷上），有時候卻不免讓人總是看出他的模擬底色，像《蔡百衲詩評》所說的「時作齊梁人體段」（《竹莊詩話》卷一引），《藝苑卮言》所說的「樂府……尚沿六朝舊習」、《峴傭說詩》所說的「五言古猶是魏晉舊制」。於是有人甚至把杜甫〈春日憶李白〉中「重與細論文」的「細」字看成了「譏其太俊快」或「譏其欠縝密」的文學批評（《韻語陽秋》卷一、《鶴林玉露》卷六），就像清人陳廷焯《白雨齋詞話》所說的「粗而不精，枝而不理」。這種說法雖然有些老吏斷獄的苛刻，卻也有老吏斷獄的明細，在這一點上應當承認，李白儘管囊括了古代詩歌傳統卻沒有把它消化吸收為自己的東西，他的天才足以讓他左右採擷隨心所欲，但他的「迅快」並不足以讓他重建一套新的詩歌語言，所以《竹莊詩話》卷五說他「格止於此而已，不知變也」，在這個意義上他只是一個總結前代的詩人而不是開創後代的詩人，不像杜甫那樣善於把詩史傳統的終點和未來詩史的起點連接在自己手中，將傳統詩歌的語言技巧更新變異開創出新的詩歌天地。

古風[1]

其一

西上蓮花山，迢迢見明星[2]。
素手把芙蓉，虛步躡太清。
霓裳曳廣帶，飄拂升天行[3]。
邀我登雲台，高揖衛叔卿[4]。

1 原題共五十九首，這裡選的是第十九、四十一首。

2 蓮花山：即華山西峰，《太平御覽》卷三九引〈華山記〉「山頂有池，生千葉蓮花」，因而得名。明星即華山明星峰，《陝西通志》卷八：「華岳三峰，芙蓉、明星、玉女」，據《太平廣記》卷五九說，有明星玉女「居華山，服玉漿，白日昇天」。

3 明星玉女纖纖素手拿著芙蓉，輕盈地凌空而行，虹霓似的衣裳拖著寬闊的飄帶，飄飄颻颻地升上藍天。

4 雲台峰在華山東北，慎蒙《刻名山諸勝一覽記》說它「上冠景雲，下通地脈，嶷然獨秀，有若靈台。」衛叔卿：西恍恍與之去，駕鴻凌紫冥[5]。
俯視洛陽川，茫茫走胡兵。
流血塗野草，豺狼盡冠纓[6]。

其二

朝弄紫泥海，夕披丹霞裳[7]。
揮手折若木，拂此西日光[8]。

漢人，據說是仙人，居於華山。

5 駕鴻：乘鴻雁；紫冥：高空。這句彷彿郭璞〈遊仙詩〉「駕鴻乘紫煙」。

6 這種從幻想一下子轉入現實的寫法彷彿《離騷》末尾的「忽臨睨夫舊鄉」。據不少人考證，這首詩寫於至德元年（七五六）安史之亂時，所以詩裡寫了洛陽城裡的「胡兵」、百姓的流血和敗類的陞遷。胡兵指羅、奚、契丹、室韋等民族跟從安史叛亂的軍隊；冠纓是古人束髮的帽子和繫冠的絲帶，這裡指做官。

7 《洞冥記》記載東方朔三歲時失蹤，累月才歸，後又離去，經年方歸，他母親問他到哪裡去了，他說「兒至紫泥海，有紫水污衣，仍過虞淵湔浣，朝發中返，何云經年？」顯然紫泥海是傳說裡天上的海名，東方朔去轉了一上午，而他母親卻等了一年，可見那是天上的時間。李白這裡就想像自己也和東方朔一樣，早上在紫泥海遊玩，黃昏則又轉到西面太陽落山的地方披上了晚霞，就像《離騷》裡「朝發軔於天津兮，夕予濟乎西極。」

8 若木：傳說中崑崙西邊的大樹。《離騷》中有「折若木以拂日」，李白這兩句就從這句中化來。

雲臥遊八極，玉顏已千霜[9]。
飄飄入無倪，稽首禮上皇[10]。
呼我遊太素[11]，玉杯賜瓊漿。
一餐歷萬歲[12]，何用還故鄉。
永隨長風去，天外恣飄揚。

蜀道難[13]

噫吁嚱[14]！危乎高哉！

9 八極：極邊遠的八方；千霜：歷經千年。

10 無倪：無邊際；上皇：天帝。

11 太素：古人傳說中的天上境界。

12 前面「玉顏已千霜」和這句「一餐歷萬歲」都是李白根據「天上一日地下一年」之類的傳說想像出來的時間變形。

13 〈蜀道難〉本是六朝「瑟調曲」的舊題，都以蜀道險阻為內容，李白這首詩也是寫入蜀道路的艱難險峻。

14 噫吁嚱是驚嘆詞，和屈原詩裡的「已矣哉」，漢樂府裡的「妃呼稀」、「伊那何」一樣，不過，據《宋景文筆記》說「蜀人見物驚異，輒曰噫嘻，李太白作〈蜀道難〉因用之」，那麼它可能只是蜀人驚嘆時特有的嘆呼聲，宋代另一個蜀道之難，難於上青天。
蠶叢及魚鳧，開國何茫然[15]。
爾來四萬八千歲，不與秦塞通人煙。
西當太白有鳥道，可以橫絕峨眉巔[16]。
地崩山摧壯士死，然後天梯石棧相鉤連[17]。
上有六龍回日之高標，
下有衝波逆折之回川[18]。

蜀中文人蘇軾在〈後赤壁賦〉中也曾用過它，只是多了一個字，變成了「嗚呼噫嘻」。

15 蠶叢、魚鳧：傳說中古蜀國的國王。茫然：指蜀國開國史事悠久渺茫，難以確知。

16 鳥道：飛鳥往還的痕跡，指險峻高遠的羊腸小道。這幾句說古來蜀國與秦地之間隔絕，只有一條險峻的小路把太白山和峨眉山連接起來，李白〈送友人入蜀〉也寫到「見說蠶叢路，崎嶇不易行。」

17 揚雄《蜀王本紀》、常璩《華陽國志・蜀志》都記載了一個傳說：秦惠王許嫁五名美女給蜀王，蜀王派五丁力士去迎接，行至梓潼，有一大蛇鑽入山穴，五力士共掣蛇尾，忽然山嶺崩塌，壯士、美女、蛇都被壓死，但山也因此分成五嶺，從此終於開通了秦蜀之間的道路，李白這兩句即用這個傳說。石棧是在直立山崖上鑿孔架木而成的通道，川陝之間古時多靠它交通往來。

18 古代傳說，羲和駕六龍載日神每天從東到西，這裡說蜀中山高，連羲和所駕的六龍之車也不得不折回；高標：高山，左思〈蜀都賦〉寫蜀中之山的高峻就說「陽烏回翼乎高標」，這句就是從左思賦中脫化來的；而這種「上有……下有……」的句式是從楚辭、漢賦中演變來的，李白好像很喜歡這種句式，在〈長相思〉、〈灞陵行送別〉等詩中也黃鶴之飛尚不得過，猿猱欲度愁攀援。
青泥何盤盤，百步九折縈岩巒[19]。
捫參歷井仰脅息，以手撫膺坐長嘆[20]。
問君西遊何時還，畏途巉岩不可攀。
但見悲鳥號古木，雄飛雌從繞林間，
又聞子規啼，夜月愁空山[21]。
蜀道之難，難於上青天，使人聽此凋朱顏。
連峰去天不盈尺，枯松倒掛倚絕壁。
飛湍瀑流爭喧豗，砯崖轉石萬壑雷[22]。

曾一用再用。

19 青泥嶺是由陝入川要道，《元和郡縣誌》卷二十二說它在興州長舉縣（今陝西略陽），「懸崖萬仞，上多雲雨，行者屢逢泥淖，故號為青泥嶺」；盤盤：山路彎曲盤旋；縈：繞。

20 參、井：天上星宿，參是二十八宿中西方七宿之一，井是南方七宿之一，古人認為天上星宿與地下區域有對應關係，參是蜀的分野，井是秦的分野，李白這句「捫參歷井」是說蜀道高處可以捫摸到天上的星宿；仰脅息：仰面感到壓抑，於是不敢出氣；膺：胸。

21 子規：杜鵑，傳說杜鵑是蜀帝魂魄所化，牠的叫聲是「不如歸去」。

22 喧豗：急流直下時的轟鳴聲；砯：水衝擊岩石。李白〈劍閣賦〉也寫到「飛湍走壑，灑石噴閣，洶湧而驚雷。」

其險也如此，嗟爾遠道之人胡為乎來哉？
劍閣崢嶸而崔嵬[23]，一夫當關萬夫莫開。
所守或匪親[24]，化為狼與豺。
朝避猛虎，夕避長蛇，
磨牙吮血，殺人如麻。
錦城雖云樂[25]，不如早還家。
蜀道之難，難於上青天，側身西望長咨嗟[26]。

23 劍閣：在今四川劍閣北，大劍山與小劍山夾峙一條險峻的小道，易守難攻，是川北門戶，又稱劍門關，〈劍閣賦〉也說「咸陽之南直望五千里，見雲峰之崔嵬，前有劍閣橫斷，倚青天而中開。」

24 或匪親：若不是可靠的人。

25 錦城：成都古代以產錦聞名，朝廷曾設官於此專收錦織品，故稱錦城或錦官城。

26 這首詩句法參差怪異，完全打破了樂府詩的節奏，倒把楚辭、古賦或古文的句式夾雜在裡邊，所以讓人覺得它「奇之又奇，自騷人以還鮮有此體調」（《河岳英靈集》卷上），加上詩意跳蕩變幻，視境光怪陸離，所以又讓人覺得它「白雲從空，隨風變滅」（《唐詩別裁》），以致於後人猜測紛紛，弄出許多穿鑿附會的意思，有人說它是在斥罵劍南節度使嚴武迫害杜甫（像唐范攄《雲溪友議》），有人說它是在諷詠安史之亂時唐玄宗逃往四川的事（元蕭士贇《分類補註李太白集》），其實都「傅會不足據」、「失之細而不足味矣」（明胡震亨《唐音癸籤》卷二十一），李白有一篇送友人入蜀的〈劍閣賦〉，其中很多句子的句式、意思都和這首〈蜀道難〉相似，所以這首〈蜀道難〉也可以說是送友人入蜀的作品，至於詩裡參差的句式，有人說是李白天才，可以操縱任何句法，所以是「筆陣縱橫，如虬飛

將進酒[27]

君不見，黃河之水天上來，
奔流到海不復回。
君不見，高堂明鏡悲白髮，
朝如青絲暮如雪[28]。
人生得意須盡歡，莫使金樽空對月。
天生我材必有用，千金散盡還復來。
烹羊宰牛且為樂，會須一飲三百杯[29]。

蠖動，起雷霆乎指顧，任華、盧仝輩仿之，適得其怪耳，太白所以為天才也。」（《唐詩別裁》）其實這只是不負責任的阿諛；有人說它有意如此，是「為了仿效蜀中山道高峻凸凹」，營造一種蜀道難的感受，其實這不過是清人賀裳《載酒園詩話又編》的發明，似乎一開頭七個字就給人感覺「累棋架卵」之險，後面又讓人顛簸得彷彿「劍閣陰平如在目前」。

27 將進酒：宋郭茂倩《樂府詩集》卷十六說是「鼓吹曲・漢鐃歌」舊題，古詞有「將進酒，乘大白」，大體上都是寫飲酒放歌的。

28 黃河水東去不回，人生易老難再少，以流水喻人生衰老的迅速。

29 會須：應當。

岑夫子，丹丘生[30]，將進酒，君莫停。
與君歌一曲，請君為我側耳聽：
鐘鼎玉帛豈足貴[31]，但願長醉不願醒。
古來聖賢皆寂寞，惟有飲者留其名。
陳王昔時宴平樂，斗酒十千恣歡謔[32]。
主人何為言少錢，徑須沽取對君酌。
五花馬，千金裘[33]，

30 岑夫子：即岑勳，南陽人；丹丘生：即元丹丘。李白有一首〈酬岑勳見尋就元丹丘對酒相待以詩見招〉，詩中也說到「開顏酌美酒，樂極忽成醉。我情既不淺，君意方亦深。相知兩相得，一顧輕千金」，似乎與〈將進酒〉同時寫成。

31 一作「鐘鼓饌玉不足貴」。鐘鼎：古代貴族進食要鳴奏鐘磬之樂，用鼎盛食物，這裡泛指功名；玉帛：美玉與絲綢，這裡泛指財富。

32 陳王：曹植曾封為陳王；平樂：觀名，曹植〈名都篇〉有「歸來宴平樂，美酒斗十千」的句子；十千：一斗酒值十千錢，這是誇張的說法，形容酒好而貴。

33 唐開元、天寶之際，凡名貴的馬都將鬃毛剪成花瓣形，三瓣稱三花，五瓣稱五花。五花馬、千金裘就是說名貴的馬和皮衣。

呼兒將出換美酒，與爾共銷萬古愁[34]。

行路難[35]

金樽清酒斗十千，玉盤珍饈直萬錢[36]。
停杯投箸不能食，拔劍四顧心茫然[37]。
欲渡黃河冰塞川，將登太行雪滿山[38]。

34 萬古愁：即前面所說「朝如青絲暮如雪」的生命憂患，也就是他在〈擬古〉詩中一再寫到的「天地一逆旅，同悲萬古塵」和「長繩難繫日，自古共悲辛」。

35 行路難：樂府「雜曲歌辭」舊題，《樂府古題要解》說這個題目「備言世路艱難及離別傷悲之意」。原為一組三首，這裡選第一首。

36 珍饈：珍貴的菜餚；直：值。

37 箸：筷子。鮑照〈行路難〉已寫了這兩句的意思，「對案不能食，拔劍擊柱長嘆息。丈夫生世會幾時，安能蹀躞垂羽翼」，李白是化用鮑照的詩句。

38 這兩句的意思在顧況〈悲歌〉其二中也有過，只不過變成了四句：「我欲升天天隔霄，我欲渡水水無橋。我欲上山山路險，我欲汲井井泉遙」，即現在人常說的「上天無路入地無門」或「屋漏偏遭連夜雨，行船偏遇頂頭風」的意思。

閒來垂釣碧溪上，忽復乘舟夢日邊[39]。
行路難，行路難，多歧路，今安在[40]？
長風破浪會有時，直掛雲帆濟滄海[41]。

39 古代傳說呂尚（姜太公）未遇周文王前，曾在渭水的磻溪垂釣，伊尹受商王湯聘用前，曾夢乘船經過日月邊。這裡兩句分別用這兩個典故，或暗示人生遭遇變幻莫測，自己對前途仍抱有幻想，或暗示自己出世入世的心情矛盾，自己雖垂釣溪上卻仍掛念政治。

40 「今安在」句也可以有兩種理解：一是說人生道路本來很多，可是現在其他道路又在哪裡？一是說人生道路很多，我該走在哪條道路上呢？

41 《宋書》卷六十七〈宗愨傳〉記宗炳問宗愨的志向是什麼，宗愨說：「願乘長風破萬里浪」，李白這裡正是借用宗愨這句話表示自己的理想遠大，終會實現。雲帆指大海中航行的船，那帆若在雲中。濟：渡過。

夢遊天姥吟留別[42]

海客談瀛洲，煙濤微茫信難求[43]。
越人語天姥，雲霓明滅或可睹。
天姥連天向天橫，勢拔五嶽掩赤城[44]。
天台四萬八千丈，對此欲倒東南傾[45]。

42 天姥：山名，在剡縣南（今浙江天台、嵊縣與新昌之間），是道教七十二福地之一（《雲笈七籤》卷二十七），《後吳錄》說相傳登山者曾聽見天姥歌謠之聲而得名。宋謝靈運〈登臨海嶠與從弟惠連〉一詩中有「暝投剡中宿，明登天姥岑。高高入雲霓，還期那可尋」，可見很早這裡就是遊覽的風景區和傳說中的仙人居處了，中唐白居易〈沃洲山禪院記〉又說「東南山水，越為首，剡為面，沃洲、天姥為眉目」，可見唐代那裡仍是人們遊覽和隱居的地方。吟留別：一作「別東魯諸公」。

43 瀛洲：傳說中的海上三仙山之一，《十洲記》裡說：「瀛洲在東大海中，地方四千里，大抵是對會稽郡，去西岸七十萬里，上生神芝仙草，又有玉石，高且千丈，出泉如酒味，名之為玉醴泉……洲上多仙家，風俗似吳中，山川如中國也。」微茫：隱約迷離。

44 拔：超過；掩：壓倒；赤城：山名，是仙霞嶺支脈，孔靈符《會稽記》說赤城山「山色皆赤，狀如雲霞」。

45 這兩句說天台山雖然高，但在天姥山面前卻矮了一頭，看上去彷彿天也朝東南方傾斜了似的。天台是山名，在浙江天台北，天姥山東南。以上四句都是「越人語天姥」的話。

我欲因之夢吳越，一夜飛渡鏡湖月[46]。
湖月照我影，送我至剡溪[47]。
謝公宿處今尚在[48]，淥水蕩漾清猿啼。
腳著謝公屐，身登青雲梯[49]。
半壁見海日，空中聞天雞[50]。
千岩萬轉路不定，迷花倚石忽已暝。
熊咆龍吟殷岩泉[51]，慄深林兮驚層巔。
雲青青兮欲雨，水澹澹兮生煙。

46 我想按越人的話夢遊吳越，於是夢魂一夜間便飛渡鏡湖到了那裡。鏡湖：見宋之問〈泛鏡湖南溪〉注1。

47 剡溪：即曹娥江上游，在浙江嵊縣，是越中著名風景勝地。

48 謝公：謝靈運。

49 《南史》卷十九〈謝靈運傳〉記載謝靈運曾為遊山專門改造了一種木屐，「上山則去其前齒，下山去其後齒」，世稱「謝公屐」。青雲梯：謝靈運〈登石門最高頂〉「惜無同懷客，共登青雲梯」，指上山的石板小徑。

50 看見海上初升太陽的半個輪廓，聽見空中傳來的天雞啼鳴。《述異記》卷下說桃都山上的天雞看見朝陽照到了牠所在的大樹上就開始啼叫，天下的雞便隨之報曉。

51 殷：聲音洪亮。

列缺霹靂，丘巒崩摧。
洞天石扇，訇然中開[52]。
青冥浩蕩不見底，日月照耀金銀台[53]。
霓為衣兮風為馬，雲之君兮紛紛而來下。
虎鼓瑟兮鸞回車，仙之人兮列如麻[54]。
忽魂悸以魄動，恍驚起而長嗟[55]。
惟覺時之枕席，失向來之煙霞[56]。
世間行樂亦如此，古來萬事東流水。
別君去兮何時還，且放白鹿青崖間，

52 列缺：閃電；洞天：神仙居處；石扇：石門；訇然：轟然作響。

53 青冥：天空，這裡指洞天石門打開後的又一番天地；金銀台：神仙宮闕。

54 雲之君、仙之人：泛指洞天中紛紛來迎接的神仙，以上四句寫洞天石門訇然中開後所看到的景象。

55 忽、恍：都是突然的意思。

56 醒來後只看見自己睡的枕席，已找不到夢中的煙霞。以上四句是全詩的轉折，即《唐宋詩醇》所說「因語而夢，因夢而悟，因悟而別」這一過程的中介環節，元代范德機說「至『失向來之煙霞』，夢極而與人接矣」，所謂「與人接」就是從幻夢轉回了人間，《唐詩選脈會通》說「惟覺時之枕席」二語「篇中神句，結上啟下」，其實這種方式和前面選的〈古風〉之一一樣，都是仿照《楚辭・離騷》末段的轉折法。

須行即騎訪名山[57]。

安能摧眉折腰事權貴，使我不得開心顏[58]。

襄陽歌

落日欲沒峴山西，倒著接籬花下迷[59]。

襄陽小兒齊拍手，攔街爭唱白銅鞮[60]。

57《楚辭・哀時命》「浮雲霧而入冥兮，騎白鹿而容與」，王逸註：「言已與仙人俱出……乘雲霧騎白鹿而遊戲也。」後來一些詩都寫到仙人騎白鹿的事，像梁庾肩吾〈道館詩〉「仙人白鹿上，隱士潛溪邊」，《樂府詩集》卷二十九「王子喬騎白鹿雲中遊」等，李白這裡也說自己若回歸，也要騎鹿遊名山，希望朋友預先把鹿放在山崖間等著。

58 摧眉折腰：低頭彎腰，蕭統《陶淵明傳》曾記載陶淵明的話：「我豈能為五斗米折腰向鄉里小兒」，李白也是這個意思。

59 峴山：在今湖北襄陽，東臨漢水，是交通要道；接籬：白帽；晉代羊祜曾登峴山，死後人們為他在峴山立碑，人稱墮淚碑。晉代山簡曾在襄陽酣飲，人們曾編了歌詠他的醉態是「復能騎駿馬，倒著白接籬」（見《晉書》卷四十三〈羊祜傳〉、《世說新語・任誕》），李白另有〈襄陽曲〉四首也總是用這兩個典故，如第二、三、四首都寫到過，其中第四首說「且醉習家池，莫看墮淚碑。山公欲上馬，笑殺襄陽兒。」

60 白銅鞮：歌名，相傳為南朝梁代武帝所制，沈約也曾寫過一首〈襄陽白銅鞮〉：「分首桃林岸，送別峴山頭。若欲

傍人借問笑何事，笑殺山公醉似泥[61]。
鸕鷀杓，鸚鵡杯[62]，
百年三萬六千日，一日須傾三百杯。
遙看漢水鴨頭綠，恰似葡萄初醱醅[63]。
此江若變作春酒，壘麴便築糟丘台[64]。
千金駿馬換小妾，笑坐雕鞍歌落梅[65]。

寄音息，漢水向東流。」（《玉台新詠》卷十）

61 山公：即山簡。

62 仿照鸕鷀長頸所造的酒杓和模擬鸚鵡螺尖屈嘴所造的酒杯。

63 醱醅：酒重釀未濾。李白這句說漢水上鴨頭綠色就讓他想起了重釀但還未濾的葡萄酒，《南部新書》曾記載唐太宗破高昌後，從西域引進了馬乳葡萄和造葡萄酒的方法，經過改進，「造酒綠色，長安始識其味」。

64 李白想像如果漢江水都成了酒，那麼酒麴就能築起山丘高台。麴，即造酒用的發酵物；糟丘台，《韓詩外傳》、《論衡》曾載夏、商兩朝的末代天子桀、紂造酒極多，以致於酒糟都堆成了小山。但李白這個想像彷彿主要受了《列子・楊朱》中「聚酒千鍾，積麴成封」的啟發。

65 《獨異志》說曹彰曾以愛妾換駿馬，《樂府詩集》卷七三也有梁簡文帝〈愛妾換馬〉詩，在古人看來這彷彿是很灑脫的舉動。落梅：樂府歌曲名，又稱「梅花落」，本是笛曲，李白有一首〈與史郎中欽聽黃鶴樓上吹笛〉就寫道：「黃鶴樓中吹玉笛，江城五月落梅花。」

車旁側掛一壺酒，鳳笙龍管行相催[66]。
咸陽市中嘆黃犬，何如月下傾金罍[67]。
君不見，
晉朝羊公一片石，龜頭剝落生莓苔[68]。
淚亦不能為之墮，心亦不能為之哀。
清風朗月不用一錢買，玉山自倒非人推[69]。
舒州杓，力士鐺[70]，李白與爾同死生。

66 鳳笙、龍管：指美妙的音樂；催：勸酒，參看王翰〈涼州詞〉注3。

67《史記・李斯列傳》記秦相李斯曾為秦一統天下立下大功，最終卻被腰斬於咸陽，臨刑前他對兒子長嘆：「吾欲與若復牽黃犬俱出上蔡東門逐狡兔，豈可得乎？」金罍：一種金制酒器，《詩・周南・卷耳》曾說「我姑酌彼金罍」。李白在這兩句裡是說，與其入世參與殘酷的政治，不如出世飲酒作樂。

68 羊祜死後，人們為他立碑，歲時祭享，常見碑落淚，於是名為「墮淚碑」。後來有人曾問庾信，北方人的文字如何，庾信曾說，唯有溫子升寫的〈韓陵山寺碑〉「一片石堪共語」（《朝野僉載》、又《太平廣記》卷一九八），李白是把「墮淚碑」稱作「一片石」。龜頭指墓前托碑的贔屭的頭，傳說龍生九子，其一即贔屭，好負重，形似龜，古人立碑多以石刻它為基座。這句說羊祜縱然受人愛戴，但歲月變遷也就被淡忘了，連碑下石贔屭也長滿了青苔。

69 玉山：指人，《世說新語・容止》記載山簡的話，說嵇叔夜醉時「傀俄若玉山之將崩」。

70 舒州：在今安徽安慶，據《新唐書・地理志》說，舒州同安縣進貢朝廷的土產中有酒器，大約舒州杓也是上貢酒器中的一種，力士鐺不詳，鐺是一種溫酒的器皿，《太平御覽》卷七五七引服虔〈通俗文〉說：「鬴有足曰鐺。」

襄王雲雨今安在，江水東流猿夜聲[71]。

子夜吳歌[72]

長安一片月，萬戶擣衣聲[73]。
秋風吹不盡，總是玉關情[74]。
何日平胡虜，良人罷遠征[75]。

71 宋玉〈高唐賦〉說楚襄王遊雲夢台望高唐觀時，曾問宋玉觀上的雲氣是什麼，宋玉說是「朝雲」，並告訴楚襄王，當年楚懷王曾遊高唐，與巫山之女交歡，臨分手時巫山之女說「妾在巫山之陽，高丘之岨，旦為朝雲，暮為行雨，朝朝暮暮，陽台之下。」但後來引用這個典故的時候都把楚懷王當成了楚襄王，李白也一樣。這兩句的意思是說當年的歡樂也只是歷史，如今只看見長江東流水只聽見三峽猿啼聲。

72 子夜吳歌：屬樂府「清商曲」的舊題，據說是東晉時一個名叫子夜的女子所創，因它是吳聲歌曲，所以叫「子夜吳歌」。原題共四首，這裡選的是第三首。

73 古代裁衣前必先擣帛，而裁製冬衣又多在秋天，於是秋天為遠戍邊關親人準備禦寒衣裳的擣衣聲就成了詩人寫邊塞情思的永恆意象。

74 玉關情：懷念邊塞遠戍親人的情思。

75 良人：丈夫。清人田同之《西圃詩說》覺得末兩句多餘，如果刪掉而成一首絕句，「更覺渾含無盡」，這個批評有它

靜夜思[76]

床前明月光，疑是地上霜[77]。
舉頭望明月[78]，低頭思故鄉[79]。

的道理。

76 宋郭茂倩《樂府詩集》卷九十曾將此詩收入「新樂府辭」中，說「新樂府者，皆唐世新歌也，以其辭實樂府，而未嘗被於聲，故曰新樂府也。」

77 梁簡文帝蕭綱〈玄圃納涼〉「夜月似秋霜」，唐張若虛〈春江花月夜〉「空裡流霜不覺飛」，都用霜來比擬月光。

78 晉清商曲辭中《子夜四時歌・秋歌》第十八首「仰頭看明月，寄情千里光」，也是這個意思。

79 這首詩一作「床前看月光，疑是地上霜。舉頭望山月，低頭思故鄉」，據說還是比較古老和可靠的版本，但不如現在通行的好，因為兩次出現的「明月」並不顯得迭出而顯出迴環，而省去的那個「看」字卻避免了與「望」字的重複。

玉階怨[80]

玉階生白露，夜久侵羅襪。
卻下水精簾，玲瓏望秋月[81]。

峨眉山月歌

峨眉山月半輪秋，影入平羌江水流[82]。

80 玉階怨：屬樂府「相和歌・楚調」，是樂府歌辭舊題。

81 玲瓏：指月色透過水精簾照來的空明光色，所以吳文溥《南野堂筆記》說「玲瓏二字最妙，真是隔簾見月也。」蕭士贇注這首詩時評論得很有理：「太白此篇，無一字言怨，而隱然幽怨之意見於言外。」還應當指出的是「卻下」二字，卻是還的意思，在外佇立沉思已久，不覺露濕羅襪，已含有不盡悵惘，垂下水精簾不入寢，卻還回頭看月，則又更加一層孤寂；「秋月」二字，不僅暗示了悲秋意味與同在月光下人卻不相見的幽怨情思，還與「玉階」、「白露」、「水精」合成了一個晶瑩剔透的視覺世界。

82 平羌江：即青衣江，源出四川蘆山，流至樂山入岷江，在峨眉山東北，這句寫月影隨江水流動，實際上是在江中的月影隨舟行的人眼在流動。他另一首〈峨眉山月歌送蜀僧晏入中京〉就說「月出峨眉照滄海，與人萬里長相隨」，當然一是看水中月影，一是看天上月亮。

夜發清溪向三峽，思君不見下渝州[83]。

月下獨酌[84]

花間一壺酒，獨酌無相親。
舉杯邀明月，對影成三人[85]。
月既不解飲，影徒隨我身。
暫伴月將影[86]，行樂須及春。

83 清溪：驛名，在犍為縣，鄰近峨眉；三峽：指在今四川樂山的黎頭、背峨、平羌三峽。渝州：今重慶。

84 題一作〈月下對影獨酌〉。原題共四首，這裡選第一首。

85 清李家瑞《停雲閣詩話》說這個意思和《南史》卷三十七〈沈慶之傳〉沈慶之所說的「我每遊履田園，有人時與馬成三，無人則與馬成二」相似。其實未必。李白另有〈獨酌〉一詩寫到「獨酌勸孤影」，宋人吳開《優古堂詩話》說這兩句的靈感啟迪都來自陶淵明《雜詩十二首》之二的「欲言無予和，揮杯勸孤影」，也許較上一說可信，因為這句詩的意思與陶淵明〈飲酒〉二十首小序中的「無夕不飲，顧影獨盡」也隱約相似，這首詩的風格與陶淵明的詩也很相近，從陶淵明那裡接受啟發的可能性遠遠大於一句多數人陌生的話語，當然從人、影對酌發展到月、人、影三人相邀，則是李白的想像力。

86 將：與。

我歌月徘徊，我舞影零亂。
醒時同交歡，醉後各分散。
永結無情遊，相期邈雲漢[87]。

訪戴天山道士不遇[88]

犬吠水聲中，桃花帶露濃。
樹深時見鹿，溪午不聞鐘[89]。
野竹分青靄，飛泉掛碧峰。
無人知所去，愁倚兩三松。

87 無情遊：忘卻世俗交情的友誼與交往。因為「月」與「影」都不通人事，所以與自己不是世俗所理解的那種交情；邈雲漢：遙遠的星空，這裡指仙境。
88 戴天山：又名大康山或大匡山，在今四川江油西三十里，開元初李白曾在山中大明寺讀書。
89 溪中到了午時還聽不到鐘聲，暗示道士未歸。

送友人

青山橫北郭，白水繞東城。
此地一為別，孤蓬萬里征[90]。
浮雲遊子意，落日故人情[91]。
揮手自茲去，蕭蕭班馬鳴[92]。

90 蓬草遇風吹散，漂泊無定，是中國古代詩人常用來比喻遠行者的意象。

91 浮雲和孤蓬一樣四處飄蕩，相傳西漢蘇武、李陵的贈答詩中就有「仰視浮雲馳，奄忽互相逾。風波一失所，各在天一隅」的說法，《文選》李善注說：「飄搖不定，逮乎因風波蕩，各在天之一隅，以喻人之客遊飛薄亦爾」，後來曹丕〈雜詩〉之二、徐幹〈室思〉、應瑒〈別詩〉之一、陶淵明〈於王撫軍座送客〉、〈詠貧士〉、江淹〈還故國〉等都用浮雲作為遊子漂泊的意象；落日下山彷彿與人別離，陳後主〈自君之出矣〉之四「思君如落日，無有暫還時」，但黃昏牛羊歸來田夫返家，又是盼望團聚不忍分別的意象，可參見王維〈渭川田家〉注2。

92 蕭蕭：馬叫聲，《詩經．小雅．車攻》中有「蕭蕭馬鳴」；班馬則為離群之馬，《左傳》「有班馬之聲」句杜預注「班，別也」；這句說分別時馬也發出蕭蕭悲鳴。

登金陵鳳凰台[93]

鳳凰台上鳳凰遊，鳳去台空江自流。
吳宮花草埋幽徑，晉代衣冠成古丘[94]。
三山半落青天外，一水中分白鷺洲[95]。
總為浮雲能蔽日，長安不見使人愁[96]。

93 金陵即今江蘇南京，鳳凰台在城西南鳳凰山，相傳南朝宋時有三隻鳳凰降於此而得名。

94 三國時吳國曾建都於金陵，這裡說吳國宮殿裡小徑都已被花草埋沒，東晉的國都也曾在這裡，詩裡則說晉代風流瀟灑的士族文人都已變成了墳丘，暗示歲華變遷的傷感。在另一首〈金陵鳳凰台置酒〉中他也曾感嘆「六帝沒幽草，深宮冥綠苔」。

95 三山：金陵西南臨江的三座山峰，據陸游《入蜀記》說：「三山自石頭及鳳凰台望之，杳杳有無中耳，及過其下，則距金陵才五十餘里。」一水：一作「二水」，指秦淮河；白鷺洲：據宋代樂史《太平寰宇記》卷九十，「在大江中，多聚白鷺，因名之」，《大明一統志》卷六則指出它「在府西南江中」，靠長江東岸，秦淮河穿城而出入長江，正好分成兩支繞過白鷺洲，所以說「中分白鷺洲」。

96 末兩句很多注家都猜是李白「自傷讒廢，望帝鄉而不見，觸景生愁」（胡震亨《李詩通》），明瞿佑《歸田詩話》卷上甚至以這兩句有「愛君愛國之意」，因而覺得比崔顥〈黃鶴樓〉末兩句只有「鄉關之念」強得多。其實，詩的高低未必要從政治寓意上來比較。這兩首詩很像，也有人說是李白因為不敢題黃鶴樓而另寫這首來與崔顥比試，所以，用它們來比較也是可以的，但絕不能以誰有政治含意來論高下，崔顥詩在前，李白詩在後，若是真有比試或擬作的意思，李白這首詩就要稍遜一籌了。若拋開先後時間關係，那麼倒還是劉克莊《後村詩話》說得對，這兩首詩

蘇台覽古[97]

舊苑荒台楊柳新，菱歌清唱不勝春。
只今惟有西江月，曾照吳王宮裡人[98]。

「格律氣勢未易甲乙」，而李白另有一首〈鸚鵡洲〉，全為模擬〈黃鶴樓〉，的確「取法乎上，僅得其中」，遠不如崔顥原作。

97 蘇台：即姑蘇台，宋范成大《吳郡志》卷八引了地方誌和史書證明它在吳縣（今江蘇蘇州）西南，是春秋末期吳王夫差所建。

98 李白另一首〈把酒問月〉中「今人不見古時月，今月曾經照古人」可以作這兩句詩的註腳，參看張若虛〈春江花月夜〉注5。張九齡〈望月懷遠〉注4。《唐宋詩醇》說這首詩「通篇言其蕭索，而末一語兜轉其盛」，和另一首〈越中覽古〉三句說盛一句轉入荒涼不同，但在盛衰對比中顯示傷感卻是一樣的，這是懷古詠史詩的一個常用格式。

山中與幽人對酌

兩人對酌山花開，一杯一杯復一杯。
我醉欲眠卿且去[99]，明朝有意抱琴來。

聞王昌齡左遷龍標遙有此寄[100]

楊花落盡子規啼，聞道龍標過五溪[101]。
我寄愁心與明月，隨風直到夜郎西[102]。

99 這句詩套用陶淵明的話，《宋書》卷九三〈陶潛傳〉說陶淵明「若先醉，便語客：我醉欲眠卿可去」，後來宋人葛立方《韻語陽秋》卷十九說這兩人「雖曰任真之言，然亦太無主人之情矣」，真有些膠柱鼓瑟，把詩中語當作請客吃飯的請帖了。

100 王昌齡因事被貶為龍標尉，李白聽說後寫了這首詩遙寄給他表示同情與悲哀。左遷：古人尊右卑左，所以把貶官叫左遷；龍標：在今湖南黔陽。

101 五溪：指今湖南西部的辰溪、酉溪、巫溪、武溪、沅溪。

102 夜郎：指唐貞觀年間所設置的夜郎縣，在今湖南芷江西南，龍標在夜郎西面。這兩句的意思很多人都寫過，像曹植〈雜詩〉「願為南流景，馳光見我君」，湯惠休〈楊花曲〉「黃鶴西北去，銜我千里心」，張若虛〈春江花月夜〉「願

黃鶴樓送孟浩然之廣陵[103]

故人西辭黃鶴樓，煙花三月下揚州[104]。
孤帆遠影碧空盡，唯見長江天際流[105]。

逐月華流照君」，王維〈送沈子福之江東〉「惟有相思似春色，江南江北送君歸」，但都不如李白這兩句來得奇特，把月亮和心靈都當作了可以任意挪來移去的東西，這種想像在李白詩裡一再被使用，像「雁引愁心去，山銜好月來」（〈與夏十二登岳陽樓〉），前一句的意思又曾寫成過「狂風吹我心，西掛咸陽樹」（〈金鄉送韋八之西京〉），後一句的意思則寫成過「長留一片月，掛在東溪松」（〈送楊山人歸嵩山〉），這兩聯彷彿一個模子裡鑄成似的，把不可能掛起來的心與月都掛在了樹上，而這首詩似乎又把掛在樹上的月亮與心靈當作一片題了字的樹葉，讓風吹到夜郎西面去了。

103 之：去；廣陵：即今江蘇揚州。

104 煙花三月：花樹繁茂濃豔的春天。

105 這兩句的意境在他另一首詩〈送別〉中也曾出現過，寫作「雲帆望遠不相見，日暮長江空自流」，但由於少了「碧空」、「天際」四字，不僅少了遼遠的空間感受，也少了渺茫的視覺效果。

望天門山[106]

天門中斷楚江開，碧水東流至此回。
兩岸青山相對出，孤帆一片日邊來。

望廬山瀑布水[107]

日照香爐生紫煙[108]，遙看瀑布掛前川。
飛流直下三千尺，疑是銀河落九天。

106 天門山：在今安徽當塗、和縣的長江邊，東岸是博望山，西岸是梁山，夾江而峙，相對如門。李白另有〈天門山銘〉說：「梁山、博望，關扃楚濱，夾據洪流，實為吳津，兩坐錯落，如鯨張鱗。」

107 參看張九齡〈湖口望廬山瀑布泉〉注10，原題二首，這裡選第二首。

108 參看張九齡同詩注11。

早發白帝城[109]

朝辭白帝彩雲間，千里江陵一日還。
兩岸猿聲啼不住[110]，輕舟已過萬重山[111]。

109 白帝城：在今四川奉節東白帝山上，為東漢末公孫述所築。

110 清人沈德潛、施補華、桂馥都指出這一句的作用是使「文勢不傷於直」（《唐詩別裁》卷二十），「有此句走處仍留，急語仍緩」（《峴傭説詩》），「能使通首精神飛越，若無此句，將不得為才人之作矣」（《札樸》）。

111 《太平御覽》卷五十三，引盛弘之《荊州記》：「三峽七百里中，兩岸連山，略無闕處，重岩疊嶂，隱天蔽日。……有時朝發白帝，暮至江陵，其間一千二百餘里，雖乘奔御風，不為疾也。……每晴初霜旦，林寒澗肅，常有高猿長嘯，屬引淒異，空岫傳響，哀轉久絕。故漁者歌曰：『巴東三峽巫峽長，猿鳴三聲淚沾裳』」，可與此詩參看。

高適・三首

高適（七〇二—七六五），字達夫，蓨（今河北景縣南）人。早年隨父居嶺南，後移居商丘、宋中。據說他年輕時「不拘小節」，好「隱跡博徒」（《河岳英靈集》卷上），甚至「以求丐取給」（《舊唐書》卷一一一《高適傳》），但中年以後卻忽然官運亨通，自天寶八載（七四九）舉有道科後，十年間一直當到太子少詹事、彭州刺史、蜀州刺史，最後當到刑部侍郎、左散騎常侍，並封了渤海縣侯，在唐代詩人中他是仕途最順利的一個。在杜甫〈寄彭州高三十五使君適虢州岑二十七長史參三十韻〉中雖然已經有「高、岑殊緩步，沈、鮑得同行」的詩句，但真正把高適、岑參並提並冠以「悲壯」二字風格的則是宋人嚴羽的《滄浪詩話》，後來很多人都首肯了這一評價，像明代高棅《唐詩品彙・總序》、胡應麟《詩藪》內編卷二等。但同樣是「悲壯」，高適的悲壯中帶有質直古樸，岑參的悲壯中卻顯出奇峭挺拔，相比起來，高適的詩寫得沉重古板，更多地殘存了漢、魏、西晉古詩的餘風，不如岑參的詩那麼輕快聰明，能給人以奇峭瑰麗的新鮮感，高適的詩寫得質直平拙，雖然「多胸臆語，兼有氣骨」（《河岳英靈集》卷上），但缺乏含蓄悠長的涵蘊，不如岑參的詩那麼耐人尋味富於詩意，所以明胡應麟《詩藪》內編卷二說「嘉州清新奇逸，大是俊才，質力造詣，皆出高（適）上。」

燕歌行[1]

漢家煙塵在東北，漢將辭家破殘賊[2]。
男兒本自重橫行，天子非常賜顏色[3]。

1 題下原有序文說：「開元二十六年，客有從御史大夫張公出塞而還者，作〈燕歌行〉以示適，感征戍之事，因而和焉。」這裡的「張公」指河北節度副使張守珪，開元二十三年（七三五）張守珪任輔國大將軍兼御史大夫，據《舊唐書．張守珪傳》記載，開元二十六年他的部下打了敗仗，張守珪非但不據實上報，反而宣稱打了勝仗，還賄賂前去調查的人，高適這首詩大約就是針對此事而寫的。燕歌行是樂府舊題，屬「相和歌．平調曲」，首創於曹丕，據馮班《鈍吟雜錄》說梁元帝曾有〈燕歌行〉，《周書．王褒傳》則說王褒曾作〈燕歌行〉，「妙盡關塞寒苦之狀，元帝及諸文士並和之。」燕指今河北北部，《樂府廣題》說〈燕歌行〉是「良人從役於燕而為此曲」，多寫思婦征夫的別離和邊塞生活的艱辛，高適這首〈燕歌行〉彷彿把所有這些方面的內容都和諧地融進了一首詩中。

2 以漢喻唐是唐代詩人慣用的手段，這並不是避諱，而是感到這樣寫更方便更含蓄，況且在唐代詩人心中，唐代就是大漢帝國的再現。

3 橫行：指旁若無人地衝擊，無人可擋地掃蕩，《史記．季布列傳》「願得十萬眾，橫行匈奴中。」賜顏色：給予厚遇。

摐金伐鼓下榆關，旌旆逶迤碣石間[4]。
校尉羽書飛瀚海，單于獵火照狼山[5]。
山川蕭條極邊土，胡騎憑陵雜風雨[6]。
戰士軍前半死生，美人帳下猶歌舞[7]。
大漠窮秋塞草腓[8]，孤城落日鬥兵稀。
身當恩遇恆輕敵[9]，力盡關山未解圍。
鐵衣遠戍辛勤久，玉箸應啼別離後[10]。

4 摐金伐鼓：指軍隊中用於號令的敲鉦擊鼓；榆關：山海關；旌旆：旗幟；逶迤：連綿不絕的樣子；碣石：山名，在今河北，這裡泛指東北濱海地區。

5 校尉：武將官名，泛指領兵將領；羽書：即插羽毛表示緊急的文書；瀚海：大沙漠；單于：匈奴首領，這裡代指當時與唐戰爭的契丹、奚族首領；狼山：泛指敵我交戰處，今內蒙烏拉特旗、河北易縣均有狼山，但這首詩裡的「狼山」只是泛稱，而未必實指某地。

6 敵方騎兵倚仗優勢，像狂風暴雨般進攻。

7 戰士在戰場上拼得出生入死，將軍營帳中卻仍在欣賞美人歌舞。

8 腓：病，枯萎。

9 輕敵不是輕視敵人而是蔑視敵人。

10 鐵衣：鐵甲。玉箸：借指遠在家鄉妻子的眼淚，見劉孝威〈獨不見〉：「誰憐雙玉箸，流面復流襟。」

少婦城南欲斷腸，徵人薊北空回首。
邊風飄颻那可度，絕域蒼茫更何有。
殺氣三時作陣雲，寒聲一夜傳刁斗[11]。
相看白刃血紛紛，死節從來豈顧勳[12]。
君不見沙場征戰苦，至今猶憶李將軍[13]。

11 白天殺氣升騰於陣地上空歷久不散，夜裡刁斗整夜敲得心裡發寒。刁斗：軍中巡夜打更的銅器。

12 死節：為國而死；顧勳：為了個人利祿官位。

13 李將軍：西漢名將李廣，《史記・李將軍列傳》說李廣「得賞賜，輒分其麾下，飲食與士共之。……士卒不盡飲，廣不近水，士卒不盡食，廣不嘗食。」這與「戰士軍前半死生，美人帳下猶歌舞」成了尖銳對照，所以高適說「至今猶憶李將軍」。

別董大[14]

千里黃雲白日曛[15]，北風吹雁雪紛紛。
莫愁前路無知己，天下誰人不識君[16]。

14 原題兩首，這是第二首。董大，一說是當時著名音樂演奏家董庭蘭，李頎有〈聽董大彈胡笳兼寄語房給事〉，這個董大就是《舊唐書・房琯傳》所記的董庭蘭。但敦煌出土唐抄本《唐詩選》（伯2567、伯2552）中這首詩題作〈別董令望〉，那麼董令望是否就是董庭蘭、董大就成問題了，也許是另有一人也是董大叫董令望。

15 曛：日色昏暗。

16 《而庵說唐詩》卷十一說「此詩妙在粗豪」，就是指這兩句，它不像一般贈別詩又是折柳又是抹淚，比王勃「海內存知己，天涯若比鄰」更多一份自信與爽快。

和王七玉門關聽吹笛[17]

胡人吹笛戍樓間，樓上蕭條海月閒[18]。
借問落梅凡幾曲，從風一夜滿關山[19]。

17 這首詩的詩題，《河岳英靈集》卷上作〈塞上聞笛〉，《高常侍集》作〈塞上聽吹笛〉，這裡根據《國秀集》。王七：不詳，有人認為是王之渙，這首詩就是和王之渙〈涼州詞〉的（見岑仲勉《唐人行第錄》）。

18 這兩句《高常侍集》與《國秀集》不同，是「雪淨胡天牧馬還，月明羌笛戍樓間」，《河岳英靈集》和《國秀集》也有小異，是「胡人羌笛戍樓間，樓上蕭條明月閒」。

19 這兩句《高常侍集》和《河岳英靈集》都是「借問梅花何處落，風吹一夜滿關山」。落梅，指〈梅花落〉樂曲，《樂府詩集》說「本笛中曲也」，屬「橫吹曲」。參看王之渙〈涼州詞〉注4。

儲光羲・七首

儲光羲（約七〇六—？），祖籍兗州（今山東兗州），家居潤州（今江蘇鎮江）。開元十四年（七二六）中進士，當過安宜等地縣尉，曾辭官歸隱，天寶六載至七載間（七四七—七四八）又出任太祝、監察御史。安史之亂時曾接受過安史叛軍的職務，後來雖然自己逃歸，但安史亂平後仍被貶到嶺南。

儲光羲的詩很像陶淵明的詩，他和王維又是好朋友，所以後人總是拿他和陶、王比較，陶淵明時代早，來頭大，是田園詩的祖師，所以儲光羲只能以徒子徒孫的身分屈居於後，但王維和他時代相同，以平輩相較，於是後人可以不客氣地評價他們的高下，儲光羲是盛唐最愛寫田園詩的人，也是最善於寫樸素質直的古體詩的人，所以後人覺得似乎王維都不如他，像清人施補華《峴傭說詩》就說「儲光羲〈田家〉諸作真樸處勝於摩詰」，賀貽孫《詩筏》也說儲光羲「與王著著敵手，而儲似爭得一先」。當然，如果單就描寫田園的五言古詩而論，這些評論似乎大體不錯，儲光羲的五言古詩語言風格很接近魏晉人，不僅常用虛詞，語序平暢，很少對仗，連句子都常常直接化用魏晉詩句，他的田園詩也往往能寫出一些本色農夫的生活體驗和心理感受，像「顧望浮雲陰，往往誤傷苗」（〈同王十三維偶然作〉其一）刻畫農民鋤田時盼望雨水的心情，就和陶淵明「平疇交遠風，良苗亦懷新」一樣當得起「非古之耦耕植杖者不能道此語」的稱讚（《王直方詩話》），「既念生子孫，方思廣田圃」（《田家雜興》其一）描寫農村生兒育女需要土地的心理，一針見血地說到了從古到今農民的生育觀念和土地意識，比起王維田園山水詩語言的雋秀清麗以及詩中流露的那種旁觀者意識來，儲光羲詩的確「歷齒蓬頭」（《小澥草堂雜論詩》）、「存其樸實」（《說詩晬語》），「擬陶……較王（維）為近」（《載酒園詩話又編》）。

不過，「近陶」並不能作為評價詩歌高下的標準，就像扮演偉人惟妙惟肖的演員絕不等於偉人本身也絕不證明其本人偉大一樣，在詩歌的唐代成功地再現詩歌的晉代並不是一件值得誇耀的事，儲光羲詩的樸素語言雖然更接近陶淵明，但畢竟缺乏創新，而他「煦嫗命僮僕，可以樹桑麻」（〈田家即事答崔二東皋作〉其一）、「裴回顧衡宇，僮僕邀我食」（〈同王十三維偶然作〉其九）則表明他和王維一樣，也只是一個農村生活的旁觀者，那些本色田夫語也和秀詞麗句一樣只是裝飾性花絮，雖然後者越妝越麗前者卻越綴越樸。盛唐詩歌的超絕之處之一在於，把六朝以來樸素流暢的語脈和精麗新巧的語詞兩種語言技巧糅合成一種全新的詩歌語言，並不在於使詩歌語言回復到詩文渾然不分的古樸狀態，因此，從這個意義上來說，儲光羲不如王維絕不僅僅在於「王之諸體皆妙而儲獨以五古勝場」（《詩筏》），而恰恰在於他太像陶淵明而王維卻已經不太像陶淵明了。

釣魚灣[1]

垂釣綠灣春，春深杏花亂[2]。
潭清疑水淺，荷動知魚散[3]。
日暮待情人，維舟綠楊岸[4]。

1 這是儲光羲〈雜詠〉五首中的第四首。
2 亂：杏花繽紛開放的樣子。
3 後一句彷彿謝朓〈遊東田〉中的「魚戲新荷動」。
4 維：繫。

同王十三維偶然作[5]

野老本貧賤[6]，冒暑鋤瓜田。
一畦未及終，樹下高枕眠。
荷篠者誰子？皤皤來息肩[7]。
不復問鄉墟，相見但依然[8]。
腹中無一物，高話羲皇年[9]。
落日臨層隅，逍遙望晴川[10]。

5 原題共十首，這是第三首。王十三維：即王維，他排行第十三。

6 野老：田野老農。

7 肩挑耘田竹器的是誰？他頭髮花白，前來休息。荷：肩扛；篠：耘田用的竹製農具；《論語・微子》裡記一個隱士叫「荷篠丈人」，他曾諷刺孔子「四體不勤，五穀不分」；皤皤：頭髮斑白貌。

8 也不問他從哪裡來，相見時就像遇見老熟人一樣。

9 羲皇年：伏羲的時代。據説那是一個太平無事的時代，陶淵明《與子儼等疏》自稱：「五六月中，北窗下臥，遇涼風暫至，自謂是羲皇上人」，後來常用這個詞來表現閒適隱居之樂和樸素淳厚之風，像李白〈經亂離後天恩流夜郎憶舊遊書懷贈江夏韋太守良宰〉「百里獨太古，陶然臥羲皇。」

10 層隅：重重疊疊的山角；晴川：晴空下的河流。

使婦提蠶筐，呼兒榜漁船[11]。
悠悠泛綠水，去摘浦中蓮。
蓮花豔且美，使我不能還。

田家雜興[12]

其一

梧桐蔭我門，薜蘿網我屋[13]。
迢迢兩夫婦[14]，朝出暮還宿。
稼穡既自種，牛羊還自牧。

11 榜：本指船槳，這裡指划船。
12 原題共八首，這裡選的是第七、八首。
13 蔭：樹影遮蔽；薜蘿：又名木蓮、木饅頭，是一種蔓藤類植物，東漢王逸注《離騷》「貫薜荔之落蕊」時說：「薜蘿，香草也，緣木而生。」網：藤蔓如網一樣罩著。
14 迢迢：遠離世俗的清高貌。

日旰懶耕鋤[15]，登高望川陸。
空山足禽獸，墟落多喬木[16]。
白馬誰家兒[17]，聯翩相馳逐。

其二

種桑百餘樹，種黍三十畝[18]。
衣食既有餘，時時會親友。
夏來菰米飯[19]，秋至菊花酒。

15 日旰：日暮。
16 足：多。墟落：村落。
17 白馬：指貴豪少年。
18 黍：黏小米，俗稱黃米子。古代人似乎覺得有宅有田，衣食溫飽，就心滿意足了。《孟子・梁惠王上》曾提出一個理想的小康社會中的人家是「五畝之宅，樹之以桑」，外加「百畝之田，勿奪其時」，所以陶淵明歸隱故鄉，也以「方宅十餘畝，草屋八九間。榆柳蔭後簷，桃李羅堂前」為知足常安的物質基礎（〈歸園田居〉其一），儲光羲這裡所謂「種桑百餘樹，種黍三十畝」，實際上也是學學陶淵明的口吻，順著傳統的「小康」模式表示自己的恬然自怡，並不一定真的是他家業的精確登記表。
19 菰米：茭白的果實像米，也叫「雕胡米」，可以做飯，古人以它為六穀之一。

孺人喜逢迎，稚子解趨走[20]。
日暮閒園裡，團團蔭榆柳[21]。
酩酊乘夜歸，涼風吹戶牖[22]。
清淺望河漢，低昂看北斗[23]。
數甕猶未開，明朝能飲否？

20 孺人：妻子；稚子：小兒子。這兩句意思是妻子喜歡接待來客，小兒也已懂得替人忙前忙後。
21 黃昏閒暇時，團團坐在園中榆柳樹蔭下乘涼。
22 戶牖：門窗。
23 這兩句是倒裝句，意思是仰看銀河清淺，北斗上下。

江南曲[24]

其一

逐流牽荇葉[25]，緣岸摘蘆苗。
為惜鴛鴦鳥，輕輕動畫橈[26]。

其二

日暮長江裡，相邀歸渡頭。
落花如有意，來去逐船流[27]。

24 原題四首，這裡選第二、三首。
25 荇：水生植物，嫩葉可食。
26 因為愛惜鴛鴦而不驚動牠們，所以輕輕地划槳。
27 落花好像有情，飄來飄去跟著船走。

詠山泉

山中有流水，借問不知名。
映地為天色，飛空作雨聲[28]。
轉來深澗滿，分出小池平[29]。
恬澹無人見，年年長自清。

28 襯著地面像天空一樣清碧，飛濺空中發出下雨的聲音。

29 山泉轉流而使深澗水滿，分流到池塘則使池塘水與岸齊平。

杜甫 · 二十四首

杜甫（七一二—七七〇），字子美，鞏縣（今河南鞏縣）人，杜審言之孫。開元年間他曾漫遊吳越齊趙作詩交友，雖然據說當時一些文壇名人都稱讚他像漢代的揚雄、班固（《壯遊詩》），可是去考進士卻落第了。天寶五載（七四六），杜甫來到當時政治文化中心長安，希望在這裡找到實現他「致君堯舜上，再使風俗淳」（〈奉贈韋左丞丈二十二韻〉）的理想的階梯，但四處投詩獻文卻得不到當路者的援手，生活陷於困頓之中。雖然他於天寶十載、十三載兩度獻賦曾使唐玄宗頗為驚奇，但他卻沒有李白那麼走運，直到安史之亂前夕才得到了一個掌管兵器甲仗和門禁鎖鑰的正八品下的小官右衛率府冑曹參軍。安史之亂中，他曾在西去途中被叛軍俘虜送往長安，脫逃後到當時朝廷所在地鳳翔當了左拾遺，但隨即又觸怒唐肅宗，乾元元年（七五八）被貶為華州司功參軍。第二年杜甫棄官西行，度關隴，客秦州，寓同谷，最後到了四川，定居於成都浣花溪旁，一住就是六七個年頭。在這段時間裡，他有時賦閒在家，也有時在幕府任職，曾當過參謀、檢校工部員外郎。永泰元年（七六五）他離開成都後，又在夔州（今四川奉節）住了兩年，大曆三年（七六八）他結束了蜀中生活，攜家出峽，在鄂、湘一帶又漂泊了三年，最後在「鬱鬱冬炎瘴，濛濛雨滯淫」、「烏幾重重縛，鶉衣寸寸針」（〈風疾舟中伏枕書懷〉）的悽慘境地中死於途中，最終沒能回到他夢魂縈繞的「故國」。

在古代文人心目中，杜甫贏得「古今詩人第一」的地位，有一半靠了他詩歌內容裡對國家君主忠貞不渝的信念、始終如一的熱愛以及對苦難百姓的憐憫，不過，在中國詩史上杜甫贏得「詩聖」的桂冠卻有一半要憑他在詩歌語言技巧上的變革與創新。毋庸置疑，他詩中感情的真摯和胸懷的博大是了不起的，很少有人能和他那種「時危思報主」（〈江上〉）與「一洗蒼生憂」（〈鳳凰台〉）的拳拳之心相比，所以宋人說「古今詩人眾矣，而子美獨為首者，豈非以其流落飢寒終身不用，而一飯未嘗忘君也歟」（蘇軾《東坡集》卷二十四《王定國詩集敘》），「大抵哀元元之窮，憤盜賊之橫……亦騷人之倫而風雅之亞也」（孔武仲《宗伯集》卷六〈書杜子美〈哀江頭〉後〉）。問題是這種情感和抱負雖然不能說是「老生常談」，卻絕不是詩歌的新鮮話題，就以「朱門酒肉臭，路有凍死骨」為例，《甌北詩話》卷二就指出這個對比在《孟子》、《史記》、《淮南子》中已經有過，而這一思想也只是《論語》、《禮記・禮運》中某種大同理想或平均主義的唐代詩歌版，對於杜甫這樣一個「奉儒守官」又「好論天下大事，高而不切」的文人來說，有這樣的人格境界固然難能可貴但也理有必然（《新唐書》卷二〇一本傳）。在中國富於入世精神的詩歌傳統中，寫出這樣的詩句固然令人敬佩但不能令人驚異，詩歌的一些主題常常是代代沿襲的，沿用傳統主題並不能使人成為思想家，更不消說成為傑出詩人，因為詩歌顯然不靠你寫什麼，只能靠你怎麼寫，也就是如何變化、創新詩歌語言技巧來決定詩人的「詩史意義」。

是宋代人發現了杜甫在人格上的意義，也是宋代人察覺了杜甫在詩歌史上的價值。雖然杜甫在唐代已經名氣很大，但唐代人卻不怎麼真正了解杜甫的詩，即便是宋初有王禹偁說到了「子美集開新世界」（〈日長簡仲咸〉）、孫何說到了杜甫「語成新體句」（《讀杜子美集》），宋初大多數人也只是跟著元稹那一句「辭氣豪邁」順口打轉，憑著印象大讚杜詩之「豪」，像田錫、歐陽修、張方平、蘇舜欽、范仲淹等等，於是杜甫似乎成了一個只會粗聲大氣說豪言壯語的莽漢。直到宋人想翻個觔斗跳出唐詩的天羅地網，自己開墾一塊生荒地的時候，他們才仔仔細細地看出了杜詩的好處在於語言技巧的更新，於是他們細細地剔理杜詩的篇法，分析杜詩的句法，學習杜詩的字法，揣摩杜詩的聲律，發現杜詩原來是一座開不盡掘不完的詩歌技巧寶庫，是一份足夠模擬仿效很久的詩歌語言範本，杜甫在詩史上的「詩聖」桂冠才被宋人恭恭敬敬地奉上，因此便有了仙童教杜甫在豆壟裡掘「詩王」金字的神話（《雲仙雜記》卷一）、杜詩可以驅瘧的鬼話（《苕溪漁隱叢話》後集卷七引〈藝苑雌黃〉）、杜詩是詩歌中的「六經」的迂話（《捫蝨新話》卷七）。但是，宋人發現了這些詩歌語言技巧卻沒有認真思索這在整個詩史上的意義，秦觀《淮海集》卷二十二〈論韓愈〉所說的杜詩「集大成」，給人的印象彷彿杜甫真的是掌管前代詩歌各種家什的鑰匙的胄曹參軍，把古人遺產統統蒐羅在自己武庫中供人挑挑揀揀，所以蘇軾說「為詩欲法度備足當看杜子美」（《竹莊詩話》卷一引），而明清人生在宋人之後卻看清了杜詩的意義在於它是詩史上的「變體」或「變調」，它不僅改變了漢魏齊梁的詩歌語言甚至改變了「溫柔掩雅，典麗沖和」的盛唐詩風（清施閏章《學餘堂文集》卷六〈徐伯調五言律序〉，參見明何景明《大復集》卷十四、王世貞《藝苑卮言》卷四、清沈德潛《說詩晬語》、葉燮《原詩》），於是他們給了杜甫一句更切合的評語「子美中興……一變前人而前人皆在其中」（馮班《鈍吟雜錄》卷七〈誡子帖〉），所謂「前人皆在其中」即秦觀所謂的「集大成」，「一變前人」則是《說詩晬語》所謂的「獨開生面」，而「中興」就是說杜甫承上啟下成了中國詩歌史上的一個標幟，劃分著前後兩個詩史時代。

我們曾用「快」字來像徵李白的詩思，我們也可以用「細」字來形容杜甫的詩藝。這個「細」字不是我們的杜撰而是杜甫的夫子自道，他曾說「老來漸覺詩律細」，這「細」就是他「新詩改罷自長吟」、「語不驚人死不休」的結果。古人常以「飄逸」、「沉鬱」來分別形容李、杜詩，這種近乎對仗的象徵主義評語雖然未必有意對舉卻讓人想到另外兩個比喻：「李青蓮詩佳處在不著紙，杜浣花詩佳處在力透紙背」（清洪亮吉《北江詩話》），不著紙的飄逸彷佛列子御風，透紙背的沉鬱彷佛拈針繡花，如果說李白的脫口而出常常是不自覺的宣洩情感，那麼杜甫的反覆長吟則是自覺地造句作詩，用劉熙載《詩概》的話來說就是「少陵思精，太白韻高」，思精正是為了在詩歌語言上「獨開生面」。杜甫生當聲律風骨大備的盛唐，不另闢蹊徑花樣翻新勢必淹沒在詩海裡無聲無息，杜甫並非自甘寂寞的人，「詩是吾家事」的念頭使他全身心地寫詩，「好勝」的性格使他嘔心瀝血地創新，「性僻耽佳句」的習慣使他挖空心思地造句，明陸時雍《詩鏡總論》曾指責他「在於好奇，作意好奇則於天然之致遠矣。……細觀之，覺幾回不自在」，其實「作意好奇」正是杜甫自覺的追求，「不自在」正是杜甫革新的效果。他對詩歌尤其是近體律絕的句法、字法、篇法、聲律都苦苦地琢磨，近體詩中虛字日益消退，他便有意羼入虛字使它化虛為實並曲折詩意（參見《石林詩話》卷中、《對床夜語》卷二、《甌北詩話》卷二），近體詩日益陷入典麗雅緻的套話，他便有意用生新的僻語和平暢的俗語去矯正（參見《冷齋夜話》卷四、《歲寒堂詩話》卷上、《師友詩傳錄》、《峴傭說詩》論杜詩中「粗俗語」），近體詩日益受到定型句法與節奏的束縛，他便刻意用省略、倒裝、虛詞、離析句等反常的句法去扭曲它（參見《麈史》卷中論杜詩「多離析或倒句」條、《藝圃擷餘》論杜詩「結構自成一家言」條、《甌北詩話》卷二論杜詩「獨創句法」條、《說詩晬語》論杜詩「倒插」、「反接」條），近體詩聲律日益諧調定型，他就刻意破棄音律作拗律吳體來矯正它（參見《環溪詩話》卷中論黃山谷拗體在杜詩中條，《瀛奎律髓》卷二五論老杜吳體條），尤其是他緊縮與舒展的兩種句法，清人潘德輿《養一齋李杜詩話》卷二曾看出杜甫「有極意研練之詩，亦有興到疾揮之詩」，其實前者即《童蒙詩訓》引謝無逸所說的「雕琢語到極至處」的句式，它用了緊縮節略，顛倒錯綜、反接實插各種方式「冥心刻骨，奇險到十二三分」（《甌北詩話》卷二），以致於「一句說得多事」、「意脈深藏曲折」、「字字不閒」（參見《誠齋詩話》、《環溪詩話》、《碧溪詩話》卷四），使這些詩句彷彿到處潛伏著機關，讀到它時似乎迎頭撞上意象接踵而來的車輪大戰，讓人目不暇接、手忙腳亂，又似乎踏進意脈變幻莫測的天門大陣，不得不小心翼翼地跟著它走兌踏坎尋找生門；後者即《童蒙詩訓》引謝無逸所說的「自然不做底語到極至處」的句式，它看上去自然流暢明白如話，即元稹所謂「直道當時語」（〈酬孝甫見贈十首〉其二）、元人所謂「只把尋常話作詩」（《逸老堂詩話》引），其實這種看似「近質野」（《苕溪漁隱叢話》前集卷四十八）的句式對於當時詩壇已慣熟的句法恰是一種矯枉的變體，而這些看似平易尋常的詩句恰恰也是一種深思熟慮的「人造自然」，彷彿雕樑畫棟的大觀園裡精心布置的那個稻香村。這兩種句法對當時的詩歌實在是一種變革，所以當看慣了按部就班照本宣科式詩歌的人看到杜詩時便覺得他很「生」很「怪」，而宋初人讀了杜詩之後也覺得它「馳驟怪駭」（孫僅〈讀杜工部詩集序〉）得像「萬蛟盤險句」（張伯玉《讀子美集》），因為對於走慣了平坦而熟悉的路子的人來說，杜詩大變常態的確讓人感到陌生與驚畏，但是當宋人想明白了「隨人作詩終後人」（《仕學規範》卷三十九引黃庭堅語）的道理之後，這種把詩寫得很「生」或很「熟」

的方法就無疑給後人指出了一條生路，開出了無限法門。所以，當我們仔細梳理杜甫身後詩歌語言的變化脈絡時，我們就會同意王禹偁的那句話：「子美集開新世界。」

石壕吏[1]

暮投石壕村，有吏夜捉人。
老翁逾牆走，老婦出門看。
吏呼一何怒，婦啼一何苦。
聽婦前致詞[2]：三男鄴城戍[3]。

1 這是杜甫著名的「三吏三別」之一，「三吏三別」除本首之外還有〈新安吏〉、〈潼關吏〉、〈新婚別〉、〈垂老別〉、〈無家別〉，都寫於乾元二年（七五九）的兵荒馬亂之中，據《資治通鑑》卷二二一記載，當時朝廷的九個節度使六十萬大軍敗於安史叛軍首領安慶緒、史思明，「戰馬萬匹，惟存三千，甲仗十萬，遺棄殆盡」，各節度使紛紛潰退回自己的轄區，其中郭子儀等「以朔方軍斷河陽橋保東京」，由於兵員不足，便大肆拉夫抓丁。當時杜甫正從洛陽回華州，就把目擊的紛亂景象寫成了這組樂府詩。這組樂府詩不再沿用樂府舊題，而是「即事名篇」，所以被後人稱為「新樂府」。石壕：村鎮名，在今河南陝縣東七十里。

2 以下一直到「猶得備晨炊」十三句均為老婦對來捉丁的人說的話。

3 三男：三個兒子；鄴城：即相州，在今河南安陽，乾元元年（七五八）冬，九節度使二十萬大軍圍攻此地，次年

一男附書至[4]，二男新戰死。
存者且偷生，死者長已矣[5]。
室中更無人，惟有乳下孫。
有孫母未去，出入無完裙。
老嫗力雖衰，請從吏夜歸。
急應河陽役，猶得備晨炊[6]。
夜久語聲絕，如聞泣幽咽。
天明登前途，獨與老翁別[7]。

春，大敗。

4 附書：捎信。

5 死者永遠消失了。

6 河陽：今河南孟縣，郭子儀、李光弼軍於乾元二年（七五九）退守河陽；備晨炊：做早飯。

7 這四句是全詩最精彩的句子，王嗣奭《杜臆》卷三說是「此語夜久始絕，至晨行而獨與翁別，則婦夜去矣，翁亦自知可免，故敢出而別客也」，這只看到了其一而沒有看到其二，「夜久語聲絕，如聞泣幽咽」句不僅涉及了一整夜抽泣獨悲的兒媳的心情，還點出了輾轉反側久久不能入眠的詩人心頭的關切，「天明登前途，獨與老翁別」不僅與首句投宿互相呼應，而且「獨」字更暗示了別去詩人無言的悲哀，這種作者不直接出面的方式就是後人評《史記》時所謂的「寓論斷於敘事」，比那種作者直截了當地說出褒貶是非的方式要含蓄得多，像晚唐詩人唐彥謙學這首詩寫

茅屋為秋風所破歌

八月秋高風怒號，捲我屋上三重茅。
茅飛渡江灑江郊，高者掛罥長林梢[8]，
下者飄轉沉塘坳。
南村群童欺我老無力，忍能對面為盜賊[9]。
公然抱茅入竹去，唇焦口燥呼不得，
歸來倚仗自嘆息。

的〈宿田家〉，末尾用了六句「使我不能眠，為渠滴清淚。民膏日已瘠，民力日愈弊。空懷伊尹心，何補堯舜治」，寫自己的感受與議論，就未免畫蛇添足，至於這首詩「含蓄」或省略了什麼，人們自己可以揣摩體驗，仇兆鰲《杜詩詳註》卷七說「三男戍，一男死，孫方乳，媳無裙，翁逾牆，婦夜往，一家之中，父子兄弟祖孫姑媳，慘酷至此，民不聊生極矣」，浦起龍《讀杜心解》說「丁男俱盡，役及老婦，哀哉」，都說得八九不離十，但以善於理解杜詩著稱的王嗣奭在《杜臆》卷三卻說杜甫言外之意是為了表彰「女中丈夫」，那位老婦「胸中已有成算」，訴說「一半妝假」，這就未免想過頭了。這種理解把沉痛哀苦當成了機巧狡獪，把無可奈何當成了金蟬脫殼，於是一場悲劇便被看成了「智鬥」或「舌戰」式的滑稽戲。

8 罥：結。
9 忍能：忍心這樣。

俄頃風定雲墨色，秋天漠漠向昏黑[10]。
布衾多年冷似鐵，嬌兒惡臥踏裡裂[11]。
床頭屋漏無乾處，雨腳如麻未斷絕[12]。
自經喪亂少睡眠，長夜沾濕何由徹[13]。
安得廣廈千萬間，大庇天下寒士俱歡顏，
風雨不動安如山。
嗚呼！
何時眼前突兀見此屋，吾廬獨破受凍死亦足[14]。

10 俄頃：不久；漠漠：天色昏黃。

11 前句寫棉絮多年發硬，後句寫被裡舊脆一蹬就破；惡臥：指睡覺不老實。

12 這就彷彿俗話「屋漏偏遭連夜雨」，晚唐皮日休、陸龜蒙互相唱和，寫有〈吳中苦雨因書一百韻寄魯望〉、〈奉酬襲美先輩吳中苦雨一百韻〉、〈苦雨雜言寄魯望〉、〈奉酬襲美苦雨見寄〉，洋洋灑灑，又是「朽處或似醉，漏時又如沃」，又是「雞犬並淋漓，兒童但咿噢」，又是「兒飢僕病漏空廚」，又是「千家濛瀑練」、「萬瓦垂玉繩」，但怎麼寫也不及杜甫這幾句來得親近而真實，讀上去似乎真的置身於人家常有的雨中屋漏秋寒兒泣場景之中。

13 喪亂：安史之亂；何由徹：怎樣能熬到天亮。

14 突兀：廣廈高聳的樣子；見：現。這種意思在白居易詩裡又一次寫成「爭得大裘長萬丈，與君都蓋洛陽城」（〈新制綾襖成感而有詠〉）、「安得萬里裘，蓋裹周四垠。穩暖皆如我，天下無寒人」（〈新制布裘〉）。《碧溪詩話》卷九說：

望岳[15]

岱宗夫如何？齊魯青未了[16]。
造化鍾神秀，陰陽割昏曉[17]。
蕩胸生曾雲，決眥入歸鳥[18]。

「子美詩意寧苦身以利人，樂天詩意推身利以利人，二者較之，少陵為難」，這種評價未免膠柱鼓瑟得讓人啼笑皆非，無論是「先天下之憂而憂」還是「後天下之樂而樂」，都是很高的人格境界，無法比較優劣，只是白居易照貓畫虎，模擬前人，就不太像內心流出的真情實話，倒有點像在照本演戲念台詞時的假腔假調，宋代陸游〈對酒〉說「天寒欲與人同醉，安得長江化濁醪」，紀昀評：「即子美廣廈，樂天大裘意」，其實陸游只不過是想找伴同醉，根本沒有「與民同樂」的意思，和杜甫相比境界更低，甚至還比不上白居易。

15 據說這是杜甫現存最早的詩作，有的考證說這首詩作於開元二十四年（七三六），也有的考證說比這早一年或晚一年。岳指東嶽泰山。

16 岱宗：即泰山，《風俗通・山澤》說「泰山，山之尊者，一曰岱宗，岱，始也，宗，長也。萬物之始，陰陽迭代，故為五嶽之長。」齊魯都是春秋時代國名，《史記・貨殖列傳》「泰山之陽則魯，其陰則齊」，後泛指今山東一帶；未了：不盡，這句說泰山青色籠罩齊魯甚至齊魯以外。這兩句用「夫如何」、「青未了」這種散文句式發端，在唐代五言詩中很罕見，但也造成了突兀奇崛的效果。

17 造化：大自然；鍾：聚集。陰陽：泰山向陽面與背陰面；割：分割。

18 山間雲氣吞吐滌盪胸襟，睜大眼睛看到歸去的飛鳥。王嗣奭說前一句「狀襟懷之浩蕩」，後一句「狀眼界之開闊」（《杜臆》卷一）。曾，即層；決眥，裂開眼眶，即睜大眼睛。這兩句都採用了倒裝的句式，後一句甚至連視覺與被會當凌絕頂，一覽眾山小[19]。

月夜[20]

今夜鄜州月[21]，閨中只獨看[22]。

視物的主被動關係都倒裝了，嵇康〈贈秀才入軍〉裡那一句著名的「目送歸鴻」和這句其實很相似，但嵇康還只是寫到以目光去追蹤歸鴻，而杜甫卻寫得彷彿是人把眼眶撐大便把飛鳥攝進來了似的。

19 《孟子・盡心上》說過「登泰山而小天下」，揚雄《法言・吾子》也說過「升東嶽而知眾山之峛崺也，況介丘乎？」杜甫在這裡彷彿有借泰山自言胸懷的意思，所以清人周容《春酒堂詩話》覺得他過於自負，還不夠成熟，「如王氏子弟聞郄公求婿，未忘『矜』字。」其實，這首詩真正驕矜處不在於杜甫以泰山自期的主題而在於它的有意扭曲的語言，有虛字散句又有對仗律句，有日常語序又有錯綜顛倒語序，有熟字有生字，這已經暗示了這個詩人的未來風格。當然這種風格在這首詩裡還有些生澀扞格，所以另一個清人田雯在《古歡堂集・雜著》卷四中說「此乃少年有意造奇，非其至者」，不過，這不妨礙我們「由小看老」。

20 這是天寶十五載（七五六）杜甫被叛軍俘至長安時所作的思家詩。

21 鄜州在今陝西富縣，杜甫的家眷在那裡暫住，《韻語陽秋》卷十說：「月輪當空，天下之所共視，故謝莊有『隔千里兮共明月』之句，蓋言人雖異處，而月則同瞻也。老杜當兵戈騷屑之際，與其妻各據一方，自人情觀之，豈能免閨門之念？……至於明月之夕，則遐想長思，屢形詩什。」參見張九齡〈望月懷遠〉注5。

22 不說我想家卻想像家中人看月思我，把詩的視角從詩人這裡挪到對方那裡形成反觀，使詩的意思更為曲折，詩的空

遙憐小兒女，未解憶長安[23]。
香霧雲鬟濕，清輝玉臂寒[24]。
何時倚虛幌，雙照淚痕乾[25]。

間更為開闊，這種方法早被清人拈出，王嗣奭《杜臆》卷二就指出這是「進一層」，施補華《峴傭說詩》也說這是詩的「忌直貴曲」法，後來最著名的這類例子是李商隱的〈夜雨寄北〉。

23 一個叫胡朝穎的宋代詩人不僅借用了杜甫另一首〈旅夜書懷〉的題目，還借用了這兩句的意思寫道：「遙憐兒女寒窗底，指點燈花語夜深」，不過這兩句說的是兒女能憶父親，而杜甫說的是兒女不解憶父親。王嗣奭說：「意本思家，而偏想家人之思我，已進一層，至念及兒女之不能思，又進一層。」這句照應上句「只獨看」的「獨」字，就是說「兒女尚小，雖與言父在長安，全然不解」，施補華則指出這是「用旁襯之筆。兒女不解憶，則解憶者獨其妻矣」，李調元《雨村詩話》卷下也說這兩句是「借葉襯花之法」。

24 這兩句想像妻子看月思念時的情景，雲鬟有香霧亦香，但看月佇立則霧濕了雲鬟，玉臂與月光相映，但秋夜久立則兩臂生寒，「濕」、「寒」二字暗示妻子佇立月夜之久。

25 虛幌：輕而透明的帷幔；雙照：指月光照在兩個人臉上，與上文「獨看」相映；這兩句想像那時兩人相逢拭乾淚水，月光透過輕紗照在臉上，有了團聚的喜悅。王嗣奭說「『何時』應『今夜』，『虛幌』應『閨中』，『雙照』應『獨看』」，可見杜甫構思之「細」。

春望[26]

國破山河在，城春草木深[27]。
感時花濺淚，恨別鳥驚心[28]。
烽火連三月，家書抵萬金[29]。
白頭搔更短，渾欲不勝簪[30]。

26 這首詩據考證作於至德二載（七五七）三月杜甫被叛軍俘至長安時。

27 破：破碎；深：草木叢生。宋司馬光《溫公續詩話》說：「古人為詩，貴於意在言外，使人思而得之……山河在，明無餘物矣，草木深，明無人矣。」

28 這兩句各人理解不同，古人大多把它看成是省略了「看」、「聽」的緊縮型句子，像上引《溫公續詩話》說：「花鳥，平時可娛之物，見之而泣，聞之而悲，則時可知矣。」那麼這兩句即感傷時局，看到花卻流淚，悵恨別離，聽到鳥聲而心驚，清人吳喬《圍爐詩話》卷二說「花鳥樂事而濺淚驚心，景隨情化也」，看來也是這個意思；但今人也有認為這兩句是普通的句式，只是把花、鳥擬人化了，那麼這兩句即感傷時勢連花也流淚，悵恨別離連鳥也心驚。

29 連三月：一連三個月；一說「三月」指季春三月，意即戰爭從去年打到今年三月。後人有時模擬這兩句，但總是很拙劣，像宋曾幾〈郡中吟懷玉山應真請雨未沾足〉「憫雨連三月，為霖抵萬金」。吳喬《圍爐詩話》卷二稱讚杜甫這兩句「極平常語，以境苦情真，遂同於六經中語之不可動搖。」

30 這十字分三層暗示「愁」，白頭即愁白了頭，這是一層；搔即搔頭，心情焦急無可奈何才搔頭，這又是一層；白髮易落，越搔越短，以致於無法插上髮簪，這又是一層。渾欲：簡直要；鮑照〈擬行路難〉之十六「白髮零落不勝冠」就有這個意思，宋陸游〈秋晚登城北門〉「山河興廢供搔首」用的也是這個意思。

春夜喜雨

好雨知時節，當春乃發生[31]。
隨風潛入夜，潤物細無聲[32]。
野徑雲俱黑，江船火獨明[33]。
曉看紅濕處，花重錦官城[34]。

31 就像俗話說的「春雨貴如油」。

32 仇兆鰲《杜詩詳註》卷十說「潛入，細潤，正狀好雨發生」，「曰潛，曰細，寫得脈脈綿綿，於造化發生之機最為密切。」這兩句寫如絲春雨在夜裡不知不覺地下起來，宋張耒〈和應之細雨〉硬把後一句分成兩句：「有潤物皆澤，無聲人不聞」，既囉嗦又無味。

33 清人張謙宜《絸齋詩談》卷四說這兩句是「借火襯雲」，也就是用一點明亮反襯籠罩田野的昏暗，而這一片昏暗正是春天雨夜的特點，浦起龍《讀杜心解》說「寫雨切夜易，切春難」，這兩句的「黑」和上兩句的「細」卻既切夜又切春，仇兆鰲說「三四屬聞，五六屬見」，也就是說杜甫準確地傳遞了對春夜小雨的聽覺視覺感受。

34 紅：指花；重：指雨後花朵濕潤的感覺。梁簡文帝〈賦得入階雨〉曾說「漬花枝覺重」，就是這個意思，後來宋王安石〈暮春〉「雨花紅半墮」也是這個意思。錦官城：成都，參見李白〈蜀道難〉注25。《絸齋詩談》卷四提醒讀者這兩句是「借花襯雨，不知者謂止是寫花。『紅』下用『濕』字，可見其意。」

旅夜書懷[35]

細草微風岸，危檣獨夜舟[36]。
星垂平野闊，月湧大江流[37]。
名豈文章著，官應老病休[38]。

35 永泰元年（七六五）夏，杜甫離開成都經渝州（今四川重慶）、忠州（今四川忠縣）東下，這是他在旅途中所作的一首詠懷詩。

36 不用任何動詞、形容詞，以名詞直接組合成詩句，是中國古典詩尤其是近體律絕詩常用的句法，杜甫詩中這類句子很多，像〈西山〉「辯士安邊策，元戎決勝威」、〈雨〉「秋日新沾影，寒江舊落聲」、〈春夜峽州田侍御長史津亭留宴〉「北斗三更席，西江萬里船」、〈送十五弟侍御使蜀〉「數杯巫峽酒，百丈內江船」等等，它們省略了標示行為、方位、處所等的語詞，讓人自行組合體驗，因而贏得了廣闊的理解空間，這兩句同樣如此。危檣，孤單而高聳的桅杆。

37 這兩句和李白〈渡荊門送別〉的「山隨平野盡，江入大荒流」相近，但意思比李白複雜，句式也比李白凝練，在同樣十個字內，它增加了「星垂」、「月湧」的意思，而且暗示了由於星「垂」於平野而更顯出平野寬闊，由於月「湧」於江面而更看到江水的奔流。一「垂」一「湧」，雖然一向下一向上，但都與平野、大江成垂直，更襯託了後者的開闊，而前一句靜垂，後一句湧動，也互相映襯，所以黃生《杜詩說》認為李白那兩句「止說得江山，此則野闊星垂，江流月湧，自是四事也。」

38 名聲豈是由於文章而顯著，官職倒應當是由於衰老有病而辭罷。前一句是不服氣的申辯，意思是我的志向在匡時經國，可是人們卻誤以為我靠舞文弄墨贏得名氣；後一句是憤懣的反話，杜甫罷官是因為上疏諫事，卻故意說自己老病休官。這兩句裡的「豈」、「應」兩個虛字用得很講究，暗含了很多委曲和憤懣，宋人羅大經《鶴林玉露》卷六說飄飄何所似，天地一沙鷗[39]。

江漢[40]

江漢思歸客，乾坤一腐儒[41]。
片雲天共遠，永夜月同孤[42]。

這兩字是「活字斡旋」，就像車輪的軸一樣使詩意流動而含蓄了。

39 黃生《杜詩説》「一沙鷗，何其渺，天地，何其大」，這種宇宙廣闊與個人渺小對比中產生的孤獨感、失落感，正是杜甫這首詩要表達的感受，這個「一」字正好與前面的「獨」字呼應。

40 這首詩約寫於大曆三年或四年（七六八或七六九）。

41 天地之間的一個迂闊文人；《珊瑚鉤詩話》卷二引宋代詩人陳師道的話説這句是指「乾坤之大，腐儒無所寄其身」，也就是説杜甫痛感自己不容於世，但清代黃生《杜詩説》卻説「一腐儒上著『乾坤』字，自鄙兼自負之辭，身在草野，心憂社稷，乾坤之內，此腐儒能有幾人」，則認為這裡有杜甫自負之意；王嗣奭《杜臆》卷九説「若以世法繩之，真腐儒也，公（杜甫）自知之，故作此語」，則這句是杜甫有意自嘲來諷刺世俗。

42 這兩句寫自己漂泊生涯與孤獨感受，像一片雲一樣在天遠處，像月一樣孤零零在長夜中。不過，這「像……一樣」是閱讀時加上去的，這兩句本身只是寫「雲」與「月」的景句。

落日心猶壯，秋風病欲蘇[43]。
古來存老馬，不必取長途[44]。

43 「落日」彷彿後來李商隱〈登樂遊原〉中的「夕陽」，「心猶壯」彷彿「無限好」，但杜甫是寫「烈士暮年壯心未已」的自強不息而沒有哀嘆「只是近黃昏」的悲涼辛酸；蘇：康復。《杜臆》卷九引趙子常語說：「雲天夜月，落日秋風，物也，景也，與天共遠，與月同孤，心視落日而猶壯，病對秋風而欲蘇者，我也，情也。他詩多以景對景，情對情，人亦能效之……若此則虛實一貫，不可分別，能效之者尤鮮。」

44 存：存養；老馬：杜甫自比老馬，《韓非子‧說林上》記載春秋時齊桓公伐孤竹，春天出兵，冬天返國，但卻迷了路，管仲便建議「放老馬而隨之」，因為「老馬之智可用也」。杜甫用這個典故是說，不必路遙才知馬力，老馬的智慧也是可用的，言外之意是說自己雖年老，但自信還有才智。

蜀相[45]

丞相祠堂何處尋，錦官城外柏森森[46]。
映階碧草自春色，隔葉黃鸝空好音[47]。
三顧頻煩天下計，兩朝開濟老臣心[48]。
出師未捷身先死[49]，長使英雄淚滿襟。

45 這首詩是杜甫上元元年（七六〇）剛到成都遊覽諸葛武侯廟時所作，蜀相即諸葛亮。

46 諸葛武侯廟是晉李雄在蜀稱王時修建的，今名武侯祠，在成都舊城西北二里，祠內有老柏樹，相傳為諸葛亮親手所栽，杜甫另一首〈古柏行〉說「孔明廟前有老柏，柯如青銅根如石。霜皮溜雨四十圍，黛色參天二千尺。」參見《成都文類》卷四十六宋田況〈古柏記〉。

47 自春色：用「自」字暗示春色無人關注流連，自生自滅，顯得祠堂荒涼；空好音：用「空」字暗示鶯啼無人傾聽，自呼自喚，顯出古人英魂冷落。

48 當年劉備曾三顧茅廬，一再向諸葛亮請教天下大計，諸葛亮出山後，嘔心瀝血，一直輔佐了劉備、劉禪兩朝蜀帝，表現了老臣的忠心。

49 蜀漢建興十二年（二三四）春，諸葛亮出兵伐魏，在渭水南岸五丈原與魏軍相持百餘日，八月病死於軍中，所以說「出師未捷身先死」。

南鄰[50]

錦里先生烏角巾，園收芋栗未全貧[51]。
慣看賓客兒童喜，得食階除鳥雀馴[52]。
秋水才深四五尺，野航恰受兩三人[53]。
白沙翠竹江村暮，相送柴門月色新。

50 這首詩是杜甫住在成都浣花溪草堂時所作，南鄰指朱山人，杜甫還有一首詩叫〈過南鄰朱山人水亭〉。

51 錦里先生：指朱山人，錦里即成都，漢代有隱士用裡先生，也許杜甫是仿此而稱呼友人的；角巾：四方有棱角的頭巾，古代隱士常不著冠而戴巾；未全貧：不算太窮，這裡暗示朱山人知足常樂的人生態度。

52 這兩句是既倒裝又省略的緊縮句型，指兒童因主人好客看慣了賓客來往，所以來客時總是歡天喜地，鳥雀因主人和善常能在階除得食，所以很馴良。

53 野航：小船，王嗣奭《杜臆》卷四說：「野航乃鄉村過渡小船，所謂『一葦杭之』者，故『恰受兩三人』。」仇兆鰲《杜詩詳註》卷九引申涵光的話說，這兩句「語疏落而不酸，今人作七律，堆砌排耦，全無生氣，而矯之者又單弱無體裁，讀杜諸律，可悟不整為整之妙」，所謂「疏落」也就是說杜甫很慣於寫一種「自然不做底語到極至處」的流暢句式（《童蒙詩訓》引宋謝無逸語），這種句子即元人所謂的「只把尋常話作詩」（《逸老堂詩話》），或清人所謂的「天然好句」（《瀛奎律髓》卷二十三紀昀的評語），不過，這種看似白話的句式其實是杜甫極其精心寫出來的，用申涵光的話說就是「不整為整」，用今天的術語來說就是「鍾煉復歸自然」，用個比喻來說就是「精緻又逼真的人造鄉村」，比如說那個看似不著力的「受」字，就是很巧妙用心的，所以宋代人才一再嘖嘖稱讚（參見《杜工部草堂詩話》卷一），而清代人也一再告誡人們「無根柢而效之則易俚易率」（紀昀語）。

客至[54]

舍南舍北皆春水，但見群鷗日日來[55]。
花徑不曾緣客掃，蓬門今始為君開[56]。
盤飧市遠無兼味，樽酒家貧只舊醅[57]。
肯與鄰翁相對飲，隔籬呼取盡餘杯[58]。

54 這首詩也作於杜甫居住於成都時。原注說：「喜崔明府見過」，明府是唐人對縣官的通稱，杜甫的母親姓崔，有人認為這首詩所寫的「客」就是一個姓崔的縣令，也是杜甫的母系親戚。

55 這兩句暗含了一個典故，《列子‧黃帝》中說，有人與海鷗相親，海鷗常和他嬉戲，但有一天他父親卻讓他捉一隻海鷗，當他再去海邊時，海鷗都心懷疑慮而不敢靠近他了。杜甫說自己這裡「群鷗日日來」，暗示自己雖然孤獨，但心中卻無機心，所以鷗鳥常來安慰自己的寂寞。

56 緣：為；蓬門：柴門。

57 盤飧：菜餚；無兼味：沒有第二樣；舊醅：陳酒，唐人以新酒為貴，只有舊醅，則未免簡慢，所以黃生《杜詩說》說：「盤飧因市遠，故無兼味，樽酒因家貧，只是舊醅。」

58 上句探問客人是否願意與鄰叟共飲，下句說如願意的話就隔著籬笆喚他過來一起喝完剩下的酒。

聞官軍收河南河北[59]

劍外忽傳收薊北[60]，初聞涕淚滿衣裳。
卻看妻子愁何在，漫卷詩書喜欲狂。
白日放歌須縱酒，青春作伴好還鄉[61]。
即從巴峽穿巫峽，便下襄陽向洛陽[62]。

59 這首詩作於廣德元年（七六三），當時杜甫在梓州，據《舊唐書・史思明傳》、《資治通鑑》卷二二二，前一年十月，唐朝軍隊已收復洛陽，平定河南，這一年正月史朝義兵敗自縊（一說被俘至京師斬首，一說被亂兵所戮），河北收復，長達七年的安史之亂至此結束。

60 劍外：劍閣以南，指蜀地；薊北：今河北北部，是安史之亂的發源地。

61 青春：一說指柳暗花明花香鳥語的春景；一說指酒名，羅鄴〈下第〉有「謾把青春酒一杯」。

62 巴峽：泛指四川境內長江的峽谷，如明月峽、廣嶼峽、東突峽、雞鳴峽等；巫峽：長江三峽之一，《水經注・江水》「巴東三峽巫峽長」，這裡用來兼指三峽；浦起龍《讀杜心解》說這是杜甫「生平第一首快詩」，王嗣奭《杜臆》卷五說這首詩「無一字非喜，無一字不躍」，其實這首詩的「快」、「喜」、「躍」不僅表現於內容中，而且表現在節奏上，「一氣流注」的語序，六個地名的迭現，「忽傳」、「初聞」、「卻看」、「漫卷」、「即從」、「便下」六個虛詞的使用，使全詩不僅去勢疾迅，而且節奏急促，極好地表現了詩人狂喜放歌，手舞足蹈的情態，同時還有收有放有張有弛，正如清人施補華《峴傭說詩》所說：「即走即守，再三讀之思之，可悟俯仰用筆之妙」，這也是杜詩頓挫的一例。

宿府[63]

清秋幕府井梧寒，獨宿江城蠟炬殘。
永夜角聲悲自語，中天月色好誰看[64]。
風塵荏苒音書絕[65]，關塞蕭條行路難。
已忍伶俜十年事，強移棲息一枝安[66]。

63 這首詩作於廣德二年（七六四），當時杜甫任節度使參謀，檢校工部員外郎。

64 永夜：長夜；角：軍中用的號角；這兩句清施補華《峴傭說詩》很稱讚，尤其說「『悲』字，『好』字，作一頓挫，實七律奇調」，但恰恰是這兩個字的意義很難把握，王嗣奭《杜臆》卷六說，最初他是把「悲」字「好」字連上讀的，所以這兩句是上五下二句型，並說「此句法之奇者」，後來他又覺得應連下讀，於是這兩句又成了普通的上四下三句型，但他似乎又覺得沒把握，只好說這兩個字「當作活字看」，這就是施補華「作一頓挫」的意思。「悲」、「好」兩字就彷彿一隻可以兩頭彎的雙向節，使這兩句產生了多種解釋的空間：連上讀，則是長夜畫角聲悲，如在自言自語，中天月色好，卻無人觀賞，「悲」、「好」二字是客觀形容；如連下讀，則是長夜畫角聲如悲切自語，中天月色好給誰看，「悲」、「好」二字是主觀判斷；如上下一串讀，則也可能是：長夜畫角聲悲，悲其自言自語，中天月色好，好又給誰看。王嗣奭曾把這兩句作了這樣的譯解：「角聲雖極悲慘……而今獨悲其自語者，自語謂無人與語；……月色清輝誠好，而今不知好誰人之觀看乎。」看來他採用了第三種讀法，把「悲」、「好」兩字作了客觀形容與主觀情意兼有的雙重理解，所以他說這兩個字是「活字」。

65 荏苒：歲月流逝。

66 伶俜：奔波飄零；十年：自安史之亂以來已是十年；棲息一枝：《莊子・逍遙遊》「鷦鷯巢於深林，不過一枝。」

白帝城最高樓[67]

城尖徑仄旌旆愁，獨立縹緲之飛樓[68]。
峽坼雲霾龍虎睡，江清日抱黿鼉游[69]。
扶桑西枝對斷石，弱水東影隨長流[70]。
杖藜嘆世者誰子[71]，泣血迸空回白頭[72]。

杜甫這裡用這句話來說自己飄零已經十年，姑且在此地勉強任職謀生活安定。

67 這首詩作於大曆元年（七六六）杜甫在夔州時。白帝城：見李白〈早發白帝城〉注109。

68 白帝城在山勢險峻的高山上，《水經注・江水》說它「西南臨大江，窺之炫目」，所以說「城尖」，又說「縹緲之飛樓」；仄：狹而斜。

69 坼：裂；霾：晦暗。上句寫峽谷陰天時雲霧籠罩怪石如龍虎酣睡，下句寫大江晴天太陽照射下如有無數黿鼉游動。

70 扶桑：古代傳說中東方日出處的大樹；弱水：古代傳說中西方崑崙山下的河流。上句寫扶桑西邊的樹枝似乎正對著峽谷，下句寫弱水東流的水影彷彿與大江相隨，形容在白帝城最高樓上登高望遠視野遼闊，曹植〈遊仙〉一詩中有「東觀扶桑曜，西臨弱水流」，仇兆鰲說「是正言東西也」，但杜甫這兩句「是就東言西」，「就西言東」（《杜詩詳註》卷十五）。

71 其實就是說自己。杖藜：拄著藜木杖。

72 不說泣淚說泣血，不說流下卻說迸空，形容極其慘痛。回白頭：掉轉白髮蒼蒼的頭不忍再眺望。這首詩不合七律通常的平仄格式，也不合七律慣常的四三句式，用的語詞也頗奇詭怪異，所以有人說它是「歌行之變格」，有人說它是「拗體之七律」。其實，這一方面是杜甫有意打破七律定型的俗濫格套有意立異創新，即趙翼《甌北詩話》卷二所謂「冥心刻骨奇險至十二三分者」，潘德輿《養一齋李杜詩話》卷二所謂「極意研練之詩」，所以顯得「沉鬱怪幻」（施閏章《學餘堂文集》卷六），一方面是用這種音調不諧、句式奇崛、語詞異怪的富於刺激性的體勢來表現自己難以言説的痛楚，即黃生《杜詩説》所謂的「翻成激楚悲壯之響」，王嗣奭《杜臆》卷七所謂的「真驚人語」。

秋興[73]

其一

玉露凋傷楓樹林[74]，巫山巫峽氣蕭森[75]。
江間波浪兼天湧，塞上風雲接地陰[76]。

73 〈秋興〉一組共八首，是杜甫大曆元年（七六六）在夔州所作，這裡選的是第一、第七首。秋興，即感秋寫情，自從宋玉〈九辯〉中有「悲哉！秋之為氣也」一句後，很多詩人都寫過悲秋的詩篇，如劉向〈九歎・逢紛〉、王逸〈九思・哀歲〉、〈古詩十九首〉之七等等。不過，就像劉楨〈贈五官中郎將〉「秋日多悲懷，感慨以長嘆」所説的，秋天給人帶來的感慨雖然都以悲涼為主基調，但悲涼的內容卻不一樣，杜甫〈秋興〉八首雖然沿用了潘岳〈秋興賦〉的題目，但詠歎的卻不是潘岳的「江湖山藪之思」，而是傷時感己的故國之思。

74 玉露：白露。隋李密〈淮陽感秋〉：「金風蕩初節，玉露凋晚林」，後一句與這句相似，露是悲秋詩中常見的意象，似乎它能摧殘生命，像劉向《九歎》「白露紛紛以塗塗兮」，〈古詩十九首〉之七「白露沾野草，時節忽復易」，曹丕〈燕歌行〉「草木搖落露為霜」，張載〈七哀詩〉之二「白露中夜結，木落柯條森」。

75 蕭森：蕭瑟陰森。

76 兼天：連天，這種波浪滔天的誇張寫法讓人想到另一個盛唐人張抃〈題衡陽泗州寺〉中很奇特的一句詩：「幾層峽叢菊兩開他日淚，孤舟一繫故園心[77]。
寒衣處處催刀尺，白帝城高急暮砧[78]。

浪寒春月。」上一句寫波浪衝天，下一句寫風雲壓地。

77 叢菊兩開：杜甫到夔州已兩年，他本想像〈聞官軍收河南河北〉中所說的「即下巴峽穿巫峽，便向襄陽下洛陽」，不料竟停滯在此地，兩度看到秋菊；他日淚是過去的淚；故園心是眷念故鄉之心；這兩句即朱鶴齡《輯注杜工部集》所說的「公（杜甫）至夔已經二秋，時艤舟以俟出峽，故再見菊開，仍隕他日之淚，而孤舟乍繫，輒動故園之心」，但這兩句省略了很多文字，使句子變得十分緊縮凝練，甚至斷續不通，「他日淚」彷彿是叢菊開的淚，「故園心」似乎被繫舟的纜繩捆著，其實這正是杜甫有意使詩歌語言變得新穎緊湊的試驗。宋人吳沆《環溪詩話》卷上說杜詩一句說得多件事，楊萬里《誠齋詩話》說杜甫能七個字說三重意思，都是說杜詩緊縮凝練的省略句法，而清人賀貽孫《詩筏》說杜詩「從生處著力」、徐增《而庵詩話》說杜詩「一句中有二三讀者，其不成句處，正是其極得意處」，也正是說杜甫在詩歌語言上避開平俗滑易自闢蹊徑，這種省略、錯綜、斷續的句子有很多中間意義空間要讀者自己去補充，這就給閱讀帶來了「參與創造」的樂趣和「揣摩體味」的餘地，也使七言律詩的語言風格為之一變，正如清人管世銘〈讀雪山房唐詩序例〉所說，「七言律詩至杜工部而曲盡其變，蓋昔人多以自在流行出之，作者獨加以沉鬱頓挫……格法、句法、字法、章法，無美不備。」

78 催刀尺：趕製寒衣；急暮砧：黃昏急促的搗衣聲。這兩句也省略了主語，卻把「處處催刀尺」所做的「寒衣」和聽「急暮砧」的地方挪到句首，王嗣奭《杜臆》卷八曾把這兩句譯解為「秋風戒寒，衣須早備，刀尺催而砧聲急」，雖然簡潔通暢，但少了「處處」、「白帝城高」，似乎沒把四面聞砧聲而佇立城上頭的氛圍表現出來。

其七

昆明池水漢時功，武帝旌旗在眼中[79]。
織女機絲虛夜月，石鯨鱗甲動秋風[80]。
波漂菰米沉雲黑，露冷蓮房墜粉紅[81]。

79 昆明池在長安西南三十里，周回四十里，據說是漢武帝時開鑿來練習水戰用的，《史記・平準書》說當時建造了樓船，「高十餘丈，旗幟加其上，甚壯。」《西京雜記》卷下也說當時池中有「戈船樓船各數百艘……四角垂幡旄旍葆麾蓋，照灼涯涘」，杜甫借漢喻唐，其實是在說他記憶中的盛唐豪壯氣象，因為是追憶，所以說「在眼中」。

80 這兩句寫昆明池畔的景物，《文選》卷一班固〈西都賦〉記昆明池「左牽牛而右織女，似雲漢之無涯」，李善注引《漢宮闕疏》說：「昆明池有二石人，牽牛織女像」；《西京雜記》卷上又記昆明池中「刻玉石為鯨，每至雷雨，常鳴吼，鬐尾皆動」，可見織女和石鯨本來都是昆明池舊有景觀，但杜甫則在這種記憶裡摻入了被《頤山詩話》稱為「恍乎有無」的想像：織女應當有織機，有織機則上有絲，透過機絲夜月似乎朦朦朧朧，所以說「虛夜月」。石鯨應有鱗甲，既然牠每至雷雨即動，那麼牠遇秋風也會不安，所以說「動秋風」。清人吳喬《圍爐詩話》卷四說前兩句寫「武帝遊幸之盛事猶可想見」，這兩句「則『織女機絲』已『虛夜月』，石鯨鱗甲『惟動秋風』」是寫「荒涼之極」。

81 菰米：菰是茭白，秋天結籽即菰米，杜甫另一首〈行官張望補稻畦水歸〉有「秋菰成黑米」，據陳藏器《本草拾遺》說有一種黑菰米叫「烏郁」，可食；蓮房：蓮蓬；上一句寫波漂菰米就像黑雲一樣浮沉於水面，下一句寫秋天露降使蓮花粉紅的花瓣片片墜落。明人楊慎《升庵詩話》卷六認為杜甫這兩句詩來自《西京雜記》「太液池中有雕菰，紫蘀綠節，鳧雛雁子，唼喋其間」、《三黃舊圖》「宮人泛舟採蓮，為巴人棹歌」，但改變了上述兩段話的含義，「菰米不收而任其沉，蓮房不採而任其墜，兵戈亂離之狀具見矣。」就是說杜甫把一片鶯歌燕舞的歡娛寫成了一派悽悽慘慘的衰敗；但王嗣奭《杜臆》卷八卻說「菰米蓮房，物產豐饒，溥生民之利，予安能不思？」就是說杜甫是在回憶太平盛世的繁華景象，大概前一說對。

關塞極天唯鳥道，江湖滿地一漁翁[82]。

詠懷古蹟[83]

群山萬壑赴荊門[84]，生長明妃尚有村[85]。
一去紫台連朔漠，獨留青冢向黃昏[86]。

82 關塞極天：指山嶺關隘極高；鳥道：見李白〈蜀道難〉注16；江湖滿地：到處漂泊；一漁翁：杜甫自謂，有人說末句指「江湖雖廣無地可歸，徒若漁翁之漂泊」。

83 原題共五首，分別吟詠庾信、宋玉、王昭君、蜀先主劉備、諸葛亮，這是第三首。

84 用一個「赴」字使千山萬壑都有了動感，也使荊門成了視境中的焦點，同樣的例子還有〈奉觀嚴鄭公廳事岷山沱江畫圖〉的「岷山赴北堂」。王安石極力稱讚的「暝色赴春愁」似乎也可以算一例，但《對床夜語》卷四說這是皇甫冉的詩而不是杜甫的詩。

85 明妃：即王昭君。王昭君是今湖北興山人，興山距巫峽很近。唐代此地還有昭君故居遺址，所以說「尚有村」。

86 紫台：即紫宮，指漢皇宮；朔漠：北方沙漠；青冢：昭君的墳墓，在今內蒙呼和浩特南。王昭君在漢元帝時選入皇宮，後朝廷為了和親又將她嫁給匈奴呼韓邪單于，死於匈奴，所以這兩句說昭君一離漢宮便北嫁匈奴，再也沒有回來，只剩下墳墓矗立在黃昏的大漠中。

畫圖省識春風面，環珮空歸月夜魂[87]。
千載琵琶作胡語，分明怨恨曲中論[88]。

閣夜[89]

歲暮陰陽催短景，天涯霜雪霽寒宵[90]。

87 傳說漢代宮妃入宮後要由畫工畫像供皇帝鑑定挑選，畫工常營私舞弊索要賄賂，王昭君貌美，不屑賄賂，於是畫工毛延壽就把她畫醜陋了。直到和親匈奴選定了王昭君，漢元帝召見，才發現受了畫工欺騙，一怒之下殺了毛延壽，但昭君出嫁單于卻無法改變了。前一句是詰問句，意思是靠圖畫怎麼能知道她那美貌容顏，後一句是寫這種糊塗方法的結果，即昭君只好抱恨天涯，葬身大漠，只有魂魄帶著環珮的響聲在月夜裡回歸漢宮，喚起人的回憶；一說前一句是說「至今畫圖可識者乃其面耳」，後一句是指「不知魂猶南歸，深夜月明，若聞環珮之聲」（《杜臆》卷八）。均可通。

88 傳說昭君出塞時懷抱琵琶彈奏思鄉之曲，古樂府「琴曲歌辭」裡的〈昭君怨〉就是當時她彈奏的樂曲。這兩句說千年來琵琶彈奏〈昭君怨〉時雖然都有北方胡人歌曲的風格，但在其中仍然能清楚地分辨出昭君幽怨悵恨的思鄉之心。

89 這首詩寫於大曆元年（七六六）冬，當時杜甫在夔州。閣夜：西閣之夜。

90 陰陽：日月；催短景：冬天白天很短，所以日落月升像催促白天匆匆而過。天涯：指夔州，杜甫是中原人，所以到蜀中好像到了天涯；霽：雪後天晴。

五更鼓角聲悲壯，三峽星河影動搖[91]。
野哭千家聞戰伐，夷歌幾處起漁樵[92]。
臥龍躍馬終黃土，人事音書漫寂寥[93]。

91 三峽水流映得星影隨波搖動；杜甫另一首〈將曉〉之一也曾用過這一對偶：「鼓角悲荒塞，星河落曉山。」

92 這兩句《杜臆》卷八說是「戰伐敗而野哭者約有千家，漁樵樂而夷歌者能有幾處」，似乎是把「千家」、「幾處」都看成實在的數字統計，把「戰伐」和「漁樵」都當作夔州的實在情形，於是成了「幾家歡樂幾家愁」式的平面對映。其實前一句是杜甫遙想中原戰爭的慘烈，後一句是杜甫感嘆夔州不曾遭戰事的安恬。夷歌：夔州是少數民族雜居之地，他們的歌謠即被稱為「夷歌」。

93 臥龍：諸葛亮；躍馬：指公孫述，諸葛亮是三國蜀相，才幹出眾，公孫述曾於西漢末年在蜀地稱帝，左思〈蜀都賦〉說「公孫躍馬而稱帝」。上句說古來無論賢愚忠奸都已成為一抔黃土。漫：任憑；下句說自己的人事際遇和親友的音書訊息就任憑它這樣寂寥無聞下去吧。仇兆鰲《杜詩詳註》卷十八解釋得很準確：「思及千古賢愚，同歸於盡，則目前人事遠地音書，亦漫付之寂寥而已。」

登高[94]

風急天高猿嘯哀，渚清沙白鳥飛回[95]。
無邊落木蕭蕭下，不盡長江滾滾來[96]。
萬里悲秋常作客，百年多病獨登台[97]。
艱難苦恨繁霜鬢，潦倒新停濁酒杯[98]。

94 這首詩大約作於大曆二年（七六七），當時杜甫仍滯留在夔州。

95 渚：水中小洲。

96 上句化用《楚辭・九歌・湘夫人》「裊裊兮秋風，洞庭波兮木葉下」和〈山鬼〉「風颯颯兮木蕭蕭」的語意和語詞，但加了「無邊」二字便彷彿漫天飄落著黃葉；清人管世銘很稱讚這兩句的「蕭蕭」、「滾滾」，認為「七言用疊字近湊」，獨有這兩句「轉就疊字生色」（〈讀雪山房唐詩序例〉）。也許是這兩組疊字所構築的漫天黃葉紛墜、奔騰江水東流的動態情景正好烘託了詩人的滿懷愁緒和一腔悲憤，這不禁讓人想到後人形容悲愁時愛用的「紛紛墜葉」（范仲淹〈御街行〉），「滿城風絮」（賀鑄〈青玉案〉），「水流無限是儂愁」（劉禹錫〈竹枝詞〉）和「恰似一江春水向東流」（李煜〈虞美人〉）。

97 常作客：指自己沒有家園四處漂泊；百年：一生。這兩句和上兩句的疏朗平暢正好成為對照，上兩句的句法是日常句法，但這兩句又改成緊縮凝練的節略句。宋人羅大經《鶴林玉露》卷十一說：「萬里，地之遠也，秋，時之悽慘也，作客，羈旅也，常作客，久旅也，百年，齒暮也，多病，衰疾也，台，高迥處也，獨登台，無親朋也，十四字內含八意，而對偶又精切。」

98 繁霜鬢：增多白髮；潦倒：即多病；這兩句是說艱難苦恨使自己白髮日多，所患的肺病又使自己不得不戒酒，古來

絕句[99]

江碧鳥逾白，山青花欲然[100]。
今春看又過，何日是歸年。

登高有飲酒的習慣，但這時杜甫患肺病，又不能不暫停藉以澆愁的酒。這首詩曾被明胡應麟《詩藪》內編卷五稱為「前無昔人，後無來學……自當為古今七言律第一」，後來楊倫《杜詩鏡銓》、張謙宜《絸齋詩談》卷四都認為如此。因為從聲律上來說，「一篇之中句句皆律，一句之中字字皆律」；從篇法結構上來說，「首尾若未嘗有對者，胸腹若無意於對者，細繹之則錙銖鈞兩，毫髮不差」；從字法上來說，也字字精確傳神，「皆古今人必不敢道決不能道者」；從節奏句式上來說，起首二句和結尾二句很密集，但三四兩句有「疏宕之氣」，五六兩句有「頓挫之神」（《峴傭說詩》）。用現代話來說就是節奏疏密相間，句式鬆緊變幻，顯出了詩歌語意的頓挫與跌宕。

99 原題二首，這裡選第二首。

100 然：即燃，說花紅得像火，最早有庾信〈奉和趙王隱士〉「山花焰火然」，虞世南〈發營逢雨應詔〉「山花濕更然」。唐代三個最出色的詩人也都各用了一次這個比喻，王維〈輞川別業〉說「水上桃花紅欲然」，李白〈寄韋南陵冰餘江上乘興訪之遇尋顏尚書笑有此贈〉說「山花開欲然」，似乎都不如杜甫這句寫得經濟凝練。宋人丁元珍〈和永叔新晴獨過東山〉把這個意思變了一個說法：「萬樹綠堪染，群花紅未然」，似乎勉強逃脫了這句詩的籠罩。

江畔獨步尋花[101]

黃四娘家花滿蹊[102]，千朵萬朵壓枝低。
留連戲蝶時時舞，自在嬌鶯恰恰啼[103]。

101 原題共七首，這是第六首，杜甫在成都時所作。

102 黃四娘：不詳。浦起龍《讀杜心解》說：「黃四娘自是妓人，用戲蝶嬌鶯恰合」，也就是說黃四娘是一個歌妓，所以杜甫才在寫她時用了「戲蝶」、「嬌鶯」這樣輕佻豔媚的意象；但也有人認為黃四娘是一個當時已經死了的女尼，並引宋趙明誠《金石錄》中〈唐王四娘塔銘〉為證，說第五首「黃師塔」即黃四娘墓塔，因為唐代常王、黃不分，當時杜甫是在黃四娘舊居及墓塔處遊玩。

103 恰恰：一說是鳥叫聲，但宋人朱新仲《猗覺寮雜記》卷上引〈廣韻〉說是「用心」，而清人翁方綱《石洲詩話》卷一認為是「正好」，並引王績詩「年光恰恰來」、白居易詩「恰恰金碧繁」為證，各有各的道理。但從詩意來說，第一種解釋最好，從訓詁證據來說，第三種解釋最多。在上述兩句外，有人還舉出了白居易「洽恰舉頭千萬顆」和楊萬里「梢頭恰恰掛冰輪」，而現代口語中的「恰好」、「恰巧」也可以作為補證。

絕句[104]

兩個黃鸝鳴翠柳[105]，一行白鷺上青天[106]。
窗含西嶺千秋雪，門泊東吳萬里船[107]。

104 原題共四首，這是第三首，也是杜甫在成都時所作。

105 宋吳沆《環溪詩話》卷七說：「數物為個，謂食為吃，甚近鄙俗，獨杜屢用」，這就是《歲寒堂詩話》卷上所謂的「非粗俗，乃高古之極」的杜詩技巧，他運用這些看似鄙俗的口語俚語正好矯正已經成了固定套數的詩歌語言，使詩產生了新的魅力。

106 宋代王安石有兩句詩也寫黃鸝、白鷺：「蕭蕭摶黍聲中日，漠漠舂鋤影外天」，但用「摶黍」代指黃鸝，「舂鋤」代指白鷺，就未免不夠自然流暢。

107 西嶺：西面的雪山；萬里船：范成大《吳船錄》說合江亭旁有萬里橋，蜀人入吳者均在此登舟，「萬里船」即指萬里橋之船，這可能有些膠柱鼓瑟，其實從字面上去理解，就是門口停泊著萬里外東吳來的船。王維〈千塔主人〉一詩中有兩句和這兩句頗相似：「窗臨汴河水，門渡楚人船。」

解悶[108]

草閣柴扉星散居[109]，浪翻江黑雨飛初。
山禽引子哺紅果，溪女得錢留白魚[110]。

108 原題十二首，作於夔州，這裡選的是第一首。「解悶」就是寫詩來排遣愁悶，《杜臆》說「公當悶時，隨意所至，吟為短章，以自消遣」，既然是「隨意所至」，那麼也沒有什麼目的，十二首之間也沒有什麼聯繫。

109 星散居：稀稀落落地居住。

110 溪女來賣魚，得錢後給買主留下白魚。

江南逢李龜年[111]

岐王府裡尋常見，崔九堂前幾度聞[112]。
正是江南好風景，落花時節又逢君。

111 這首詩大約作於大曆五年（七七〇），也就是杜甫去世的那年。李龜年，開元、天寶年間著名樂師，唐鄭處晦《明皇雜錄》卷下記載開元中，李龜年及其弟彭年、鶴年三人因善於歌舞而受到唐玄宗喜愛，「於東都（洛陽）大起第宅，僭侈之制，逾於公侯……其後龜年流落江南，每遇良辰勝賞，為人歌數闋，座中聞之，莫不掩泣罷酒」，杜甫就是在這種時候遇見李龜年的，所以有些「同是天涯淪落人」的感慨。

112 岐王：李范，《舊唐書・睿宗諸子傳》說他「好學工書，雅愛文章之士，士無貴賤皆盡禮接待」；崔九：崔滌，《舊唐書・崔仁師傳》說他「多辨智，善諧謔，素與玄宗款密……為秘書監，出入禁中。與諸王侍宴，不讓席而座。」因為李范和崔滌都死於開元十四年（七二六），當時杜甫才十五歲，所以從宋人黃鶴起就有人懷疑杜甫與李龜年是否能在岐王府、崔九堂相遇。有人覺得杜甫少年時曾到處交遊，就像〈壯遊詩〉所說「往者十四五，出遊翰墨場」，李龜年是「洞知音律」的曲師，常往來京師，所以見面很有可能；有人提出岐王是指李范之弟李珍，他於天寶三載為「嗣岐王」，崔九堂是指崔府舊堂而不是崔滌生前的宅第，所以杜甫可以與李龜年在那裡見面；當然也可能這只是杜甫寫詩時隨口說說敘敘舊，未必真的過去那麼熱絡，就彷彿人們相遇時總要說「好像在哪兒見過」似的。

岑參・六首

岑參（七一七—七七〇），祖籍南陽棘陽（今河南南陽南），家居江陵（今湖北江陵）。天寶五載（七四六）中進士，曾先後兩次前往設在今新疆境內的安西節度使幕府任掌書記、節度判官，入朝任右補闕後又曾歷任太子中允、殿中侍御史，寶應元年（七六二）再次入幕府，任關西節度判官，曾任天下兵馬大元帥雍王李適的掌書記。大曆元年（七六六）入蜀後，當到嘉州（今四川樂山）刺史，最終病死在蜀中。

從南北朝到盛唐越來越為人喜愛的邊塞主題，逐漸被寫成了一種「套語」式的詩歌。無論到過還是沒有到過邊塞的詩人憑著「大漠」、「羌笛」、「烽火」、「單于」以及征夫、思婦或玉門、樓蘭等詞彙，伴著寒秋與眼淚，都能捏出一首首邊塞詩來。這些人們熟悉並立即能發生聯想的詞彙當然是邊塞風情極佳的象徵，它們和另一些象徵，比如花樹繁茂的故園、文明熱鬧的長安、親切和諧的親友及生機勃勃的春日恰成對照，總是能讓人感受到離鄉背井遠戍邊關者的痛苦與希望。但是，當這類邊塞詩一旦成了固定的格式和濫熟的套路時，詩人的創作就彷彿變得毫無意義，充其量也只是沿著慣性給「邊塞詩」增加一些重複的數量而不是給「邊塞詩」注入新的肌質與生氣。於是，曾兩度親臨邊塞的岑參就面臨著如何改造邊塞詩並使它成為屬於自己獨特風格的詩歌的問題。

顯然，岑參是從以下兩方面來超越自身所處的邊塞詩傳統的。首先，他把注意力從已成為固定意象的戰爭、思念等轉移到了帶有異國風情的邊關景物上來，用一些奇崛誇張的語彙來描寫人們所不熟悉的戈壁、火山、熱海，這使他的詩充滿了「陌生」與「驚異」的效果。同時，即使是描寫飛雪、軍旗、風沙、飲酒這些傳統的意象，他也盡量走偏鋒，用一些矯異瑰麗的詞彙與出人意表的幻想來糾正傳統的平庸、沉悶與濫熟，因此他的邊塞詩裡滿天風石的戈壁、千樹梨花的白雪、沉重不翻的紅旗、沸浪炎波的熱海以鮮麗奇詭的色彩使這一傳統主題有了新的活力；其次，岑參在詩歌語言上也極力掙脫傳統的樊籬，他早期和晚期的不少作品表明他對當時宮廷「雅體」與在野「野體」、講究形式的近體與講究氣脈的古體都有嫻熟的技巧，但在他最出色的一些邊塞詩中，他卻極力掙脫這些熟悉的套數，把各體的技巧糅合在最適於抒寫邊關風情的七言古詩中，例如安排章節結構時他放棄了古體語脈直接聯貫的方式，「突兀萬仞，不用過句，陡頓便說他事」（元范梈《木天禁語》），彷彿是近體詩跌宕跳躍的章法與古體詩自然順暢的氣脈糅在一道，既明快又有變化，好像坂上走丸，而不是飛流直下，因而常常令人感到奇峻蒼勁；而在韻腳安排上，他常用上、去、入聲字押韻並不斷轉換，使得詩歌語言本身就產生了奇異的音樂效果，特別是他或三句或兩句急促換韻的方式，更產生了鏗鏘催人的節奏，突出了邊塞將士的緊張心理與異國風景的奇幻色彩，所以清施補華《峴傭說詩》說他「七古勁骨奇翼，如霜天一鶚，故施之邊塞最宜。」也許，以上兩方面合起來就是殷璠《河岳英靈集》卷中所說的「語奇體峻，意亦造奇」。不過，自從殷璠連用兩個「奇」字評價岑參的詩以來，幾乎所有的詩論家在談及岑詩時都免不了說個「奇」字，「清新奇逸」（明胡應麟《詩藪》內編卷二）、「奇姿傑出」（清毛先舒《詩辯坻》卷三）、「奇氣益出」（清翁方綱《石洲詩話》卷一）、「奇逸而峭」（清王士禛《師友詩傳續錄》），但應當指出，在古漢語中「奇」是與「正」相對的，「奇」雖然有「美者為神奇」（《莊子·知北遊》）的意思，也有「以奇用兵」（《老子》）的意思，岑參詩的「奇」，當然既指它瑰麗峻峭，也指它出奇制勝，走的是矯激的偏鋒，因此這個「奇」字只適用於他最為人稱讚的邊塞詩，並不包括他的另外作品。那些作品尤其是五律，雖然清新工巧，「句琢字雕，刻意鍛鍊」（《古歡堂集雜著》卷二），卻並不「奇」，不僅頗落入「套語」而且「略遜於古詩」（《峴齋詩談》卷五），更比不上他十分警絕而精巧的七言絕句。

白雪歌送武判官歸京[1]

北風捲地白草折[2]，胡天八月即飛雪。
忽如一夜春風來，千樹萬樹梨花開[3]。
散入珠簾濕羅幕，狐裘不暖錦衾薄。

1 武判官：不詳。據考證，這首詩是天寶十三載（七五四）岑參任安西、北庭節度判官時所作，當時軍府在輪台（今新疆庫車東）。

2 白草：即芨芨草，《漢書・西域傳》顏師古註：「白草似莠而細，無芒，其乾熟時正白色」，王先謙補註說它「冬枯而不萎，性至堅韌」。岑參另一首〈贈酒泉韓太守〉說「酒泉西望玉關道，千山萬磧皆白草」，但這句詩裡卻說它在勁烈的北風中也吹折了，大約是寫風中白草伏地的樣子。

3 蕭子顯〈燕歌行〉「洛陽梨花落如雪」，東方虯〈春雪〉「春雪滿空來，觸處似花開」，都比岑參這兩句寫得早，但沒有岑參這兩句寫得好。按沈約〈西地梨詩〉「落素春徘徊」、宋孝武帝〈梨花贊〉「惟氣在春，具物含滋」的說法，梨花只能像蕭子顯〈燕歌行〉和東方虯〈春雪〉那樣放在春天，但岑參卻用來比八月秋雪，暗下裡就有了一層期待真正春天的意味，因為「胡地」春天來得總是很遲而秋冬卻是到得很早的，這是一；「觸處」未免細小，而「千樹萬樹」卻是一片晶瑩，這視境何等開闊，「觸處」給人的感覺是一點一點一朵一朵的，而「千樹萬樹」則是剎那間雪便鋪天蓋地，這情景何等壯麗，只有這樣寫才寫得出西北風情與遠戍者的胸懷，這是二；〈燕歌行〉用一「如」字，〈春雪〉用一「似」字，便只是明喻，而岑參詩「千樹萬樹梨花開」則是隱喻，似乎真的出現了晶瑩雪白春日梨花的幻景，這是三；更何況「梨花」比「花」更突出了潔白的色彩，只有一兩處白色也沒有意思，岑參在其他詩裡也常寫到梨花，像「客館梨花飛」、「漫使梨花開」、「羞見梨花開」，但只有這兩句寫得最有味，它恰恰不是寫梨花而是寫雪花。

將軍角弓不得控[4]，都護鐵衣冷難著。
瀚海闌干千尺冰[5]，愁雲慘澹萬里凝。
中軍置酒飲歸客[6]，胡琴琵琶與羌笛。
紛紛暮雪下轅門[7]，風掣紅旗凍不翻[8]。
輪台東門送君去，去時雪滿天山路。
山回路轉不見君，雪上空留馬行處。

4 控：引弓，這個意思彷彿鮑照〈代出自薊北門行〉的「角弓不可張」；都護：鎮守邊疆的高級官員，唐代曾設六個都護府，各有大都護一員，這裡的「都護」當然不是實指當時北庭都護封常清，而是泛指武將。

5 瀚海：沙漠；闌干：縱橫貌；清人施補華《峴傭說詩》曾對這句提出疑問：「瀚海即大漠，即戈壁，非有積水，安所得百丈冰也？」這未免有些膠柱鼓瑟，把岑參充滿幻想的詩讀成了西北地理報告了；有人又根據維吾爾人語言解釋說當地人把陡峭山崖之陂谷稱為「杭」，所以瀚海就是指陂谷懸崖，那上面是可以有冰的，這也不免過於迂執。岑參懂不懂古維語且不論，寫詩歌也不必如此處處鑿實，否則下面萬里凝愁雲，紅旗凍不翻，似乎也要引入氣象學與物理學來解釋了。

6 中軍：指主帥營帳。

7 轅門：軍營門。

8 這句化自隋虞世基〈出塞〉「霜旗凍不翻」，但加一個「風掣」更增添了雪天冰冷天氣中旗幟的沉重與僵硬感，加一個「紅」字則使暮色沉沉的飛雪中增添了一團亮色，中唐陳羽〈從軍行〉也說「紅旗直上天山雪」，但遠不如這句裡的「紅旗」有味道。

走馬川行奉送出師西征[9]

君不見，走馬川雪海邊，平沙莽莽黃入天。

輪台九月風夜吼[10]，一川碎石大如斗，隨風滿地石亂走。

匈奴草黃馬正肥[11]，金山西見煙塵飛[12]，漢家大將西出師。

將軍金甲夜不脫，半夜軍行戈相撥[13]，風頭如刀面如割[14]。

馬毛帶雪汗氣蒸，五花連錢旋作冰[15]，幕中草檄硯水凝。

9 走馬川：不詳，詩裡說走馬川與雪海邊，似乎二者相去不遠。《新唐書・西域傳下》載：「出安西南地千里所，得勃達嶺……北三日行，度雪海，春夏常雨雪」，又同書《地理志》說：「雪海，又三十里至碎卜戍，傍碎卜水五十里至熱海」，則雪海、走馬川在今吉爾吉斯斯坦伊塞克湖（熱海）附近。一說即今新疆境內瑪納斯河。

10 輪台：在今新疆庫車東，唐代屬庭州，當時北庭都護瀚海軍使封常清駐兵於此地，岑參當時也常居於此。

11 《史記・匈奴列傳》記載匈奴人在秋天草黃馬肥時常到漢地騷擾。

12 金山：不詳，一說即阿爾泰山，但阿爾泰山不在此次征戰的沿途，所以這裡的金山也許只是泛指西域諸山；一說即天山北支的金嶺。

13 戈相撥：發出金屬碰撞聲。

14 岑參在另一首〈趙將軍歌〉裡也說「九月天山風似刀」。

15 五花連錢：唐人把馬鬃絞成花狀，三瓣稱三花，五瓣稱五花；馬身上毛色斑駁如錢稱「連錢」，《爾雅・釋畜》注虜騎聞之應膽懾，料知短兵不敢接[16]，車師西門佇獻捷[17]。

熱海行送崔侍御還京[18]

側聞陰山胡兒語[19]，西頭熱海水如煮。
海上眾鳥不敢飛，中有鯉魚長且肥。
岸傍青草常不歇，空中白雪遙旋滅[20]。

說：「色有深淺，斑駁隱粼，今之連錢驄。」這句是說馬鬃與馬毛上的汗水凍成了冰花。

16 短兵：刀、劍一類短兵器，這裡指短兵相接的搏殺。

17 車師：漢代西域國名，在今新疆吐魯番一帶，唐代為安西都護府所在地。佇：等待。

18 熱海：湖名，《大唐西域記》卷一記「大清池」即熱海，同書並說它「周千餘里，東西長，南北狹，四面負山，眾流交湊，色帶青黑，味兼鹹苦」，熱海古名「闐池」，今名伊塞克湖，在吉爾吉斯斯坦境內，熱海是唐代通行名稱。岑參可能並沒到過熱海，而只是望文生義，從「熱」字聯想到西域特有的地熱溫泉便寫了這首充滿幻想的詩，因為伊塞克湖水並非真是熱的。崔侍御：不詳，侍御是殿中侍御史的簡稱，主管監察。

19 側聞：聽到傳聞；陰山胡兒：泛指西北少數民族。

20 以上都是岑參對熱海的「熱」的想像，因為熱氣蒸騰而鳥不敢飛，但湖中卻有大鯉魚，岸邊青草由於有地熱常年青

蒸沙礫石然虜雲，沸浪炎波煎漢月[21]。
陰火潛燒天地爐，何事偏烘西一隅[22]。
勢吞月窟侵太白，氣連赤阪通單于[23]。
送君一醉天山郭，正見夕陽海邊落。
柏台霜威寒逼人，熱海炎氣為之薄[24]。

蔥，但天上飛雪依然飄飄，只是接近熱海就化作蒸汽不見了。其實去過熱海的玄奘只是說「洪濤浩汗，驚波汩淴……水族雖多，莫敢漁捕」（《大唐西域記》卷一），何嘗有這麼神奇。

21 然：燃；虜雲：唐人以西北民族為「胡虜」，故稱西北上空的雲為虜雲，與「漢月」相對。這兩句依然極力誇張熱海的熱力，不僅烘烤著戈壁的沙石，點燃了西北的雲彩，而且煮沸的波浪好像要煎熬漢地的月亮。

22 從《莊子・大宗師》「以天地為大爐」、賈誼〈鵩鳥賦〉「天地為爐」以來古人們一直都認為天地是一座洪爐，地下有陰火燃燒。岑參在這裡發問，既然如此，為什麼偏偏在西邊有熱海呢？難道陰火就只烘這一邊隅？

23 月窟：月亮；太白：金星；赤阪：一說在今陝西洋縣東龍亭山，一說即火焰山，在今新疆吐魯番；單于：指單于都護府轄地，在今內蒙古一帶。

24 柏台：漢代御史台多柏樹，故稱御史台為「柏台」，御史主管監察彈劾，像秋天的寒霜一樣有肅殺之威，所以岑參說「柏台霜威寒逼人」，並巧妙地想像崔侍御回到京城御史台後，由於御史台的寒氣，連熱海的酷熱也會因此而減弱，這樣就把熱海、御史、送行的內容一氣貫穿下來了，元范梈《木天禁語》曾說「前後重三疊四，用兩三字貫穿，極精神好誦，岑參所長」，這是很對的。

逢入京使[25]

故園東望路漫漫[26]，雙袖龍鍾淚不乾[27]。
馬上相逢無紙筆，憑君傳語報平安[28]。

25 這首詩據考證是天寶八載（七四九）岑參赴安西節度使幕任掌書記途中所作。

26 岑參雖不是長安人，但他在杜陵購置了別業，安頓了家小，所以也常把長安當故鄉看待，故園即故鄉。

27 龍鍾：眼淚縱橫流淌的樣子。

28 別離家人，以書信通問是詩歌中一個常見的主題，如《文選》卷二十七〈飲馬長城窟行〉「客從遠方來，遺我雙鯉魚。呼兒烹鯉魚，中有尺素書」，這是通過人傳書信，而《楚辭・思美人》「因歸鳥而致辭兮」則是想由飛鳥傳消息，可這都必須有空先寫好書信，岑參在西去途中逢入京使者，匆匆忙忙，只好傳個口信。故園難歸思念家人，西去路遙黃沙千里，本是傷心事，所以「淚不乾」，但只請人「報平安」，卻又透出幾分體貼，幾分豪曠，宋蘇茂一〈祝英台近〉上闋也寫「結垂楊，臨廣陌，分袂唱陽關。穩上征鞍，目極萬重山。歸鴻欲到伊行，丁寧須記，寫一封書報平安。」但沒有這首簡短的七絕層次多。

山房春事[29]

梁園日暮亂飛鴉，極目蕭條三兩家[30]。
庭樹不知人去盡，春來還發舊時花[31]。

29 原題共兩首，這是第二首。

30 梁園：又名兔園、竹園。據《史記》卷五十八〈梁孝王世家〉記載，是西漢梁孝王所建的大型宮苑，在今河南開封東南，是梁孝王招待文士豪傑的地方。枚乘〈梁王兔園賦〉曾記載它「晚春早夏，邯鄲襄國易陽之容麗人及其燕飾子，相與雜沓而往款焉」，並說那裡「極樂到暮」，葛洪《西京雜記》也說梁園「宮觀相連，奇果佳樹，瑰禽異獸，靡不畢集。」可是，千年之後，這裡卻一片蕭條，日暮飛鴉聒噪，地下必然人煙稀少，極目遠望只有三兩人家，已非當年車馬喧鬧盛況，古今變異如此之大，盛衰興亡如此之烈，當然要引起詩人的傷感。

31 這種把本來不關人事、不知人情的草木禽獸的自然生長，說成是它們有意地冷酷無情地冷眼旁觀人生的方法是詩人慣用的擬人化手法，《隋唐嘉話》引王冑「庭草無人隨意綠」即一例，劉希夷〈代悲白頭翁〉「年年歲歲花相似，歲歲年年人不同」也是一例，盛唐時這種例子更多，像杜甫〈滕王亭子〉「古牆猶竹色，虛閣自松聲。」但岑參這兩句卻更直接更悲涼地道出了宇宙自然永恆長在而人事歷史卻滄桑變遷的感慨，所以沈德潛《唐詩別裁》卷十九說「後人襲用者多，然嘉州實為絕調。」中晚唐時像劉禹錫〈石頭城〉「淮水東邊舊時月，夜深還過女牆來」，〈西塞山懷古〉「人世幾回傷往事，山形依舊枕寒流」，崔護〈題城南〉「人面不知何處去，桃花依舊笑東風」以及五代、宋像李煜「清香更何用，猶發去年枝」（《南唐書・女憲傳》引），賀鑄「不管興亡城下水，穩浮漁艇入淮天」（〈登戲馬台〉），都是用「還」、「依舊」、「猶」、「不管」這類虛詞來表示一種無可奈何的心情，用不變的自然循環來反襯一去不返的人生的歷史的悲哀，所以岑參這首詩雖然不是始創，但至少也啟迪了後世這一類詩的創作思路。

春夢

洞房昨夜春風起[32]，故人尚隔湘江水。
枕上片時春夢中，行盡江南數千里[33]。

32 洞房：不是今天意義上的新婚之房，而是深得像山洞一樣的房屋。

33 春夜一枕夢裡遊遍了江南去尋故人。岑參常有一些令人驚異的新穎巧思，像「京師故人不可見，寄將兩眼看飛燕」（〈入蒲關先寄秦中故人〉）之類，他不少寫到夢的詩也寫得很聰明，像「夢魂知憶處，無夜不先歸」（〈巴南舟中思陸渾別業〉），彷彿夢像個有知覺的人而且還長了飛毛腿，自己可以先跑回故鄉，這兩句同樣讓夢長上了翅膀，載著自己在片刻之間走遍了江南，想像很奇特但也很吻合夢的實際情況，和「一枕黃粱」小說的構思異曲同工。清賀裳《載酒園詩話》卷一曾指出，中唐戎昱「歸夢不知湖水闊，夜來還到洛陽城」、武元衡「春風一夜吹鄉夢，又逐春風到洛城」、顧況「故園此去千餘里，春夢猶能夜夜歸」等都來自岑參這兩句，其實並不盡然，因為岑參這兩句的精警特殊在於「片時」與「行盡」，寫出夢魂倏忽已歷遍江南，倒是晚唐柳中庸〈秋怨〉「不知腸斷夢，空繞幾山川」以一個「空」字顯出了與岑詩的不同，宋晏幾道〈蝶戀花〉「夢入江南煙水路，行盡江南，不與離人遇」，很顯然來自岑詩而以「不與離人遇」脫出了岑詩的籠罩。

劉長卿・四首

劉長卿（？—約七九〇），字文房，宣城（今安徽宣城）人。雖然他的青年時代是在盛唐度過的，但主要創作活動時間卻在安史之亂以後，所以習慣上把他算作中唐詩人。他中過進士，當過海鹽令，不久被貶南巴（今廣東），後來北歸又任監察御史、鄂西轉運留後，但再次被貶到睦州，直到唐德宗時才任隨州刺史。據獨孤及說，他性格傲岸鯁直，所以屢遭誣謗，一貶再貶，似乎他受了冤枉（見〈送長洲劉少府貶南巴使牒留洪州序〉），而據高仲武說，他自恃有才，「剛而犯上，兩遭遷謫」，卻好像是咎由自取（《中興間氣集》卷下）。

讀劉長卿的詩常覺得他有很多痛苦，這些痛苦有的來自世道變亂的滄桑之感，有的來自個人身世的困頓之痛，所以基調總是很低落消沉，寒水、夕陽、雪夜、荒村一類意象和寥寥、杳杳、空寂一類定語反覆出現，給讀者以荒疏蕭瑟的感受，而哀嘆華年早逝、命運乖舛的「白髮」、「白頭」、「老」等詞語則不只十次二十次地登場，害得中唐一些詩人（甚至韓愈、白居易）也學了這個壞榜樣成天唉聲嘆氣，所以有人批評道：「降自錢（起）劉（長卿），神情未遠，氣骨頓衰」（胡應麟《詩藪》內編卷三），而且「十首以上，語意稍同」（《中興間氣集》卷下），這種越斂越狹的境界便是盛、中唐詩歌分界的標幟。不過，他對生活的失望也許增加了他對自然的期望，他的視野的變狹也許促使了他對山水的細膩體察，在那些描寫自然山水以抒發個人情懷的詩裡，常常有刻畫精微、意境幽深、極富魅力的句子，像「亂聲沙上石，倒影雲中樹」（〈橫龍渡〉）、「寒渚一孤雁，夕陽千萬山」（〈秋杪江亭有作〉）、「山開斜照在，石淺亂流難」（〈卻歸睦州至七里灘下作〉）等，很有些南朝謝靈運、謝朓的意思，但在語言的錘煉、意象的選擇和布局的勻稱上似乎更勝一籌，不像六朝人那樣繁蕪拖沓，沒完沒了，而是較有節制，特別是他自己也很得意的五律，更是在一兩個鏡頭中就能凸現山水的美感與內心的感受，這也許是五律自有句數與格式的限制，而六朝的五言詩則可以無休止地隨登臨遊覽順序一個勁兒寫下去的緣故。至於他的七言，雖不如他的五言詩那麼精彩，但也算不錯，明人謝榛《四溟詩話》卷四批評「中唐詩虛字愈多，則異乎少陵氣象」，並挑出劉長卿七律為例，說《唐詩品彙》選了他二十一首，「中有虛字者半之」，這是不錯的，像他舉的那兩句「暮雨不知涓口處，春風只到穆陵西」和下面所選的〈登餘干古縣城〉中那兩句「官舍已空秋草沒，女牆猶在夜烏啼」都用了虛字，但並不一定就不好，不用虛字能使意象密集，但用了虛字能使意脈流貫而且表述細微，畢竟是環肥燕瘦各盡其美，不能簡單地斥為「多用虛字便是講，講則宋調之根」。事實上用虛字正是中唐詩人對近體詩語言的變革，也是對宋代詩風的新的啟迪，雖然這一變革與啟迪在劉長卿、錢起詩中只是初露端倪，真正的革新要到韓愈才算開始。

登餘干古縣城[1]

孤城上與白雲齊[2]，萬古荒涼楚水西。
官舍已空秋草沒[3]，女牆猶在夜烏啼。
平沙渺渺迷人遠，落日亭亭向客低。

1 餘干：即今江西餘干，劉長卿到餘干所登之古縣城，當時似已毀於兵亂，所以詩裡說「官舍已空」、「女牆猶在」。

2 照理說「孤城」是不能上「齊」白雲而只能由白雲下靠「孤城」，不過一來詩歌並不是氣象觀測站的報告而是主觀感覺的抒寫，在詩人眼裡孤城渺遠上齊雲端，於是便這樣寫來，倒也給人以孤城遠逝於視境的寂寥之感；二來詩歌不能總用普通敘事語言而總是要有意違反語言通則，以期造成陌生與新穎的效果，所以詩人便這樣寫來，的確也使人耳目一新，這就像那句著名的「黃河遠上白雲間，一片孤城萬仞山」和「群山萬壑赴荊門，生長明妃尚有村」。後來很多人都運用這種手法，像宋人寫揚州平山堂的句子，不寫堂與山齊卻寫「遠山來與此堂平」便是一例。劉長卿這一句當然既比不上王之渙的〈涼州詞〉，也比不上杜甫的〈詠懷古蹟〉，但餘干縣卻因此修了一座「白雲亭」於縣城西側古縣城遺址處，當然現在早已不存了。

3 沒（ㄇㄛˋ）：掩沒。

飛鳥不知陵谷變，朝來暮去弋陽溪[4]。

碧澗別墅喜皇甫侍御相訪[5]

荒村帶返照，落葉亂紛紛[6]。

4 陵谷變：《詩・小雅・十月之交》「高岸為谷，深谷為陵」，這兩句本寫地震，後人常用它來形容世事巨變就好像高山與深谷在巨震中顛倒過來了一樣；弋陽溪：在餘干縣西，注入信江。劉長卿這首詩寫於安史之亂後，戰亂給他的感覺就像大地震，因此看到依舊飛來飛去的鳥，心裡不免半是悵惘，半是羨慕。後來杜牧〈泊秦淮〉寫「商女不知亡國恨，隔江猶唱後庭花」，意思與他這兩句相近，但因為商女是應該懂得愛恨悲歡的人而飛鳥是無知無識的禽類，所以斥責與批評的意味就濃多了。

5 皇甫侍御：即皇甫曾，字孝常，殿中侍御史，他寫有〈過劉員外長卿別墅〉一詩，這首詩是劉長卿的答詩。

6 返照：即夕陽，劉長卿詩裡常常出現夕陽之類的意象，如「荷笠帶夕陽」（〈送靈澈上人〉）、「山開斜照在」（〈卻歸睦州至七里灘下作〉）、「落日獨歸鳥」（〈謫至干越亭作〉）、「夕陽山向背」（〈陪鄭中丞林園宴〉）、「寒林空見日斜時」（〈過賈誼宅〉），這也許只是詩人個人用詞的習慣，但多少也表現了當時人的遲暮感和悲涼感。很多人都以李商隱〈登樂遊原〉中「夕陽無限好，只是近黃昏」為晚唐時代衰颯的象徵，其實這種時代的沒落與人心的頹唐早已在中唐之初就顯露在詩人遣詞造句、選擇意象的習慣中了。像夕陽、荒村、落葉組成的詩境就實在已不能引發人奮激的情緒而只能反映詩人的哀傷寂寥心情。

古路無行人，寒山獨見君[7]。
野橋經雨斷，澗水向田分[8]。
不為憐同病，何人到白雲[9]。

7 君：皇甫曾。荒涼的路上沒有行人，寒瑟的山上只見你獨自的身影。

8 這是中晚唐詩裡常見的小景。

9 不為正是「為」；憐同病：語出自《吳越春秋・闔閭內傳》：「子胥曰：……子不聞河上歌乎，同病相憐，同憂相救。」這兩句的意思是說，如果不是你與我志趣相同，同病相憐，又有誰會到這裡來過訪我呢？這裡流露了劉長卿寂寞的心情和對皇甫曾來訪的驚喜。

穆陵關北逢人歸漁陽[10]

逢君穆陵路，匹馬向桑乾[11]。
楚國蒼山古，幽州白日寒[12]。
城池百戰後，耆舊幾家殘[13]。
處處蓬蒿遍，歸人掩淚看[14]。

10 穆陵關：在今湖北麻城北；漁陽：指今河北薊縣一帶。

11 桑乾：即今永定河，又名盧溝河，因流經漁陽，所以用來指代這個人所去的地方。

12 楚國：指詩人和這個行人相逢的穆陵關，穆陵關在古楚地；幽州：治所在今北京大興，是安史之亂的大本營，安史之亂雖漸漸平息，但經過戰亂的地方恐怕仍是一片荒涼，所以說那裡太陽也顯得寒冷。王維〈過香積寺〉裡「日色冷青松」也是寫太陽光的寒冷，和這句「幽州白日寒」一樣表達內心感受而不是自然現象，但王維是由於青松濃密而感覺到的涼爽愉快，劉長卿卻是想到戰亂而引發的不寒而慄。

13 耆舊：本指年高而有名望的人，這裡指漁陽昔日的舊世家；殘：留剩。

14 歸人：即詩人所遇見的北歸漁陽的行人；看：讀平聲。這裡劉長卿想像北歸者回到漁陽目睹一片蓬蒿時掩淚傷心的情狀，其實這也是他自己的心情，安史之亂給劉長卿心頭留下的傷痕很深，以致於他總是睹景傷情，像〈送李錄事兄歸襄鄧〉中「白首相逢征戰後，青春已過亂離中」，〈奉使至申州傷經陷沒〉中的「廢戍山煙出，荒田野火行」，都和這首詩的情調相仿。

逢雪宿芙蓉山主人[15]

日暮蒼山遠，天寒白屋貧[16]。
柴門聞犬吠，風雪夜歸人[17]。

15 芙蓉山：在今江蘇常州。這首詩寫於大曆十年（七七五）被貶謫之後，退居碧澗山莊時。主人：指留宿詩人的人家。

16 白屋：未經裝飾的樸素房屋。

17 清人《峴傭説詩》評論這首詩時説：「較王（維）、韋（應物）稍淺，其清妙自不可廢。」所謂「淺」大概指的是寓意或內涵不夠含蓄，過於淺顯，但這首詩的好處正在白描，詩人平平寫來，自有一番風韻，尤其是「風雪夜歸人」一句，承「犬吠」而來，於風雪夜的寒冷凜冽飢餓孤獨之中歸到「白屋」，不也會有一種欣喜與溫馨感麼？和白居易〈問劉十九〉「晚來天欲雪，能飲一杯無」同一機杼。

錢起 ・二首

錢起（約七二〇—約七八二），字仲文，吳興（今浙江湖州）人，天寶九載（七五〇）進士，曾任尚書考功郎中，大曆年間當到翰林學士，是「大曆十才子」之一。

把唐詩分成初、盛、中、晚四期是明代人的發明，雖然不免有些膠柱鼓瑟，硬把政治時代與詩歌風格綁在一起的嫌疑，但多少還有些道理。說起來錢起和王維算是朋友，互相有過酬唱，而且還有人似乎把他們看成了一脈相承的私淑師生，說「文宗右丞（王維），許以高格，右丞沒後，員外（錢起）為雄」（《中興間氣集》卷上），但是，比王維與李白小近二十歲、比杜甫小近十歲的錢起卻無論如何沒有李白的恢弘、杜甫的深沉、王維的高朗，換句話說就是沒有了那一代人的氣魄、視野和抱負，雖然錢起也寫有很雄壯的詩句，如「寧唯玉劍報知己，更有龍韜佐師律」（〈送崔校書從軍〉）、「勸君用卻龍泉劍，莫負平生國士恩」（〈送傅管記赴蜀軍〉），但內心深處卻是灰暗的。他常嘆息「四海盡窮途，一枝無宿處」（〈冬夜題旅館〉）、「身世已悟空，歸途復何去」（〈歸義寺題震上人壁〉），他大多數詩裡那種淒清傷感的情緒和狹小幽深的景緻，總讓人感到時代的巨變把詩人的心胸一下子擠榨得那麼狹隘而壓抑，把詩歌的境界一下子皴染得那麼清冷而暗淡，所以他偶爾的雄壯豪放似乎有些聲嘶力竭，彷彿一個中氣不足的病人楞吹氣球；他時常的恬淡寧靜似乎有些垂頭喪氣，好像氣球頓時洩氣變癟，在這一點上他確實和盛唐人不同，而與同時的「大曆十才子」中其他人相仿。不過，有一點他確實很像王維，他也擅長五言近體詩，也善於寫山水。有的詩句很有南朝二謝（謝靈運、謝朓）那種警絕的韻味，往往觀察細膩、選景新巧而且用詞精緻，如「亂水歸潭淨，高花映竹明」（〈過楊駙馬亭子〉）、「野竹通溪冷，秋泉入戶鳴」（〈宿洞口館〉）、「鳥道掛疏雨，人家殘夕陽」（〈太子李舍人城東別業與二三文友逃暑〉）、「鵲驚隨葉散，螢遠入煙流」（〈裴迪南門秋夜對月〉）；還有些詩句則學了漢魏六朝古詩的質樸自然句法，敢於用一些虛詞和散文句式於近體詩中，如「雖看北堂草，不望舊山薇」（〈新昌里言懷〉）、「從容只是愁風起，眷念常須向日西」（〈山花〉），以致於明代謝榛《四溟詩話》卷四把「多用虛字」及「開宋調」的罪過清算到了他的身上。其實，這兩方面都是中唐詩歌語言承上啟下、另闢蹊徑之處，是功是罪還很難說。錢起身處盛、中唐之間，盛、中唐詩風嬗變的許多特徵都在他身上折射出來，因此他的詩歌雖然未見得出色，但他的意義也許並不在於他個人的創作，而在於作為一個標幟，標誌著時代與詩風的轉向。當時有人以「錢劉」並稱，從詩作上來看錢起比不上劉長卿，因為他的詩不僅同樣有語句重複、境界狹小的毛病，而且還多了些無聊應酬的淺薄，很多詩並無意思；也有人以「錢、郎」並列，但他似乎又比郎士元強些，郎士元有錢起同樣的毛病，卻沒有錢起那麼多佳句。

省試湘靈鼓瑟[1]

善鼓雲和瑟[2]，常聞帝子靈。
馮夷空自舞[3]，楚客不堪聽[4]。

1 這首詩是錢起參加科舉考試時寫的，唐代科舉考試由尚書省的禮部主持，通稱禮部試或省試。這一年出的試題是「湘靈鼓瑟」，所以題目寫作「省試湘靈鼓瑟」，「湘靈鼓瑟」一詞出自《楚辭．遠遊》「使湘靈鼓瑟兮，令海若舞馮夷。」湘靈：神名，據王逸《楚辭章句》說是「百川之神」，按唐代章懷太子李賢的說法，這個神靈是虞舜之妃即「湘夫人」；鼓：彈奏；瑟：古代的一種絃樂器。

2 雲和瑟：古代傳說中的一種瑟，《周禮．春官．大司樂》「雲和之琴瑟」句鄭玄注說：「雲和，地名也」，孔穎達疏則說是「山名」，看來「雲和」和「空桑」、「龍門」一樣，只是傳說中的山，雲和瑟也只是古人想像中的一種神仙樂器。

3 馮（ㄆㄧㄥˊ）夷：神名，《淮南子．原道》說馮夷出行時「乘雲車，入雲霄。」

4 「楚客」一句轉彎抹角地化用了一個《史記．張儀列傳》裡的典故。據說越人莊舄在楚國當了大官，但一想到故鄉就不由自主地發出越國的吟聲，後來有的詩人把這個典故改成聽見越聲便思念家鄉，像江淹〈遷陽亭〉「楚客心命絕，一願聞越聲」，有的詩人又把這個典故改成發出越吟以示不忘故鄉，像杜甫〈西閣〉二首之一「哀世非王粲，終然學越吟」，錢起又把它改造了一下，變成楚客一聽見湘靈鼓瑟心裡就悲傷，所以說「不堪聽」。不堪聽不是說不苦調淒金石[5]，清音入杳冥[6]。
蒼梧來怨慕，白芷動芳馨。
流水傳瀟浦，悲風過洞庭[7]。
曲終人不見，江上數峰青[8]。

能聽，而是說悲哀得聽不下去。

5 淒金石：比金石之聲還淒苦。

6 杳冥：幽遠無際處。

7 流水帶著樂聲傳到瀟浦，悲風挾著瑟音飄過洞庭。

8 這兩句是全詩畫龍點睛的佳句，也是千古傳誦的名句。關於它有一種傳說，《新唐書‧錢徽傳》記載，錢起曾在客舍月夜獨吟，忽然聽見有人吟誦這兩句，大驚之下四處尋覓，卻不見人影，他記住這兩句詩，在參加科舉考試時便用上了，果然使考官李暐大為讚賞，稱為「絕唱」。這個傳說無非是說這兩句是「鬼詩」，就像人們稱讚什麼東西精美絕妙時說「鬼斧神工」一樣，好像這種不可思議的神來之筆絕非人力能辦到似的，據說錢起就是由於這兩句詩，不僅中了進士，還贏得了名聲（《韻語陽秋》卷四）。確實，這兩句詩使這首前面寫得很一般的詩頓時有了神采，從聽覺上說，這兩句就像音樂上的休止符號，使詩歌突然由瑟聲、水聲、風聲、人聲的喧鬧轉為謐靜，而這謐靜又引發了幽遠的意境與不盡的餘音；從視覺上說，它突然將神祕詭譎的幻影散去，顯露出江上青峰，就像夢幻初醒卻令人回味夢境，所以明人謝榛說，如果「摘出末句，平平語爾，合兩句味之，殊有含蓄。」（《四溟詩話》卷四）後人摹仿這兩句意境多不成功，像李德裕「曲終卻從仙官去，萬戶千門空月明」、陳季「數曲暮山青」，都沒有它的韻味，因為前者字數雖多，卻寫得過於明朗而不幽深，缺乏曲終人散的謐靜與詭秘，後者又字數太少，雖然言簡意賅，卻把意韻給簡化掉了。

裴迪南門秋夜對月[9]

夜來詩酒興，月滿謝公樓[10]。
影閉重門靜，寒生獨樹秋。
鵲驚隨葉散，螢遠入煙流[11]。

9 這首詩的詩題在《中興間氣集》裡叫「裴迪書齋玩月之作」，在《又玄集》裡叫「裴迪書齋玩月」，大約是錢起到裴迪那裡做客時觀賞秋月而作的。裴迪也是詩人，在天寶年間當過蜀州刺史及尚書省郎，是王維最要好的朋友之一，年歲比錢起要大些。

10 謝公：即謝莊，謝莊寫過一篇很有名的〈月賦〉，所以提到「月」時總讓人捎帶聯想到他，不過這裡用「謝公樓」來比擬裴迪書齋，也多少有些尊重主人的意味，因為謝莊不僅是有才華的文人，還是有地位的世族。

11 這四句表現了中唐五言律詩獨特的句式、凝練的結構和巧妙的技法。一方面，似乎這幾句都沒有直接寫「月」，但實際上處處都在寫月光，「影」是月影，「寒」是月亮的寒光，「鵲驚」是因為月出，「煙流」是指月光如煙般地流動。四句正是說重門緊閉，隔斷月光，院內一片幽靜，獨樹在月光中，令人感到秋天的涼意，月出驚飛棲鳥，秋葉隨之飄落，飛螢也悄然遠逝，沒入如煙般浮動的月光。另一方面，這四句詩和散文、口語的句式結構大不相同，「影閉重門靜」實際上是「重門閉（月）影（而顯出）靜」的錯綜，就是梁劉孝綽〈望月有所思〉「長門隔清夜，高堂蒙容色」的意思，但它不僅寫出幽暗的色還寫了幽靜的聲；「寒生獨樹秋」則是「（月光之）寒（照）獨樹（而）生（出）秋（意）」的倒裝和緊縮，其中省略了許多邏輯上、語法上應有的關連詞；「鵲驚隨葉散」彷彿來自王維〈鳥鳴澗〉「月出驚山鳥」，實際上是「鵲驚（於月光而）隨（落）葉（四）散」；「螢遠入煙流」則是「螢遠（飛溶）入（月光的）煙流」，梁蕭綸〈詠新月〉中有「霧濃光若晝，雲駛影疑流」，鮑泉〈江上望月〉中有「川澄光自動，流駛影難圓」，都想寫月光浮動的景象，但都沒有「煙流」一詞來得貼切，只有宋代林逋的「暗香浮動月黃昏」比

今夕遙天末[12]，清輝幾處愁[13]。

它更妙，因為它不僅有了流動縹緲的月色，還有了若隱若現的香氣。上述四句或顛倒錯綜或緊縮省略的句子讀來不僅符合內在節奏的要求，而且極精緻凝練，很有品味的餘地。

12 遙天末：遙遠的天際。

13 清輝：月光。這句是說，對著秋夜皎潔的月光，有多少人在沉思惆悵。

張繼・一首

張繼（生卒年不詳），字懿孫，襄州（今湖北襄樊）人，天寶十二載（七五三）中進士，大曆年間曾任檢校祠部員外郎，在洪州（今江西南昌）掌管財賦。他的詩流傳很少，但就是下面這一首〈楓橋夜泊〉，不僅使他名傳千古，而且使他名揚海外。

楓橋夜泊[1]

月落烏啼霜滿天，江楓漁火對愁眠[2]。
姑蘇城外寒山寺[3]，夜半鐘聲到客船[4]。

1 楓橋：在今蘇州西郊。

2 對愁眠：意思是愁人對著江楓漁火而眠，就好比說「伴愁眠」或「枕愁眠」。

3 姑蘇：即蘇州；寒山寺：據《清一統志》，寒山寺在楓橋畔，因為唐代著名僧人寒山曾住此，所以叫寒山寺。

4 這句詩在宋代曾引起議論紛紛。首先提出質疑的是歐陽修，《六一詩話》說「詩人貪求好句而理有不通，亦語病也」，原因是「三更不是打鐘時」，但後來接二連三地遭到駁斥，葉夢得《石林詩話》卷中、王觀國《學林》卷八以及《庚溪詩話》卷上、《潛溪詩眼》、《遯齋閒覽》、《野客叢書》卷二十六等紛紛舉出《南史》及于鵠、白居易、皇甫冉、陳羽、溫庭筠等人的詩來證明佛寺的確夜半打鐘。其實，詩歌不是史志檔案，打鐘也罷，不打鐘也罷，都無關緊要，歐陽修以常情指責這首詩「理有不通」，是忘了「詩有別材，非關理也」的虛構想像，葉夢得等人以實況反駁歐陽修，其實正不知犯了同一毛病。宋人孫覿卻不管這些，在〈楓橋三絕〉其一中仍然寫道：「烏啼月落橋邊寺，欹枕猶聞半夜鐘」，雖然他未必真的聽到了半夜鐘聲，而只是襲用前人詩意。

韓翃・一首

韓翃（生卒年不詳），字君平，南陽（今河南南陽）人，天寶十三載（七五四）中進士，曾在淄青及宣武節度使手下當過幕僚，唐德宗時當過駕部郎中知制誥，最後當到中書舍人。

唐代許堯佐寫的著名傳奇《柳氏傳》曾記載韓翃和歌姬柳氏的一段生離死別的愛情故事，這個故事裡的韓翃似乎是一個多愁善感、弱不禁風的文人，偏偏後人對他的詩也給予了一個清麗秀媚的評價，叫「芙蓉出水」（《中興間氣集》卷上）。的確，韓翃的詩是屬於情感力度較弱而語詞意象清麗的一流，他似乎對南朝二謝尤其是謝朓格外傾心，在詩裡三番五次地提到謝朓，如「更喜宣城印，朝廷與謝公」（〈褚主簿宅會畢庶子錢員外郎使君〉）、「同人皆沈謝，自矜文武足」（〈祭岳回重贈孟都督〉）、「官齊魏公子，身逐謝玄暉」（〈送李侍御歸宣州使幕〉）、「君到新林江口泊，吟詩應賞謝玄暉」（〈送客還江東〉）、「幾日孫弘閣，當年謝朓詩」（〈送韋秀才〉），他自己寫詩也很有意地模擬謝朓那種意象秀麗、下字清新的風格，這和大曆、貞元間的詩壇風氣完全同步，只是他們大曆十才子總是把這些精心刻琢的句子用於平庸膚淺的應酬之作，又把這些尖新工巧的語詞寫成了固定的套數，所以反而讓人覺得他們的詩「有句無篇」，甚至覺得他們的麗辭秀句也囉嗦得「繁富」。倒是他不多的幾首絕句，反而自然流暢，不僅令皇帝賞識，也贏得了後世批評家的矚目，像明代王世貞就在《藝苑卮言》卷四裡說「絕句李益為勝，韓翃次之。」

寒食[1]

春城無處不飛花[2]，寒食東風御柳斜[3]。
日暮漢宮傳蠟燭，輕煙散入五侯家[4]。

1 寒食：節名，古代以冬至後一百零五天為寒食節，據說是為了春秋時自焚而死的介子推，所以習俗是在寒食節前後禁火三天。據今人考證，寒食禁火是古代一種名叫「改火」的習俗的延續，上古人認為每年應當改用新火，以避免陳疾，贏得新的生命力，所以每年春天都要熄滅舊火，重取新火。寒食就是熄滅舊火風俗的訛變，這首詩中說到的「傳蠟燭」，恐怕就是取新火的習俗的一種方式。

2 這句詩很有名。寒食正值柳絮紛飛的清明前後，這句話就是寫滿城柳絮紛紛揚揚的情形。據《唐才子傳》卷四說，唐德宗選知制誥，批了三個字「與韓翃」，恰巧當時有兩個名叫韓翃的人，宰相就問究竟給誰，唐德宗就寫：「春城無處不飛花韓翃也」，可見這句詩傳誦之廣。

3 御柳：宮苑之柳。

4 這兩句的意思是說，寒食節中特別受到皇帝恩寵，首先得到燃新火的，只是豪門權貴。漢宮：暗指唐皇宮；傳蠟燭：指宮廷特頒新火，《周禮・夏官・司爟》說「四時變火」，鄭註：「春取榆柳之火，夏取棗杏之火」，唐代卻只有寒食這一次改用新火，唐《輦下歲時記》說「清明日取榆柳之火以賜近臣」，這似乎在整個唐代都是定例。元稹〈連昌宮詞〉「特敕宮中許燃燭」，韋莊〈長安清明〉「內官初賜清明火」，大概這新火是用蠟燭點燃後頒發的；輕煙：指蠟燭煙；五侯：指豪門貴族，《漢書・元后傳》記載漢成帝時封王譚、王商、王立、王根、王逢時等五個外戚為侯，《後漢書・宦官列傳》記載宦官單超等五人同日封侯，世稱「五侯」，這裡不知用的是哪個「五侯」的典故，但暗指炙手可熱的權貴是很清楚的。

皎然・一首

皎然（約七二〇—？），俗姓謝，字清晝，吳興（今浙江吳興）人，南朝詩人謝靈運十世孫，早年學儒學道，安史之亂後於杭州靈隱山從佛教徒守直剃度成了和尚，後長期居於吳興杼山妙喜寺。他的著名詩學理論著作《詩式》給中國古典詩歌的創作和批評都設立了一些很重要的原則，但他自己的詩歌卻寫得不太出色。早期作品中有其祖謝靈運的清麗，也有大曆詩壇流行的輕巧，他自己彷彿除了在那裡添加一些帶有禪玄意味的佐料外並無改進。只是他後期受了南宗禪清狂風氣的影響，逐漸從捆手綁腳的大曆詩風中掙脫出來，寫了一些輕鬆的或自由的詩歌，尤其是一些歌行，更顯得清壯跳蕩，富於變化。也許是因為這個原因，所以他曾被後人尊為江左詩僧之首（參見劉禹錫〈澈上人文集序〉及于頔〈吳興晝上人集序〉）。

尋陸鴻漸不遇[1]

移家雖帶郭，野徑入桑麻。
近種籬邊菊，秋來未著花。
扣門無犬吠，欲去問西家[2]。
報導山中去，歸時每日斜[3]。

1 陸羽，字鴻漸，著有《茶經》，是皎然的好朋友。
2 本欲離開，轉而又一想，便去問一問西邊的鄰居。
3 報導：回答道。下面八個字即西鄰的回答。

司空曙 ・二首

司空曙（生卒年不詳），字文明，廣平（今河北永年）人，中過進士，安史之亂中曾寓居江南，北歸後當過右拾遺、長林縣丞，貞元年間在劍南西川節度使幕府任檢校水部郎中。

司空曙名列「大曆十才子」之中，詩風當然與錢起等人相近，不過仔細比較，可以發現他的詩雖然也屬清麗尖新、小巧工致一路，但多少有些樸素清新的詩句，不像錢起、郎士元等人那麼窘迫呆滯，擠得散不開，有的詩句以情御詞，常常顯得真切清朗，有的詩句組織精巧，往往又不露雕琢痕跡。盧綸說他的詩是「雅韻與琴清」（〈綸與吉侍郎中孚、司空郎中曙……〉），《唐才子傳》卷四說他的詩「屬調幽閒，終篇調暢」，雖然不免過譽，但也正說到點子上。

雲陽館與韓紳宿別[1]

故人江海別，幾度隔山川。
乍見翻疑夢，相悲各問年[2]。
孤燈寒照雨，濕竹暗浮煙。
更有明朝恨，離杯惜共傳[3]。

1 雲陽：縣名，在今陝西涇陽北；館：驛館，即今旅店或招待所；韓紳：一作韓升卿，疑即韓紳卿，據韓愈〈虢州司戶韓府君墓誌銘〉，韓紳卿是韓愈的叔父，「文而能官」，曾任涇陽令。

2 乍一相逢，反而懷疑是在做夢，各有悲酸，見面忙問這些年的情況；翻：義同反；寫夢境的詩很多，但把清醒時懷疑成夢境的卻很少，最先寫出這一意思的大概是張九齡〈初入湘中有喜〉「卻記從來意，翻疑夢裡遊」，只不過這是寫喜悅而不像這裡是寫悲喜交集，後來又有朱長文的「夜靜忽疑身是夢，更聞寒雨滴芭蕉」（《詩式》引），但這只是寫悲哀，和杜甫〈羌村〉「夜闌更秉燭，相對如夢寐」還不太一樣。宋代范晞文《對床夜語》卷五說這兩句「久別倏逢之意，宛然在目，想而味之，情融神會，殆如直述」，好像這兩句詩的好處只在於寫得真切，明人謝榛《四溟詩話》卷二則說「詩有簡而妙者，戴叔倫『還作江南會，翻疑夢裡逢』，不如司空曙『乍見翻疑夢』」，似乎這兩句詩的好處又只在於寫得簡練，其實把兩方面評述合起來就比較全面。後來很多人寫重逢的驚喜都用上了這句詩的意境，最有名的當然是宋代詞人晏幾道〈鷓鴣天〉裡的「今宵剩把銀釭照，猶恐相逢是夢中」。

3 唐人飲酒有傳杯同飲的習慣，因為司空曙和韓紳匆匆相見又匆匆離別，所以在驛館一夜喝的是離別酒，想到明早分手的遺憾，不免傳杯同飲，依依惜別；惜，既指惜別之情，又指惜別之酒。

喜外弟盧綸見宿[4]

靜夜四無鄰，荒居舊業貧。
雨中黃葉樹，燈下白頭人[5]。
以我獨沉久，愧君相見頻[6]。
平生自有分，況是蔡家親[7]。

4 外弟：表弟；盧綸：中唐詩人，詳見小傳；見宿：來宿。

5 這兩句是被人傳誦的名句。宋人范晞文《對床夜語》卷四說它的句法出自王維「雨中山果落，燈下草蟲鳴」，而意境參取白居易「樹初黃葉日，人欲白頭時」，並說「詩人發興造語，往往不約而合……然詩家不以為襲也」，其實這段話卻是整個兒出錯。王維那兩句詩語法關係很清楚，補語、主語、謂語，名詞、虛詞、動詞整整齊齊，意思交代得乾淨俐落，而司空曙這兩句卻沒有動詞，只是把雨、樹、燈、人巧妙地拼合在一起，由讀者去體驗其中深意，句法風馬牛不相及，儘管個別詞彙相同；至於白居易，他生於司空曙之後，司空曙又怎能襲取他的詩意？明人謝榛《四溟詩話》卷一也列舉了韋應物〈淮上遇洛陽李主簿〉「窗裡人將老，門前樹已秋」和白居易〈途中感秋〉「樹初黃葉日，人欲白頭時」來和司空曙這兩句相比，只說「三詩同一機杼，司空為優」，絕口不說誰抄襲誰或誰參取誰，比范晞文聰明得多。

6 因為自己長久孤獨沉淪，所以你多次來看我，使我又感謝又慚愧。

7 分（ㄈㄣˋ）：緣分。司空曙和盧綸是詩友，所以說「自有分」；蔡家親：晉朝大將羊祜是蔡邕的外孫，曾在戰爭中立功，朝廷將封他爵位，他卻請求將爵位賜給他的表兄弟蔡襲。司空曙用「蔡家親」這一典故形容他與盧綸不僅是朋友，而且還是羊祜和蔡襲這樣手足情深的表兄弟。

郎士元・二首

郎士元（生卒年不詳），字君胄，中山（今河北定縣）人，天寶十五載（七五六）中進士，當過拾遺、員外郎等官，建中年間當到郢州刺史。

郎士元在中唐初期詩壇上與錢起齊名，都是沿襲王維詩歌的路子，所以《中興間氣集》以他和錢起分別為上下卷的首位，並說「右丞（王維）以往，與錢（起）更長……兩君體調，大抵欲同」，但宋人葛立方《韻語陽秋》卷四就反駁「前有沈宋，後有錢郎」的說法，認為郎士元比不上錢起，現在看來，高仲武的確對郎士元過於偏愛，且不說他評郎士元比錢起「稍更閒雅，近於康樂」的話不太公平，就是他特意拈出，認為謝朓都會自慚不如的「工於發端」的那兩句詩，不僅遭到了《藝圃擷餘》「合掌可笑」的諷刺，而且被清人王士禛揭出了它的來源是南朝人吳均的詩句（《池北偶談》卷十二）。只有他的五言律詩和錢起相似，常有一些精警尖新的句子，像「亂流江渡淺，遠色海山微」（〈送孫願〉）、「罷磬風枝動，懸燈雪屋明」（〈冬夕寄青龍寺源公〉）、「蟲絲黏戶網，鼠跡印床塵」（〈送張南史〉）、「蟬聲靜空館，雨色隔秋原」（〈送錢拾遺歸兼寄劉校書〉），上承謝靈運、謝朓，下啟晚唐詩人。

盩厔縣鄭礒宅送錢大[1]

暮蟬不可聽，落葉豈堪聞[2]。
共是悲秋客，那知此路分[3]。
荒城背流水，遠雁入寒雲[4]。
陶令東籬菊，餘花可贈君[5]。

1 盩厔縣：即陝西周至；鄭礒：不詳。

2 這兩句即高仲武《中興間氣集》卷下認為「工於發端」的句子。所謂「工於發端」，就是說開頭兩句就烘托出氣氛籠罩了全詩，這兩句將吳均「落葉思紛紛，蟬聲猶可聞」改頭換面翻空出奇，以暮蟬、落葉的秋景和不堪聽聞的心境寫出了悲涼惆悵，的確給全詩定下了基調，但上下兩句意思幾乎重複，不免有些嚕蘇，所以《藝圃擷餘》諷刺它「合掌可笑」，雖然苛刻了些，但也一針見血。

3 此路分不是說路分成了兩岔，而是說人不得不分兩條路行走，暗喻朋友分離。

4 這兩句是全詩最精心刻琢的所謂「景句」，而「背」、「入」又是這兩句中最下功夫的「詩眼」。荒城與流水本來是自然而然地相挨的兩個景觀，但用了「背」字似乎便有了流水遠去而荒城近人那種互相背離的動感，遠雁飛向寒雲本來也是一個普通的意象，但「入」字卻使人感到遠雁消逝在雲層之中的渺遠，於是這兩句又暗暗象徵著朋友分手，天各一方的意味，而且兩句一下一上，使整個視境頓時拓開，又讓人有一種鏡頭大幅度搖動，不得不時而垂首沉思、時而仰面嘆息的感覺。

5 陶令：陶淵明；東籬菊：陶淵明〈飲酒〉「采菊東籬下，悠然見南山」。這裡是用陶淵明比擬主人鄭礒，用東籬比擬鄭礒的住宅。

柏林寺南望

溪上遙聞精舍鐘[6]，泊舟微徑度深松。
青山霽後雲猶在，畫出東南四五峰。

6 精舍：指佛寺，古人覺得佛寺的鐘要遠遠的聽它似有似無的聲響才有味，大概只有這樣才能感受到渺遠的意韻，貼近了聽或看著和尚敲鐘則不免有聲而無韻，所以這裡說「遙聞」。後來於良史〈春山夜月〉的「南望鳴鐘處，樓台深翠微」，姚鵠〈曉發〉的「月影緣山盡，鐘聲隔浦微」，以及宋秘演〈山中〉的「危樓乘月上，遠寺聽鐘尋」，魏野〈暮秋閒望〉的「砧隔寒溪搗，鐘隨曉吹過」，蔡肇〈題李世南畫扇〉的「隔塢聞鐘覺寺深」，陸游〈舍北搖落景物殊佳偶作〉之四的「疏鐘隔塢聞」都是這一寫法。

顧況・五首

顧況（約七二七—約八二〇），字逋翁，蘇州人，一說潤州丹陽（今江蘇丹陽）人，至德二載（七五七）中進士，當過節度判官、著作佐郎，據說由於他性格傲岸，行為狂放，「不能慕順」（皇甫湜〈顧況詩集序〉），「雖王公之貴與之交者，必戲侮之」（《舊唐書・顧況傳》），被貶為饒州司戶參軍，晚年定居茅山隱逸學道。

在盛中唐詩風嬗變中顧況應該是一個不可忽略的人，其實他在唐宋也曾得到過很不錯的評語，像皇甫湜就把他看成李白、杜甫的衣缽傳人，說：「李白、杜甫已死，非君，將誰及歟。」（〈顧況詩集序〉）嚴羽也覺得他比元稹、白居易強，說：「顧況詩多在元、白之上，稍有盛唐風骨處。」（《滄浪詩話・詩評》）只不過後人不大看得慣他詭異奇譎的詩，又被那些貌似權威的評論唬住了，於是就覺得他的詩不那麼規範典雅，像清代鼎鼎大名的翁方綱《石洲詩話》卷二就罵顧況的歌行是「邪門外道，直不入格」，彷彿詩歌自打一開始就有什麼「正道」、「正格」似的，吳喬《圍爐詩話》卷三稍心平氣和，但也覺得顧況詩裡「粗硬中雜鄙語，有高調，非雅音」，彷彿詩人一定要披上燕尾服、晚禮服才能入殿堂，否則就只能進三流酒吧似的。其實唐宋人的看法是對的，顧況的詩尤其他的七言詩恰恰以他「出天心，穿月脅」般的「意外驚人語」獨樹一幟於中唐前期（〈顧況詩集序〉）。他是一個狂放的文人，也是一個善畫解樂的才子，又是一個出釋入道的信徒，性格、才氣及信仰使他具有異於常人的藝術感受和藝術語言，在他的歌行中，有奇幻詭異的想像和瑰麗奇崛的意象，如寫瀑布的「火雷劈山珠噴日」（〈廬山瀑布歌送李顧〉）及寫琵琶的「陰風切切四面來」（〈劉禪奴彈琵琶歌〉），有迥異於熟套的俚語俗語及口語，如寫女仙的「心相許，為白阿孃從嫁與」（〈梁廣畫花歌〉）、題畫的「八十老婆拍手笑」（〈杜秀才畫立走水牛歌〉），有參差不齊、拗折節奏韻律的句式，像三、五、七言交錯迭出的〈瑤草春〉，三、七、六、四言長短不一的〈范山人畫山水歌〉以及句式、韻腳急促變幻的名作〈李供奉彈箜篌歌〉等，正是這些獨闢蹊徑的詩歌，使清人感覺他「邪」和「鄙」，也正是那些看似險怪或鄙俚的歌行，使我們察覺到他的詩有些像李白，又有些像後來的韓愈、李賀以及白居易。那麼，是不是可以說他也是連結盛、中唐詩歌嬗變過程的一個重要人物呢？

古離別[1]

西江上，風動麻姑嫁時浪[2]。
西山為水水為塵[3]，不是人間離別人[4]。

1 古離別：樂府雜曲歌中的舊題，寫男女相思或別離之苦。

2 西江：長江；麻姑：傳說中的女仙，《神仙傳》卷七記載她與另一仙人王方平在東漢時曾降臨蔡經家，「年十八九許，於頂中作髻，餘髮垂至腰，其衣有文章而非錦綺，光彩耀目。」傳說她曾自言她三見滄海變為桑田，那麼「麻姑嫁時」應是極久遠的時代，這一句的意思就是西江上風浪依然是古時的風浪，暗示自然界的永恆以反襯人世間的變動不居。

3 西山為水水為塵：化用麻姑所說的滄海變桑田的故事，進一步象徵時代的久遠，風動麻姑嫁時浪已經追溯到了西江初有水的時代，這一句更推向西江為塵而西山為水的遙遠年代。

4 人間離別，歸根到底還是因為人生太短暫，一次離別就占據了人生的一截時光，即所謂「一生秖百年，能容幾回別」，可是麻姑卻超越了時間，因為她是仙女，所以不會有人間別離之苦。

苔蘚山歌[5]

野人夜夢江南山[6]，江南山深松桂閒。
野人覺後長嘆息，帖蘚黏苔作山色。
閉門無事任盈虛，終日欹眠觀四如[7]：
一如白雲飛出壁，二如飛雨岩前滴。
三如騰虎欲咆哮，四如懶龍遭霹靂[8]。
嶮峭嵌空潭洞寒，小兒兩手扶欄干[9]。

5 苔蘚山：即詩裡所說的「帖蘚黏苔作山色」的假山，顧況不僅常寫及音樂、美術，把詩與樂、畫藝術打成一片，也許還是最早把盆景這種中國特有的藝術寫入詩的人。

6 野人：山野之人。

7 盈虛：指時光流逝；欹眠：斜靠在床。

8 這即所謂的「四如」，從苔蘚黏貼的假山中看出種種幻象，就彷彿《夢溪筆談》卷十七記宋迪所說的從敗牆素絹上看出「高下曲折」的「山水之像」或清人高阜《與蔚生弟論畫》中所說的從窗格蛛絲裡看出「窈裊縱送」的「屈身自如之狀」。

9 前一句寫苔蘚山的險峻奇崛及鏤空的岩洞與其中泉水的空寒景象，後一句也許是寫盆景裡還有小兒形狀的人物。

鄭女彈箏歌[10]

鄭女八歲能彈箏，春風吹落天上聲。
一聲雍門淚承睫[11]，兩聲赤鯉露鬐鬣[12]，
三聲白猿臂拓頰[13]。
鄭女出參丈人時[14]，落花惹斷游空絲[15]。
高樓不掩許聲出，羞殺百舌黃鶯兒。

10 顧況寫聽音樂的詩還有〈李供奉彈箜篌歌〉、〈劉禪奴彈琵琶歌〉、〈李湖州孺人彈箏歌〉等等。箏，古樂器，《急就篇》卷三註：「箏，亦小瑟類也，本十二弦，今則十三。」鄭女：不詳，鄭是國名，在今河南中部，那裡音樂很發達，傳説有善於彈琴的鄭師文（《列子・湯問》），又有善於跳舞的女子（宋玉《招魂》），傳説鄭國音樂放蕩但又誘人（《禮記・樂記》），也許那裡的音樂傳統一直傳到了唐代。

11 雍門：指戰國齊人雍門周，《説苑・善説》記載他曾彈琴使孟嘗君下淚，覺得自己像個「破國亡邑之人」，陸機《豪士賦・序》曾有「孟嘗遭雍門而泣」的句子，這裡説鄭女剛一彈箏，就使人像孟嘗君聽了雍門周的琴聲一樣下淚。

12 赤鯉：傳説中仙人的坐騎。《列仙傳》卷上記琴高騎赤鯉，江淹〈採石上菖蒲〉「赤鯉儻可乘，雲霧不復還」；鬐鬣：魚脊上的鬐。晉木華〈海賦〉「巨鱗插雲，鬐鬣刺天。」

13 拓頰：托腮。

14 丈人：老人。

15 惹：牽引；游空絲：蛛絲。

過山農家[16]

板橋人渡泉聲，茅簷日午雞鳴。
莫嗔焙茶煙暗[17]，卻喜曬穀天晴。

江上

江清白鳥斜，蕩槳罥蘋花[18]。
聽唱菱歌晚，回塘月照沙。

16 本篇一作張繼詩，題為〈山家〉。

17 焙茶：微火烘茶，唐代時，茶葉摘後要蒸、搗、拍、焙，和現代製茶不同（見陸羽《茶經》卷上〈三之造〉），顧況另有一首〈焙茶塢〉說：「旋旋續新煙，呼兒劈寒木」，既然有煙，又用濕木，就彷彿燻的意思，所以這裡說「煙暗」。

18 罥：纏繞

韋應物・七首

韋應物（約七三七—？），京兆長安（今陝西西安）人，唐玄宗在位時曾任三衛郎，後歷任洛陽丞、比部員外郎、滁州刺史、江州刺史，貞元年間任蘇州刺史。

作為一個官吏，韋應物曾表現了他應有的正義感和責任感，在〈廣德中洛陽作〉、〈始至郡〉、〈夏冰行〉、〈采玉行〉、〈高陵書情寄三原盧少府〉、〈答崔都水〉等詩中都流露出一種父母官對子民的關懷，據說他確實是一個很有政績的地方長官，生活很簡樸，對老百姓也不是那麼狠。但作為一個文人，他卻不太願意「沉埋案牘間」的繁瑣事務之中，用他自己的話說，他是「日夕思自退」，想歸隱山林田園之中，尋找一種恬靜與安閒。可是，官爵、祿位、薪俸又不是那麼容易割捨，於是他常在進退、出處之間沉吟徘徊，一會兒覺得「獨無外物牽，遂此幽居情」（〈幽居〉）最愜意，一會兒又覺得「不能林下去，祇戀府廷恩」（〈示從子河南尉班〉），似乎又被很多牽腸掛肚的「外物」拴住，因此只好坐在官府裡隱逸，躺在官床上做田園之夢。他在〈贈琮公〉詩裡說，自己案牘盈前，卻和山僧一樣，叫做「出處似殊致，喧靜兩皆禪」，據李肇《國史補》（下）說，他一面當著刺史，一面「鮮食寡慾，所至焚香掃地而坐」，這倒不失為一種自我平衡辦法。當然，作為心理補償，他常常要在詩裡寫隱逸、寫田園、寫山林，並對陶淵明表示極大的敬意，不但作詩「效陶體」（〈與友生野飲效陶體〉），而且在為人上也要「慕陶」、「等陶」（〈澧上西齋寄諸友〉、〈東郊〉）。也許正因為如此，韋應物的詩歌中確實有一些類似陶淵明田園詩的作品，清新、樸素而流暢，像〈觀田家〉、〈種瓜〉、〈幽居〉等便是，也正因為有了這些詩，從白居易以下唐宋不少人都愛把他和陶淵明聯在一起評說，像《後山詩話》、《竹坡詩話》，《蔡寬夫詩話》，甚至說「（陶）淵明詩，唐人絕無知其奧者，惟韋蘇州、白樂天嘗有效其體之作，而樂天去之亦自遠甚」，好像唐代只有韋應物一個人得了陶淵明的真傳似的。

不過，韋應物畢竟不是陶淵明，因為一來他畢竟不像陶淵明那樣心頭充滿了對鄉村生活的真摯熱愛和對田園的真誠親切，所以寫來總不如陶詩那麼自然真切，那麼有泥土味，倒是像《蔡百衲詩評》說的「大似村寺高僧，奈時有野態」（《竹莊詩話》卷一），彷佛闊佬偶爾鄉間走走略嘗野菜；二來他「效陶」、「慕陶」只不過是一種摹擬，取法乎上僅得其中，因此《竹坡詩話》曾說他「非唯語似，而意亦太似」，《韻語陽秋》卷四更拈出他〈答長安丞裴說〉摹擬陶淵明〈飲酒〉的證據，說他擬得雖多，「終不近也」，彷佛蠟像館的塑像，雖十分逼真卻少了一口活氣；三來他不僅學陶，而且學謝，在他的詩中常常能看到經過精心修飾具有明麗典雅的聲色美感的警句秀句，如「寒雨暗深更，流螢度高閣」（〈寺居獨夜〉）、

「遠峰明夕川，夏雨生眾綠」（〈始除尚書郎〉）、「綠陰生晝靜，孤花表春餘」（〈遊開元精舍〉）、「雨歇林光變，塘綠鳥聲幽」（〈月晦憶去年〉）、「淙流絕壁散，虛煙翠澗深」（〈簡寂觀西澗瀑布下作〉），可見他的詩有陶淵明沖淡、自然、流暢的一面，也有謝靈運、謝脁的典麗采飾、字詞華美、句法緊縮的一面，所以司空圖說他「澄淡精緻」（《司空表聖文集》卷二《與李生論詩書》），所謂「澄淡」即指前者，所謂「精緻」即指後者，這一點清人牟願相《小澥草堂雜論詩》和葉矯然《龍性堂詩話續集》說得最清楚，也就是說他與王維走的是一條路子，只是他比王維詩來得清峻而沒有王維詩那麼空靈，所以《後山詩話》說「左丞、蘇州皆學於陶，王得其自在。」

寄全椒山中道士[1]

今朝郡齋冷[2]，忽念山中客。

1 全椒：今安徽全椒。宋王象之《輿地紀勝》記載「淮南東路滁州：神山在全椒縣西三十里，有洞極深，唐韋應物〈寄全椒山中道士〉詩，此即道士所居也。」

2 郡齋：刺史衙署中的齋舍，韋應物曾任滁州刺史，全椒在其轄區內；冷：既指天氣寒冷，又指心境冷清。

澗底束荊薪，歸來煮白石[3]。
欲持一瓢酒，遠慰風雨夕。
落葉滿空山，何處尋行跡[4]？

3 在澗底拾一捆雜柴，歸來煮白石當飯。《神仙傳》卷二「白石先生者，中黃大人弟子也，至彭祖時已二千餘歲矣，不肯修升天之道，但取不死而已，不失人間之樂……常煮白石為糧，因就白石山居，時人故號曰『白石先生』。」這兩句形容道士孤獨落寞的修練生活，用「煮白石」一詞既含有同情其艱辛之意，又含有仰慕其修仙之情。

4 只看見幽靜空曠的山上飄滿了落葉，卻不知到何處去尋找道士的行蹤。這兩句承上而來，前面既有對道士的懷念之思，又有對道士的關切之情，既仰慕道士的修煉，又想慰問道士的淒苦，但到山中，卻不見人影，只見滿山落葉，這時懷念之思、仰慕之情都化作了一團惆悵，在惆悵中又有一點失望，一點遐想，一點歡喜，一點疑惑，於是這兩句便拓開了一層，留下不盡的餘味。宋人《許彥周詩話》說：「韋蘇州詩『落葉滿空山，何處尋行跡』。東坡用其韻曰『寄語庵中人，飛空本無跡』。此非才不逮，蓋絕唱不當和也。」這未免有些替蘇軾遮掩避諱，蘇軾和詩之所以不如韋應物原詩，並不是原作太傳神而臨摹者總是輸一籌，蘇軾和別人的詩詞常有超出原作的，詩裡像〈和子由澠池懷舊〉，詞裡如和章質夫的〈水龍吟〉，都好像把呆直的素描變成了生動的水墨丹青，偏偏這兩句不好是由於一來它與全詩缺乏整體的聯繫，不像韋應物先「念」而「慰」，把思念寫得濃濃的，忽然一跌，頓時把人投入悵然若失的情緒中；二來他兩句說理味太重，詩人主觀意識投入太多，讓人看了既無形象，又好似被耳提面命，多少有些不愜意，而韋應物這兩句一景一情，蕭瑟的空山落葉與無處尋跡的失望互相映襯，不必多說人也能想到「飛空無跡」。清人施補華《峴傭說詩》看出了這一點，就說「東坡刻意學之而終不似。蓋東坡用力，韋公不用力，東坡尚意，韋公不尚意」，用力用意，就容易迫不及待地站出來說話，所以反而不如冷靜地隨意地寫出來的兩句讓人回味無窮。

夕次盱眙縣[5]

落帆逗淮鎮，停舫臨孤驛[6]。
浩浩風起波，冥冥日沉夕。
人歸山郭暗，雁下蘆洲白[7]。

5 次：止宿，這裡指停船靠岸；盱眙縣：今江蘇盱眙。

6 逗：逗留；淮鎮：即盱眙，盱眙在淮河南岸；舫：船。

7 遠山和村郭漸漸暗下來，人們也歸到家裡，蘆葦叢生的河洲在暮靄中變成灰白色，大雁紛紛飛落其中。這兩句以人歸雁下的黃昏景象引發一種思歸的情緒，反襯離鄉者的惆悵。這兩句除了尾韻均為仄聲外，對仗算得上工整，句式也很凝練精緻，很像律詩中的頸、頷聯，但這首詩卻是五言古詩。一般說來，「正宗」的漢魏古詩多是自然流暢類似散文的句子，句數也不固定，直到西晉以後詩人才在對偶、聲律、語詞上刻意求工，寫出不少秀麗的駢句，而到梁、陳以後，詩人又逐漸壓縮句數，把五言詩常寫在十句或八句以內，像陰鏗〈晚泊五洲詩〉、江總〈賦得攜手上河梁應詔詩〉、李巨仁〈賦得方塘含白水詩〉，都是八句中有對偶而又音律和諧的例子，但到了唐代以後，這種格式和句法成了律詩的專利，人們寫古詩反而要特別避免這種格式與句法，像陳子昂、張九齡、李白的古詩就多以散行，免得一不小心走錯了家門反落個體例不純的名聲。清人對這一點也許體會最深，吳喬《圍爐詩話》卷二就引馮定遠的話說「古詩之視律詩，非直聲律相詭也，其筋骨氣格文字作用，亦迥然不同……云古者，對近體而言也」，尤其是對偶句，更應當是律詩的獨家經營而不應當入古詩攪亂了陣線，據說古詩用了對句就「氣弱」，所以《峴傭說詩》很客氣地批評了陸機、顏延之，委婉地說五言古詩「整密中不可無疏宕」，而《圍爐詩話》卷二雖然明白「漢魏五古變為唐人五古」是「欲去陳言而趨清新」，但仍很嚴厲地要「去其有偶句者」來論五古，彷彿一用對偶的五古就是贗品。韋應物以及比他更早的王維等人常常引律入古，也許是把古詩寫成了四不像，但卻使五言古詩在渾樸獨夜憶秦關[8]，聽鐘未眠客。

幽居

貴賤雖異等，出門皆有營[9]。
獨無外物牽，遂此幽居情[10]。
微雨夜來過，不知春草生[11]。

自然中顯露了一些精巧雋永，脫去了那一層披得太久以致於令人生厭的舊袍子，換上了鮮亮惹眼的新衣裳，更重要的是這種引律入古的流向也能引出引古入律的風氣，因為這就像兩個隔了一塊玻璃的房間，打破了玻璃，可以從這個房間到那個房間，當然也可以從那個房間到這個房間，而引古入律，便是中唐乃至北宋詩風大變的潛在因素之一。

8 憶秦關指思念故鄉，韋應物是長安人。

9 營：營求；這兩句是說貴人追逐功名，貧賤尋求生計，凡出門都各有所求，就像《史記・貨殖列傳》裡形容的天下熙熙皆為利來的樣子。

10 外物：指功名利祿等身外之物；遂：如願以償。

11 這兩句和下面四句都是形容自己脫去世事羈絆，與自然生活融為一體的適意心境，用「不知」二字最能表現人的陶醉與安適心情，似乎自己與時、空一道流轉遷化，像「不知東方之既白」，則黑夜也在不知不覺中流逝，「不知今夕

青山忽已曙，鳥雀繞舍鳴。
時與道人偶，或隨樵者行。
自當安蹇劣，誰謂薄世榮[12]。

何夕」，則人已進入了魂魄心神俱飛物我兩忘的境界。夜裡微風吹過，大地生出綠草，本來既像杜甫「隨風潛入夜，潤物細無聲」的春夜喜雨，又像謝靈運「池塘生春草，園柳變鳴禽」的物候驚新，但「不知」二字卻又將驚喜之情變成順其自然的曠達淡泊，於是便表現了一個沉浸於「幽居情」裡的高士風度。

12 自負才高而抱怨命運不濟的人也容易歸隱山林田園，但那是一種任情負氣的情緒衝動或以退為進的策略轉換，像〈北山移文〉諷刺的假隱士和以「終南捷徑」而得名的盧藏用便是，韋應物在這裡卻想表現一種真正的隱逸心情，說自己才能低劣，應當安心於幽居生活，並不是鄙薄榮名利祿才做出這番隱逸舉動的。蹇劣：笨拙低劣。

遊開元精舍

夏衣始輕體[13]，遊步愛僧居。
果園新雨後，香台照日初。
綠陰生晝靜，孤花表春餘[14]。
符竹方為累[15]，形跡一來疏。

13 輕體：指夏天衣單。古人說穿衣似乎也常注意到重量，「若不勝衣」是說女子苗條，連衣服的重量都禁受不起，而「夏衣輕體」則是說夏天衣服少身體也覺得輕。

14 這兩句很受人讚美，像宋人《艇齋詩話》就說它比劉禹錫「神林社日鼓，茅屋午時雞」、溫庭筠「雞聲茅店月，人跡板橋霜」、杜牧「晚花紅豔爭，高樹綠陰初」和張耒「草青春去後，麥秀日長時」都好，但並沒有說出為什麼好來。其實，這兩句除了字面工整外，還在於一方面它選擇了兩個極貼切的春夏之交的意象，將聲、色、動、靜交織在一起，綠樹的濃蔭更增添寺院白晝的靜謐，就像宋周邦彥〈滿庭芳〉中那句「午陰嘉樹清圓」一樣，極吻合春夏之間的季節特徵和佛教寺院的安靜氣氛，而孤零零留存的花朵表示春天的消逝，則一「孤」、一「餘」，又暗示了詩人心頭淡淡的眷念之意；另一方面它又不像一般五律詩句那麼雕琢生硬，雖然它的意象新穎，但一「生」、一「表」兩個系連詞用在句中，便使句子很流暢，但這流暢中又有精巧機智之處，如「生」不像謝靈運「池塘生春草」的「生」，池塘生春草很自然，但綠樹之陰生出白晝之靜卻要拐上幾道彎才能品咂出味兒來，正是這種拐彎抹角的含蓄，使詩句有如橄欖含不盡餘意。

15 符竹：竹製的符節，漢代分與各郡國守相的信符，後來便以符竹代指郡守，這句是說郡守的官職和事務成了自己的累贅。

登樓寄王卿

踏閣攀林恨不同[16]，楚雲滄海思無窮。
數家砧杵秋山下[17]，一郡荊榛寒雨中[18]。

16 恨不同：指作者遺憾自己不能與王卿一同攀林踏閣，當時王卿與作者早已分別，登樓思友，所以下句便說「思無窮」。

17 砧杵：砧是搗衣的大石；杵：捶衣的木棒，秋末家家準備寒衣，砧杵之聲不絕，最容易引起思戀遠行人的情思，因為嚴寒的冬天是遠行人最艱難的季節，也是家人應當團聚守歲的日子，但冬天將臨，遠行人會不會回來呢？

18 這一句寫秋風秋雨籠罩郡城，只看見一片叢林灌木的影子，更加重了懷念與惆悵之情，也彷彿把一重濃密雨幕般的愁思罩在了人心裡。

滁州西澗[19]

獨憐幽草澗邊生，上有黃鸝深樹鳴。
春潮帶雨晚來急，野渡無人舟自橫[20]。

19 滁州：今安徽滁州；西澗：在縣城西邊，俗名上馬河。當時韋應物正任滁州刺史。

20 中國古代有一個被普遍接受的二元對立模式，就是「陰」和「陽」，在古人的心裡這「陰」與「陽」無處不在，就像《紅樓夢》第三十一回「撕扇子作千金一笑　因麒麟伏白首雙星」裡史湘雲和丫頭翠縷論陰陽那段對話裡說的一樣，「自古至今，開天闢地，都是些陰陽」，這陰陽與高下、動靜、冷暖、正反都可以聯繫得上，所以《老子》二章說「有無相生，難易相成，長短相形，高下相傾。」古人把這種二元對立模式化用在各個方面，包括寫詩也不例外，律絕詩中的對句常常就是一靜一動、一遠一近、一上一下、一張一弛的，韋應物這四句便是下、上、動、靜的組合，寫出了一個超越人為自生自化的幽境。明楊慎《升庵詩話》卷八說它「本於《詩》『泛彼柏舟』」，實在是穿鑿附會地硬要給韋應物找祖宗、攀遠親，而宋末元初趙章泉雖然看出這首詩上下動靜的組織，卻硬說這是「君子在下小人在上之象」（王士禛《萬首絕句選・凡例》），卻也把這首詩和毛公《詩序》以「美刺」解詩聯在一起，給他抹上了一層迂腐文人的油彩。末句實際上就是他自己另一首〈自鞏洛舟行入黃河〉中「扁舟不繫與心同」的意思，曾被不少人畫成圖畫，也被不少人借去用在自己詩詞裡，如宋代寇準〈春日登樓晚歸〉「野水無人渡，孤舟盡日橫」，史達祖〈綺羅香〉「還被春潮晚急，難尋官渡」，似乎都畫虎不成反類犬。只有蘇舜欽〈淮中晚泊犢頭〉不用他的語句而用他的詩意：「春陰垂野草青青，時有幽花一樹明。晚泊孤舟古祠下，滿川風雨看潮生」，寫來不失韻味。呂祖謙〈春日〉用他的詩句而加以改造：「柳陰小艇無人管，自送流花下別溪」，寫來別有情趣。據說一個宋代文官把黃庭堅手書這首詩的扇子獻給了江神，使得七天七夜風浪大作的江面「天水相照，如兩鏡對展，南風徐來，帆一餉而濟」，可見宋代人對這首詩的傾倒（《冷齋夜話》卷一）。

秋夜寄丘二十二員外[21]

懷君屬秋夜[22]，散步詠涼天。
山空松子落，幽人應未眠[23]。

21 丘二十二：即丘丹，嘉興（今浙江嘉興）人，詩人丘為之弟，排行第二十二，曾任倉部員外郎，當時正在臨平山中學道，他寫有〈和韋使君秋夜見寄〉：「露滴梧葉鳴，秋風桂花發。中有學仙侶，吹簫弄秋月。」

22 屬（ㄓㄨˇ）：適逢。

23 幽人：指丘丹，因為他正在幽深的山中習靜修道。

盧綸 ・二首

盧綸（七四八—？），字允言，河中蒲（今山西永濟）人，安史之亂時曾客居鄱陽，後考進士不中，因有文才而受到宰相元載賞識補了個小小的閿鄉尉，但又因元載被貶而受牽連丟官，建中初年才又當上了昭應縣令，此後又當過河中元帥府判官、檢校戶部郎中。盧綸是大曆十才子之一，詩風與錢起等人相似，但有時會寫一些爽利豪放的作品，像下面所選的〈和張僕射塞下曲〉，似乎其他人就寫不出來，如耿湋那首低沉的〈塞上曲〉和他這組詩一比，就好像軟得提不起來似的。

和張僕射塞下曲[1]

其一

林暗草驚風[2]，將軍夜引弓[3]。
平明尋白羽，沒在石稜中[4]。

其二

月黑雁飛高，單于夜遁逃[5]。
欲將輕騎逐，大雪滿弓刀。

1 張僕射（ㄧㄝˋ）：即張延賞，唐德宗貞元三年（七八七）官至左僕射同平章事；塞下曲：樂府詩題；原詩一組六首，這裡選的是第二、三首。

2 林中很暗，風吹草動，驚疑有虎，因為老虎出行據說伴隨風聲，「驚」字烘托了緊張氣氛。

3 引：拉。

4 這兩句寫將軍的勇武，借用了漢代李廣的故事，《史記・李將軍列傳》：「廣出獵，見草中石，以為虎而射之，中石，沒鏃，視之，石也。」白羽：箭桿上的白色羽毛。唐代人總愛以漢朝比唐朝，這大概是內心希望唐像漢一樣國祚綿延、國力強盛的緣故，所以每當國家危急之際，也總要期望出現一個漢代李廣一類的英雄來力挽狂瀾，於是詩中寫到邊塞時總愛用李廣的典故，像李白〈塞下曲〉「漢皇按劍起，還召李將軍」、高適〈塞上〉「惟昔李將軍，按節出皇都。總戎掃大漠，一戰擒單于」、王昌齡〈出塞〉「但使盧城飛將在，不教胡馬度陰山」。

5 單（ㄔㄢˊ）于：匈奴首領稱號。

李益 · 三首

李益（七四八—約八二九），字君虞，姑臧（今甘肅武威）人，大曆四年（七六九）中進士，當過鄭縣主簿，後曾幾度入節度使幕府從軍出征，用他自己的話說是「出身二十年，三受末秩，從事十八載，五在兵間」（〈從軍詩並序〉），憲宗時曾因詩名受到皇帝賞識，任為秘書少監，最後以禮部尚書退休。宋江鄰幾《嘉祐雜誌》和計有功《唐詩紀事》卷三十曾誤把他也算到了「大曆十才子」當中，其實他的詩和錢起、司空曙等人全不是一個路子，他的五言古詩和歌行有點兒盛唐時代李白的味道，他的絕句則有點兒盛唐時代王昌齡的氣韻，而他的五言律詩則不太像大曆十才子的輕麗和嫻熟，倒有點兒像盛唐常見的摻入了古詩句法的風格。也許還可以順便提一下的是，他是唐代最有名的傳奇《霍小玉傳》中那個勢利薰心猜疑嫉妒的男主角。小說家言雖然不一定可靠，但它和新舊《唐書》和《國史補》所記李益有「疑病」而「苛酷」大體可以互相映證，也許李益的確有些不怎麼光彩的醜聞和不怎麼可愛的品格，當然這並不影響我們照樣選錄和欣賞他的詩作。

江南曲[1]

嫁得瞿塘賈，朝朝誤妾期[2]。
早知潮有信，嫁與弄潮兒[3]。

1 江南曲：樂府「相和歌」舊題，與《採蓮曲》等同屬「江南弄」七曲之一，源自南方民歌，多寫男女之情。

2 瞿塘是長江三峽之一，瞿塘賈是入蜀經商的商人。妾：舊時女子自稱。

3 信：信期，潮水漲落有固定日期，和商人經商在外常常歸家不定期不同，所以這個女子說與其守空房盼歸期，還不如嫁給弄潮的年輕人，因為他們在漲潮時總來撐船或泅水，搏擊江潮。另有一首劉采春的〈囉嗊曲〉也說：「莫作商人婦，金釵當卜錢。朝朝江口望，錯認幾人船。」李益另有一首〈長干行〉中間兩句說的「去來悲如何，見少離別多」，末兩句說的「那作商人婦，愁水復愁風」也都是這種怨懟的意思。

從軍北征[4]

天山雪後海風寒，橫笛偏吹行路難[5]。
磧裡徵人三十萬[6]，一時回首月中看[7]。

4 本篇一作嚴維詩。

5 海風：指西北湖泊上吹來的風；行路難：樂府曲名，見李白〈行路難〉注35。

6 磧：沙漠戈壁。

7 這種一齊回頭望月的行動暗示了三十萬徵人思鄉的普遍情緒，這種一齊抬頭望空的寫法使空間視境更拓開一層，參見張祜詩「萬人齊指處，一雁落寒空」和宋柳開詩「碧眼胡兒三百騎，盡提金勒向雲看」。

夜上受降城聞笛[8]

回樂烽前沙似雪[9]，受降城下月如霜。
不知何處吹蘆管[10]，一夜徵人盡望鄉。

8 受降城：唐代受降城有東、西、中三座，武后景雲年間朔方軍總管張仁愿所築，這裡指西城，在今寧夏靈武。
9 回樂烽：回樂縣附近的烽火台，回樂故城在今寧夏靈武西南。
10 蘆管：宋陳暘《樂書》稱蘆管與觱篥、蘆笳相似，以蘆葉為管，管口有哨簧，《太平御覽》卷五八一引〈晉先蠶儀注〉說它即胡笳。

崔護・一首

崔護（生卒年不詳），字殷功，博陵（今河北定縣）人。貞元十二年（七九六）中進士，官至嶺南節度使。他的詩僅存六首，下面這首最出名。

題都城南莊[1]

去年今日此門中，人面桃花相映紅。
人面只今何處去[2]，桃花依舊笑東風[3]。

1 唐孟棨《本事詩·情感第一》記載，崔護是一個孤傲的美男子，一次科舉不第，便在清明時獨遊長安城南，見一村莊桃花環繞，敲門求水，一美貌女子開門送水給他並請他進門坐下，自己卻倚著桃枝看他，兩人互相注視，漸有情意。第二年清明，崔護又去尋找這個女子，但人去門鎖，崔護悵然之下就寫了這首詩。幾天後，崔護又到這裡，聽到哭聲，便敲門詢問。一老人說，他的女兒去年以來一直神思恍惚若有所失，清明日偶出門，回來時見到崔護題的詩，便不思茶飯而死。崔護急進門慟哭，這女子漸漸睜開眼睛，竟死而復生，於是兩人終成眷屬。後來這個故事曾被編成戲曲，元白樸、尚仲賢有《崔護謁漿》雜劇，明孟稱舜有《桃花人面》雜劇。

2 只今：如今。關於這兩個字，宋沈括《夢溪筆談》曾說原作「不知」，後來崔護覺得「意未全，語未工」，就改成了「只今」，並說「唐人作詩大率如此，雖有兩今字不恤也，取語意為主耳」。金王若虛《滹南詩話》卷一、清毛先舒《詩辯坻》卷三、吳喬《圍爐詩話》卷三都同意這種說法，認為那種忌避重字的笨拙與酷忌是詩人之病，不必如此，吳喬還說有了第二個「今」字，「則前後交付明白，重字不惜也」。

3 宋吳開《優古堂詩話》指出中唐另一詩人獨孤及〈和贈遠〉一詩與此詩意趣相似。獨孤及詩見《全唐詩》卷二四七，但那首詩中雖然「玉顏亭亭與花雙」、「去年美人不在茲」與這首詩很像，但遠不及這首詩含蓄優美，讀來覺得囉嗦而且直露。

孟郊 · 二首

孟郊（七五一—八一四），字東野，湖州武康（今浙江德清）人，早年曾多次參加科舉，但直到貞元十二年（七九六）四十六歲時才考中進士，他登第後曾寫下「春風得意馬蹄疾，一日看盡長安花」的詩句，但後來他的生活卻遠沒有他當時期望的那麼愉快，四年後才當了一個小小的溧陽尉，六十四歲時在赴山南西道任職途中得了暴疾死於閿鄉（今河南靈寶）。

宋元人似乎特別討厭孟郊的詩，覺得它「寒澀」（《中山詩話》）、「窮僻」（《臨漢隱居詩話》）、「憔悴枯槁」（《滄浪詩話・詩評》），其中蘇軾尤其瞧不上孟郊，不僅用一個「寒」字貶斥他，而且還專門寫了兩首《讀孟郊詩》，把孟郊詩比作沒有多少肉的小魚小蟹，說讀來白費力氣，又把孟郊比作「寒號蟲」，說根本不必讀他的詩，而元好問則乾脆把他比作「詩囚」（〈論詩絕句〉三十首），說得孟郊好像是一個哆哆嗦嗦地蜷縮在桎梏中的苦役囚犯。但是，清代人卻出來為孟郊抱不平，李重華《貞一齋詩說》說孟郊是「卓犖偏才」，彷彿孟郊之所以被宋人貶斥是他走了偏鋒，其實他還是很傑出的，方世舉《蘭叢詩話》說孟郊詩是「橄欖回味」，苦是苦，可是嚼久了會回甜，賀裳《載酒園詩話》卷一和潘德輿《養一齋詩話》卷一則專門針對宋人的議論為孟郊辯護，說孟郊真窮，所以寫窮詩寒詩是真性情，而《載酒園詩話又編》甚至說在貞元、元和間，「孟東野最為高深」。

其實，說好說孬都只看到了孟郊詩的一面，孟郊詩的確寫得沒有才氣和靈氣，語言生澀枯燥。雖然他的五言古詩「自前漢李都尉（陵）、蘇屬國（武）及建安諸子、南朝二謝」兼而有之（李翱〈薦所知於徐州張僕射書〉），但顯得很拙很直，缺乏含蓄的韻味，而他那種窮酸寒苦的經歷和不太平衡的心理，雖然使他的詩有一種「不平則鳴」的氣勢，但也使他的詩氣短節促，顯得「蹇澀窮僻」，缺乏雍容的氣度。但是，有時候一個詩人在詩史上的意義並不僅僅取決於他的詩作是否經久不衰代代傳誦，應當注意到，孟郊的詩中出現了大曆詩人所沒有，漢魏六朝盛唐詩人也沒有的新特點，即韓愈在〈貞曜先生墓誌銘〉中所說的「鉤章棘句，掐擢胃腎」式的苦思和《薦士》中所說的「橫空盤硬語，妥帖力排奡」式的險奇，在〈夜感自遣〉中他曾說自己「夜學曉不休，苦吟鬼神愁。如何不自閒，心與身為仇」，他把詩看成自己博得聲譽的本錢，因此苦苦地寫詩，苦苦地寫詩就必然要刻意求新，刻意求新則不免走上險僻一路，去道人所未道，加上他總是愁眉苦臉、心情鬱悶、心理壓抑，痛苦和煩惱一直糾纏著他的詩思，所以筆下的語詞意象老是生新澀僻並帶有荒疏險怪色彩，像「峭風梳骨寒」（〈秋懷〉之二）、「老蟲乾鐵鳴」（同上之十二）、「瘦攢如此枯」（同上之五）、「黑草濯鐵髮」（〈石淙〉之四）、「怒水齧餘懦」（同上之十），他常常用這些透骨鑽心的動詞、冰冷堅硬的名詞和令人驚悸的音聲構成一組組險怪瘦峻的句子傳遞他心中難言的憤懣愁苦，讓人讀來彷彿聽到鐵片刮瓷碗似的感到不舒服，清人方世舉《蘭叢詩話》曾用了一個不太雅的比喻：「宋人說部有妓瘦而不堪，人謂之風流骸骨，孟詩是也」，這不知是揶揄還是讚歎，但比喻還是很恰當，難怪後人畫孟郊像時單憑讀詩的印象就把他畫成了瘦骨嶙嶙的叫花子模樣，全然不顧他多少還是一個小官。但正是孟郊詩的這種生澀險怪，超越了大曆詩人寫得爛熟的平庸內容和套式語言，和韓愈、盧仝、賈島乃至李賀一道開啟了元和時代因險出奇的新風氣，使得「詩到元和體變新」，在這一點上，我們又不能不承認韓愈對他不遺餘力的揄揚的確獨具隻眼，清人為他忿忿不平的辯解的確有一定道理。

當然，孟郊也有平易樸素自然流暢的詩作，像下面我們選的〈遊子吟〉和沒有選的〈結愛〉等，但這些詩作在當時並不引人注目，倒是那些不夠自然流暢讀來彆扭拗口的詩作表現了元和年代前後詩壇上的新走向，雖然我們並沒有多選這些作品，只選了一首〈秋懷〉。

遊子吟[1]

慈母手中線，遊子身上衣。
臨行密密縫，意恐遲遲歸。
誰言寸草心，報得三春暉[2]。

秋　懷[3]

秋月顏色冰[4]，老客志氣單[5]。

1 題下有自註：「迎母溧上作。」
2 寸草：象徵子女，「心」字雙關，既指草中抽出的嫩芽，也指子女之心；三春暉：春天的陽光，象徵母愛。
3 原題共十五首，這裡選的是第二首。
4 通常只說「秋月如冰」或「秋月顏色白如冰」，可孟郊既要用「顏色」二字又省去了「白如」字，便使本來不能連用的這兩個名詞成了主謂語，不僅讓人感到又彆扭又新鮮，而且省去了「白如」的字樣還把冰的寒冷之意也一起帶進顏色中來，使秋月不僅白而且寒。
5 單：孤怯，將「志氣」和「單」連用也很罕見。

冷露滴夢破，峭風梳骨寒[6]。
席上印病文[7]，腸中轉愁盤[8]。
疑懷無所憑，虛聽多無端[9]。
梧桐枯崢嶸，聲響如哀彈。

6 峭風：凜冽的勁風；這句不說「刺骨」而說「梳骨」，彷彿寒風在用鈍刀挫人骨頭似的，比「刺骨」更令人難受。
7 通常席上紋路會印到睡者身上，但孟郊偏把自己的皮肉想像得特別硬，就像他另一首〈秋懷〉裡所說的「病骨可剸物」似的，能把身上的紋路印在蓆子上，而且還點明這是病體的紋路，於是這句就很險怪了。
8 這句彷彿今天常說的「愁腸百轉」，「盤」是指愁得腸子盤成一團。
9 前一句說他（老客）自己常多疑，但又沒有根據，後一句說他常聽到傳言，卻多數又不知是真是假。彷彿孟郊的鬱悶壓抑常來自這種妄想與狐疑。

張籍・四首

張籍（約七六六—約八三〇），字文昌，吳郡（今江蘇蘇州）人，貞元十五年（七九九）中進士，曾任水部郎中、國子司業。也許是由於他為人直爽的緣故，他與當時很多文人都是朋友，其中既有韓愈、孟郊、李賀、賈島，也有白居易、元稹，所以他的詩風格並不太一致，既有〈城南〉一類頗似韓愈詩風的古詩，也有〈宿江店〉、〈霅溪西亭晚望〉一類近乎大曆詩風的律詩，也有〈採蓮曲〉、〈春水曲〉一類頗具民歌風的作品，還有與白居易相近的平白淺直的樂府，用他自己的說法，就是「學詩為眾體」（〈祭退之〉）。當然，在上述各種詩中，後人最看重的是他那些輕快圓轉的民歌風格作品和平易流暢的樂府類作品，宋元人甚至覺得唐人樂府詩他應當是「第一」（參見宋周紫芝《竹坡詩話》、元范梈《木天禁語》）。他的這類作品寫得很精巧也很乾淨，雖然有時也有「邊幅稍狹」即不夠卷舒鋪張的毛病（清賀貽孫《詩筏》），有時又有「結處正意悉出，慮人不知，露出卑手」的毛病（清毛先舒《詩辯坻》卷三），但比白居易來得精練，不像元、白樂府那麼愛大發議論和自我表現，顯得凝練含蓄節奏緊湊，所以宋人張戒《歲寒堂詩話》卷上說張籍是「思深而語精」，而白居易則是「才多而意切」，這個意見和清賀貽孫《詩筏》中元、白「才情有餘，邊幅甚賒，然時有拖沓之累」、張籍「深秀古質，獨成一家……所病者節短」的看法不謀而合。

野老歌[1]

老農家貧在山住，耕種山田三四畝。
苗疏稅多不得食，輸入官倉化為土[2]。
歲暮鋤犁傍空室，呼兒登山收橡實[3]。
西江賈客珠百斛，船中養犬長食肉。

1 題一作〈山農詞〉。

2 張籍另一首〈山頭鹿〉中也說「貧兒多租輸不足」、「縣家唯憂少軍食」。這兩句前一句嘆息賦稅太重，這是中唐社會的一個問題，也是詩人常憂心忡忡地吟詠的一個主題，可參見元稹〈竹部〉「持此欲何為，官家歲輸促」，白居易〈杜陵叟〉「急斂暴徵求考課」。後一句譴責官府不顧百姓屯糧糟踐，這也是中唐社會的一種現象，也是詩人忿忿然吟詠的一個主題，參見白居易〈重賦〉「進入瓊林庫，歲久化為塵」、曹鄴〈官倉鼠〉「健兒無糧百姓飢，誰遣朝朝入君口」。

3 橡樹的果實，可以充飢。

江南曲[4]

江南人家多橘樹，吳姬舟上織白苧[5]。
土地卑濕饒蟲蛇[6]，連木為牌入江住[7]。
江村亥日長為市[8]，落帆度橋來浦裡。
清莎復城竹為屋[9]，無井家家飲潮水。
長干午日沽春酒[10]，高高酒旗懸江口。

4 江南曲：樂府舊題，又名「江南可採蓮」，《樂府解題》說它是「江南古辭」，參見《樂府詩集》卷二十六。
5 吳姬：吳地女子；白苧：細白的夏布。
6 這句說土地低窪潮濕，蟲蛇很多。
7 連木為牌：扎木排。
8 唐代鄉間有十二天一次定期集市，以十二支計日中的亥日舉行的稱「亥市」，白居易〈江州赴忠州至江陵已來舟中示舍弟五十韻〉詩有「亥市漁鹽聚，神林鼓笛鳴」，〈東南行〉有「亥日饒蝦蟹，寅年足虎貙」，參見《嶺南志》。
9 清莎：綠色的莎草。
10 長干：見崔顥〈長干行〉注1，但這裡不一定是實指長干而是代稱；春酒：冬釀春成的酒，又叫凍醪；又明胡震亨《唐音癸籤》卷二十〈詁箋五〉引蘇軾語：「唐人酒多以春名，今具列一二：金陵春、竹葉春、麴米春、拋青春、梨花春、若下春、石凍春、土窟春、燒春、松醪春」，那麼也許「春酒」不是春天的酒而是叫做「春」的美酒。

娼樓兩岸臨水柵，夜唱竹枝留北客[11]。
江南風土歡樂多，悠悠處處盡經過。

春別曲

長江春水綠堪染，蓮葉出水大如錢。
江頭橘樹君自種，那不長繫木蘭船[12]。

11 竹枝：是唐代南方流行的民歌，源出於巴渝，又名「巴渝辭」。

12 木蘭船：用木蘭樹製成的船，劉孝威〈採蓮曲〉：「金槳木蘭船，戲采江南蓮」，據梁任昉《述異記》卷下說潯陽江木蘭洲有木蘭樹，「魯般刻木蘭為舟，舟至今在洲。詩家云木蘭舟出於此」，唐代李頎、韓翃都用過這個詞，柳宗元〈酬曹侍御過象縣見寄〉有兩句有名的詩也用過這個典故：「破額山前碧玉流，騷人遙駐木蘭舟。」但這裡的意思是江頭橘樹是你親手種的，你應當經常停船於此地。因為這首詩是以一個女子口吻來寫的，她希望「君」能長住此處。

秋思

洛陽城裡見秋風，欲作家書意萬重。
復恐匆匆說不盡，行人臨發又開封[13]。

13 行人：捎信的人；又開封：再一次打開封好的書信再添一些話。

王建・四首

王建（約七六六－？），字仲初，潁川（今河南許昌）人，曾任太府寺丞、太常丞、秘書丞，大和二年（八二八）任陝州司馬。王建和張籍「年狀皆齊」（張籍〈逢王建有贈〉），又是好朋友，詩歌風格也很接近，所以後人總是把他們兩人並稱「張、王」，論詩時也總是把他們的樂府古詩相提並論稱作「張、王樂府」。不過時間一長，就有細心人明眼人看出了他們的差異：「張籍善言情，王建善征事」（明王世貞《藝苑卮言》卷四），「王（建）促薄而調急，張（籍）風流而情永」（清毛先舒《詩辯坻》卷三），「文昌善為哀婉之言，有嬌弦玉指之致；仲初妙於不含蓄，亦自有殘角曉鐘之韻」（清賀裳《載酒園詩話又編》）。用現代的話來說，就是張籍的樂府詩意思比較委婉含蓄，情致比較濃郁綿密，結構比較輕快圓轉，而王建的樂府詩寫實敘事較多，結構比較平直簡單。他擅長的是在敘述之後加上一兩句看似平常而意味加深的句子，像〈當窗織〉的末兩句「當窗卻羨青樓娼，十指不動衣盈箱」、〈田家行〉末兩句「田家衣食無厚薄，不見縣門身即樂」、〈遼東行〉末兩句：「寧為草木鄉中住，有身不向遼東行」等，頓時使詩歌意蘊更拓出一層。但是在看重凝練的抒情詩的古代詩論傳統中，王建比較細緻而具體的寫法常常不太受人青睞，所以歷來的評論中絕大多數認為王建比不上張籍（參見毛先舒《詩辯坻》卷三、潘德輿《養一齋詩話》卷三）。當然這種評價也許和王建寫過一些〈宮詞〉有關，這些〈宮詞〉最初很為人傳誦也很為人讚賞，但在漸漸把倫理道德奉為高於一切的批評原則的時代裡，這些〈宮詞〉就成了鄭衛淫聲或淺佻小詞，似乎寫成了詩就玷污了詩歌的聖潔也損害了人格的完美，所以這些本來很小巧輕麗的詩歌就成了沉重的包袱，連累了王建在詩史上的地位。

田家留客[1]

人客少能留我屋，客有新漿馬有粟[2]。
遠行僮僕應苦飢，新婦廚中炊欲熟[3]。

1 這首詩是以一個鄉間老農口吻寫來，除了「丁寧回語房中妻」一句之外，全是老農熱心待客的話。

2 宋王楙《野客叢書》卷十一說這兩句「正子美（杜甫）『肯訪浣花老翁否？與奴白飯馬青芻』之意」，而杜詩又是來自傅休〈盤中詩〉「惜馬蹄，不歸數，羊肉千斤酒百斛，令君馬肥麥與粟。」少：同「稍」；新漿：新酒。

3 新婦：兒媳，大概就是下面「丁男」新娶的妻子。

不嫌田家破門戶，蠶房新泥無風土[4]。
行人但飲莫畏貧，明府上來可辛苦[5]。
丁寧回語房中妻[6]，有客勿令兒夜啼。
雙井直西有官路，我教丁男送君去[7]。

4 養蠶的房屋怕風，常需用泥糊嚴。
5 明府：本來是對縣令的稱呼，這裡用來稱呼城裡來的客人。
6 丁寧：囑咐。
7 唐代男子二十一歲成丁，這裡指老農的兒子。

新嫁娘詞[8]

三日入廚下[9]，洗手作羹湯。
未諳姑食性[10]，先遣小姑嘗[11]。

野池[12]

野池水滿連秋堤，菱花結實蒲葉齊。
川口雨晴風復止，蜻蜓上下魚東西。

8 原題三首，這是第三首。
9 古代風俗，婚後三天叫「過三朝」，新娘子要下廚做菜表示她的侍奉公婆責任。
10 姑：婆婆；食性：口味。
11 小姑了解婆婆的口味，又和新娘子年齡相近，容易溝通，所以先讓她嘗嘗味道。
12 野外池塘。

宮詞[13]

魚藻宮中鎖翠娥，先皇行處不曾過[14]。
如今池底休鋪錦，菱角雞頭積漸多[15]。

13 原題一百首，這是第十八首。據《雲溪友議》卷下，這一百首〈宮詞〉描寫宮廷內的生活，資料來自一個與王建同宗的宦官王守澄，這些事情本來是不准外傳的，即王建所說的「不是當家頻向說，九重爭遣外人知」，所以王建寫〈宮詞〉，幾乎惹來一場災禍。

14 翠娥：宮妃；這兩句說宮妃長年居住在魚藻宮中，但前朝皇帝從來就不曾光顧此處。

15 這兩句說魚藻池根本不必鋪錦繡，因為池中多年菱芡叢生，水底積的菱角芡實已經成了錦繡的模樣了。宋胡仔《苕溪漁隱叢話》前集卷二十二引《西清詩話》說，唐文宗曾批評唐德宗奢侈：「聞得禁中老宮人每飲流泉，先於池底鋪錦」，王建所說的「鋪錦」就是指這個習慣。

韓愈 ・六首

韓愈（七六八—八二四），字退之，河南河陽（今河南孟縣）人，自稱昌黎人。貞元八年（七九二）中進士，當過節度推官、監察御史，貞元末年曾因上疏言事觸怒當權者被貶陽山令，元和十二年（八一七）隨裴度平定淮西藩鎮之亂後任刑部侍郎，十四年（八一九）又因上疏諫迎佛骨觸怒唐憲宗被貶為潮州刺史，後歷任國子監祭酒、京兆尹、兵部及吏部侍郎。在中唐元和、長慶年間，韓愈是公認最能「折節下交」、獎拔文人的人，晚唐有個叫孫樵的人說他「開設戶牖，主張後進」（〈與友人論文書〉，參見柳宗元〈答韋中立論師道書〉、趙璘《因話錄》卷三），前一句彷彿說韓愈不僅敞開了大門甚至打開了窗戶來接納朋友，後一句則是指韓愈用了能撐船跑馬的大將風度來表彰同輩甚至晚輩，所以王建〈寄上韓愈侍郎〉一詩裡稱讚他「不以雄名疏野賤」。他不遺餘力地獎拔了孟郊、張籍、賈島、盧仝、樊宗師、李賀，而這些人也眾星拱北辰似的使他成了詩壇文壇盟主，就連沒有被韓門籠罩的劉禹錫也不能不承認他「手持文柄，高視寰海……三十餘年，名聲塞天」的宗師地位（〈祭韓吏部文〉），而代表元和、長慶時代另一種詩風的白居易與代表這一門人丁興旺大家族的韓愈比起來，就彷彿武林中「獨行開扒」的小幫主遇上了門人遍天下的少林武當掌門人。

關於韓愈的詩，後世的評論令人驚訝地走了兩個極端，說它好的人說它「高出老杜之上」（《冷齋夜話》卷二），「姿態橫生，變怪百出」（宋張戒《歲寒堂詩話》卷上），「不似唐卻高於唐」（清葉矯然《龍性堂詩話初集》），說它不好的人說「韓退之於詩本無所解」（明王世貞《藝苑卮言》卷四）、「適可為酒令而已」（清王夫之《薑齋詩話》卷下）、「不由正道」（清黃子雲《野鴻詩的》），據說北宋時就發生過兩種見解的正面交鋒，《冷齋夜話》卷二記載沈括和呂惠卿爭論，沈括覺得韓詩是「押韻之文耳，雖健美富贍，然終不是詩」，呂惠卿激烈反駁說：「詩正當如此，吾謂詩人亦未有如退之者」，這樣針尖對麥芒似的辯論不禁讓人想到西方的諺語：「見解如鐘錶，人人都說自家的準。」其實，這兩種意見針對的乃是韓愈詩的同一個特點「以文為詩」（《後山詩話》引蘇軾、黃庭堅語），意見的南轅北轍只不過是對「詩」的理解各自不同。

文體的互相越界其實是常見的現象，詩歌也曾侵犯過散文的領地（如賦），但散文犯規越界侵入詩歌疆域卻是第一次，維護詩歌王國純潔性的人對韓愈公然蔑視規則挾裹散文大舉入侵的行為不能不表示憤慨，因為韓愈「以文為詩」幾乎到了要顛覆詩國的地步：他用了雄辯的氣勢、漢賦式的鋪張加上奇奇怪怪的想像衝破了詩歌應有的含蓄、節制和雍容；用了奇矯、生拗、扭曲的散文結構、句式和語詞改變了詩歌歷來遵循並不斷成型的節奏、氣脈和語言習慣；用了光怪陸離甚至奇詭醜陋的意象強行楔入文人表現美感世界專用的詩歌，在語氣、語言、語意三方面都把詩寫得彷彿不像「詩」，形成了一種奇崛雄放險怪的風格，所以遭致了不少人的抨擊和嘲諷。平心而論，這些抨擊和嘲諷自有它的道理，由於韓愈過分地破壞了詩歌舊有的語言規範，以散文語言寫詩，往往忽略了詩歌語言特殊的韻味、格律、節奏，使詩毫無「詩味」（比如〈忽忽〉、〈誰氏子〉、〈寄盧仝〉）；由於韓愈過分炫博好奇，故意違背閱讀習慣，採用僻字、強押窄韻，就使詩歌成了語言遊戲而不是「心情興會」的表現，彷彿一個不顧觀眾退席只顧自己興致勃勃地嘟囔的演員，「徒聱牙轕舌，而實無意義」（《甌北詩話》卷三），由於韓愈過分迷信以醜為美的訣竅，引入一些醜陋或駭怪的意象，違背了詩歌欣賞中長期積澱的審美習慣，所以有時引起了人的厭惡和反感（比如〈晝月〉寫月亮、〈苦寒〉寫鼻塞、〈城南聯句〉寫胡麻）；由於韓愈把本應留給散文的議論任務攤派給了詩歌，使一些詩不堪重負，乾癟枯燥死氣沉沉地大發宏論，使詩變成了酸腐呆滯的訓話而不是輕鬆舒適的對談（比如〈符讀書城南〉），這些毛病以及遺傳給後人的「以文為詩」、「以學問為詩」、「以議論為詩」的弊端，都不能不歸咎於韓愈的「始作俑」（參見《甌北詩話》卷三）。但是也應當看到文體的互相越界也常常是促進一種文體改弦更張的良好契機，中唐時代詩人面對著的一個嚴峻問題就是在盛唐「把好詩寫盡了」之後怎樣寫詩，正像《原詩》卷一所說「開、天之詩，一時非不盛，遞至大曆、貞元、元和之間，沿其影響字句者且百年，此百餘年之詩，其傳者已殊無出類之作，不傳者更可知矣，必待有人焉，起而撥正之，則不得不改弦而更張之」，於是韓愈把散文引入詩歌便不失為一種走偏鋒出奇兵的捷徑，這一點宋人就已經察覺到了，所以蘇軾說「詩之美者莫如韓退之，然詩格之變自退之始」（《王直方詩話》引），而清代人則說得更清楚：「於李杜後，能別開生路、自成一家者，惟韓愈退之一人，既欲自立，勢不得不行其心之所喜奇崛之路」（吳喬《圍爐詩話》卷三），他這種「以文為詩」儘管給詩歌帶來了種種弊病，使宋代詩歌從娘胎裡就染上了不少壞習慣，但也使宋代人跳出了唐代詩歌的籠罩，從一開始就自立門戶創造了中國古典詩歌的另一個天地，在這個意義上說，韓愈的富於個性的詩歌的確可以稱為「大家」，宋人推崇韓愈絕不是像《藝苑卮言》卷四所說「勢利他語」或《詩辯坻》卷三所說「震於其名」，韓愈用「險韻、奇字、古句、方言」也絕不是像《薑齋詩話》卷下所說「矜其餖飣之巧」，或〈野鴻詩的〉所說的「不由正道」。

山石[1]

山石犖确行徑微[2]，黃昏到寺蝙蝠飛。
升堂坐階新雨足，芭蕉葉大梔子肥[3]。
僧言古壁佛畫好，以火來照所見稀。
鋪床拂席置羹飯，疏糲亦足飽我飢[4]。
夜深靜臥百蟲絕，清月出嶺光入扉。
天明獨去無道路，出入高下窮煙霏[5]。
山紅澗碧紛爛漫，時見松櫪皆十圍。
當流赤足蹋澗石，水聲激激風吹衣。

1 這首詩是貞元十七年（八〇一）韓愈在洛陽北惠林寺所作。
2 犖确：山石不平貌。
3 芭蕉和梔子因為雨水充足而長得肥壯。
4 疏糲：糙米飯。
5 無道路不是沒有路而是不揀道路，出入高下就是因為不揀道路而在山裡轉來轉去時上時下，窮煙霏則是一直行走在雲霧之中。

人生如此自可樂，豈必局束為人鞿[6]。
嗟哉吾黨二三子[7]，安得至老不更歸。

雉帶箭[8]

原頭火燒靜兀兀[9]，野雉畏鷹出復沒[10]。
將軍欲以巧伏人，盤馬彎弓惜不發[11]。

6 鞿：馬嘴上套的絡頭。

7 吾黨和二三子借用《論語》中的語詞，又暗用《論語》中兩句話的意思，《論語・公冶長》說「吾黨之小子狂簡」，狂簡就不願意人給自己套上韁繩絡頭束縛自由，《論語・述而》「二三子以我為隱乎，吾無隱乎爾」，無隱則是道出真情，韓愈的真情即不願受到拘束地自由生活。當然這也許並非真情，只是按照文人慣例來寫詩，因為文人作詩總是要表現一種自然適意情趣來說明自己內心清高的。

8 這首詩據考證是貞元十五年（七九九）韓愈隨徐州節度使張建封射獵時所作。

9 這句寫獵火燎原燒起，而獵人卻靜悄悄地不動聲色等待獵物出現，古人打獵多燒火驅趕禽獸離開潛伏處。

10 野雉遇火而出，見鷹而沒。

11 沈德潛《唐詩別裁集》卷七說：「李將軍（李廣）度不中不發，發必應弦而倒。審量於未彎弓之先，此（指將軍）

地形漸窄觀者多，雉驚弓滿勁箭加[12]。
沖人決起百餘尺，紅翎白鏃隨傾斜[13]。
將軍仰笑軍吏賀，五色離披馬前墮[14]。

聽穎師彈琴[15]

暱暱兒女語，恩怨相爾汝[16]。

矜惜於已彎弓之候，總不肯輕見其技也。」這兩句說張建封要以箭技巧妙使人佩服，所以拉開了弓卻不輕易射箭，要等待必中的時機。

12 野雉驚飛時才射箭。

13 沖人決起寫雉帶箭掙扎飛起，傾斜寫雉終於無力傾斜而下，紅色箭羽白色箭頭的箭也隨著野雉一同墮地。

14 五色：野雉斑斕的羽毛；離披：野雉羽毛散亂的樣子。

15 穎師是一個善於彈琴的和尚，李賀也曾聽過他彈琴，並也寫過一首〈聽穎師彈琴歌〉。

16 暱暱：親熱的樣子；爾汝：熟人間無須客套地直稱「你我」；這兩句寫琴聲輕柔纏綿如青年男女談情說愛時恩恩怨怨的絮語。

劃然變軒昂，勇士赴敵場[17]。
浮雲柳絮無根蒂，天地闊遠隨飛揚[18]。
喧啾百鳥群，忽見孤鳳凰[19]。
躋攀分寸不可上，失勢一落千丈強[20]。

17 這兩句寫琴聲突然由輕柔纏綿轉為慷慨高亢。從宋代歐陽修起，就有人覺得它是寫琵琶而不是寫琴聲（見《東坡題跋》卷三記歐陽修語），但一個「以琴名世」的和尚義海則反駁歐陽修說，韓愈寫得如此美妙的樂聲「皆指下絲聲妙處，惟琴為然，琵琶格上聲，烏能爾邪」（蔡絛《西清詩話》引）。後來直到明清還爭論不休，明人張萱《疑耀》卷七說他自己有一個妾會彈琵琶，這首詩裡「上下分寸，失輒千丈」，變異太大，絕不是琴而是琵琶聲，但清何焯《義門讀書記》卷一則以「清苑行台聽李世得彈琴」證明這寫的是琴聲，薛雪《一瓢詩話》又說這首詩九、十兩句「除卻吟猱綽注，更無可形容」，證明絕不是寫琵琶。其實這些爭辯都有些膠柱鼓瑟，寫音樂的詩多寫自己感受，感受人人而異，寫成文字更言人人殊，絕不可以從詩句中考證樂器及演奏方式，宋胡仔《苕溪漁隱叢話》前集卷十六曾引李商隱〈錦瑟〉詩說「若移作聽琴、阮等詩，誰謂不可乎」，這話很對，就以這首詩前四句為例，其實它寫輕柔寫高亢和王褒〈洞簫賦〉以「澎濞沆瀣，一何壯士，優柔溫潤，又似君子」寫洞簫，阮瑀〈箏賦〉「不疾不徐，遲速合度，君子之衢也，慷慨磊落，卓礫盤行，壯士之節也」寫箏，實際上如出一轍，這些描寫感受的比喻，又怎麼能硬去辨別哪一句專指琴，哪一句專指瑟；哪一句專指箏、阮或琵琶呢？

18 這兩句寫琴聲悠遠輕揚，宋許顗《許彥周詩話》說是寫琴的「泛聲」（又見吳曾《能改齋漫錄》卷五）。

19 這兩句寫琴聲如百鳥喧鳴中突然有鳳凰長鳴一聲，呈現高揚清越之音。許顗說這是寫「泛聲中寄指聲」。

20 上句寫琴聲艱難升高，下句寫琴聲迅速沉降；千丈強：千丈有餘。許顗說上句是寫「吟繹聲」，下句是寫「順下聲」。

嗟余有兩耳，未省聽絲篁[21]。
自聞穎師彈，起坐在一旁[22]。
推手遽止之，濕衣淚滂滂。
穎乎爾誠能，無以冰炭置我腸[23]。

21 絲篁：絲竹樂器，這裡指音樂。

22 起坐：竦然而立；一說指坐也不是站也不是。

23 冰炭置腸，冷熱交戰，人經受不起，《莊子．人間世》「事若成則必有陰陽之患」句郭象註：「人患雖去，然喜懼戰於胸中，固已結冰炭於五臟矣。」這幾句寫自己被琴聲震撼，心情激盪，不敢再聽下去了，所以一面稱讚穎師的才能，一面止住他不必繼續演奏。

左遷至藍關示侄孫湘[24]

一封朝奏九重天，夕貶潮陽路八千[25]。
欲為聖明除弊事，肯將衰朽惜殘年[26]。
雲橫秦嶺家何在，雪擁藍關馬不前[27]。
知汝遠來應有意，好收吾骨瘴江邊[28]。

24 元和十四年（八一九），韓愈上書，認為唐憲宗迎佛骨鼓勵了百姓崇信佛教的陋習，將導致百姓放棄正業，佛寺勢力龐大，傷風敗俗等弊病（見《昌黎集》卷三十九〈論佛骨表〉），這份奏疏觸怒了皇帝，將韓愈由刑部侍郎貶為潮州刺史，這首詩就是出京後所作。左遷是降職，古人貴右賤左；藍關又名藍田關，在今陝西藍田南；侄孫湘即韓愈之侄韓老成的兒子韓湘，韓湘後來被說成是八仙之一的韓湘子，這首詩的五、六兩句也被說成是讖語（參見宋劉斧《青瑣高議》前集卷九〈韓湘子作詩讖文公〉條）。其實是附會的傳說（參見胡應麟《莊岳委談》上、趙翼《陔餘叢考》卷三十四〈八仙〉）。

25 朝奏、夕貶：指皇帝怒氣極重，自己獲罪極快，根本沒有想到；九重天：皇宮；潮陽在今廣東，距長安約八千里之遙。

26 豈能為了顧惜自己殘年衰體而不說話，這時韓愈已五十餘歲。

27 這兩句是韓愈的名句，《青瑣高議》說它原是韓湘子為韓愈寫的讖語，還有人據這兩句畫了《韓文公度藍關圖》（見明吳寬《瓠翁家藏集》卷六）。宋曾季貍《艇齋詩話》說「馬不前」三字沿用了古樂府〈飲馬長城窟行〉「驅馬涉陰山，山高馬不前」。

28 指自己恐怕要死在潮州。瘴江：古人覺得嶺南多瘴氣，潮州在嶺南，所以說那裡的江是「瘴江」。

早春呈水部張十八員外[29]

天街小雨潤如酥[30]，草色遙看近卻無。
最是一年春好處，絕勝煙柳滿皇都[31]。

盆池[32]

瓦沼晨朝水自清[33]，小蟲無數不知名。
忽然分散無蹤影，惟有魚兒作隊行。

29 這首詩是長慶三年（八二三）寫給張籍的，原題二首，這是第一首。張籍排行十八，當時任水部員外郎。
30 天街：皇城中的街道。
31 煙柳滿皇都則時已晚春，這句說早春雨景勝過晚春煙柳。
32 原題五首，這是第三首，可以看到韓愈也有淺近輕鬆的詩歌。
33 瓦沼：盆池。

劉禹錫・五首

劉禹錫（七七二—八四二），字夢得，洛陽人。貞元九年（七九三）中進士，不久又登博學宏辭科，當過幕府掌書記、渭南主簿、監察御史。貞元二十一年（八〇五）與柳宗元等人一道參與王叔文、王伾領導的政治革新活動，失敗後被貶，二十幾年裡宦海浮沉，先後當過朗州、連州、夔州、和州等地的地方官員，直到大和二年（八二八）才再度入京，後來官至檢校禮部尚書兼太子賓客。在中唐劉禹錫算是一個不傍門戶的詩人，他的詩不像韓愈一流詩人那麼奇崛生拗，也不像白居易一流詩人那麼平暢淺俗。據說他曾深受皎然、靈澈的影響。皎然、靈澈等人試圖捏合佛教「心冥空無」式的體驗和詩歌「跡寄文字」式的推敲於一體的理想（參見皎然《詩式》及權德輿〈送靈澈上人廬山回歸沃洲序〉），似乎給了他一些啟發（參見〈董氏武陵集序〉及〈秋日過鴻舉法師寺院便送歸江陵詩引〉），他的詩乾淨明快，不過分雕琢也不流於俗滑平易，常有細膩婉轉的隱喻、別緻新穎的詞句點綴其中，宋人蘇轍「晚年多令人學劉禹錫詩，以為用意深遠有曲折處」（《童蒙詩訓》），看到了劉禹錫詩在平易字面下常暗藏豐富隱義，清人吳喬說劉禹錫詩「可喜處多在新聲變調尖警而不含蓄者」（《圍爐詩話》卷三），看到了它新穎別緻的字句和淺暢平易的體格。不過有一點應當指出，歷來詩評家論詩都彷彿是在評選勞模或陳列櫥窗，把眼光過多地放在那些好詩佳作上，這種做法往往掩護了其他劣作，對劉禹錫的評論也是這樣，他現存的近千首詩中有一些很呆板平庸，也有一些彷彿也受了些韓、白兩派的影響，又有一些彷彿沿襲了大曆詩人的舊習，詩論家對劉禹錫詩的那些評價只能對他那些出色的作品比較算數而對其他作品並不生效。這是難免的，就好比我們議論一個人的容貌總要說到這個人異於他人的特徵而不必說他與常人都有的五官四肢一樣。

西塞山懷古[1]

王濬樓船下益州[2]，金陵王氣黯然收[3]。

1 西塞山：在今湖北大冶，是長江中流要塞。

2 《晉書》卷四十二〈王濬傳〉、〈通鑑〉卷八十一記載，晉武帝咸寧五年（二七九），益州刺史王濬為伐吳建造戰船「方百二十步，受二千餘人，以木為城，起樓櫓，開四出門，其上皆得馳馬來往，又畫鷁首怪獸於船首以懼江神。」太康元年（二八〇）正月，王濬率船從益州出發攻吳國，首先攻克丹楊（今湖北秭歸東）；益州：即今四川成都。

3 《太平御覽》卷一七〇引〈金陵圖〉記載：「昔楚威王見此有王氣，因埋金以鎮之，故曰金陵」，金陵即吳國都城。

千尋鐵鎖沉江底[4]，一片降幡出石頭[5]。
人世幾回傷往事，山形依舊枕寒流[6]。
今逢四海為家日，故壘蕭蕭蘆荻秋[7]。

這句說王濬戰船東下，吳國都城的王氣頓時黯然，顯出敗亡之象。

4 為阻止王濬戰船，吳人曾「於江險磧要害之處，並以鐵鎖橫截之，又作鐵錐長丈餘，暗置江中，以逆距船。」尋是古代長度單位，合古八尺。

5 史書記載，太康元年春，王濬順流而下，兵臨吳國都城，不久攻克，吳主孫皓「面縛輿櫬，詣軍門降，（王）濬解縛焚櫬，延請相見」，這句即寫吳國亡國之事。降幡，降旗；石頭，即石頭城，在今江蘇江寧，即楚時的金陵城，是吳國國都近郊的屏障，據《元和郡縣誌》說吳國曾在此「貯財寶軍器，有戍」，《通鑑》卷八十一載王濬「戎卒八萬，方舟百里，鼓噪入於石頭」，吳主孫皓即投降了。

6 人世屢變，山河依舊。

7 上句說自己處在天下統一的時候，下句則說江邊昔日營壘都荒廢毀棄，只有蕭蕭秋風，瑟瑟蘆荻。清方世舉《蘭叢詩話》引方觀承的話說：「『今逢』二字有居安思危之遙深。」

始聞秋風

昔看黃菊與君別，今聽玄蟬我卻回[8]。
五夜颼飀枕前覺[9]，一年顏狀鏡中來[10]。
馬思邊草拳毛動，雕眄青雲睡眼開[11]。
天地肅清堪四望[12]，為君扶病上高台。

8 《禮記・月令》載秋季物候，七月寒蟬鳴，九月菊花黃；這句說去年秋末別離，今年秋初又回來。

9 五夜：五更夜；颼飀：風聲。

10 從鏡中容顏的衰老想到了一年的各種事情。

11 這是劉禹錫的名句，上句從晉王贊〈雜詩〉「朔風動秋草，邊馬有歸心」句化來，說戰馬思念邊疆的草，身上的捲毛都顫動起來，下句寫臥雕斜看到天上的青雲，興奮得睜開了睡眼。劉禹錫很喜歡用馬與雕對舉來表現自己的志向，像〈學阮公體〉中的「朔風悲老驥，秋霜動鷙禽」、〈秋聲賦〉中的「驥伏櫪而已老，鷹在韝而有情，聆朔風而心動，眄天籟而神驚。」清潘德輿《養一齋詩話》卷七不分青紅皂白，不講版本依據，硬說這兩句是趙嘏的詩，也許是他對趙嘏的格外偏愛使他忽略了上述劉禹錫寫馬與雕的類似作品。拳毛：旋捲的鬈毛；眄：斜看。

12 指秋天天高氣爽，可以一望無際。

秋詞[13]

自古逢秋悲寂寥[14]，我言秋日勝春朝。
晴空一鶴排雲上[15]，便引詩情到碧霄。

13 原題二首，這是第一首。
14 所謂「自古」是從宋玉〈九辯〉開始的「悲秋」詠歎。
15 《詩・小雅・鶴鳴》：「鶴鳴於九皋。」

石頭城[16]

山圍故國周遭在，潮打空城寂寞回[17]。
淮水東邊舊時月，夜深還過女牆來[18]。

16 石頭城：參見〈西塞山懷古〉注5；這首詩是劉禹錫〈金陵五題〉第一首。

17 故國：指舊城，金陵一直是六朝故都，石頭城北臨大江，此時青山依舊、江潮依舊，只是六朝繁華已成煙消雲散。周遭：周圍，指環繞故國的山，范成大《吳船錄》：「金陵山本止三面，至此（伏龜樓）則形勢回互，江南諸山與淮山團欒應接，無復空闕，唐人詩所謂『山圍故國周遭在』者，惟此處所見為然。」

18 舊時月曾見過昔日繁華，再臨此地則不勝淒涼，用「舊」字正是指世上滄桑盛衰巨變；昔日繁華也曾見過舊時明月，今日再見仍是舊時明月，用「還」字是暗示宇宙永恆更顯世事倏忽。淮水是秦淮河，女牆指石頭城上的矮牆。

烏衣巷[19]

朱雀橋邊野草花[20]，烏衣巷口夕陽斜。
舊時王謝堂前燕，飛入尋常百姓家[21]。

19 烏衣巷：在今南京市區東南，從東晉以來，一直是王、謝兩大世家的居處。這首詩是〈金陵五題〉的第二首。

20 朱雀橋：是六朝都城正南朱雀門外的浮橋，建於東晉，在當時是繁華的處所，見《六朝事蹟》。

21 王、謝兩姓是六朝最有權勢的世襲貴族大家，但在隋唐已經沒落，他們的宅第也成了普通百姓的家，燕子仍然來來去去，但宅第主人的身分卻變了。清人施補華《峴傭說詩》說：「若作燕子他去，便呆，蓋燕子仍入此堂，王、謝零落，已化作尋常百姓矣，如此則感慨無窮，用筆極曲。」這話很有意思；何文煥《歷代詩話考索》說後兩句「妙處全在『舊』字及『尋常』字」，這話說得也很對，不過不能忽略前兩句的「野草」和「夕陽」，繁華的朱雀橋邊野草茂盛，已經暗伏盛衰的感嘆，而烏衣巷口夕陽斜照，也是昔日威勢沒落的象徵，宋周邦彥《西河．金陵懷古》隱括這首詩的詩意說「酒旗戲鼓甚處市，想依稀王謝鄰里。燕不知何世，向尋常巷陌人家相對，如說興亡斜陽裡」，辛棄疾〈沁園春〉也沿用這首詩說「朱雀橋邊，何人會道，野草斜陽春燕飛」，都沒有忘掉「斜陽」二字。

白居易・五首

白居易（七七二—八四六），字樂天，號香山居士，下邽（今陝西渭南）人。貞元十六年（八〇〇）中進士，兩年後參加書判拔萃科考試，被任命為秘書省校書郎。元和元年（八〇六）再次應制舉，被任命為盩厔（今陝西周至）縣尉，召回長安後歷任翰林學士、左拾遺、京兆府戶曹參軍。元和十年（八一五），宰相武元衡被刺，白居易上書主張追捕刺客肅正法紀，反而遭到誣陷，有人說白居易母親「看花墮井而死，而居易作〈賞花〉及〈新井〉詩，甚傷名教」（《舊唐書・白居易傳》），於是白居易被貶為江州司馬。這次打擊使白居易很傷心，也使他早年入世的理念發生了動搖，他在廬山香爐峰下東林寺建了草堂，禮佛參禪，走向了獨善其身式的逍遙自娛。此後，他雖然仕途比較順利，當過忠州、杭州、蘇州等地的刺史，最後當到秘書監、河南尹、太子少傅，但越到晚年，他心中入世念頭越淡，受佛教浸染越深，在他致仕閒居洛陽後，還與香山寺僧人結社，捐銀修寺，用他的話說是「迷路心回因向佛，宦途事了是懸車」（〈刑部尚書致仕〉）、「莫嫌山木無人用，大勝籠禽不自由」（〈感所見〉）。唐武宗會昌六年（八四六）他病逝於洛陽，年七十五歲。

宋代詩人蘇軾在〈祭柳子玉文〉中對白居易詩下了一個很容易引起誤會的字「俗」。按《詩人玉屑》卷十六的說法，「最愛樂天之為人」的蘇軾下這個「俗」字也許並沒有人格批評的貶義，即白居易「詩中凡及富貴處，皆說得口津津地涎出」（《朱子語類》）或時時不忘愛惜自家羽毛的俗氣（參見洪邁《容齋五筆》卷八「白詩紀年歲」、「白公說俸祿」諸條），可能指的是他詩歌語言的「通俗」，因為在詩史上很少有人像白居易那樣自覺地把詩寫得明白如話平易淺暢，且不說那些樂府詩，就連已經慣於使用緊縮凝練句式及象徵暗示語詞的近體詩，在白居易筆下也被寫得很淺切自然。宋人龔頤正《芥隱筆記》、明人俞弁《逸老堂詩話》就曾挑出白詩的「俗話」、「俚語」來證明它「近乎人情物理」，但並不是說白居易只會挑揀俚俗詞眼來把他的詩妝扮成「易服遊春」的貴族女子，而應該說它在語序、語詞和意蘊上的徹底通俗化已經使他的詩真的彷彿貧女村姑般的天然，正是這種「務言人所共言」的語言（《甌北詩話》卷四），使白居易的詩贏得了讀者。「禁省、觀寺、郵候牆壁之上無不書，王公妾婦、牛童馬走之口無不道」，元稹〈白氏長慶集序〉中的話雖然不無連類而及的自矜自誇，但日本、朝鮮對白詩的頂禮膜拜和長安惡少渾身刺白詩的故事證明這一矜誇還沒有過分失實（參見《酉陽雜俎》卷八記葛清及《全唐詩》卷八七三趙武建〈刺左右膊詩〉題下小注）。顯然，「通俗」並不意味著脫口而出說大白話或滔滔不絕說軲轆話，後人用通俗語言常常畫虎不成反類犬，要麼煮夾生飯，文不文白不白，彷彿生就一副鐵青面孔硬要擠眉弄眼插科打諢，要麼粗率油滑，毫無節制地濫用俚俗口語，彷彿做了一鍋沒油沒鹽的菜硬塞在讀者面前，而白居易一些寫得好的詩在通俗之中有緊峭凝練，在流暢之中有節奏變化。據說有人曾看過他的詩歌手稿，上面圈點刪改處極多（《詩人玉屑》卷八〈鍛鍊〉引張耒語、周必大《跋宋景文唐史稿》、《王直方詩話》），可見這是一種經過反覆琢磨錘煉後的通俗語言，所以白居易這些詩讀來脈絡圓暢、節奏輕快、語詞清麗，按清人趙翼《甌北詩話》卷四的說法，就是「看似平易，其實精純」，而這種平易淺切的詩歌語言在當時整個詩壇變革中正起到了瓦解舊的詩歌語言範型與格套的作用。《唐國史補》卷上所謂「元和之風尚怪」的「怪」中也包含了白居易的「俗」，因為引「俗」入詩也像現代白話詩初期被人視為「駭怪」一樣，打破了人們寫詩讀詩的習慣，於是拓寬了中國古典詩歌的語言技巧，這一詩史上的意義宋劉克莊《後村大全集》卷一八六《詩話》、清趙翼《甌北詩話》卷四及薛雪《一瓢詩話》等都感覺到了。

不過白居易也有相當多數量的詩很不耐讀，清人王士禛說白詩「可選者少」（《蠶尾集》卷一〈品藻〉）、說白詩「沙中金屑苦難披」（〈論詩絕句〉）並不是平白無故的誣陷，從唐代司空圖〈與王駕評詩書〉到清代黃子雲《野鴻詩的》都曾說到白居易有的詩不含蓄、太囉嗦，有時候太想把意思說明白反而像耳提面命的當家婦人在嘮嘮叨叨翻來覆去，以致於「滔滔不絕，失之平滑」（《峴傭說詩》），有時候懸得過高反而像沒吃飽飯的瘦人卻敞胸露懷，硬充豪壯氣象，所以王夫之諷刺他「如決池水，旋踵而涸」（《薑齋詩話》卷下），前一個毛病白居易生前就已經察覺，「意太切則理太周，理太周則辭繁」（《和答詩十首・序》），後一個毛病白居易死後就被司空圖指出他不節制：「力勍而氣孱，如都市豪估耳。」（〈與王駕評詩書〉）其實還有一點很少有人指出，就是使他贏得很大聲譽、被稱為「元和詩」的那些輕豔小詩和長篇和韻詩，前者即杜牧忿忿然斥罵的「淫言媟語」（〈李戡墓誌銘〉），杜牧的偏激未必很對，但這些小詩寫得並不出色，後者即元稹所謂「欲以難相挑」的文字遊戲（〈上令狐相公詩啟〉），雖然表現了一些語言技巧，但只不過是「角靡逞博」（明王世貞《藝苑卮言》卷四）。這些在白集中占了相當篇幅的作品在當時曾被「復相仿效」風靡一時，但在後世詩論家那裡卻被輕輕放過了。當然這不奇怪，因為古人評詩常常犯兩種毛病，要麼彷彿近視眼隔岸看花，一片朦朧中覺得處處皆好，要麼彷彿顯微鏡裡看美人不見其面唯見毛孔，於是覺得處處皆醜。偏偏後人又常常上古代詩論家的當。

長恨歌[1]

漢皇重色思傾國，御宇多年求不得[2]。
楊家有女初長成，養在深閨人未識。
天生麗質難自棄，一朝選在君王側[3]。

1 元和元年（八〇七）冬天，白居易與陳鴻、王質夫同遊盩厔仙遊谷，聊天時談起當年唐玄宗、楊貴妃故事，陳鴻便寫了一篇〈長恨歌傳〉，白居易便寫了這首詩。關於這一故事的詩作很多，其中比較有名的是元稹的〈連昌宮詞〉。不少人都覺得〈長恨歌〉不如〈連昌宮詞〉，因為〈連昌宮詞〉「有監戒規諷之意」（參見宋洪邁《容齋隨筆》卷十五、張邦基《墨莊漫錄》卷六、明王世貞《藝苑卮言》卷四、清潘德輿《養一齋詩話》卷三），其實白居易寫這首詩，本意也想「懲尤物，窒亂階，垂於將來」（陳鴻〈長恨歌傳〉），和他〈新樂府〉裡的〈李夫人〉「鑑嬖惑」一樣，只是他在描述故事時由於對楊、李戀愛十分同情而產生了意圖歧誤，以致於後人讀它時更多地感受到一個愛的悲劇而忘了它原本的規勸諷喻之意，就連白居易自編詩集時也將它歸於「感傷」類而不歸於「諷喻」類，但也正是因為這一點，〈長恨歌〉恰恰超出了〈連昌宮詞〉而成了膾炙人口的名篇。

2 漢皇：漢武帝，這裡借指唐玄宗；御宇：統治天下。清人施補華《峴傭說詩》覺得白居易這首詩「語多失體」，其中之一例就是這兩句，「明明言唐，何必曰漢」，其實唐詩以漢代唐的例子很多，唐人心目中唐就是漢的再現，更何況白居易在這裡用「漢皇」別有用意，漢武帝寵李夫人和唐玄宗寵楊貴妃相似，據說李夫人之兄李延年在漢武帝面前曾歌：「北方有佳人，絕世而獨立。一顧傾人城，再顧傾人國。」因而漢武帝召幸李夫人，在白居易另一首〈李夫人〉中特別寫到「傷心不獨漢武帝，自古及今皆如斯，君不見……泰陵一掬淚，馬嵬坡下念楊妃，縱令妍姿豔質化為土，此恨長在無銷期」，正可以作這兩句的註腳。

3 以上四句寫楊貴妃，楊貴妃是蜀州司戶楊玄琰之女，幼時養在叔父楊玄珪家，小名玉環。但她並非從「深閨」中選回眸一笑百媚生，六宮粉黛無顏色[4]。
春寒賜浴華清池，溫泉水滑洗凝脂[5]。
侍兒扶起嬌無力，始是新承恩澤時[6]。
雲鬢花顏金步搖[7]，芙蓉帳暖度春宵。
春宵苦短日高起，從此君王不早朝。
承歡侍宴無閒暇，春從春遊夜專夜。
後宮佳麗三千人，三千寵愛在一身。

到「君王側」的，她原是壽王李瑁（玄宗之子）的妃子，開元二十八年（七四〇）玄宗使她出家為女道士，改名太真，天寶四載（七四五）冊封她為貴妃，白居易之所以這樣寫，也許是「為尊者諱」，不敢直寫宮闈醜事（參見《竹莊詩話》卷十一）。

4 六宮粉黛：宮中所有嬪妃；宋吳幵《優古堂詩話》說這兩句出自李白〈清平樂令〉二首之二的「女伴莫話孤眠，六宮羅綺三千。一笑皆生百媚，宸遊教在誰邊」，但這首詞可能是五代人所作，也許還是從白居易這兩句中化出的。

5 華清池：在今陝西臨潼驪山，是著名的溫泉；凝脂：形容白嫩的皮膚，《詩・衛風・碩人》：「膚如凝脂。」

6 剛剛得到皇帝寵遇時。

7 《釋名》：「步搖，上有垂珠，步則搖也」，是釵的一種，宋樂史《楊太真外傳》卷上說玄宗和楊玉環定情時曾親手給她插上一枝「麗水鎮庫紫磨金琢成步搖」。

金屋妝成嬌侍夜，玉樓宴罷醉和春。
姊妹弟兄皆列土[8]，可憐光彩生門戶。
遂令天下父母心，不重生男重生女[9]。
驪宮高處入青雲[10]，仙樂風飄處處聞。
緩歌慢舞凝絲竹，盡日君王看不足。
漁陽鼙鼓動地來，驚破霓裳羽衣曲[11]。

8 楊玉環受冊封後，三個姐姐被封為韓國夫人、虢國夫人、秦國夫人，「帝呼為姨」，叔伯兄弟楊銛、楊錡、楊釗（國忠）也當了鴻臚卿、侍御史、右丞相，「恩寵聲焰震天下」（《新唐書・楊貴妃傳》）。列土：分封土地，古代王侯都各分一塊領地，唐代已不分封，這裡只是比喻楊氏兄弟姐妹受寵如王侯。

9 西漢時就有因為衛子夫當皇后兄弟衛青「貴震天下」而產生的歌謠：「生男勿喜，生女無怒，獨不見衛子夫霸天下」（《史記・外戚世家》），唐玄宗時也有因楊貴妃而作的歌謠「生女勿悲酸，生男勿喜歡」，「男不封侯女作妃，看女卻為門上楣」（陳鴻〈長恨歌傳〉）。

10 驪宮：在驪山上。

11 平盧、范陽、河東三鎮節度使安祿山天寶十四載（七五五）十一月反叛朝廷，在范陽起兵，漁陽郡是范陽節度使所轄八郡之一，在今河北薊縣、北京平谷一帶；鼙鼓是軍隊用的小鼓。霓裳羽衣曲是唐玄宗據西涼節度使楊敬述所進西域樂曲潤色而成的著名舞曲，相傳楊敬述獻此曲時正好唐玄宗從月宮中聆聽仙樂而歸，發現仙樂和此曲吻合，便合而為〈霓裳羽衣曲〉（參見唐鄭嵎〈津陽門〉詩注、〈集異記〉、〈神仙感遇傳〉、白居易〈霓裳羽衣歌〉自注及《韻九重城闕煙塵生，千乘萬騎西南行[12]。
翠華搖搖行復止，西出都門百餘里[13]。
六軍不發無奈何，宛轉蛾眉馬前死[14]。
花鈿委地無人收，翠翹金雀玉搔頭[15]。
君王掩面救不得，回看血淚相和流[16]。

語陽秋》卷十五），因為此曲盛行宮廷時發生了戰亂，所以，〈霓裳羽衣曲〉後來被認為是亡國致亂的曲子，杜牧說是「霓裳一曲千峰上，舞破中原始下來」。這兩句彷彿受了崔顥〈江畔老人愁〉「不覺山崩海將竭，兵戈亂入建康城」的啟發和化用了王翰〈飲馬長城窟行〉「遙聞鼙鼓動地來」的句意。

12 天寶十五載（七五六）六月，安祿山攻破潼關，唐玄宗與楊貴妃出延秋門向西南出逃。

13 翠華：皇帝儀仗中用翠鳥羽毛裝飾的旗幟；馬嵬驛：在今陝西興平，正好離長安百餘里。

14 當時軍隊不肯前進，要求處死楊國忠和楊貴妃，唐玄宗無奈之下只好殺死楊國忠，令楊貴妃自縊；蛾眉：美女，即楊貴妃。

15 花鈿、翠翹、金雀、玉搔頭：都是當時貴族女子的首飾。

16 〈長恨歌傳〉記載處死楊貴妃時，「上（玄宗）知不免，而不忍見其死，反袂掩面，使牽之而去」。宋代李覯〈讀長恨辭〉因此批評唐玄宗只關心楊貴妃而不顧將士死活，說：「當時更有軍中死，自是君王不動心」，表現了理學家別具一格的理念。

黃埃散漫風蕭索，雲棧縈紆登劍閣[17]。
峨嵋山下少人行，旌旗無光日色薄。
蜀江水碧蜀山青，聖主朝朝暮暮情。
行宮見月傷心色，夜雨聞鈴斷腸聲[18]。

天旋日轉回龍馭，到此躊躇不能去[19]。
馬嵬坡下泥土中，不見玉顏空死處。
君臣相顧盡沾衣，東望都門信馬歸。
歸來池苑皆依舊，太液芙蓉未央柳[20]。

17 雲棧：高聳入雲的棧道，劍閣：在今四川劍閣北，見李白〈蜀道難〉注23。

18 鄭處誨《明皇雜錄》補遺說唐玄宗「於棧道雨中聞鈴聲，隔山相應，上既悼念貴妃，採其聲為〈雨淋鈴曲〉以寄恨焉」，元代白樸作〈唐明皇秋夜梧桐雨〉雜劇題目就取這一句意，第四折中又根據這一句寫道：「那窗兒外梧桐上雨瀟瀟，一聲聲灑殘葉，一點點滴寒梢」，「這雨一陣陣打梧桐葉凋，一點點滴人心碎了」。直至現在，京韻大鼓中還有〈劍閣聞鈴〉。

19 天旋日轉：指至德二載（七五七）十月收復長安，十二月唐玄宗還京城這一天下大勢的轉變。回龍馭：指皇帝車駕回京；此：指馬嵬。

20 太液：漢代建章宮北池名；未央：也是漢代宮殿名，這是借指唐代宮苑。

芙蓉如面柳如眉，對此如何不淚垂。
春風桃李花開日，秋雨梧桐葉落時。
西宮南苑多秋草[21]，落葉滿階紅不掃。
梨園弟子白髮新，椒房阿監青娥老[22]。
夕殿螢飛思悄然，孤燈挑盡未成眠。
遲遲鐘鼓初長夜，耿耿星河欲曙天[23]。
鴛鴦瓦冷霜華重，翡翠衾寒誰與共[24]。
悠悠生死別經年，魂魄不曾來入夢。
臨邛道士鴻都客，能以精誠致魂魄[25]。

21 西宮：太極宮，南苑：興慶宮，是唐玄宗回長安後先後居住的地方，當時他已退位。

22 梨園弟子：唐玄宗在位時訓練的一班藝人，椒房阿監：后妃宮中的女官。

23 這四句中前兩句說思緒萬千睡不著覺，後兩句說難眠之夜漫長的煎熬。耿耿是微明的天色。

24 兩片瓦一俯一仰合扣稱鴛鴦瓦；繡有翡翠鳥的錦被叫翡翠衾。

25 臨邛：在今四川邛崍；鴻都：洛陽北宮門的名稱，這裡指長安。據《太平廣記》卷二十引〈仙傳拾遺〉說，這個從四川到京城來的道士叫楊通幽，據說他「幼遇道士，教以檄召之術，受三皇天文，役命鬼神，無不立應。」招致魂為感君王輾轉思，遂教方士殷勤覓。
排空馭氣奔如電[26]，升天入地求之遍。
上窮碧落下黃泉[27]，兩處茫茫皆不見。
忽聞海上有仙山，山在虛無縹緲間。
樓閣玲瓏五雲起，其中綽約多仙子[28]。
中有一人字太真，雪膚花貌參差是[29]。
金闕西廂叩玉扃[30]，轉教小玉報雙成[31]。

魄是先秦就有的一種巫術，《楚辭》中就有〈招魂〉，漢代最有名的招魂故事就是漢武帝招致已死的夫人，據《史記・外戚李夫人傳》記，方士曾為漢武帝招李夫人，「見好女如李夫人之貌，還幄坐而步。」

26 《莊子・逍遙遊》說列子能「御氣而行」，《楚辭・遠遊》說羽人能「掩浮雲而上征」，葛洪《抱朴子》內篇卷三〈論仙〉更說仙人能「躡雲波而輕步，鼓翮清塵，風駟雲軒。」

27 上天入地。

28 綽約：美麗輕盈貌。

29 參差：即好像是。

30 玉扃：玉門。

31 小玉、雙成：本是仙女名，這裡指楊太真在仙山上的侍婢。

聞道漢家天子使，九華帳裡夢魂驚。
攬衣推枕起徘徊，珠箔銀屏迤邐開[32]。
雲鬢半偏新睡覺，花冠不整下堂來。
風吹仙袂飄颻舉，猶似霓裳羽衣舞。
玉容寂寞淚闌干，梨花一枝春帶雨[33]。
含情凝睇謝君王，一別音容兩渺茫。
昭陽殿裡恩愛絕，蓬萊宮中日月長[34]。
回頭下望人寰處，不見長安見塵霧。
惟將舊物表深情，鈿合金釵寄將去[35]。

32 珠箔：珍珠串成的門簾，銀屏：鑲銀絲花紋的屏風，迤邐開：接連不斷打開。

33 闌干：眼淚滿面的樣子。這兩句寫楊太真嬌容帶淚，後來卻被人用作調侃的話，蘇軾有「故將別語調佳人，要看梨花枝上雨」（參見《竹坡詩話》、《頤山詩話》）。

34 昭陽殿：漢代趙飛燕居住過的宮殿，這裡仍用漢喻唐；蓬萊宮：傳說中海上三神山之一為蓬萊山，這裡指楊太真所居仙宮。這兩句寫仙凡隔絕。

35 鈿合：鑲金花的盒子。

釵留一股合一扇，釵擘黃金合分鈿[36]。
但令心似金鈿堅，天上人間會相見。
臨別殷勤重寄詞，詞中有誓兩心知。
七月七日長生殿[37]，夜半無人私語時。
在天願作比翼鳥，在地願為連理枝[38]。
天長地久有時盡，此恨綿綿無絕期。

36 擘：用手掰開，這句是承上句分留一股釵一扇合的意思，寫楊太真將金釵鈿盒分成兩半，並不是掰了釵上的黃金留了盒上的鈿（金花）。

37 長生殿：據《唐會要》卷三十說是天寶元年所建的祀神殿，又叫集靈台。宋人范溫《潛溪詩眼》覺得這有些不妥，「長生殿乃齋戒之所，非私語地也，華清宮自有飛霜殿，乃寢殿也。當改長生為飛霜則盡矣。」明人楊慎《升庵詩話》卷七更舉出鄭嵎〈津陽門〉詩說「長生殿乃在驪山之上，夜半亦非上山時也」，這兩個人實證精神令人欽佩，但膠柱鼓瑟地讀詩卻叫人哭笑不得，詩歌何必像地理考察一樣處處精確，皇帝與貴妃私語又何必另選地方，其實唐人寫詩多提及「長生殿」，如元稹〈胡旋女〉「妖胡奄到長生殿」，李商隱〈驪山有感〉「平明每到長生殿」。

38 這就是前幾句裡說的兩心知的誓詞。

琵琶行[39]

潯陽江頭夜送客[40]，楓葉荻花秋瑟瑟[41]。
主人下馬客在船，舉酒欲飲無管弦。
醉不成歡慘將別，別時茫茫江浸月。
忽聞水上琵琶聲，主人忘歸客不發。
尋聲暗問彈者誰，琵琶聲停欲語遲。
移船相近邀相見，添酒回燈重開宴[42]。
千呼萬喚始出來，猶抱琵琶半遮面。

39 原詩前有序文：「元和十年，予左遷九江郡司馬。明年秋，送客湓浦口，聞舟中夜彈琵琶者。聽其音，錚錚然有京都聲。問其人，本長安倡女，嘗學琵琶於穆、曹二善才，年長色衰，委身為賈人婦。遂命酒，使快彈數曲。曲罷，憫然。自敘少小時歡樂事，今漂淪憔悴，轉徙於江湖間。予出官二年，恬然自安，感斯人言，是夕始覺有遷謫意。因為長句，歌以贈之，凡六百一十二言，命曰〈琵琶行〉。」

40 潯陽：今江西九江。

41 瑟瑟：風吹草木聲。

42 回燈：重新點燈。

轉軸撥弦三兩聲[43]，未成曲調先有情。
弦弦掩抑聲聲思[44]，似訴平生不得意。
低眉信手續續彈，說盡心中無限事。
輕攏慢撚抹復挑[45]，初為霓裳後綠腰[46]。
大弦嘈嘈如急雨，小弦切切如私語[47]。
嘈嘈切切錯雜彈，大珠小珠落玉盤。

43 準備彈奏前擰軸調弦。

44 掩抑：壓抑低沉的聲音，白居易〈新樂府〉中〈五弦彈〉也寫過「第五弦聲最掩抑，隴水凍咽流不得」。

45 攏、撚：都是彈琵琶時左手的指法，攏是按弦向裡推，撚是按弦左右揉，《樂府雜錄》曾記載善用左手指法的裴興奴「長於攏撚」，張祜〈王家琵琶〉中也有「子弦輕撚為多情」；抹、挑是彈琵琶時右手用撥子的方法，抹是向左彈，挑是向右彈，《樂府雜錄》曾載善用右手的曹綱「善運撥如風雨」。

46 霓裳：見〈長恨歌〉注11；綠腰：又名「六幺」、「錄要」，是唐代流行的歌舞曲，白居易〈聽歌六絕句〉「綠腰宛轉曲終頭」、王建〈宮詞〉「琵琶先抹六幺頭」、元稹〈琵琶歌〉「六幺散序多攏撚」，可見〈綠腰〉也是琵琶曲，其中有一節名〈花十八幺〉，據《碧雞漫志》說「曲節抑揚可喜，舞亦隨之」，現存五代顧閎中所作〈韓熙載夜宴圖〉中，據說那舞者就是在舞〈綠腰〉。

47 琵琶弦粗細不等，粗的為大弦，聲低沉，細的稱小弦，聲高亢，劉禹錫〈曹剛〉一詩也說：「大弦嘈囋小弦清。」

間關鶯語花底滑，幽咽泉流水下灘[48]。
冰泉冷澀弦凝絕，凝絕不通聲暫歇。
別有幽愁暗恨生，此時無聲勝有聲。
銀瓶乍破水漿迸，鐵騎突出刀槍鳴[49]。
曲終收撥當心畫[50]，四弦一聲如裂帛。
東舟西舫悄無言，唯見江心秋月白[51]。
沉吟放撥插弦中，整頓衣裳起斂容[52]。

48 間關：鳥叫聲，如同《詩‧關雎》中「關關雎鳩」的「關關」；花底滑：形容琵琶聲流暢輕快如花底鶯聲；泉水遇石則發出如泣如訴的幽咽聲，正如駱賓王〈至分水戍〉「濺石回湍咽」、王維〈過香積寺〉「泉聲咽危石」，這句形容琵琶聲澀咽沉重像泉水滯流於灘石之上，後來歐陽修〈聽箏〉詩模仿這兩句作「綿蠻巧囀花間舌，嗚咽交流水下泉」。一說「水下灘」應作「冰下難」，段玉裁《經韻樓集》卷八〈與阮芸台書〉說「鶯語花底，泉流冰下，形容滑、澀二境，可謂二絕。」

49 這兩句形容琵琶聲暫歇後突然發出激越急促的樂聲。

50 撥：彈琵琶用的牛角或象牙撥片，用撥片在琵琶中間掃過幾根弦表示結束，叫「當心畫」。

51 李頎〈琴歌〉「一聲已動物皆靜，四坐無言星欲稀」和這兩句很像，但李頎寫的是演奏開始而白居易寫的是演奏結束。以上寫會見琵琶女及聽琵琶的過程。以琵琶聲歇四周悄然，唯見秋江月白的靜謐收束第一段。

52 斂容：指琵琶女從沉浸在演奏中的情緒裡恢復過來，重新矜持而嚴肅地面對聽眾準備講述身世。

自言本是京城女，家在蝦蟆陵下住[53]。
十三學得琵琶成，名屬教坊第一部[54]。
曲罷曾教善才伏[55]，妝成每被秋娘妒[56]。
五陵年少爭纏頭，一曲紅綃不知數[57]。
鈿頭雲篦擊節碎，血色羅裙翻酒污[58]。

53 宋胡仔《苕溪漁隱叢話》後集卷十三引〈藝苑雌黃〉說，蝦蟆陵原叫下馬陵，在長安東南，本是漢代大儒董仲舒的墓地，門人到此地要下馬致敬，所以叫下馬陵，後來訛變成了蝦蟆陵（又《唐國史補》卷下），在唐代是歌姬舞伎聚居之地，齊己有詩說：「翠樓春酒蝦蟆陵，長安少年皆共矜。」

54 唐代官辦管領音樂、歌舞、雜技訓練及演出的機構叫「教坊」，唐初即有內教坊，唐玄宗開元二年（七一四）以後，有教坊五處，內教坊在宮廷內，外教坊四處分別在長安、洛陽，參見唐崔令欽〈教坊記〉。

55 教：使得；善才是唐代對彈琵琶藝人或曲師的通稱，序文裡的「穆、曹二善才」就是這一類人。這句說自己琵琶技藝高超。

56 秋娘：唐代歌舞伎常用的名稱，白居易〈江南喜逢蕭九徹因話長安舊遊〉：「巧語許秋娘」，元稹〈贈呂三校書〉「競添銀貫定秋娘」。這句說自己曾經年輕貌美。

57 五陵：長安城外五個漢代皇帝陵墓所在地，唐代為貴族居住區，五陵年少即指那裡的公子闊少；纏頭：贈送給歌舞伎的綾帕之類，本來歌舞藝伎演出時以錦纏頭，演畢，客人便以纏頭之錦為禮物，杜甫〈即事〉「笑時花近眼，舞罷錦纏頭」，後來便成了專送歌舞伎的禮物；不知數：說五陵年少搶著送紅綃，多得數不清。

58 前一句說觀看演奏的五陵年少聽得入神，跟著樂聲打拍子把珍貴的雲篦都敲碎了；後一句說歡鬧戲謔中酒杯翻傾染

今年歡笑復明年，秋月春風等閒度[59]。
弟走從軍阿姨死，暮去朝來顏色故[60]。
門前冷落鞍馬稀，老大嫁作商人婦。
商人重利輕別離，前月浮梁買茶去[61]。
去來江口守空船，繞船月明江水寒。
夜深忽夢少年事，夢啼妝淚紅闌干[62]。
我聞琵琶已嘆息，又聞此語重唧唧[63]。
同是天涯淪落人，相逢何必曾相識。

污了紅裙。鈿頭雲篦：鑲有金絲花紋的髮飾，唐人平時綰髮戴冠外還插篦。

59 等閒：隨隨便便不當回事。
60 顏色故：容顏衰老，不是容顏如故。
61 浮梁：在今江西景德鎮，《元和郡縣圖志》卷二十八：「浮梁……每歲出茶七百萬馱，稅十五餘萬貫。」宋朱翌《猗覺寮雜記》卷上：「唐之茶商，多在浮梁。」
62 夢中哭泣使勻過脂粉的臉上眼淚縱橫；以上一段，琵琶女自述身世。
63 唧唧：嘆息聲。

我從去年辭帝京，謫居臥病潯陽城[64]。
潯陽小處無音樂，終歲不聞絲竹聲。
住近湓江地低濕[65]，黃蘆苦竹繞宅生。
其間旦暮聞何物，杜鵑啼血猿哀鳴。
春江花朝秋月夜，往往取酒還獨傾。
豈無山歌與村笛，嘔啞嘲哳難為聽[66]。
今夜聞君琵琶語，如聽仙樂耳暫明。
莫辭更坐彈一曲，為君翻作琵琶行[67]。

64 這首詩寫於元和十一年（八一六），白居易元和十年（八一五）被貶謫為江州司馬。

65 湓江：長江支流，源出江西瑞昌清湓山，在九江西湓浦口入江，今稱龍開河，白居易當時所住的地方臨近湓水，地勢低凹。

66 嘔啞嘲哳：形容聲音嘶啞雜亂，這是為了反襯琵琶的高雅美妙，宋人葛立方《韻語陽秋》卷十五不明白這種寫法，就引了白居易另兩首〈在巴峽聞琵琶〉和〈霓裳羽衣舞〉說白居易立場不堅定，一會兒說好一會兒說孬，所以是「書生作文，務強此弱彼」，明楊慎《升庵詩話》卷十四不加評判地引了這段話，似乎很同意這一批評，其實都不明白音樂與心相感，此一時彼一時，這時正是「終歲不聞絲竹聲」的寂寞，又是「同是天涯淪落人」的惺惺相憐，若不讚美琵琶聲又讚美什麼好？

67 依曲寫辭為「翻」。

感我此言良久立，卻坐促弦弦轉急[68]。
淒淒不似向前聲，滿坐重聞皆掩泣。
座中泣下誰最多？江州司馬青衫濕[69]。

賦得古原草送別[70]

離離原上草[71]，一歲一枯榮。
野火燒不盡，春風吹又生[72]。

68 卻坐：坐回原處。

69 唐代八、九品文官著青服，白居易雖職為江州司馬，官階卻是最低的從九品將仕郎，所以穿青衫。

70 唐張固《幽閒鼓吹》說，白居易應舉曾以此詩去謁見顧況，開始顧況很看不起他，就借了他的名字調侃道：「米價方貴，居亦弗易。」等看了此詩，就大為讚賞，改口說：「道得個語，居即易矣。」又《唐摭言》卷七記載顧況的話，前一句是「長安百物貴，居大不易」，後一句是「有句如此，居天下有甚難，老夫前言戲之耳。」據《舊唐書‧白居易傳》說，這是白居易十五六歲時的事。但據考證，這只是一種傳聞，並不可靠。

71 離離：風吹茂盛的草搖動的樣子，《詩‧王風‧黍離》「彼黍離離」，張衡〈西京賦〉「朱實離離」。

72 這是傳說顧況所驚嘆的兩句詩，宋吳曾《能改齋漫錄》卷八、吳幵《優古堂詩話》認為它出自李白〈望廬山瀑布〉

遠芳侵古道，晴翠接荒城[73]。
又送王孫去，萋萋滿別情[74]。

錢塘湖春行[75]

孤山寺北賈亭西[76]，水面初平雲腳低。
幾處早鶯爭暖樹，誰家新燕啄春泥。
亂花漸欲迷人眼，淺草才能沒馬蹄。

裡的「海風吹不斷，江月照還空」，未免有些望文生義式的硬替他人攀親；清田雯《古歡堂集雜著》卷三認為它出自劉令嫻詩「落花掃更合，蘭叢摘復生」和孟浩然詩「林花掃更落，徑草踏還生」，並說白居易將「一句之意分為兩句，風致亦不減」，不過他還聲明：「古人作詩皆有所本，而脫化無窮，非蹈襲也。」

73 遠芳：遠草；晴翠：晴日照耀下的青山。這兩句說古原上的青草滋生在荒蕪的古道，晴朗的陽光下青翠的山色連接著古老的城池。

74 王孫：泛指遠行友人。這句化用《楚辭・招隱士》「王孫遊兮不歸，春草生兮萋萋」的句意寫送別。

75 錢塘湖：現在杭州的西湖。

76 孤山在西湖中，賈亭為唐貞元年間賈全所建於西湖的亭子，一名賈公亭，已不存。

最愛湖東行不足，綠楊陰裡白沙堤[77]。

問劉十九[78]

綠螘新醅酒[79]，紅泥小火爐。
晚來天欲雪，能飲一杯無[80]。

77 白沙堤：在杭州西湖，自斷橋向西過錦帶橋，直行至孤山，又稱白堤，過去誤傳是白居易所築，其實白居易當杭州刺史時所築的堤在錢唐門北石涵橋，早已荒廢不存。參見清毛奇齡《西河合集．詩話》卷三。

78 劉十九：不詳。

79 新釀米酒尚未過濾時，酒中浮渣，酒色微綠，所以叫「綠螘」。

80 這四句寫了對比鮮明的兩種顏色和兩種溫度，比白居易更早的杜甫在〈對雪〉中寫有「瓢棄樽無綠，爐存火似紅」，在白居易之後的宋陳師道在〈雪意〉中也寫有「綠嘗冬至酒，紅擁夜深爐」，但都不如白居易這首詩精彩而流暢。

柳宗元 · 五首

柳宗元（七七三—八一九），字子厚，祖籍河東（今山西永濟），生於長安（一說生於吳興）。貞元九年（七九三）中進士，十二年（七九六）登博學宏辭科，曾任監察御史。貞元二十一年（八〇五）曾與劉禹錫等一道參加王叔文、王伾的政治革新活動，失敗後被貶為永州司馬十年，回京師後又很快被貶為柳州刺史，後死於柳州。柳宗元留下來的詩並不多，僅一百多首，但他卻是當時少數幾個不受時尚影響的詩人之一，他的詩語言簡潔凝練而意境清麗幽深，歷來評價很高，蘇軾曾覺得柳詩「在陶淵明下，韋蘇州（應物）上」，因為它「枯淡」、「簡古」及「溫麗清深」，繼承了陶淵明的衣缽（參見《評韓柳詩》、《書黃子思詩集後》），覺得連韓愈在某些地方也不如他。這一見解得到很多人的贊同（參見楊萬里《誠齋詩話》、嚴羽《滄浪詩話・詩評》、何汶《竹莊詩話》卷八引韓子蒼語、范晞文《對床夜語》卷二引劉克莊語），但也遭到了很多人的反駁，像張戒《歲寒堂詩話》卷上就說柳宗元不如韓愈詩「變態百出」。其實這兩種說法彷彿〈三岔口〉摸黑交鋒卻根本不對立，前者是從欣賞角度論，柳詩的確清深簡古，比韓詩佶屈聱牙好讀；後者是從詩史角度說，韓詩大變詩風開拓一條新路自然比柳詩沿襲陶、謝及王維、大曆詩風更有意義。不過有一點應該指出，柳宗元的詩並非陶淵明一路，雖然他的清淡平暢處頗像陶淵明，但他對於字句的精心錘煉卻更像謝靈運，雖然他的乾淨簡潔處彷彿王維及大曆詩人，但他的幽深孤峻處卻是王維及大曆詩人所沒有的，所以清人吳喬《圍爐詩話》卷三說柳詩一反大曆「詩尚自然」而「多務谿刻，神峻味冽」又「構思精嚴」，而賀貽孫《詩筏》說柳詩「得摩詰（王維）之潔而頗近孤峭」。

漁翁

漁翁夜傍西岩宿，曉汲清湘燃楚竹[1]。
煙銷日出不見人，欸乃一聲山水綠[2]。
回看天際下中流，岩上無心雲相逐[3]。

1 這首詩寫於永州即今湖南零陵，零陵是湘、瀟二水會合處，所以說「清湘」和「楚竹」。

2 欸乃：本是船槳戛軋聲，唐代民間漁歌有〈欸乃曲〉，這句是說隨著一曲〈欸乃〉漁歌，煙消日出青山綠水又現在眼前。

3 宋代蘇軾很喜歡這首詩，但覺得最後這兩句「不必亦可」，很多人贊成這種看法（見《冷齋夜話》卷五、《滄浪詩話・考證》及《玉林詩話》），但明人李東陽卻不同意，《麓堂詩話》覺得刪去末兩句，就成了晚唐絕句，沒有特色，這

中夜起望西園值月上

覺聞繁露墜[4]，開戶臨西園。
寒月上東嶺，泠泠疏竹根[5]。
石泉遠愈響，山鳥時一喧[6]。
倚楹遂至旦[7]，寂寞將何言。

個意見有一定道理。下中流：指漁翁駕船向中流而去；無心雲：說雲「無心」最早是陶淵明〈歸去來兮辭〉「雲無心以出岫」，後來很多人都把雲看成是隨意飄泊不需繫懷的恬淡心情的象徵，像中唐于頔〈郡齋臥疾贈晝上人〉「孤雲本無心」，也有很多人把雲的飄蕩看成是飄然灑脫的象徵，像中唐皎然〈溪雲〉「莫怪長相逐，飄然與我同。」

4 古人一直認為露水是像雨一樣從天上降下來的，漢〈張公神碑〉：「天時和兮甘露泠。」

5 泠泠：清冷的樣子。

6 參看王維〈贈東嶽焦煉師〉「山靜泉愈響」、〈奉和聖制玉真公主山莊〉「谷靜泉愈響」、〈過感化寺曇興上人山院〉「谷鳥一聲幽」及〈鳥鳴澗〉「月出驚山鳥，時鳴深澗中」，這種意境都源自南朝梁代王籍的〈入若耶溪〉「蟬噪林逾靜，鳥鳴山更幽。」

7 楹：廳堂門兩旁的大柱。

登柳州城樓寄漳汀封連四州[8]

城上高樓接大荒[9]，海天愁思正茫茫。
驚風亂颭芙蓉水，密雨斜侵薜荔牆[10]。
嶺樹重遮千里目，江流曲似九迴腸[11]。
共來百越文身地，猶自音書滯一鄉[12]。

8 唐順宗永貞元年（八〇五），柳宗元參加王叔文等領導的政治革新活動失敗，與劉禹錫等八人一道被貶為州郡司馬，史稱「八司馬」，唐憲宗元和十年（八一五），柳宗元、韓泰、韓曄、陳諫、劉禹錫這五人又分別被任命為柳州（今廣西）、漳州（今福建）、汀州（今福建長汀）、封州（今廣東封川）、連州（今廣東連縣）刺史，這首詩即柳宗元在柳州時寄贈其他四人的作品。

9 大荒：荒遠邊地。

10 颭：風吹；芙蓉水：長著荷花的江河湖泊；薜荔牆：爬滿野蔓的牆。驚風密雨都像徵柳宗元的心情。

11 千里目：眺望友人，但嶺樹重遮看不見；九迴腸：即司馬遷〈報任安書〉中的「腸一日而九回」，比喻愁緒縈繞。

12 百越：泛指今兩廣及福建一帶，據《莊子・逍遙遊》、《淮南子・原道》等書記載，百越人「斷髮文身」，就是在身上刺有花紋，古人認為百越是蠻荒之地，文身是野蠻之風；滯：阻隔；一鄉：指各在一方。

夏晝偶作

南州溽暑醉如酒，隱機熟眠開北牖[13]。
日午獨覺無餘聲，山童隔竹敲茶臼[14]。

江雪

千山鳥飛絕，萬徑人蹤滅[15]。
孤舟蓑笠翁，獨釣寒江雪。

13 南州：柳州；溽暑：潮濕而又酷熱；隱機：《莊子‧齊物論》有「南郭子綦隱機而坐」，即倚靠在几案上，機是古代一種半靠椅半床式的家具，參見《大戴禮記‧曾子問》疏。牖：窗。

14 茶臼：唐宋人碾茶的用具。明謝榛《四溟詩話》卷二極稱讚這兩句，宋代楊萬里〈閒居初夏午睡起〉中那兩句著名的「日長睡起無情思，閒看兒童捉柳花」，雖然後一句來自白居易〈前有別柳枝絕句夢得繼和……又復戲答〉，但整個意思卻更像這兩句詩。

15 「絕」是說鳥不飛，「滅」是指人不行，這兩個字和下面的「雪」字三個韻腳都是入聲字。

元稹・二首

元稹（七七九—八三一），字微之，河內（今河南洛陽）人。貞元九年（七九三）僅十五歲就明經及第，元和元年（八〇六）又在才識兼茂明於體用科考了第一名，任左拾遺，後來當了監察御史，因得罪宦官被貶江陵士曹參軍，元和十年（八一五）回京後又被外放為通州司馬。後召回，一直當到禮部尚書、尚書左丞、武昌軍節度使。

元稹在後世主要以他那些諷喻性的樂府得以和白居易並稱「元、白」，但那些詩寫得並不高明，尤其是他在那些詩裡常常要發議論，要自我表白，這就好像把心靈掰成了兩半兒，真的一半兒悶在肚裡，卻把假的一半兒寫了詩拿來展覽。像〈竹部〉末尾寫自己與家屬奴僕分了百姓衣食所以慚愧，〈旱災自咎貽七縣宰〉寫自己願意領受上天懲罰而不願意上天降災懲罰百姓，就讓人想到養著三宮六院吃著美味佳餚的皇帝常常頒布的「罪己詔」，又像他著名的〈和李校書新題樂府〉十二首，從皇帝搜求宮女寫到朝廷購買胡馬，那出自理念的主題編排，就讓人想到中唐言事奏章所涉及的弊政改良方案，這種批評與自我批評都不像在寫詩卻像在做文章，把那些論文的題目寫成押韻的詩有時實在讓人為詩感到惋惜。元稹真正情動於中的詩作恐怕是被他自己稱為「杯酒光景間屢為小碎篇章」的小詩，而他真正刻意寫作的詩作恐怕是他自己稱為「驅駕文字，窮極聲韻」的長律，前者正如白居易所說的「聲聲麗曲敲寒玉，句句妍辭綴色絲」（〈酬微之〉），在感情的細膩和詞語的明麗上還有些特色，後者則像他自己承認的那樣，「欲以難相挑耳」，只不過是在做語言遊戲，但在中國傳統詩論濃烈的道德意識看來，前者不可取，因為「後生習之敗行喪身」（《養一齋詩話》卷三），後者也不可取，因為那只不過是「爭奇鬥險」（《南濠詩話》），倒是那些理念化的諷喻詩可取，儘管寫得不高明，但它畢竟合符傳統詩論的「美刺」原則。

行宮[1]

寥落古行宮，宮花寂寞紅。
白頭宮女在，閒坐說玄宗[2]。

1 皇帝外出所住的地方叫行宮。元稹另有一首〈上陽白髮人〉寫老年宮女被棄置的事，有人覺得這首詩的行宮即指洛陽的上陽宮。

2 閒坐：表示百無聊賴的寂寞，說玄宗則暗示白髮宮女從玄宗朝已入宮，寂寞了多年，又暗示老年宮女懷念昔日玄宗時的青春歲月和繁華氣象。明代瞿佑《歸田詩話》和清代潘德輿《養一齋詩話》都稱讚這首詩言簡意長，二十字能

遣悲懷[3]

謝公最小偏憐女[4]，自嫁黔婁百事乖[5]。
顧我無衣搜藎篋，泥他沽酒拔金釵[6]。
野蔬充膳甘長藿[7]，落葉添薪仰古槐。
今日俸錢過十萬，與君營奠復營齋[8]。

抵〈長恨歌〉和〈連昌宮詞〉。

3 這是元稹追悼他的妻子所作的三首詩之一。元稹的妻子叫韋叢，死於元和四年（八〇九），年僅二十七歲。據說元稹是一個頗風流的才子，著名的《會真記》即後來被改編成戲曲的《西廂記》中那位與崔鶯鶯相好的張生便是他自己，另一個唐代名妓薛濤也和他關係很密切，而據《雲溪友議》卷下，當一個演戲的劉采春出現在他面前時，「元公似忘薛濤」，雖然他對妻子韋叢「曾經滄海難為水，除卻巫山不是雲」（〈離思〉五首之四），但不久又娶了裴氏，和裴氏一樣恩愛唱和。當然，這並不是說他不愛韋叢，對於韋叢之死，他確實是很悲痛的，他有一批悼亡詩都寫得很動人，和他那些理念化的詩歌全然不同。

4 東晉宰相謝公最偏愛侄女謝道韞，元稹用來比擬韋叢的父親韋夏卿最喜愛韋叢，韋夏卿曾當到太子少保，死後追贈左僕射。

5 黔婁：春秋時的貧士，元稹用黔婁自比；乖：不順利。

6 看我沒有衣服就翻開衣箱，求她買酒她就拔下頭上金釵去換酒。藎篋：一種草製的箱子；泥：軟語央求。

7 甘長藿：安於貧賤的生活；藿：豆葉。

8 營奠：辦祭品；營齋：請佛道徒舉行超渡亡靈的齋會。

賈島 ・二首

賈島（七七九—八四三），字浪仙，范陽（今北京）人。早年當過和尚，法名無本，後還俗。多次參加進士考試均未中，開成年間（約八三七）才當上長江（今四川蓬溪）主簿，三年後升任普州司倉參軍。賈島有兩個最有名的故事可以借來理解他的詩：一是「推敲」的傳說（見《唐詩紀事》卷四十），這正好說明他寫詩很用心也很刻苦，用他自己的話來說是「二句三年得，一吟雙淚流」（〈題詩後〉），用清人的話來說就是「有精思而無快筆」（賀裳《載酒園詩話又編》）；二是他考不中進士寫詩埋怨，結果落了個「舉場十惡」名聲的故事（《鑒戒錄》卷八《賈忤旨》），這正好看出他一生仕途不順窮愁鬱悶，「平生尤喜為窮苦之句」（歐陽修《六一詩話》，參見賈島〈上谷旅夜〉、〈齋中〉、〈朝飢〉、〈下第〉等詩）。苦思苦吟使他往往極精心地在有限的範圍內斟酌清字新詞，窮苦困頓使他往往心境壓抑地尋找衰颯寒疏的詩境，而用精緻尖巧的語言寫清冷衰颯的詩境就是賈島詩的特點。雖然他和孟郊常常被人相提並論，但他比孟郊清新警策卻不如孟郊古樸純正，雖然他與韓愈常常被人劃歸一派，但他並不像韓門中人那樣不顧一切地翻空出奇而是小心翼翼地謹守五言律詩的格套。

蘇軾曾用一個「瘦」字評賈島，所謂「瘦」，從結構上來說是拘謹而不開闊，從語言上來說是收斂而不恣肆，從視境上來說是狹窄而不寬廣，從美感上來說是清寒而不富豔。不過，奇怪的是，偏偏後來有很多人愛學他（如晚唐五代宋初人及南宋人），還有人要用黃金鑄了他的像頂禮膜拜叫他「賈島佛」（見《北夢瑣言》卷七記李洞、《郡齋讀書志》卷十八記孫晟及李洞《題晰上人賈島詩卷》）。

題李凝幽居[1]

閒居少鄰並，草徑入荒園[2]。
鳥宿池邊樹，僧敲月下門[3]。
過橋分野色，移石動雲根[4]。
暫去還來此，幽期不負言[5]。

1 李凝：不詳，《新唐書・宰相世系表》、《郎官石柱題名考》卷十一記有三個叫李凝的人，但不知道和這個李凝有什麼關係。

2 上句寫沒有鄰居房舍，下句寫幽居處荒蕪少人。

3 宋胡仔《苕溪漁隱叢話》前集卷十九引〈劉公嘉話〉和計有功〈唐詩紀事〉卷四十都記載賈島騎驢構思這兩句，對「僧推月下門」的「推」字是否改成「敲」字琢磨不定，在驢背上「時時引手作推敲之勢」，連衝撞了韓愈的車駕都沒發覺，但韓愈不僅沒有怪罪，反而和他一道商討，認為用「敲」字好，於是便寫為「僧敲月下門」，這就是後來「推敲」一詞的來歷，據說因此賈島和韓愈也成了好朋友，在韓愈的鼓吹下詩名大盛。用「敲」字比用「推」字響亮，更能反襯月下幽居的寂靜，但王夫之《薑齋詩話》卷下卻討厭這種憑空想像的虛構，說它「只是妄想揣摩，如說他人夢，縱令形容酷似，何嘗毫髮關心？」這未免過分苛刻，當然，像魏野多此一舉地把這句衍成「閒聞啄木鳥，疑是打門僧」（〈冬日書事〉），就成了畫蛇添足的劣句，也許宋俞退翁〈久客〉裡的兩句「眾知趨事懶，僧厭打門頻」恰好可以用來挖苦魏野的詩。

4 古人認為雲從山石孔穴中生出，所以稱石為「雲根」。

5 暫時離開不久便回，決不違背共同幽居的約定。

憶江上吳處士[6]

閩國揚帆去，蟾蜍虧復團[7]。
秋風生渭水，落葉滿長安[8]。
此地聚會夕，當時雷雨寒[9]。
蘭橈殊未返，消息海雲端[10]。

6 吳處士：不詳。

7 蟾蜍：指月亮，據說月中有兔和蟾蜍象徵月中有「陰陽雙居，明陽之制陰陰之倚陽」（《太平御覽》卷四引《春秋元命苞》及《初學記》天部引《五經通義》），後人便常以玉兔或蟾蜍來指月亮。這句的意思是說吳處士乘舟去閩已經一月。

8 這兩句又是賈島推敲的名句，《唐摭言》卷十一說賈島曾騎驢橫過長安大道，當時秋風正緊，落葉滿地，他吟出了下句「落葉滿長安」，他喜愛這一句的自然，但一時又想不出可以對應的上句，於是又懵懵懂懂地衝撞了京兆尹劉棲楚，被關了一夜。這個故事的可靠性如何值得懷疑，不過至少晚唐已有這個傳說，晚唐詩人安錡〈題賈島墓〉就有「騎驢衝大尹」的句子。元方回《瀛奎律髓》卷二十六裡認為這兩句就是唐人「春還上林苑，花滿洛陽城」之類句子的翻版，從語詞、句式上來說，方回的意見也許有對的地方，但賈島這兩句的季節特徵和情感色彩更突出更鮮明，而「秋」字不僅照應了上句，還連帶影響了下句，兩句之間的意思更連貫，更何況悲涼秋景在詩中總是比繁盛春景更撩人情思。

9 夏天聚會時曾下雷雨。

10 蘭橈：木蘭作的船槳，這裡指船；這兩句說吳處士遠去未返，消息渺茫。

姚合 · 一首

姚合（七七九—？），吳興（今浙江湖州）人，元和十一年（八一六）中進士，當過武功主簿，所以後人稱「姚武功」，其實他後來還當過金州、杭州刺史，最後還當到過秘書監。姚合和賈島詩風相近，崇拜他倆的南宋四靈詩派中趙師秀曾選他們的詩為《二妙集》。仔細比較起來，他們的詩在語言體制、情感基調、意象視境上雖大體相同，但姚合詩沒有賈島詩那麼多警策尖新的句子，倒時時有一些拙樸平淺的地方。

山中述懷

為客久未歸[1]，寒山獨掩扉。
曉來山鳥散，雨過杏花稀。
天遠雲空積，溪深水自微[2]。
此情對春色，盡醉欲忘機[3]。

1 出門在外很久未回故鄉。
2 上一句說天穹高遠雲積在空中只是一角，下一句說溪澗幽深所以水聲顯得很微弱。
3 忘機：忘掉了機巧計較之心，李白〈下終南山過斛斯山人置酒〉「我醉君復樂，陶然共忘機」。這兩句說面對山間春色，陶然而醉，忘掉了世俗機心，甘願與世無爭地過恬淡生活。

李賀・八首

李賀（七九〇—八一六），字長吉，福昌（今河南宜陽）人，據說他出身於貴族，他也說自己是「唐諸王孫李長吉」（〈金銅仙人辭漢歌序〉），與天子算是同宗，但其實那時已經沾不上什麼皇恩了，他父親李晉肅還當過縣令，到了他，卻因為父親的名字與「進士」諧音，就要避諱不能考進士（參韓愈《昌黎集》卷十二〈諱辯〉），最後只當了個從九品的奉禮郎，管管祭祀朝會時的座次、祭品和贊導之禮，二十七歲時就怏怏而死。

關於李賀的詩有三點應當特別指出：

第一，在韓愈周圍的詩人群裡，李賀是最有「幻想力」的，即使是韓愈本人的「想像力」也不能與之相比。韓愈的想像以華贍宏富取勝，他往往以種種想像堆在一起構築宏肆雄放的詩境，但那些想像彷彿線頭牽在人手的風箏，儘管飄忽也有理路可尋；而李賀的幻想則以虛荒怪誕著稱，他往往想到別人想不到也不會去想的事物，弄得讀者如墮幻境，眼花繚亂摸不著頭緒，正如杜牧〈李長吉歌詩敘〉所說的，「鯨呿鰲擲，牛鬼蛇神，不足以為其虛荒誕幻也」，他的詩裡那些斬龍使時光凝固（〈苦晝短〉）、敲太陽發玻璃聲（〈秦王飲酒〉）、月亮如輪軋過露水（〈夢天〉）、大海如杯水九州九點煙（同上）、銅人淚落如鉛汁（〈金銅仙人辭漢歌〉）、鬼魄點燈光如漆色（〈南山田中行〉），都彷彿「作常人一倍想」似地想入非非，而他那種壓抑、緊張、悲哀的心理又把一種陰森慘然的色彩投射到這個「虛荒誕幻」的幻想世界中，使他這個光怪陸離的詩歌世界顯得既美豔絕倫又鬼氣蕭森，以致於清代一位詩論家不得不藉助《聊齋誌異》式的話語來比擬李賀的詩，「宛如小說中古殿荒園，紅妝女魅，冷氣逼人，挑燈視之，毛髮欲豎」（潘德輿《養一齋詩說》卷五）。

第二，和韓愈一樣，李賀也極講究語詞的翻空出奇，但韓愈往往是把古字僻字引入詩歌，好像一個文字博士懷裡揣了一大部僻字字典不時翻開挑出幾個嵌入詩中為難讀者，而李賀卻更偏重於幽深淒楚瑰麗字面的詩性使用，好像一個戴了有色眼鏡的詩人總是看到常人不能發覺的景緻又用過濾了顏色的詞語來形容它。據說李賀作詩時騎驢出門，背一錦囊，「遇有所得，即書投囊中」，常常「吟詩一夜東方白」（〈酒罷張大徹索贈詩〉），連他母親都嘆息：「是兒要當嘔出心乃已爾」（李商隱〈李長吉小傳〉）。這種嘔心瀝血地把「彫蟲小技」當「雕龍偉業」的苦吟使他語必己出，絕不肯蹈襲他人的爛熟話頭，而他壓抑扭曲的心境又引導他在選擇語詞時偏重於別人所不敢用的枯寂荒竦、幽怪奇幻的一類，於是，帶有衰敗殘缺意味的「老」、「死」、「瘦」、「枯」，染有濃豔暗昧色彩的「幽」、「碧」、「黑」、「血」以及屬於非人間性質的「鬼」、「魅」、「怪」、「神」等語詞就不斷地出現在詩中刺激著讀者的心靈與視境，就像「百年老鴞成木魅，笑聲碧火巢中起」（〈神弦曲〉）、「海神山鬼來坐中，紙錢窸窣鳴旋風」（〈神弦〉）一樣讓人顫慄與驚悸，也讓人感到他的詩總是那麼「譎怪瑰奇」。

第三，這種奇特詭異的幻想和瑰麗怪誕的語詞又被李賀以飄忽不定、跳躍跌蕩的思路串成詩行，使李賀的詩一反常人前後相續意脈連貫的思路，顯得跳躍性很大節奏很急促，常常上天入地變幻無常，喜怒哀樂反差極大，如〈河南府試十二月樂辭〉之二末兩句突然由一派春日融融轉向淒涼的「津頭送別唱流水，酒客背寒南山死」，〈天上謠〉末兩句一反前十句的「天上之樂」轉寫人間變化無常的「東指羲和能走馬，海塵新生石山下」，〈浩歌〉兩句一轉，似續似斷，忽悲忽喜，時古時今的結構等等，彷彿李賀心理總是處於一種極不安定的緊張狀態，所以思緒總是在飛速旋轉變幻似的，不過，正是李賀這種以急速變幻意象拼接呈現詩境的方式打破了人們所習慣的流暢連貫閱讀理路，顯出了李賀詩的別一種風味。

歷代對於李賀詩歌的評論很多，有人指出它來自《楚辭》與李白樂府（如宋張戒《歲寒堂詩話》卷上，明楊慎《升庵詩話》卷十一、清賀貽孫《詩筏》、清施補華《峴傭說詩》），有人指出它在走詩歌革新矯激的偏鋒（如明謝榛《四溟詩話》卷三、清方世舉《蘭叢詩話》），也有人批評它過分刻琢不太自然（如宋張表臣《珊瑚鉤詩話》卷一、明李東陽《麓堂詩話》），當然也有人斥責它是「妖」是「鬼」（明陸時雍《詩鏡總論》、清潘德輿《養一齋詩話》卷五），但這麼多評論中只有兩則最中肯，一是被清葉燮《原詩》、薛雪《一瓢詩話》交口讚譽為「微妙法音」的明王世貞《藝苑卮言》的「師心」說，王世貞說：「李長吉師心，故爾作怪」，這指出了李賀詩重在表現主觀幻覺的特徵，二是清周容《春酒堂詩話》的「未成家」論，他說：「長吉未成家也，非自成家也」，「使天副之年，進求章法，將與明遠（鮑照）、玄暉（謝朓）爭席矣」，這指出了李賀詩的不成熟，也哀嘆了這個天才詩人的早夭。的確，李賀死得太早，他還沒來得及充分地自我完成，因此他的視境太窄、語言形式太緊促，而他的幻想與表達還沒有水乳交融，以致於他的主觀幻覺常常難以為人理解與接受。

雁門太守行[1]

黑雲壓城城欲摧[2]，甲光向日金鱗開[3]。
角聲滿天秋色裡，塞上燕脂凝夜紫[4]。
半卷紅旗臨易水[5]，霜重鼓寒聲不起。

1 雁門：今山西西北部，〈雁門太守行〉是樂府「相和歌・瑟調曲」舊題。據唐人張固《幽閒鼓吹》記載，元和二年（八〇七）李賀將詩卷送給韓愈，第一篇即〈雁門太守行〉，韓愈剛讀到頭兩句便大為驚嘆。

2 舊時傳說黑雲壓頂是不祥之兆，《晉書》卷十二〈天文志中〉「兩軍相當，必謹審日月暈氣……或黑氣如壞山墜軍上者，名曰營頭之氣……此衰氣也」，「凡屠城之氣……或有赤黑氣如貍皮斑」，在《開元占經》中有不少類似記載也說明古人「雲占」術中認為黑雲壓城是殺伐之象，所以《後漢書・光武紀》有「雲如壞山，當營而隕」的記載，唐韋楚老〈祖龍行〉也說「黑雲兵氣射天裂」，李賀這裡「黑雲壓城」即指戰雲密布，殺氣成雲，以致於城都像被壓垮。宋代王安石覺得「黑雲壓頂」時不可能有太陽，所以「豈有『向日』之『甲光』也」，這種說法遭到了明楊慎和清薛雪的譏諷。楊慎《升庵詩話》卷十說他自己「在滇值安鳳之變，居圍城中，見日暈兩重，黑雲如蛟在其側」，薛雪《一瓢詩話》則說是「陣前實事，千古妙語」，都諷刺王安石「儒者不知兵」，其實王安石沒有看懂詩意就用常識詰問，固然謬誤，但楊慎只是讀了書就捏造災異天象來反駁他人，一樣荒唐，薛雪說王安石「不知兵」，而他自己正是文人臆想，同樣是「紙上談兵」。

3 金鱗開：指鎧甲在日光下閃爍。

4 燕脂：指霞光；夜紫：夜色黯淡；王勃〈滕王閣序〉「煙光凝而暮山紫」和這句意思相似。

5 易水：源於河北易縣北，古時荊軻〈易水歌〉：「風蕭蕭兮易水寒，壯士一去兮不復還。」

報君黃金台上意，提攜玉龍為君死[6]。

李憑箜篌引[7]

吳絲蜀桐張高秋[8]，空山凝雲頹不流[9]。

6 戰國時燕昭王築台，曾置千金於台上招聘天下人才。李賀這裡說的「黃金台上意」，就是指君王重用人才的厚意。玉龍：指寶劍，傳說晉代雷煥曾得玉匣，內藏二劍，入水化為龍。

7 李憑：是當時著名的箜篌演奏家；箜篌：絃樂器，在新疆阿斯塔那唐墓二三〇號出土的絹畫及四川發掘的五代王建墓中的浮雕上都有樂工彈豎箜篌像，豎箜篌形如今天的豎琴，但小得多。箜篌引：是漢樂府「相和歌・瑟調曲」舊題，崔豹《古今注》說是「朝鮮津卒霍里子高妻麗玉所作」，又名〈公無渡河〉，但李賀這首詩題似乎與樂府舊題只是偶合。

8 吳絲蜀桐：指箜篌，因為吳絲蜀桐都是製樂器的上好材料；張：絃樂器擰緊弦叫「張」，指準備彈奏；高秋：陰曆九月的暮秋時節。

9 《列子・湯問》：「秦青撫節悲歌，響遏行雲」，響遏行雲即歌聲停住了流雲，這句也說山裡的雲凝住不流頹然而止，則是形容箜篌聲的魔力。

江娥啼竹素女愁[10]，李憑中國彈箜篌[11]。
崑山玉碎鳳凰叫，芙蓉泣露香蘭笑[12]。
十二門前融冷光[13]，二十三絲動紫皇[14]。
女媧煉石補天處，石破天驚逗秋雨[15]。
夢入神山教神嫗[16]，老魚跳波瘦蛟舞。
吳質不眠倚桂樹，露腳斜飛濕寒兔[17]。

10 江娥、素女都是神女，江娥即指湘水女神湘妃，傳說她曾啼淚灑竹使湘竹有淚斑，素女傳說擅長音樂，能彈五十弦瑟。這句說箜篌聲能讓神女感動。

11 中國：京城之中。

12 崑山：產玉之山；這兩句形容樂聲清亮如玉碎之聲與鳳凰叫聲，抑揚如芙蓉泣聲與香蘭笑聲。

13 十二門：長安城四面各有三門；融冷光：使寒冷的秋日光也變得溫暖。

14 二十三絲：豎箜篌二十三弦；紫皇：道教稱天上最尊的神為「紫皇」。

15 樂聲使當年女媧煉石補天的地方石破天驚，於是引來一場秋雨。

16 通常只說神仙教人音樂，像唐玄宗在天上學了〈霓裳羽衣曲〉（《集異記》），王保義之女夢見異人學了琵琶仙樂（《北夢瑣言》補逸卷四），但李賀卻想像李憑由夢將他的絕藝傳給了神。神嫗：似指《搜神記》卷四中彈箜篌的成夫人。

17 以上三句都是形容李憑箜篌聲的魅力，魚跳蛟舞於水波上，月中吳質倚著桂樹久久不肯去睡，以致於露水沾濕了月中玉兔。吳質：可能是傳說裡「學仙有過，謫令伐樹」的吳剛，他在月宮裡砍伐桂樹，但桂樹隨砍隨長。

夢天

老兔寒蟾泣天色[18]，雲樓半開壁斜白[19]。
玉輪軋露濕團光，鸞佩相逢桂香陌[20]。
黃塵清水三山下，更變千年如走馬[21]。
遙望齊州九點煙，一泓海水杯中瀉[22]。

18 兔和蟾都是傳說中住在月宮裡的動物，這句說月宮裡的老兔寒蟾為天色愁慘而悲泣。

19 雲樓：想像中月宮裡的神仙居處；斜白：李賀想像雲樓在月中，不像地面必須直立而可以斜立，而光照斜壁上又映出斜斜的一片潔白。

20 上句說月亮如同車輪軋過露水，月暈如同被露水沾濕了似的發出柔和的光；下句說玉珮相碰發出鸞鳥般的悅耳叫聲，在飄著桂香的路上鳴響。以上四句寫夢中的月宮印象。

21 三山：即仙家所說的海上三神山。這兩句說三山下，陸地變滄海，滄海變陸地，千年瞬間像跑馬一樣迅速流逝。

22 齊州：中國。《尚書・禹貢》將中國當時的地域分為九州，因而後世常以「九州」代指中國，這兩句裡李賀想像自己從天上俯瞰大地，九州像九點煙，煙很容易消散，大海像傾入杯中的一點水，水很容易乾枯，似乎暗示大地與大海也會迅速改變，不能永恆。

金銅仙人辭漢歌[23]

茂陵劉郎秋風客[24]，夜聞馬嘶曉無跡[25]。
畫欄桂樹懸秋香，三十六宮土花碧[26]。

23 原題下有序：「魏明帝青龍九年八月，詔宮官牽車西取漢孝武捧露盤仙人，欲立置前殿。宮官既拆盤，仙人臨載乃潸然淚下。唐諸王孫李長吉遂作〈金銅仙人辭漢歌〉。」金銅仙人，是西漢長安建章宮內的承露銅柱，漢武帝所立，高二十丈，上有仙人掌、承露盤，張衡〈西京賦〉「立修莖之仙掌，承雲表之清露，屑瓊蕊以朝飧，必性命之可度」，就是指這個銅柱，據說漢武帝認為飲了上面接到的露水可長生。又參見盧照鄰〈長安古意〉注7；辭漢，指魏明帝青龍五年（二三七）把金銅仙人從西漢故都長安拆遷到魏都鄴城（今河北臨漳）的事，李賀這首詩以金銅仙人的口吻寫來，所以叫「辭漢」，序裡所說的「青龍九年」是「青龍五年」之誤，因為魏明帝青龍這個年號只有五年，而拆遷銅柱事也正發生在青龍五年。

24 茂陵劉郎秋風客：指漢武帝劉徹，劉徹死後葬於茂陵（今陝西興平北），他生前曾寫有〈秋風辭〉，悲嘆「歡樂極兮哀情多，少壯幾時兮奈老何。」

25 這一句是指漢武帝的幽魂出入漢宮，人們夜裡聽到他的馬嘶聲但早晨卻不見他的痕跡；一說指茂陵裡漢武帝的魂魄夜裡聽見拆遷銅柱的人馬之聲，早上車馬已經東去，現場已無人跡。

26 上一句寫漢宮秋天桂花飄香，畫欄猶在，下一句寫漢宮荒廢，處處長滿苔蘚；三十六宮：班固〈西都賦〉裡說長安有西漢「離宮別館三十六所」，駱賓王〈帝京篇〉也說「漢家離宮三十六」，據《玉海》卷一六五引《三輔黃圖》說這三十六所指上林的建章、承光等十一宮及平樂、繭觀等二十五宮；土花：苔蘚。

魏官牽車指千里，東關酸風射眸子[27]。
空將漢月出宮門，憶君清淚如鉛水[28]。
衰蘭送客咸陽道[29]，天若有情天亦老。
攜盤獨出月荒涼，渭城已遠波聲小[30]。

27 魏官：指來拆遷銅柱的魏朝官員；東關：指拆遷銅柱的車出的東門，因為魏都鄴城在長安之東；酸風：風本不酸，但吹入眼中令人落淚，所以說它是「酸風」，風本說吹，但因為它刺目傷心，所以說它是「射」。

28 將：攜帶；這句說金銅仙人只是攜帶了舊時照耀的月光離去；君：指漢武帝，這句說金銅仙人眷念舊時主人傷心流淚，銅人是金屬鑄成，它的淚也沉重如鉛水。

29 唐人送行有用柳也有用蘭，岑參詩「臨歧欲有贈，持以握中蘭」、皎然詩「贈遠無蘭覺意輕」，李賀〈潞州張大宅病酒〉也說「詩封兩條淚，露折一枝蘭」，但這句沒有寫是誰持蘭為金銅仙人送行，彷彿荒蕪的漢宮裡衰敗的秋蘭在默默為昔日相伴的銅柱送行。

30 金銅仙人孤獨地攜盤東去，身後月亮照著荒涼的漢宮，隨著漸漸遠離長安，渭水的波聲也漸漸遠去。渭城，本指咸陽，這裡指長安。

巫山高[31]

碧叢叢，高插天，大江翻瀾神曳煙[32]。
楚魂尋夢風颸然[33]，曉風飛雨生苔錢[34]。
瑤姬一去一千年，丁香筇竹啼老猿[35]。
古祠近月蟾桂寒[36]，椒花墜紅濕雲間[37]。

31 巫山高：漢樂府「鼓吹曲鐃歌」舊題；巫山在今四川巫山。

32 巫山在長江巫峽邊，據陸游〈入蜀記〉說巫山「峰巒上入霄漢，山腳直插江中」；曳煙：行雲。傳說巫山有神女，李賀想像這裡的雲煙舒卷即神仙在行走時曳出的痕跡。

33 楚魂尋夢：指當年楚王夢遊高唐與巫山之女交往的故事，參見李白〈襄陽歌〉注71；颸然：涼風刺骨貌，漢樂府〈有所思〉中有「秋風肅肅晨風颸」。

34 苔錢：苔蘚形圓如錢，所以叫「苔錢」。

35 瑤姬：即巫山神女，《文選》卷十九宋玉〈高唐賦〉李善注引《襄陽耆舊傳》說：「赤帝女瑤姬，未行而卒，葬於巫山之陽，故曰巫山之女。」丁香：紫丁香；筇竹：產於四川的一種竹子；啼老猿：巫峽多猿啼，參見李白〈早發白帝城〉注111。

36 古祠：指巫山神女祠，陸游〈入蜀記〉：「過巫山凝真觀，謁妙用真人祠，真人即世所謂巫山神女也，祠正對巫山。」蟾（蝦蟆）與桂樹都是傳說中月宮裡的東西；這句說古祠之高與月宮接近，古祠在月光下染上了月宮的寒氣。

37 這句說紅色椒花自落，灑在濕團團的雲間。椒花：椒是一種木本植物，古人視為芳香木，結子如豆，為紫色，但並

昌谷北園新筍[38]

斫取青光寫楚辭，膩香春粉黑離離[39]。
無情有恨何人見，露壓煙啼千萬枝[40]。

不開花，可是古人卻總說「椒花」，像《晉書》卷九十六〈列女傳〉記載晉人劉臻妻陳氏就專門寫有〈椒花頌〉，還說是「標美靈葩」，這大約只是想像之辭，而李賀也同樣只是想像之辭，所以王琦注李賀詩時說：「長吉……出於想像之間故云耳。」（《李長吉歌詩匯解》卷四）

38 昌谷：在福昌縣內，是李賀故鄉，那裡多竹，李賀〈昌谷詩〉有「竹香滿淒寂，粉節塗生翠」的句子。原題一組四首，這是第二首。

39 青光：指青竹，古代人常以竹簡寫書；膩香：濃香，李賀常常把沒有香味的東西寫出香味來，這一點明人楊慎《升庵詩話》卷七曾舉出他「衣微香雨青氛氳」為例，說「雨」未嘗有香而他寫出了香，這句寫竹有「膩香」和上引〈昌谷詩〉「竹香」也可為例，這是李賀奇特幻想的一種表現；春粉：竹上白粉；黑離離：指竹簡上的字。

40 末兩句寫竹雖無情卻有恨，千枝萬枝籠在煙霧之中，被露珠壓彎了腰，似乎十分悲哀。陸龜蒙〈詠白蓮〉「無情有恨何人見，月冷風清欲墜時」模擬這兩句，但與白蓮並不貼切。

江南弄[41]

江中綠霧起涼波，天上疊巘紅嵯峨[42]。
水風浦雲生老竹，渚暝蒲帆如一幅[43]。
鱸魚千頭酒百斛，酒中倒臥南山綠[44]。
吳歈越吟未終曲[45]，江上團團貼寒玉[46]。

41 江南弄：樂府舊題，梁武帝蕭衍根據「西曲」改編，共七曲，寫江南風情，梁武帝〈江南弄〉中有「眾花雜色滿上林，舒芳搖綠垂輕陰」之句，見《文苑英華》卷二〇一。

42 綠霧：傍晚江上的霧氣；疊巘：重疊的山巒；紅嵯峨：夕陽晚霞映紅高峻的山巒。嵯峨：高大而險峻的樣子。

43 上句說江面的風雲似乎從竹叢中生出，下句說傍晚洲渚昏暗看上去遠處船帆似乎化成一幅。蒲帆：唐李肇《國史補》說江西人「編蒲為帆」。

44 上句寫江水如百斛酒中游動千頭鱸魚，下句寫酒杯中倒映綠色的南山。又一說是飲百斛美酒食千頭鱸魚，在飲酒中頹然而倒，看見南山一片碧綠。但這不如前一種解釋。後來宋歐陽修〈秋日與諸公馬頭山登高〉「酒浮山色入樽中」、楊萬里〈醉吟〉「酒花半蕾碧千波」都是後一句的寫法，但李賀先把江水想成酒，又把山影想成酒杯中影，比歐陽修、楊萬里更奇特。

45 吳歈越吟：指吳越民歌，左思〈吳都賦〉有「吳歈越吟」，《初學記》引梁元帝〈纂要〉「吳歌曰歈」，《廣雅・釋樂》：「歈，吟歌也。」

46 寒玉：指月亮。這句說江面映著團團的月影。

神弦曲[47]

西山日沒東山昏，旋風吹馬馬踏雲[48]。
畫弦素管聲淺繁[49]，花裙綷綵步秋塵[50]。

47 神弦曲：樂府舊題，共十一曲，據說是用於祭祀神祇的，類似《楚辭．九歌》，也彷彿後世降神的巫覡樂歌，李賀另一首《神弦》首句即「女巫澆酒雲滿空」，下面又說「海神山鬼來座中」，這一首則是幻想祀典上鬼神降臨的情景。

48 古人認為祭奠時有旋風吹過，是鬼神騎馬而至，其實可能這旋風是燒紙錢時的自然現象。白居易〈寒食野望吟〉有「風吹曠野紙錢飛，古墓纍纍春草綠」，張籍〈北邙行〉也有「寒食家家送紙錢，鴟鳶作窠銜上樹」，可見中唐燒紙錢之風極盛。而旋風一起，則令人覺得毛骨悚然，想到鬼魂騎馬而至，宋蘇軾〈海南人不作寒食……〉詩中有「老鴉銜肉紙飛灰」。王安石〈思王逢原〉詩中也有「樹枝零落紙錢風」。參見清趙翼《陔餘叢考》卷三十〈紙馬〉。

49 古代巫覡降神必伴有音樂。《楚辭．九歌．東皇太一》：「揚枹兮拊鼓，疏緩節兮安歌，陳竽瑟兮浩倡」，這是先秦舊俗，唐李嘉祐〈夜聞江南人家賽神因題即事〉：「南方淫祠古風俗，楚媼解唱迎神曲」、皇甫冉〈雜言迎神詞二首〉前小序：「吳楚之俗與巴渝同風，日見歌舞祀者」、王建〈賽神曲〉「男抱琵琶女作舞，主人再拜聽神語」，這是中唐習俗。畫弦素管泛指絃樂及管樂器；聲淺繁指樂聲抑揚疏密。

50 綷綵：衣角沙沙作響聲，這是指鬼神降臨，不見其形但聞其聲。司空曙〈迎神〉「神即降兮我獨知」，這是巫覡的口吻，當然常人只能聽到鬼神衣裙沙沙之聲，所以皇甫冉〈雜言迎神詞〉說眾人「目眇眇，心綿綿」，而鬼神「因風托雨降瓊筵」時「來無聲，去無跡」。

桂月刷風桂墜子[51]，青狸哭血寒狐死[52]。
古壁彩虬金帖尾，雨工騎入秋潭水[53]。
百年老鴞成木魅，笑聲碧火巢中起[54]。

51 風吹月中桂樹墜落桂子。

52 鬼神降臨驅邪，青狸和狐都被劾治而哭血死亡，狸和狐都是古人心目中的妖邪之獸，《藝文類聚》卷九十五「狐，妖獸，鬼所乘也」，又「狐者，先古之淫婦也」。

53 雨工：雨師，傳說中司雨之神；虬龍：降雨的神獸，見《周禮．春官．大宗伯》、《山海經．海外東經》及注；這句說壁上彩繪虬龍貼有金色的尾巴，雨師騎牠下到秋潭中。

54 這句說多年老鴞成了精，當巫覡降神劾治牠時，牠發出淒厲的笑聲，隨著藍瑩瑩的火光從巢中飛起；魅：《說文》說是「老精物也」，碧火彷彿常言所說的「鬼火」，古時傳說鬼火「火焰熾而不暖」（《太平廣記》卷三一八〈陸餘慶〉，又卷三三一〈薛矜〉），而且「火色青暗」（《太平廣記》卷三三〇〈王鑑〉），李賀詩中常用這一意象來營造幽暗荒疏的視境，像「漆炬迎新人，幽壙螢擾擾」（〈感諷〉其三）、「鬼燈如漆點松花」（〈南山田中行〉）。

張祜・二首

張祜（約七九二—八五四），字承吉，蘇州人，一說南陽（今河南南陽）人，又一說清河（今河北清河）人。據說張祜在元和、長慶間詩名不小，卻一直沒當上一官半職，雖然令狐楚十分賞識他，但元稹卻從中作梗（參見王定保《唐摭言》卷十一）。又據說張祜和徐凝都希望得到白居易的薦舉，但白居易卻以詩文判定徐凝為優，氣得張祜長嘆「榮辱糾紛亦何常也」（《唐詩紀事》卷五十二）。按晚唐皮日休的說法，元、白之所以壓制張祜頗有隱情，當時盛行於詩壇的「浮靡豔麗」風氣本是元、白始作俑，被稱為「元白體」，而張祜又是一個放浪不羈愛作宮體豔詩的人，不如徐凝樸略稚魯（〈論白居易薦徐凝屈張祜〉）。如此說來，元、白壓制張祜乃是為自己洗刷「浮靡豔麗」之名拋出自贖的替罪羊。難怪張祜後來和瞧不起元、白的杜牧要好，而杜牧也借了這個機會諷刺元、白（參見《雲溪友議》卷四）。公正地說，張祜的詩寫得比徐凝好，顯得有些才情，在流暢的同時還有些精緻清新，不太像元、白的平淺鋪張，倒有點像大曆詩人的含蓄收斂。白居易的評判如果不是一時昏花看走了眼，可能就是營私舞弊受了徐凝那一句好話的賄賂（《唐詩紀事》卷五十二記徐凝有詩「含芳只待舍人來」，這舍人即白居易，所以白居易與徐「同醉而歸」，又參見清潘德輿《養一齋詩話》卷五），如果不是出於私心與隱情，可能就是詩人之間的黨同伐異。

宮詞[1]

故國三千里[2]，深宮二十年。
一聲河滿子[3]，雙淚落君前[4]。

1 原作二首，這是第一首，寫宮女哀怨。杜牧〈酬張祜處士見寄長句四韻〉：「可憐故國三千里，虛唱歌詞滿六宮」，鄭谷〈高蟾先輩以詩筆相示抒成寄酬〉：「張生故國三千里，知者唯應杜紫微」，可見當時人很看重這首小詩。

2 故國：故鄉。

3 河滿子：又作何滿子，是樂歌曲名。白居易〈聽歌六絕句〉之五〈何滿子〉一詩自註記載傳說，「開元中滄州有歌者何滿子，臨刑進此曲以贖死」，後此曲即以此人名為名。白詩說：「一曲四詞歌八疊，從頭便是斷腸聲」，元稹〈河滿子歌〉也說：「嬰刑繫在囹圄間，下調哀音歌憤懣」，可見曲調哀婉悲切。蘇鶚〈杜陽雜編〉記載唐文宗時「宮人沈翠翹為帝舞〈何滿子〉，調辭風態，率皆宛暢」，可知宮中女子也常唱此曲。

4 張祜〈孟才人嘆〉一詩小序記載：唐武宗臨終前問寵姬孟才人今後有什麼打算，孟才人指著笙囊說：「請以此就縊」，並說：「妾嘗藝歌，請對上歌一曲以洩其憤」，於是「乃歌一聲〈何滿子〉，氣亟立殞。上令醫候之，曰：脈尚溫而腸已絕。」大中三年（八四九），張祜聽到這個故事，十分感嘆，就寫了〈孟才人嘆〉：「偶因歌態詠嬌嚬，傳唱宮中十二春。卻為一聲何滿子，下泉須吊舊才人。」這件事和〈宮詞〉可以互相參照，也許〈宮詞〉就是為此事而寫的。

題金陵渡[5]

金陵津渡小山樓，一宿行人自可愁。
潮落夜江斜月裡，兩三星火是瓜洲[6]。

5 金陵渡：不詳，一說在今江蘇南京；一說在今江蘇鎮江。
6 瓜洲：一說在今江蘇六合，隔岸對金陵；一說在今揚州，隔岸對鎮江。

朱慶餘・一首

朱慶餘（生卒年不詳），本名可久，以字行，越州（今浙江紹興）人。寶曆二年（八二六）中進士，當過秘書省校書郎。他是張籍賞識的詩人，也許是因為這一點，楊慎《升庵詩話》卷十一把他劃歸「學張籍」的一派詩人裡。不過，張籍自己的詩風並不統一，朱慶餘究竟學了張籍什麼也很難說，從朱慶餘現存於《全唐詩》中的那兩卷作品來看，他並沒有學到張籍寫樂府的本事，近體詩倒沿襲了大曆詩人的尖新小巧和賈島一流的拘謹纖麗，如「蝶飛逢草住，魚戲見人沉」（〈鳳翔西池與賈島納涼〉）、「獨在鐘聲外，相逢樹色中」（〈尋賈島所居〉）、「蟲絲交影細，藤子墜聲幽」（〈和劉補闕秋園寓興〉之九）之類細膩纖秀的句子，不禁讓人感到一個不太恰當的舊比喻「女郎詩」，而下面所選的這首以女性口吻寫來的〈閨意獻張水部〉就更缺乏男性的陽剛之氣，雖然它寫得的確很巧。

閨意獻張水部[1]

洞房昨夜停紅燭[2]，待曉堂前拜舅姑[3]。
妝罷低聲問夫婿，畫眉深淺入時無[4]？

1 題一作〈近試上張籍水部〉。張水部是張籍，唐代凡參加進士考試者大多要把自己的作品投獻給朝中官員，希望獲得賞識和揄揚，以增加中進士的機會，這叫「通榜」，朱慶餘這首詩就是這一類東西，據說張籍讀後大為讚賞，寫詩回答他說：「越女新妝出鏡新，自知明豔更沉吟。齊紈未足時人貴，一曲菱歌值萬金。」於是朱慶餘聲名大震。

2 停：放置。

3 舅姑：公婆。

4 畫眉深淺合不合時下的習慣？這種借用女子口吻寫嬌羞問話的句式早已有之，唐代徐延壽〈人日剪采〉：「擎來問夫婿，何處不如真」，王昌齡〈越女〉：「將歸問夫婿，顏色何如妾」，並不是朱慶餘的發明，不過相比之下還是朱慶餘的詩句更真切細膩。參見宋歐陽修〈南歌子〉：「走來窗下笑相扶，愛道畫眉深淺入時無。」

許渾・二首

許渾（生卒年不詳），字用晦，潤州丹陽（今江蘇丹陽）人。大和六年（八三二）中進士，當過睦州、郢州刺史。許渾在宋代曾是人們學詩的榜樣，也曾是人們評詩時嘲諷的對象，學他的人覺得他寫詩有「法」，也就是格律規矩技巧圓熟，嘲笑他的人覺得他的詩千篇一律重複很多（參見《對床夜語》卷二及《韻語陽秋》卷一、《苕溪漁隱叢話》前集卷二十四），其實這正是許渾詩的正反兩面。他現存的詩數量超過了杜牧、李商隱，這麼多詩都是近體律絕而全無古詩，翻來覆去地寫近體詩，當然他寫得很「熟」，這「熟」中能生「巧」也能生「俗」，許渾把提筆寫詩變得彷彿機械化按模型成批製造產品，這種熟練的製造技術雖然能提高「效率」但不能提高「質量」，特別是許渾缺乏才氣，詩歌內容又比較單調，單調的內容反覆吟詠當然語句重複，宋葛立方《韻語陽秋》卷一、清賀裳《載酒園詩話又編》都曾舉出他和別人甚至自己詩作重複的詩句，所以清潘德輿《養一齋詩話》卷四說學許渾詩「久將以熟套為詩，而無獨得之妙」。不過話說回來，「聲律之熟無如（許）渾者」（清田雯《古歡堂集雜著》卷三）說得也不錯，他那種圓熟而規範的語言技巧給人學詩提供了一個標準的範本，而不像那些自出機杼的才氣型詩人的詩作見首不見尾似的那麼難以模擬，所以很多人都從他那裡偷學了寫詩的技巧，只是學成之後過河拆橋忘了師傅或者覺得自己師傅名頭不響亮羞於承認罷了，陸游就是其中的一個（參見《養一齋詩話》卷五）。

金陵懷古

玉樹歌殘王氣終[1]，景陽兵合戍樓空[2]。
松楸遠近千官冢，禾黍高低六代宮[3]。

1 玉樹：〈玉樹後庭花〉的簡稱，南朝陳代最後一個皇帝陳後主所作，被認為是「亡國之音」，如《舊唐書・音樂志》引杜淹語就說：「前代興亡，實由於樂。陳將亡也，為〈玉樹後庭花〉；齊將亡也，而為〈伴侶曲〉，行路聞之，莫不悲泣，所謂亡國之音也。」

2 景陽：指陳後主景陽宮殿，據《建康實錄》卷二十記載，隋軍攻克金陵，陳後主和寵妃張麗華、孔貴妃三人躲入景陽殿的井中，被隋軍俘虜。這句說隋軍會合於景陽殿後，這裡便成一片荒蕪空曠之地。

3 這兩句說一眼望去遠近六朝官員的墳冢上長滿了松樹楸樹，六朝宮殿裡高高低低地長滿了禾黍。松楸是栽在墳墓上最常見的樹，謝脁〈齊敬皇后哀策文〉：「映輿鏤於松楸」；禾黍是莊稼，向來被用於比喻宮室荒頹，《詩・王風・黍離》小序說「周大夫行役至於宗周，過故宗廟宮室，盡為禾黍，閔周室之顛覆，彷徨不忍去而作是詩。」

石燕拂雲晴亦雨[4]，江豚吹浪夜還風[5]。
英雄一去豪華盡，惟有青山似洛中[6]。

咸陽城東樓[7]

一上高城萬里愁，蒹葭楊柳似汀洲[8]。

4 過去一般註解均引〈湘州記〉「零陵山有石燕，遇風雨即飛，止還為石」（《初學記》卷二引），《水經注》卷三十八〈湘水〉石燕山「及其雷風相薄，則石燕群飛，頡頏如真燕」，但這是零陵的石燕山，並不能用來指金陵，《載酒園詩話又編》指出了這個謬誤，說：「金陵有燕子磯俯臨江岸，此專詠其景耳，何暇遠及零陵」，按燕子磯在今南京東北郊，磯頭如燕屹立江邊，見《嘉慶一統志》卷七十三。

5 江豚：長江中的一種魚，據《南越志》說：「江豚似豬居水中，每於浪間跳躍，風輒起。」

6 這兩句說六朝英雄逝去，金陵不再豪華，只有青山依舊仍彷彿洛陽。李白〈金陵三首〉其三也寫過金陵「山似洛陽多」，王琦注引《景定建康志》說：「洛陽山四圍，伊、洛、瀍、澗在中，建康亦四山圍秦淮直瀆在中。」而且金陵和洛陽都是昔日繁華的故都。

7 題一作〈咸陽城西樓晚眺〉。

8 汀洲：水中小洲。

溪雲初起日沉閣[9]，山雨欲來風滿樓。
鳥下綠蕪秦苑夕，蟬鳴黃葉漢宮秋[10]。
行人莫問當年事，故國東來渭水流。

9 「溪雲」一句下作者自註：「南近磻溪，西對慈福寺閣」，這句寫溪中暮靄緩緩升起，夕陽隱沒於寺閣之後。參看杜甫〈野望〉「葉稀風更落，山迥日初沉。」

10 綠蕪：綠草叢生之地。古咸陽是秦漢都城所在地，在今陝西咸陽東，所以說「秦苑」、「漢宮」。

溫庭筠・二首

溫庭筠（八〇一—八六六），本名岐，字飛卿，祖籍太原祁（今山西祁縣），生於鄠（今陝西戶縣）。曾考進士未中，由於他放浪不羈，傲慢尖刻，一直仕途不順，儘管他祖上是赫赫有名的宰相溫彥博，但他卻只當過一些小官，最後當國子助教，還鬧了一場考場風波被貶為方城尉。溫庭筠的樂府詩有李賀的瑰麗穠豔，近體詩有李商隱的曲折委婉，所以清薛雪《一瓢詩話》把他看作「晚唐之李青蓮」，而當時就有人把他與李商隱並稱「溫李」。不過，也許中國傳統詩論中人與詩並舉的習慣太根深柢固，所以有不少人對他人品的鄙薄也連累了對他詩歌的評價，像明人顧璘評點《唐音》時貶他「句法刻俗，無一可法」，清黃子雲《野鴻詩的》則貶譏他古詩「題既無謂，詩亦荒謬」。其實溫庭筠詩並不像他們說的這麼糟糕，他的古樂府雖然比不上李賀，「覺有傖氣」（《石洲詩話》卷二），但語詞設色穠麗，也時有新警的比喻和想像，他的近體詩雖然比不上李商隱，「華而不實」（《峴傭說詩》），但語脈流暢、結構緊密之中又能疏朗，在晚唐仍是一流詩人。要說他的詩的缺點，那就是他常犯明陸時雍《詩鏡總論》所說的「有詞無情」的毛病，這讓人想到怡紅院群芳夜宴時薛寶釵掣的那根簽子，雖然是「豔冠群芳」，但並不能「任是無情也動人」，有時看上去珠光寶氣滿目琳瑯，但不知怎的，沒有大家氣度，倒像是一個「苧蘿女終身負薪」卻偶爾穿了一身彆扭的時髦衣衫，因此還是賀裳《載酒園詩話又編》的批評比較公正：「大抵溫氏之才，能瑰麗而不能淡遠，能尖新而不能雅正，能矜飾而不能自然。」當然賀裳沒有注意到溫庭筠的五律，這些五律中有很淡遠自然的作品，像下面所選的〈商山早行〉。

商山早行[1]

晨起動征鐸[2]，客行悲故鄉。
雞聲茅店月，人跡板橋霜[3]。
槲葉落山路，枳花明驛牆[4]。
因思杜陵夢，鳧雁滿迴塘[5]。

1 商山：在今陝西商縣東南，又名地肺山、楚山。

2 動征鐸：指驛站敲響催促人上路的鐸聲。

3 晨雞已鳴但殘月還高掛在茅店之上，行人啟程在板橋的白霜上已留下了足跡。劉禹錫〈途中早發〉有兩句：「寒樹鳥初動，霜橋人未行。」這兩句和它很相近，清查慎行覺得劉詩比溫詩好，其實不見得，劉郇伯〈早行〉有「一星深戌火，殘月半橋霜」，也很像這兩句，但有色無聲，不像這兩句聲、色俱佳，這兩句詩沒有動詞全是名詞，彷彿一組意象在自動構成一幅〈商山早行圖〉，因此備受歐陽修稱讚（見《六一詩話》），據說歐陽修還依葫蘆畫瓢寫了兩句「鳥聲梅店雨，柳色野橋春」（〈送張秘校歸莊〉，《存餘堂詩話》引作「鳥聲茅店雨，野色板橋春」），但這兩句根本不成體統，完全不懂得溫庭筠詩的好處在於那幾個意象的搭配是精心選擇的，就如李東陽《麓堂詩話》所說是「提掇出緊要物色字樣」，於是把寫詩變成了填空組句的遊戲。

4 槲樹葉冬天不落，春天嫩芽發生時才落；枳樹春天開白花。溫庭筠另一首〈送洛南李主簿〉也有類似的句子：「槲葉曉迷路，枳花春滿庭。」

5 杜陵在長安城南，溫庭筠家鄉在鄠，離長安很近，所以「杜陵夢」也是他「悲故鄉」的回鄉夢；迴塘是曲折的池塘，也許池塘裡棲滿了水鳥是他家鄉的景色。

利州南渡[6]

澹然空水對斜暉，曲島蒼茫接翠微。
波上馬嘶看棹去，柳邊人歇待船歸[7]。
數叢沙草群鷗散，萬頃江田一鷺飛。
誰解乘舟尋范蠡，五湖煙水獨忘機[8]。

6 利州：在今四川廣元，嘉陵江上游繞城而過；南渡：江上一個渡口。
7 上句寫乘馬渡江，下句寫人等船渡江。
8 參見杜牧〈題宣州開元寺水閣〉注16。

杜牧 · 七首

杜牧（八〇三—八五二），字牧之，京兆萬年（今陝西西安）人。大和二年（八二八）中進士後曾任弘文館校書郎，後來曾在方鎮當過幕僚，也在黃州、池州、睦州當過刺史，大中年間回長安後歷任司勳員外郎、吏部員外郎、考功郎中、中書舍人，大中六年冬（八五二）去世。

大凡後一時代某個人與前一時代某個名人有些相仿，人們就會以那個逝去的名人作他的綽號或別名再加上一個「小」字，像《三國》中勇冠三軍的孫策叫「小霸王」，《水滸》裡百步穿楊的花榮叫「小李廣」，現在不少京戲名角叫「小蓋叫天」、「小麒麟童」等等。稱「小」並不是說他本領遜了一籌，只是說他年代較後，冠以前人姓氏名號並不意味著他有意模擬，只證明他們多少有相近之處，杜牧被稱為「小杜」並非只是由於他與老杜（杜甫）在姓氏的偶然相合，而是他們的詩多少有些相近處，更何況杜牧自己也有「杜詩韓集愁來讀，似倩麻姑癢處抓」的詩句（《讀韓杜集》）。從杜牧擅長的七言近體來看，他的確有老杜詩那種講究結構上的開合迴環、音律上的生奇拗峭、節奏上的頓挫抑揚的味道（參宋代阮閱

《詩話總龜》、清賀裳《載酒園詩話又編》），不過，他的詩在色彩上更明麗些，語脈上更流暢些，語詞節奏上更疏朗些，和杜甫比起來的確給人以一種少年人「風調高華」對成年人「深思熟慮」的不同感覺。當然，這種比喻不一定恰當，把人與詩扯到一塊兒來評述也不是高明的辦法，但杜牧其人與杜牧其詩倒的確有一種共通之處。他的貴族世家出身、他的少年科場得意及他的「十年一覺揚州夢」的風流逸事使他雖然已逝去一千多年，但仍給人以少年俊彥印象，和老杜終生坎坷窮愁潦倒的老年斑鬢印象截然不同，所以《蔡百衲詩評》說他的詩「有類新及第少年略無退藏處」恐怕正出於這種印象的瀦留與記憶。不過，這種印象並沒有錯，杜牧的詩的確像一個年輕人說話，意思總是「恐流於平弱，故措詞必拗峭，立意必奇辟」（清趙翼《甌北詩話》卷十一）、腔調爽快得像「銅丸走坂，駿馬注坡」（宋敖器之《詩評》），辭色則「輕倩秀豔，在唐賢中另是一種筆意」（清李調元《雨村詩話》卷下），這倒是很吻合他自己所說的「務求高絕」、「不今不古」的原則（見〈獻詩啟〉）。不過，和老杜比起來，他也的確有年輕人似的毛病，就像詩評家所說的「法未完密」（清李重華《貞一齋詩說》），有時「屬辭比事殊不精緻」（宋朱弁《風月堂詩話》卷下），有時又「固難求一唱而三歎」的風致（《竹莊詩話》卷一引〈蔡百衲詩評〉）。

潤州[1]

向吳亭東千里秋[2]，放歌曾作昔年遊，
青苔寺裡無馬跡，綠水橋邊多酒樓[3]。
大抵南朝皆曠達，可憐東晉最風流[4]。
月明更想桓伊在，一笛聞吹出塞愁[5]。

1 原題共二首，這是第一首。潤州：今江蘇鎮江。

2 向吳亭：在今江蘇丹陽南。

3 前一句寫寺裡長滿青苔無車馬人跡的冷落，後一句寫綠水橋邊酒樓林立的繁盛。

4 東晉及南朝宋、齊、梁、陳時文人崇尚自然曠達，行為放蕩不羈，舉止瀟灑風流，雖然受到正統道德觀的抨擊，但私下裡卻被不少文人豔羨。杜牧這兩句是追憶當時文人的倜儻風度，並暗嘆時過境遷的歷史變化，而宋石延年的〈南朝〉一詩卻說：「南朝人物盡清賢，不是風流即放言。三百年間即堪笑，絕無人可定中原」，前兩句顯然沿襲了杜牧，後兩句則是出自道德觀的批判，和杜牧大不一樣。可憐：可羨可愛的意思。

5 桓伊：東晉時人，曾與謝玄、謝琰大破秦苻堅軍隊於淝水，《晉書》卷八十一〈桓伊傳〉說他「有武幹，標悟簡率」，又「善音樂，盡一時之妙，為江左第一」。據說他極擅吹笛，王徽之曾請他吹一曲，雖然當時他已貴顯，仍「下車踞胡床，為作三調，弄畢便上車去」，但始終不和王徽之搭話，這也是風流瀟灑的舉止，所以杜牧特意寫他的笛聲。〈出塞〉是著名笛曲之一，雖然桓伊未必吹過此曲，但杜牧追憶桓伊卻想像他吹的是令人悲愁的〈出塞曲〉。

九日齊山登高[6]

江涵秋影雁初飛，與客攜壺上翠微[7]。
塵世難逢開口笑[8]，菊花須插滿頭歸[9]。
但將酩酊酬佳節[10]，不用登臨恨落暉。

6 舊時風俗於九月九日重陽節登高飲菊花酒；齊山在今安徽貴池，貴池唐時是池州州府，又名秋浦，杜牧於會昌四年（八四四）任池州刺史。

7 翠微：指蔥翠的山峰。

8 《莊子‧盜跖》說：「人上壽百歲，中壽八十，下壽六十，除病瘐死喪憂患，其中開口而笑者，一月之中不過四五日而已矣。」宋梅堯臣〈朝〉：「世事但知開口笑，俗情休要著心行」，意思與杜牧相反。宋陳師道〈絕句四首〉之四說：「世事相違每如此，好懷百歲幾回開」，意思則與杜牧相彷。

9 重陽節古人有插菊之俗，《輦下歲時記》：「九日宮掖間爭插菊花，民俗尤甚。」唐沈汾《續神仙傳》記載一個四海遊歷成日醉飲的仙人許碏「當春景，插花滿頭，把花作舞，上酒樓醉歌，升雲而去」（《雲笈七籤》卷一一三），看來插花滿頭酩酊醉歸是一種忘卻痛苦超越塵世的瀟灑表現而不是《紅樓夢》四十回裡劉姥姥「把一盤子花橫三豎四的插了一頭」似的被人調侃的傻「風流」，參見《紅樓夢》四十一回〈林瀟湘魁奪菊花詩〉中蕉下客所作〈簪菊〉末二句「高情不入時人眼，拍手憑他笑路旁。」

10 酩酊：爛醉貌，《藝文類聚》卷四引〈續晉陽秋〉記陶淵明九月九日坐菊旁佇望，王弘送酒來，「即便就酌，醉而後歸。」

古往今來只如此，牛山何必獨沾衣[11]。

題宣州開元寺水閣[12]

六朝文物草連空，天淡雲閒古今同[13]。
鳥去鳥來山色裡，人歌人哭水聲中[14]。

11 《晏子春秋》內篇記載齊景公遊牛山，北望齊國都城，長嘆流淚，為自己百年之後離開這個世界而悲哀。杜牧這句反其意而用之，說古往今來人都會死，不必如此悲傷下淚，和上面「不用登臨恨落暉」句呼應。

12 宣州：在今安徽宣城；開元寺：原名永安寺，唐開元年間改名。題下原有注說：「閣下宛溪，夾溪居人。」宛溪是宣州城邊的一條溪澗，發源於峰山。杜牧開成三年（八三三）在宣州任團練判官。

13 上句中六朝文物指吳、晉、宋、齊、梁、陳六朝當年繁華盛跡，而草連空卻指如今此地綠草連著碧空，暗寓古今盛衰變遷；下句則說天淡雲閒古往今來一直如此，暗指宇宙永恆不變，就彷彿宋人賈青〈黯淡院〉說的「客意自南北，山光無古今」一樣，上下兩句成為對比。

14 鳥去鳥來，人歌人哭象徵世上變動不居的生活，山色水聲暗示自然永恆不變的秩序，意思是說山山水水曾經看過多少人世紛亂，流過多少塵世悲歡，羅隱〈春日遊禪智寺〉裡的「花開花謝長如此，人去人來自不同」，大約受了這兩句寫法的影響，而宋王禹玉〈金陵懷古〉說「六朝山色情終在，千古江聲恨未平」，則使山色水聲和人一樣具有了感情，與杜牧意思相同而寫法不同。

深秋簾幕千家雨，落日樓台一笛風[15]。
惆悵無因見范蠡，參差煙樹五湖東[16]。

泊秦淮[17]

煙籠寒水月籠沙[18]，夜泊秦淮近酒家。
商女不知亡國恨，隔江猶唱後庭花[19]。

15 一笛風：指風中飄來一縷笛聲，風是無形的，笛聲卻顯示了風的裊裊而至。宋釋仲殊〈潤州〉首句「北固樓前一笛風」，彷彿是這一句和杜牧另一首〈潤州〉中「一笛聞吹出塞愁」的嫁接或挪移。

16 范蠡是春秋末年越國大夫，幫助越王勾踐滅吳之後便乘扁舟泛五湖而去，《史記‧越王句踐世家》說他「裝其輕寶珠玉，自與其私徒屬乘舟浮海以行」，《吳越春秋》卷六則說他「乘扁舟出三江入五湖，人莫知其所適」，後世文人對他功成身退識時知機很佩服，對他自由飄蕩身懷重寶也很羨慕。

17 秦淮河流經南京市區入長江，據說為秦時所開，鑿鐘山通淮水，故名秦淮，隋唐時金陵的繁華地段。

18 籠：表示煙霧月光輕柔籠罩秦淮的朦朧狀。

19 商女：以賣唱為生的歌妓；後庭花：即被稱為「亡國之音」的樂曲〈玉樹後庭花〉，見許渾〈金陵懷古〉注1，末句語意又曾被王安石〈桂枝香〉化用為：「至今商女，時時猶唱，後庭遺曲。」

山行

遠上寒山石徑斜，白雲生處有人家。
停車坐愛楓林晚[20]，霜葉紅於二月花[21]。

江南春絕句

千里鶯啼綠映紅[22]，水村山郭酒旗風。
南朝四百八十寺[23]，多少樓台煙雨中。

20 坐：因為。

21 劉禹錫〈自江陵沿流道中〉「山葉紅時覺勝春」沒有這句流暢。

22 明人楊慎《升庵詩話》卷八認為「千里」應作「十里」，並說：「千里鶯啼誰人聽得，千里綠映紅誰人見得？若作十里，則鶯啼綠紅之景，村郭樓台，僧寺酒旗，皆在其中矣。」清代何文煥《歷代詩話考索》反駁說：「題云『江南春』，江南方廣千里，千里之中，鶯啼而綠映焉……此詩之意既廣，不得專指一處，故總而名曰『江南春』，詩家善立題也。」駁得有理，但還應加上一句：「詩家馳騁詩思，精騖八極，豈可與尺量斗載之衙役稅吏同日而語也。」

23 據《南史・郭祖深傳》說，當時僅「都下佛寺，五百餘所，窮極宏麗，僧尼十餘萬，資產豐沃，所在郡縣，不可勝言。」

秋夕[24]

紅燭秋光冷畫屏[25]，輕羅小扇撲流螢。
天階夜色涼如水，坐看牽牛織女星[26]。

24 這首詩一作王建詩。

25 秋夜紅燭照在畫屏上透著一種寒意。

26 坐：一作臥，暗示宮女百無聊賴枯坐看星，如元稹〈宮詞〉「閒坐說玄宗」的「坐」。宋曾季貍《艇齋詩話》說此詩「含蓄有思致」，清賀裳《載酒園詩話又編》說這首詩是「參昴衾裯」之義，「全寫淒涼，反多含蓄」，但黃白山卻認為這是古詩寫牽牛、織女「盈盈一水間，脈脈不得語」的意思，黃白山說得有理。

陳陶・一首

陳陶（約八一二—八八五前），字嵩伯，劍浦（今福建漳州）人。曾遊學長安，後避亂隱居。他的詩時而詞采較明麗豐贍，時而有些奇特的想像，但大多平平。下面這首〈隴西行〉最有名。

隴西行[1]

誓掃匈奴不顧身，五千貂錦喪胡塵[2]。
可憐無定河邊骨[3]，猶是春閨夢裡人[4]。

1 隴西行：古樂府「相和歌辭・瑟調」舊題。原題一組四首，這是第二首。
2 貂錦：指戰士，劉禹錫〈和白侍郎送令狐相公鎮太原〉：「天兵十萬貂錦衣。」
3 無定河：源出內蒙鄂爾多斯，流經今陝西榆林、米脂、綏德。
4 這句的意思散文中有，李華〈弔古戰場文〉：「其存其歿，家莫聞知。人或有言，將信將疑，悁悁心目，夢寐見之」，詩歌裡也有，許渾〈塞下曲〉「夜戰桑乾北，秦兵半不歸。朝來有鄉信，猶自寄寒衣」，但都不如這首詩來得警絕感人。

雍陶 · 一首

雍陶（生卒年不詳），字國鈞，成都人。大和八年（八三四）中進士，當過簡州刺史。他雖然有極欽佩杜甫的詩句（見其〈經杜甫舊宅〉），但也可能只是途經名勝時發思古幽情的例行應酬，算不得數。從他的詩看來，他沿襲的是南朝二謝、陰鏗、何遜乃至大曆詩人的路數，近體律絕語言清新俊麗，所以有人說他「清婉逼陰、何」（殷堯藩〈酬雍秀才〉）。

題君山[1]

煙波不動影沉沉，碧色全無翠色深[2]。
疑是水仙梳洗處[3]，一螺青黛鏡中心[4]。

1 君山：在洞庭湖中，又名湘山、洞庭山。

2 碧色：指水；翠色：指山，一作「翠色全微碧色深」。

3 水仙：水中女神，傳說君山是舜妃湘水二神居住處。

4 古代女子畫眉的青黛常製成螺形，此處用它來比喻君山，用鏡來比喻洞庭湖，劉禹錫〈望洞庭〉也寫：「遙望洞庭山水翠，白銀盤裡一青螺」，宋黃庭堅〈雨中登岳陽樓望君山〉二首之二：「滿川風雨獨憑欄，綰結湘娥十二鬟。可惜不當湖水面，銀山堆裡看青山」，前兩句彷彿受雍陶啟發把君山和仙人螺鬟相比，後兩句則彷彿直接化用了劉禹錫詩意。

趙嘏 ・二首

趙嘏（生卒年不詳），字承祐，山陽（今江蘇淮安）人。會昌四年（八四四）中進士，當過渭南縣尉。趙嘏最為人熟知的是〈長安秋望〉一詩中的「殘星幾點雁橫塞，長笛一聲人倚樓」，據說杜牧曾「吟味不已，因目嘏為『趙倚樓』」（《唐詩紀事》卷五十六），不過，杜牧賞識他的詩並不等於他的詩風與杜牧相同，他的詩沒有杜牧詩中的開闊爽麗，卻有些淒清幽遠，沒有杜牧詩中的峻峭奇拗，卻有些明晰淺暢，他的七律寫得最為圓熟，有的句子寫得既警策又流暢，代表了晚唐近體詩的一種重要趨勢，的確並不是因為杜牧的稱讚而「偶然得名」（參《一瓢詩話》）。但那個平時論詩很苛刻的清人潘德輿對他卻例外地大加讚揚，覺得他不僅「七律佳句甚多」、「名章秀句亦絡繹不絕」，而且「五律氣體勝於七律者尤多……用意極深，措詞極靜」，甚至毫無證據地就把劉禹錫的名句「馬思邊草拳毛動，雕眄青雲睡眼開」算在趙嘏的名下，不知道是為了什麼（見《養一齋詩話》卷七）。

長安月夜與友人話故山

宅邊秋水浸苔磯[1]，日日持竿去不歸。
楊柳風多潮未落，蒹葭霜冷雁初飛[2]。
重嘶匹馬吟紅葉，卻聽疏鐘憶翠微[3]。
今夜秦城滿樓月[4]，故人相見一沾衣。

江樓感舊

獨上江樓思渺然，月光如水水如天。
同來望月人何處，風景依稀似去年[5]。

1 苔磯：長滿了青苔的石灘。
2 蒹葭：蘆葦和荻草，《詩・秦風・蒹葭》：「蒹葭蒼蒼，白露為霜」，是寫秋色的常見意象。
3 紅葉：秋景；疏鐘：指稀疏而遙遠的鐘聲，參見郎士元〈柏林寺南望〉注6。
4 秦城：長安。
5 去年同來望月的人就是題目裡「感舊」的舊友，去年此地依稀相似今年的景就是題目裡「感舊」的舊景。

馬戴・一首

馬戴（生卒年及籍貫均不詳），字虞臣。會昌四年（八四四）中進士，曾當過太原等地節度使的幕僚，後來歸朝為太學博士。在晚唐詩人中，馬戴是一個很罕見的被後世詩論家一致稱讚的人，自從嚴羽《滄浪詩話・詩評》說馬戴「在晚唐詩人之上」以來，很多人都覺得他的詩在晚唐是佼佼者，像清翁方綱《石洲詩話》卷二，陸鎣《問花樓詩話》卷一都覺得他比許渾強，「可與盛唐諸賢儕伍，不當以晚唐論」，而葉矯然《龍性堂詩話初集》甚至覺得他就像盛唐的王維，「逸情促節似無時代之別」。

以時代的盛衰來判斷詩歌的優劣當然不可靠，而為了說馬戴的詩寫得好就說他像「盛唐」，「不墜盛唐風格」（《升庵詩話》卷十一），更容易造成誤會。其實說來馬戴恰恰是一個標準的晚唐詩人，且不說他的詩裡並沒有盛唐恢弘闊大的高揚感，就說詩的語言形式，他擅長五律，好用凝練的語詞刻琢景物，前後兩聯十字一串抒情點題，中間兩聯緊縮精緻對仗工巧，恰恰都是賈島、姚合一流的特徵，所以清人賀裳《載酒園詩話又編》說他「大率體澀而思苦，致極清幽，亦近於（賈）島也」，當然他比起賈島來沒有那麼奇清僻苦，多了一些流暢秀朗，但並不能因此就把他一下子提升到盛唐詩人堆裡去，說他高於晚唐，但是他本來就是賈島、姚合的詩友，他的五律恰恰與劉得仁、顧非熊、李頻等人的詩一道構成了後世所謂的「晚唐體」，他的「蘆荻晚汀雨，柳花南浦風」（〈客行〉）、「煙生寒渚上，霞散亂山西」（〈宿崔邵池陽別墅〉）及「微陽下喬木，遠色隱秋山」（〈落日悵望〉）恰恰代表了晚唐詩清麗精巧，而又努力趨於自然流動的語言風格。

灞上秋居[1]

灞原風雨定，晚見雁行頻[2]。
落葉他鄉樹，寒燈獨夜人[3]。
空園白露滴，孤壁野僧鄰。
寄臥郊扉久，何年致此身[4]。

1 灞上：灞陵，在唐代長安東南，《水經注．渭水》記載灞陵在灞水和滻水交會處東面，是漢文帝陵墓所在地。
2 雁行頻頻飛過，暗示秋深時節。
3 這兩句是模擬了司空曙〈喜外弟盧綸見宿〉的「雨中黃葉樹，燈下白頭人」，只是「他鄉」二字暗示了自己獨在異鄉。
4 郊扉：郊外茅屋；致此身：用《論語．學而》中「事君能致其身」的意思，何晏《論語集解》說這是指「盡忠節不愛其身」，馬戴這句詩卻是說自己閒居郊外很久了，什麼時候才能實現自己入世為官的理想。

李商隱・八首

李商隱（八一三—八五八），字義山，號玉谿生，懷州河內（今河南滎陽）人。他開成二年（八三七）中進士，曾當秘書省校書郎，但後來一直沒當上大官，大半生是在四處奔走，寄人籬下做文墨書吏。他是晚唐最好的詩人，在他的詩裡有六朝駢文的用典精巧綿密細麗，有杜甫近體詩的音節瀏亮頓挫抑揚，有李賀樂府詩的煉字著色瑰麗新穎，但這些語言技巧被他融會在他所擅長的撲朔迷離、朦朧含蓄的氛圍中，以一種一唱三歎、迴環往復的章法把詩意組織成了迷宮般的語義結構，來表現心靈深處難以言說的感受，這就形成了他極其獨特的詩歌風格，以致後人覺得他不僅是「晚唐第一人」（清葉矯然《龍性堂詩話初集》），甚至七律七絕簡直是「唐人無出其右者」，「為唐人之冠」（清田雯《古歡堂雜著》卷二），即使是恪守杜甫第一，維護杜甫詩聖桂冠的人不能接受這種看法，也只好同意只有他才「直入浣花之室」，「得於少陵者深」（清薛雪《一瓢詩話》、施補華《峴傭說詩》）。

單就詩歌語言技巧來說，這種意見不無道理。中國古典詩歌語言在盛中唐已經到了登峰造極的純熟境界，象徵性典故的運用使詩歌容量擴張到了極致，意脈斷續縱躍的自覺使詩歌歧義性理解贏得了空間，實詞的凝聚緊縮和虛詞的盡量避免使語言擁有了最大的概括力，詩律的圓熟和拗律的試驗也使詩歌節奏獲得了極豐富的變化。在這樣的情況下，李商隱仍然躍出前人樊籬尤其是杜甫的籠罩，這當然是極不容易的。按清吳喬《圍爐詩話》卷三的說法，在李、杜、韓愈之後，「能別開生路，自成一家者，惟李義山一人」，這種「別開生路」大約是在以下三方面：首先，他的詩歌結構比盛中唐詩人收斂細密，盛中唐詩歌往往層次是並列或遞進式的，一層一個視境，一句一個意象，合起來構成一個多點透視的圖景，如同高山遠眺或舉目四望時的疏朗，而李商隱詩卻迂迴曲折，反覆渲染一種情緒，重疊復現一個視境，彷彿多面凝視同一個園林或盆景焦點凝合在一處似的密集，所以人說他的詩是「百寶流蘇，千絲鐵網」（宋魏慶之《詩人玉屑》卷二引敖器之《詩評》），這個千絲鐵網便是密密麻麻地裹著那一團詩意與詩境的語言結構；其次，他的象徵性語詞比盛中唐詩人用得更多更巧，盛中唐詩人用典使事很少有串聯並置的堆垛，但李商隱卻常常把這些暗示性象徵性語詞用得密不透風，這當然引起了不少人「獺祭魚」一類的諷刺，但也恰恰經濟節省地擴大了詩歌的容量，這些重疊的語詞背後裹挾了豐富的內涵，左右互相指涉生發出多種歧義，正面卻又以語詞的表層意義築起一重防止一覽無餘的照壁，於是便彷彿曲折迴廊、重樓小閣層巒疊嶂構成的迷宮或園林，形成了一種多棱面、多層次、意緒深藏又極為複雜的詩歌世界，特別是他表現自己情緒時有意違背語詞的習慣用法，像傷感、寂寞時很少用人人所熟知的語詞如秋風、枯樹、歸雁、寒霜，卻用一些穠麗瑰奇的意象，很少用人人能審視的物象如寒蛩、流螢、黃葉、殘陽，卻常用一些非自然的神詭譎怪的幻象，像「金翡翠」、「繡芙蓉」（〈無題．來是空言去絕蹤〉）、「舞鸞鏡匣」、「睡鴨香爐」（〈促漏〉）、「一片非煙」、「蓬巒仙仗」（〈一片〉）、「桂魄」、「梅椿」（〈對雪〉）等等，便以語義的落差構成了語詞的新穎穠麗，也以語義的陌生引發了理解的歧義；再次，李商隱詩歌語言試圖表現的是一種內在的感受，而不像盛中唐詩人試圖表達的是心中的感情，感情往往是明晰的有指向性的，喜怒哀樂表達起來比較容易，讀者閱讀時也能從字面上理解，而感受則深藏不現，連自己也不易捕捉，所以只能朦朧地表現，靠讀者自行體驗，因此表現的語言常常是虛化的，往往顯得不知所云，缺乏固定指涉對象，而李商隱詩這種迴環復沓的結構和含蓄多歧的語義正巧就適於表現感受，清人黃子雲不明就裡，卻批評李商隱「諷喻動涉虛」，讚揚杜甫「諷喻必指實」（〈野鴻詩的〉），恰恰犯了只知二五不知一十的毛病。

後世很多人都看出了李商隱詩避熟就生更深一層的語言技巧，所以王安石、黃庭堅都覺得學他可以做入杜甫之門的途徑，宋代人和清代人也都覺得學他可「去淺易鄙陋之病」（參見《許彥周詩話》、《一瓢詩話》），當然有很多人也看出了李商隱詩設色穠麗用詞新穎的語言特色，但只會「剝撦」他表面華麗的衣衫掩飾平乏的內容，把詩寫得像戲綵娛親的丑角，不但沒有去掉詩壇上平直淺陋的弊病，反而自己也掉進了五顏六色的染缸弄得一身斑斕。

錦瑟[1]

錦瑟無端五十弦[2]，一弦一柱思華年[3]。
莊生曉夢迷蝴蝶，望帝春心托杜鵑[4]。

1 錦瑟：一種漆有織錦紋飾的古絃樂器，《周禮樂器圖》：「繪文如錦者曰錦瑟」，這首詩以開頭兩字當標題，實際上等於「無題」，所以引起了古往今來對詩意的種種猜測，有說是悼亡的，有說是自題詩集卷首的，有的說是詠樂器的，有的說是自傷一生的，甚至還有說是諷諭政治的，暗戀別人家侍女的，這正是「一篇〈錦瑟〉解人難」（王士禎〈戲效元遺山論詩絕句〉）。其實，上述猜測沒有一個擁有足夠的證據，只是在作「自由的解釋」，而我們也只能承認這種「解釋的自由」，讓人「姑妄言之」，於己「姑妄聽之」。

2 無端：沒來由的意思，傳說古代大瑟有五十弦，《漢書・郊祀志》：「泰帝使素女鼓五十弦瑟，悲，帝禁不止，故破其瑟為二十五弦」，後代瑟便多是二十五弦。為什麼古瑟五十弦，不清楚，所以只好說錦瑟沒來由有五十根弦，不過這裡「無端」二字已挑起了一種迷茫的氣氛。

3 柱：瑟上支弦的木柱，每一弦下有一柱；思華年：追憶少年時光，一弦一柱上的樂聲都勾起心中無限往事。

4 《莊子・齊物論》：「昔者莊周夢為蝴蝶，栩栩然蝴蝶也……俄然覺，則蘧蘧然（莊）周也。不知周之夢為蝴蝶歟？蝴蝶之夢為周歟？」意思是說人生如夢，死與生，夢與醒，物與我，不知孰真孰假。李商隱用這個典故貌似豁達，實際上是在傳遞對人生對生命的迷惘感；望帝：古蜀國皇帝，《華陽國志》、《蜀王本紀》裡記載他禪位退隱，死後化為杜鵑，暮春啼鳴至於口中滴血，鳴叫聲淒苦哀婉，好像哀怨春天逝去。李商隱用這個典故表現一種青春已逝的悲哀感。

滄海月明珠有淚，藍田日暖玉生煙[5]。
此情可待成追憶，只是當時已惘然[6]。

無題[7]

昨夜星辰昨夜風，畫樓西畔桂堂東[8]。

5 上句用《博物誌》的一個故事，據說南海外有鮫人，水居如魚，哭泣時流淚成珠。李商隱取泣淚成珠的意蘊，並把明月滄海、淚滴珍珠融為一句，既寫視境晶瑩皎白，又寓悲涼傷感之意；下句出處不詳，據《長安志》，藍田山中產玉，司空圖《與極甫論詩書》引戴叔倫話說「藍田日暖，良玉生煙，可望而不可置於眉睫之前也」，可能李商隱是用它來傳達一種對往昔可以意會不可言傳的恍惚失落感。以上大約是「思華年」時迷茫、悲哀、傷感、恍惚的複雜感受。

6 可待：豈待；只是：即使。這兩句說這種感受即使在當時已經惘然悵恨了，並不是現在追憶時才有這樣的感受。「追憶」與首聯「思華年」呼應，「惘然」與首聯「無端」相映。

7 原題二首，這是第一首。

8 這兩句從字面上看可能是寫男女幽會的時間地點。有人引了《尚書・洪範》「星有好風」來注首句，但沒有說明兩者之間的關係，按《洪範》中的「星」據鄭玄說指箕星，箕是簸穀之物，必待風至，所以是「風星」，按《開元占經》卷六十的說法，箕星是「主百二十妃」的，又《石氏星經》說它「主後宮」、「衍子孫」，不知這能否與這首詩牽上什麼關係。又有人說這兩句指得意的人與失意的人不同，「星辰得路，重以好風」，因為曾有以郎官比星辰的說法，

身無彩鳳雙飛翼，心有靈犀一點通[9]。
隔座送鉤春酒暖，分曹射覆蠟燈紅[10]。
嗟余聽鼓應官去，走馬蘭台類轉蓬[11]。

當時李商隱正是校書郎，所以是自寫春風得意。其實這些穿鑿的說法都比不上清屈復兩句簡單的評語：「一二，昨夜所會時地。」（〈玉谿生詩意〉）

9 指兩心相通。《開元占經》卷一一六引〈抱朴子〉說：「通天犀角有一白理如綖者……以刻為魚，銜以入，水當為開，方三尺所得氣息。」《漢書・西域傳》如淳註：「通犀，中央色白，通兩頭。」

10 隔座送鉤是一種遊戲，人分兩隊，一隊藏一鉤在手中，隔座傳送，令另一隊猜鉤所在，猜中為勝，不中則罰，見《藝文類聚》卷七十四引〈風土記〉及庾闡〈藏鉤賦〉；分曹射覆也是一種遊戲，射覆本來是猜蓋在器皿下的東西，後來酒令以字句暗示某種事物，讓人猜測，也叫射覆，參見《漢書・東方朔傳》，分曹射覆是分兩組猜謎賭勝。這兩句寫歡聚宴飲時的盛況。

11 古代官府卯時擊鼓召集僚屬；蘭台是秘書省，李商隱當過秘書省校書郎；轉蓬指蓬草被風吹得亂走，這裡說自己身在官署不自由，清晨不得不離開歡宴的盛會去秘書省辦事，就像蓬草遇風一樣。

無題

相見時難別亦難[12]，東風無力百花殘。
春蠶到死絲方盡[13]，蠟炬成灰淚始乾[14]。
曉鏡但愁雲鬢改，夜吟應覺月光寒[15]。
蓬山此去無多路，青鳥殷勤為探看[16]。

12 曹丕〈燕歌行〉有「別日何易會日難」，曹植〈當來日大難〉有「別易會難，各盡杯觴」，都認為分別容易相見困難，這是從盼望相聚不願分離的心情寫來的，李商隱更翻過一層，正因為相見很難，所以分別時心裡也抑鬱糾結，清人姚培謙《李義山詩集箋注》就說：「人情易合者必易離，惟相見難，則別亦難」，說得有理。

13 南朝樂府《西曲歌．作蠶絲》說「春蠶不應老，晝夜常懷絲。何惜微軀盡，纏綿自有時」，「絲」字既雙關「思」字，又有纏綿之意。

14 杜牧有一首〈贈別〉也寫到「蠟燭有心還惜別，替人垂淚到天明。」

15 早起看鏡看見黑髮變白，使愁緒頓生，夜中吟詩沉思良久，覺月光生寒。

16 蓬山：蓬萊山，傳說中的海上三仙山之一，有人認為這是指李商隱心中暗戀的女子的住處；青鳥：西王母的神禽，《山海經．大荒西經》載王母之山「有三青鳥，赤首黑目」，《漢武故事》載西王母見漢武帝，青鳥先至殿前，所以後人常以「青鳥」為信使，李白〈相逢行〉有「願因三青鳥，更報長相思」，後來顧敻〈浣溪沙〉也有「青鳥不來傳錦字，瑤姬何處鎖蘭房」，李璟〈浣溪沙〉也有「青鳥不傳雲外信，丁香空結雨中愁」。探看：打聽打聽看的意思，「看」即白居易〈松下贈琴客〉中「試撥一聲看」、〈眼病〉中「爭得金篦試刮看」的「看」，這句表示希望有信使傳遞消息。

無題[17]

來是空言去絕蹤，月斜樓上五更鐘[18]。
夢為遠別啼難喚，書被催成墨未濃[19]。
蠟照半籠金翡翠，麝熏微度繡芙蓉[20]。
劉郎已恨蓬山遠，更隔蓬山一萬重[21]。

17 這組〈無題〉共四首，這是第一首。

18 夢中相會，來無言去無影，醒時只見月照斜樓只聞五更鐘聲。

19 夢中為遠別而流淚，但醒後已不能喚回遠別的人；匆匆地給別去的人寫信，因而墨汁還沒有磨好。

20 半籠：燭光半照；金翡翠：金線繡成翡翠鳥的錦被；麝熏：麝香熏爐的香煙；微度：淡淡的香氣緩緩流過，彷彿宋代林逋寫梅花時的「暗香浮動」；繡芙蓉：繡了芙蓉圖案的帳子。

21 劉郎：一說指漢武帝劉徹，劉徹求仙心切，曾派人訪海上仙山；一說指《幽明錄》中入天台遇仙女的劉晨，劉晨因思鄉曾回人間，再回天台後便渺然難尋，晚唐曹唐有〈劉阮洞中遇仙人〉五首詠此事。大約李商隱此處是以劉郎自比，說自己暗戀的人蹤跡渺遠難尋，在比蓬山更渺茫遼遠處。宋人曾多次使用過這種加一倍翻一番的寫法，像李覯〈鄉思〉「已恨碧山相阻隔，碧山還被暮雲遮」就彷彿從這句中化來。

安定城樓[22]

迢遞高城百尺樓，綠楊枝外盡汀洲[23]。
賈生年少虛垂涕，王粲春來更遠遊[24]。
永憶江湖歸白髮，欲回天地入扁舟[25]。

22 安定：涇州，在今甘肅涇川，是涇原節度使治所，據考證，開成三年（八三八）李商隱應博學宏詞科試落選後，曾住在他岳父涇原節度使王茂元處，這首詩即此時所作。

23 迢遞：高的樣子；汀洲：水邊平地和水中小洲。

24 賈生：西漢賈誼，他只活了三十三歲，曾向漢文帝上書論天下大事，說「可為痛哭者一，可為流涕者二，可為長太息者六」（參見《漢書．賈誼傳》），但並未受到重用；王粲是東漢末著名文人，十七歲時曾從長安避難到荊州依靠劉表，他曾於春日登當陽城樓作〈登樓賦〉；這兩句用賈誼、王粲典故感嘆自己不得志只好依靠他人的處境，這兩個典故放在一起用似乎是從杜甫開始的，〈久客〉「去國哀王粲，傷時哭賈誼」，〈春日江村五首〉之五「群盜哀王粲，中年召賈誼。登樓初有作，前席竟為榮」，李商隱在另一篇〈上漢南盧尚書狀〉中也並用了它們：「越賈生賦鵩之鄉，過王子登樓之地。」

25 這兩句范蠡功成身退駕扁舟遊於五湖的故事，參見杜牧〈題宣州開元寺水閣〉注16，但李商隱這裡前句「永憶」是表示自己心裡一直存著隱居江湖的念頭，就像《南齊書》卷五十四〈高逸傳序〉所謂「徜江湖而永歸，隱避紛紜，情跡萬品」或《莊子．大宗師》所謂「相忘於江湖」，而後一句「欲回」二字則又表示在入扁舟之前還想「回天地」，即《荀子．儒效》所謂「圖回天下於掌上」，杜甫〈奉寄章十侍御〉所謂「指麾能事回天地」等扭轉乾坤的意思，這種欲退又進，進退兩難的心境便在這「欲回」的一轉中凸現，句法也顯得富於變化而不平直。宋人《蔡寬夫詩話》說王安石特別愛這兩句，「以為老杜無以過」，其實這正是從杜甫詩中翻新出來的。

不知腐鼠成滋味，猜意鵷雛竟未休[26]。

重過聖女祠[27]

白石岩扉碧蘚滋[28]，上清淪謫得歸遲[29]。

26《莊子·秋水》中說莊子去見惠施，惠施怕他來奪自己的位置，派人搜尋莊子三天三夜。莊子覺得可笑，就講了個故事諷刺他說，南方有鳥叫鵷雛，是鳳凰一類，從南海飛到北海，非梧桐不止，非竹實不吃，非甘泉不飲，而一個鴟鳥即鷂鷹以為牠要搶吃自己的腐爛鼠屍，就大叫大喊地威脅牠。後來人就常用這個寓言作典故諷刺那些猜忌的小心眼。嵇康〈與山巨源絕交書〉：「不可自見好章甫，強越人以文冕也，己嗜臭腐，養鵷雛以死鼠也。」李商隱用這個典故嘆息那些猜忌的小人自己貪戀榮華，卻以為我有「回天地」之志是來搶奪利祿，其實我何嘗有名利之心，我的志向只是回天地後歸江湖罷了。

27聖女祠：在今陝西寶雞西南，據《水經注》說，這裡「山高入雲……懸崖之側，列壁之上，有神像若圖，指狀婦人之容。其形上赤下白，世名之曰聖女神」，張祜有一首〈題聖女廟〉可能寫的就是它。詩裡說：「古廟無人入，蒼皮澀老桐。蟻行蟬殼上，蛇竄雀巢中。」可見已很荒涼，李商隱另有兩首〈聖女祠〉，這首是再一次拜謁祠廟時所作。

28白石建成的門扉上已長滿碧綠的苔蘚。

29上清：道教所謂天上三重神聖境界「三清」之一，三清是玉清、上清、太清，分別居住著道教至尊元始天尊、大道君、太上老君，據說眾仙也分三等，聖登玉清、真登上清、仙登太清。這句說聖女原居上清，是天上女真，但因事被貶謫到人間，一直不能回到上清。

一春夢雨常飄瓦[30]，盡日靈風不滿旗[31]。
萼綠華來無定所，杜蘭香去未移時[32]。
玉郎會此通仙籍[33]，憶向天階問紫芝[34]。

30 按金王若虛的說法，夢雨是「雨之至細若有若無者」（《滹南詩話》），但這樣理解便減少了詩中蘊含的夢幻意味，其實這個「夢」字包含了三重意味，一是寫詩的夢境，暗用宋玉〈高唐賦序〉中楚王夢遊巫山神女的故事，神女自稱「旦為行雲，暮為行雨」，則指李商隱夢見聖女常化作細雨來晤面；二是寫聖女的夢境，指仙女因被貶謫人間，居於荒山野祠，寂寥孤苦，一春常夢雨飄在瓦上；三才是寫聖女祠的實境正如王若虛所說的「雨之至細」者，如夢如幻，似有似無地飄落。這三重不同的意思交織在一起，構成這句詩的輕靈朦朧感。

31 靈風：仙風；旗：靈旗，《漢書．郊祀志》：「畫旗樹太乙壇上名靈旗」，仙風輕柔，靈旗不展，所以說「不滿旗」。宋呂本中《紫薇詩話》說北宋寇準特別喜歡這兩句詩，因為它「有不盡之意」，但他沒有說它究竟有什麼不盡之意，清人張謙宜《絸齋詩談》卷五也讚揚這兩句「思入微妙」，「不可思議」，但他的說法可能有些穿鑿附會：「夫朝雲暮雨，高唐神女之精也。今經春夢中之雨歷歷飄瓦，意者其將來耶？來則風肅然，上林神君之跡也。乃盡日祠前之風尚未滿旗，意者其不來耶？恍惚縹緲，使人可想而不可及。」前半段只是猜測，不必深究是非，後半段二句則是體會，感覺十分準確。

32 萼綠華、杜蘭香都是傳說中的仙女，這裡指聖女祠的聖女；來無定所、去未移時指聖女來去飄忽不定，難以見面。

33 這句有兩種解釋，一是「玉郎」指李商隱自己，那麼「玉郎」即如清馮浩《玉谿生詩集箋注》所說是仙人中小官，「借喻己之初得第也」，意思是我想由此登上仙界；二是「玉郎」指聖女，那麼這句意思是聖女將由此回到仙界。仙籍：仙人的簿冊，成了仙人才能登錄於此。

34 天階：天宮、仙界；紫芝：仙草。這句意義不詳，一說指李商隱想像隨聖女一道到天宮「問飛升不死之藥」，一說

夜雨寄北[35]

君問歸期未有期[36]，巴山夜雨漲秋池[37]。
何當共剪西窗燭[38]，卻話巴山夜雨時[39]。

指聖女原被貶謫人間，現將回仙界，所以回憶當年在仙宮時的情形。

35 這首詩一作〈夜雨寄內〉，內即內人，指妻子，那麼「寄北」即寄給北方妻子的詩，但也有人不同意這種説法。

36 這句裡有一問一答。

37 巴山：泛指四川東部的山，這句寫實景。

38 設想重聚後的光景。蠟燭點久了會結燭花，剪去燭花燭光會更亮，共剪西窗燭指在西窗下剪燈夜談。

39 這句接上句寫重聚後再回憶此時此地的孤寂。很多人都指出這句把「眼前景反作後日懷想，此意更深」（清桂馥《札樸》卷六），就彷彿白居易詩「料得閨中夜深坐，多應説著遠行人」（姚培謙《李義山詩集箋注》），這種迴環往復的視角變化和預想未來回憶現時的寫法後來被稱作「水精如意玉連環」，據説王安石曾屢次仿效它（清何焯評語，見沈厚塽《李義山詩集輯評》）。

宿駱氏亭寄懷崔雍崔袞[40]

竹塢無塵水檻清，相思迢遞隔重城[41]。
秋陰不散霜飛晚，留得枯荷聽雨聲[42]。

40 駱氏亭在長安，但具體地點說法不一，一說在長安春明門外，為駱峻所建。崔雍、崔袞是崔戎的兒子，據《新唐書》卷一五九〈崔戎傳〉，崔雍字順中，崔袞字柄章，曾當過漳州刺史，他們的父親崔戎對李商隱有知遇之恩。

41 竹塢：長著竹叢的水邊高地；水檻：臨水的欄杆；迢遞：思緒渺遠；隔重城：指李商隱與二崔相隔長安城。

42 《紅樓夢》第四十回〈史太君兩宴大觀園　金鴛鴦三宣牙牌令〉中林黛玉說：「我最不喜歡李義山的詩，只喜他這一句『留得殘荷聽雨聲』。」其實這一句化自孟浩然〈初出關旅亭夜坐懷王大校書〉：「荷枯雨滴聞」，但李商隱化實為虛，寫的是預想的情景，比孟浩然實寫更有味，宋代歐陽修〈宿雲夢館〉末兩句「井桐葉落池荷盡，一夜西窗雨不聞」，又翻了一層，寫枯荷已盡，預想的雨聲也聽不到，劉攽〈雨後池上〉有兩句寫雨：「東風忽起垂楊舞，更作荷心萬點聲」，也許曾受到這句詩的啟發，不過他寫的又不是枯荷而是夏日茂盛的綠荷了。

李群玉・二首

李群玉（？—八六一），字文山，澧州（今湖南澧縣）人，當過弘文館校書郎。據令狐綯《薦處士李群玉狀》說，他「安貧樂道，遠謝名利」，但他的詩裡卻總有一種忿忿然要出世幹一番事業的抑鬱之情（見其〈自遣〉一詩），所以他的詩在內容上情調上並沒有什麼和其他晚唐詩人相異之處，只是他的詩語詞色彩較明麗富豔，格調較輕軟柔婉，像「回野垂銀鏡，層巒掛玉繩」（〈東湖〉之二）、「風鳥搖徑柳，水蝶戀幽花」（〈湖閣曉晴寄呈從翁〉）、「多情草色怨還綠，無主杏花春自紅」（〈和吳中丞悼笙妓〉）、「浪翻新月金波淺，風損輕雲玉葉疏」（〈仙明洲口號〉），都顯得纖柔，雖然有些小詩頗有民歌風情，也有些小巧精緻的構思和意趣，但格局太狹窄窘迫。宋葉夢得《石林詩話》卷下曾諷刺晚唐詩人說：「詩語固忌用巧太過，然緣情體物自有天然工妙，雖巧而不見刻削之痕，老杜『細雨魚兒出，微風燕子斜』，此十字殆無一字虛設……使晚唐諸子為之，便當如『魚躍練波拋玉尺，鶯穿絲柳織金梭』體矣」，這裡所謂的「晚唐諸子」似乎說的正是李群玉一流詩人。

九子坂聞鷓鴣[1]

落照蒼茫秋草明，鷓鴣啼處遠人行。
正穿詰曲崎嶇路，更聽鉤輈格磔聲[2]。
曾泊桂江深岸雨，亦於梅嶺阻歸程[3]。
此時為爾腸千斷[4]，乞放今宵白髮生[5]。

1 九子坂：在今安徽九華山。
2 詰曲崎嶇：指山路曲折坎坷，鉤輈格磔：鷓鴣的叫聲，前四字是雙聲，後四字是疊韻，韓愈〈杏花〉一詩有「鷓鴣鉤輈猿叫歇」。
3 桂江：在今廣西；梅嶺：在今廣東。
4 古人覺得鷓鴣叫聲像「行不得也哥哥」，很容易讓異鄉遊子產生思鄉之情，殷堯藩〈旅行〉一詩有「山北山南聞鷓鴣」，鄭谷有一首很有名的〈鷓鴣〉詩也說：「遊子乍聞征袖濕。」
5 乞放：求鷓鴣饒過我，意思是說求你別再叫了，讓我今晚不至於愁生白髮。

釣魚

七尺青竿一丈絲，菰蒲葉裡逐風吹[6]。
幾回舉手拋芳餌，驚起沙灘水鴨兒[7]。

6 菰蒲：水邊生長的茭白和蒲柳。

7 這種動感極強的詩句彷彿現代電影鏡頭而不是繪畫作品，因為它不僅有突然的動態還有突然的響聲，所以它難以入畫只能入詩，宋人潘閬〈酒泉子〉詞也有「笛聲依約蘆花裡，白鳥成行忽驚起」，戴復古〈江村晚眺〉也有「白鳥一雙臨水立，見人驚起入蘆花」，都讓人連帶地感覺到一陣嘩啦啦的拍翅膀聲。

唐彥謙・一首

唐彥謙（生卒年不詳），字茂業，并州晉陽（今山西太原）人。咸通二年（八六一）中進士前曾隱居在孟浩然住過的鹿門山，中進士後任過絳州、閬州刺史。他的詩學溫庭筠、李商隱，但用字遣意比溫、李來得淺暢爽快，北宋初期人楊億、劉筠很佩服他，是因為他能學會李商隱的「一體」（參見《唐詩紀事》卷五十三及《蔡寬夫詩話》、《石林詩話》卷中），而北宋末年人則說他是學杜甫的，乃是因為提到李商隱會被沾上「西崑體」的名聲，所以乾脆越過師父直接去攀名頭更響的師祖（參見《後山詩話》及《唐才子傳》卷九）。

第三溪

日晏霜濃十二月，林疏石瘦第三溪[1]。
雲沙有徑縈寒燒，松屋無人聞晝雞[2]。
幾聚衣冠埋作土，當年歌舞醉如泥。
早知涉世真成夢，不棄山田春雨犁[3]。

1 第三溪：不詳。

2 雲沙：原指青黃色的雲母，後詩中多用來指石坡或石灘，如李白〈塞下曲〉之四「白馬黃金塞，雲沙繞夢思」，王昌齡〈從軍行〉「萬里雲沙漲，平原冰霰澀」，高適〈涉黃河〉「冥漫望雲沙，蕭條聽風水」；寒燒：一說是冬天燒過的荒地，一說是冬天的彩霞；晝雞：白日雞啼。

3 早知道入世參預政治只不過是一場夢，還不如隱居歸鄉，在春雨裡犁山田。

貫休・一首

貫休（八三二—九一二），俗姓姜，字德隱，婺州蘭溪（今浙江蘭溪）人。他是唐末五代初著名的佛教徒，和不少當權者都有往來，他也是當時最有名的佛教詩人，但他的詩不像後來佛教詩人那樣清淡反而時有「人間煙火」氣，換句話說就是「無鉢盂氣」倒還很「氣幽骨勁」（參見清賀貽孫《詩筏》），蘇軾〈贈詩僧道通〉那兩句「語帶煙霞從古少，氣含蔬筍到公無」也可以移來評他的詩。

春晚書山家屋壁[1]

水香塘黑蒲森森，鴛鴦鸂鶒如家禽[2]。
前村後壟桑柘深，東鄰西舍無相侵。
蠶娘洗繭前溪淥[3]，牧童吹笛和衣浴。
山翁留我宿又宿，笑指西坡瓜豆熟。

1 原題共二首，這是第二首。
2 鸂鶒：一種水鳥。
3 淥：水清。

羅隱・一首

羅隱（八三三—九〇九），字昭諫，新城（今浙江富陽）人。曾十幾次考進士，但始終未被錄取，五十五歲時只好投奔鎮海節度使錢鏐，當上了錢塘令、著作令等。他的小品文寫得很尖利辛辣，他的詩雖比不上他的小品文，在「三羅」（羅隱、羅虬、羅鄴）中算是好的（見《一瓢詩話》），但在整個晚唐詩壇只能算二流人物，古詩寫得纖弱平蕪沒有盛唐人的雄健氣勢，近體詩又寫得粗率呆板沒有晚唐人的精緻巧思，清人李調元《雨村詩話》卷下說「五代……執牛耳者，必推羅江東（隱），其詩堅渾雄博，亦自老杜得來」，不知道他有什麼依據給羅隱這麼吹法螺，賀裳《載酒園詩話又編》就奇怪「不知爾時何以名重至此」，因為賀裳讀了羅隱的詩後，覺得他的詩「帶粗豪氣，絕句尤無韻度……時有警句，但不能首尾溫麗。」

魏城逢故人[1]

一年兩度錦城遊[2]，前值東風後值秋。
芳草有情皆礙馬[3]，好雲無處不遮樓。
山將別恨和心斷，水帶離聲入夢流。
今日因君試回首，淡煙喬木隔綿州。

1 題一作〈綿谷回寄蔡氏昆仲〉。魏城：在今四川綿陽、梓潼之間。

2 錦城：成都，參見李白〈蜀道難〉注25。

3 草絆馬腳，讓詩人想像到芳草有情留客，宋周邦彥〈六醜〉（薔薇謝後作）有一句名句：「長條故惹行客，似牽衣待話，別情無極」，也是這種意思。

司空圖・一首

司空圖（八三七—九〇八），字表聖，河中虞鄉（今山西永濟）人。咸通十年（八六九）中進士，當到中書舍人、知制誥，光啟三年（八八七）歸隱中條山王官谷。他的《二十四詩品》以詩論詩開啟了中國古代印象式詩學批評的路子，標誌了中國古代詩歌從追求外在形式完美向追求內在氣韻深長的轉折，也體現了中國古典哲學體驗與藝術鑑賞的全面融會。但他自己的詩卻並不很出色，大體與鄭谷等人相仿，又多少有些王維、韋應物的沖淡簡約，看上去精巧工細之外還有些清淺自然，像他自己舉以示人的「綠樹連村暗，黃花入麥稀」，「棋聲花院閉，幡影石壇高」就屬於這類風格（〈與李生論詩書〉），清人翁方綱對這種理論與實踐相去太遠的現象表示奇怪：「論詩亦入超詣，而其所自作，全無高韻，與其評詩之語，竟不相似，此誠不可解。」（《石洲詩話》卷二）其實，「眼高手低」的創作是詩論家的通病，而他們的詩論只是針對別人的創作，並不僅僅是《蔡寬夫詩話》所說的「當局者迷」。

獨望

綠樹連村暗，黃花入麥稀[1]。
遠坡春草綠，猶有水禽飛[2]。

1 黃花：大約指油菜花，油菜常與麥子套種。

2 這兩句和李群玉〈南莊春晚〉中「連雲草映一條陂，鸂鶒雙雙帶水飛」寫的同一景象，用鳥飛將視境由近處引向遠方，以呼應題中的「望」字。

陸龜蒙 ・二首

陸龜蒙（?—約八八一），字魯望，吳郡長洲（今江蘇蘇州）人。咸通年間考進士未中，後除一度當過幕僚外，大多數時間都隱居在松江甫里，所以自稱甫里先生，又號天隨子、江湖散人。他和皮日休是好朋友，唱和的詩很多，風格也極相似，他們的小品文都寫得痛快犀利，可詩卻寫得十分普通，在唐末五代也算不上出色，清人黃子雲《野鴻詩的》甚至說他們的詩像「吃蒙汗藥，瞢騰而作囈語」。也許，這主要指的是他們百無聊賴時玩弄文字遊戲而寫的那些「四聲、疊韻、離合、回文」等「俱無意義」的作品（賀裳《載酒園詩話又編》），至於他們認真寫的詩作，則應當分別來看。他們的古體詩大抵學韓愈、孟郊，按陸龜蒙的說法，他是要由「穿穴險固，囚鎖怪異」而「卒造平淡」（〈甫里先生傳〉），但他們並未達到「平淡」，只是或生僻澀滯讓人難以卒讀或冗瑣平庸讓人不願卒讀；他們的近體詩大抵兼學溫庭筠、李商隱和姚合、賈島，按皮日休給陸龜蒙詩集寫序的說法，他是能和溫、李一爭高低的。但現在看來他們的這些詩雖有些溫、李用典的技巧和姚、賈下字的技巧，但基本沒有超出晚唐流利明麗的語言風格和淡泊狹小的生活境界，並沒有凸現自己的獨特個性，既不如他們自己的小品文，也無法和溫、李同日而語；倒是他們的一部分絕句，有時還寫得輕快爽利，透出了他們寫小品文時的聰明，雖然這些絕句的內容大都局限在無所事事、閒適疏散的生活之中。至於他們並不很多的關心民生疾苦的作品，雖然後世人曾給予了過分的褒獎，但說實在話，這些詩恰恰是他們作品中最缺乏詩味的，要麼是一本正經滔滔不絕地大發酸腐議論，要麼是炫博抉奧裝出古聖賢模樣寫些贗古董，真彷彿是吃了蒙汗藥，「瞢騰而作囈語」。

和襲美釣侶[1]

雨後沙虛古岸崩，魚梁移入亂雲層[2]。
歸時月墮汀洲暗，認得妻兒結網燈[3]。

1 襲美是皮日休的字，這首詩是和皮日休〈釣侶〉的，皮詩全文如下：「嚴陵灘勢似雲崩，釣具歸來放石層。煙浪濺篷寒不睡，更將枯蚌點漁燈。」

2 因為下雨後沙岸崩塌，所以將魚梁移到了上游江水中。魚梁是漁民築堤分水編竹攔魚的一種方法。參見孟浩然〈夜歸鹿門山歌〉注7，陸龜蒙《漁具詩・魚梁》「能編似雲薄，橫絕清川口」就是寫它，魚梁必須分堤攔斷江川才能捕魚，但沙岸崩塌江面變寬，所以只得移向上游，亂雲層即皮詩所謂「灘勢似雲崩」的上游水急灘淺處。

3 宋黎廷瑞有一首〈湖上夜坐〉寫得有些像這首詩：「平湖漠漠來孤艇，遠處冥冥見一燈。翁媼隔籬呼稚子，岸頭猶有未收罾。」人、事、景彷彿如出一轍。而周密〈夜歸〉中末兩句「村店月昏泥徑滑，竹窗斜漏補衣燈」，也好像受了這首詩的啟發。

和襲美春夕酒醒

幾年無事傍江湖，醉倒黃公舊酒壚[4]。
覺後不知明月上，滿身花影倩人扶。

4 《世說新語・傷逝》載王戎曾「著公服乘軺車，經黃公酒壚下過，顧謂後車客：『吾昔與嵇叔夜、阮嗣宗共酣飲於此壚，竹林之遊，亦預其末。』」這裡用黃公酒壚是自比竹林七賢，表現自己的曠達瀟灑。

皮日休 · 一首

皮日休（約八三四—約八八三），字襲美，一字逸少，竟陵（今湖北天門）人，曾隱居襄陽鹿門山，自號醉吟先生。咸通八年（八六七）中進士，當過太常博士、著作郎、毗陵副使。乾符五年（八七八）為黃巢起義軍所擄，任翰林學士，後不知所終。皮日休和陸龜蒙唱和最多，詩風也相似，也許是不知不覺互相影響的結果。

西塞山泊漁家[1]

白綸巾下髮如絲[2]，靜倚楓根坐釣磯。
中婦桑村挑葉去，小兒沙市買蓑歸[3]。
雨來蓴菜流船滑，春後鱸魚墜釣肥[4]。
西塞山前終日客，隔波相羨盡依依。

1 西塞山：參見劉禹錫〈西塞山懷古〉注1。

2 綸巾：古代文人所戴的以絲帶編成的頭巾，又名諸葛巾，相傳為諸葛亮所創，《世說新語・簡傲》曾載謝萬「嘗著白綸巾」，宋蘇軾《念奴嬌・赤壁懷古》也寫過周瑜「羽扇綸巾」，戴綸巾是文人隨便瀟灑的裝束。

3 沙市：今湖北江陵長江北岸，又名沙頭市，距西塞山不遠；蓑：草編成的雨具。

4 蓴菜：莖葉均有黏液，可以作羹湯，其味鮮美，王建〈原上新春〉也曾用「滑」字形容水中的植物：「野羹溪菜滑」，這句則是說船尖劃過水中，蓴菜順溜地分開兩旁；鱸魚：大嘴細鱗，是江南一種名貴的食用魚。據說這兩種食品是江南名產，最能引起江南人歸鄉退隱之心。參見《晉書・張翰傳》「見秋風起乃思吳中菰菜、蓴羹、鱸魚膾」。

韓偓・二首

韓偓（八四二—九一五），字致堯（一作致光），京兆萬年（今陝西西安）人。龍紀元年（八八九）中進士，當過翰林學士、中書舍人、兵部侍郎、翰林承旨，很受唐昭宗信任，後被朱溫排擠，貶濮州司馬、鄧州司馬。天祐二年（九〇五）舉家南遷福建投靠王審知，唐亡之後卒於南安縣（今福建南安）。據說他小時曾受到李商隱「雛鳳清於老鳳聲」的稱讚，他的詩也確實有些像李商隱，那些感世傷時的傷懷詩讓人想到李商隱〈安定城樓〉一類詩的蒼涼惆悵，而那些豔麗精緻的香奩詩又讓人想到李商隱〈無題〉一類詩的纏綿悱惻，只不過韓偓詩歌的視境不像李商隱那麼朦朧，多少顯得清晰，語言不像李商隱那麼曲折，多少有些流暢，意蘊不像李商隱那麼豐富深沉，多少帶些單純明朗的色彩。可是，即使如此，後來人仍然能在他的詩裡大做文章，用放大鏡乃至顯微鏡在那些寫男女之情的詩中發現很多「微言大義」和「舊君故國之思」，清末一個叫震鈞的滿族人甚至寫了一部《香奩集發微》來專門闡發韓偓對唐王朝的耿耿忠心（參見清吳喬《圍爐詩話》卷一），其中有些「闡幽發微」的分析讓人看了會瞠目結舌。當然，他比起看不出微言大義就斷然否認這些詩出自韓偓之手的李重華來，還算是實事求是的（參見李重華《貞一齋詩話》）。

春盡

惜春連日醉昏昏，醒後衣裳見酒痕。
細水浮花歸別澗，斷雲含雨入孤村[1]。
人閒易有芳時恨，地迥難招自古魂[2]。
慚愧流鶯相厚意[3]，清晨猶為到西園。

1 不少人對這兩句詩很讚賞，但是明謝榛《四溟詩話》卷二則認為這句和武元衡〈南徐別業早春有懷〉的「殘雲帶雨過春城」雖然很巧，但「不及子美『淡雲疏雨過高城』句法自然」，其實未必。

2 閒居不能有所作為，辜負大好時光，所以有「芳時」之恨；當時韓偓寄居外地，寂寞無友，連古人魂靈都請不來，所以說難招自古「魂」。《楚辭・招魂》中有「魂兮歸來，何遠為些」，杜甫〈返照〉詩中也有「不可久留豺虎亂，南方實有未招魂」，但韓偓這裡更翻一層，不說魂靈未招，而說自己想招卻招不來。

3 慚愧：感謝。

自沙縣抵龍溪縣，值泉州軍過後，村落皆空，因有一絕[4]

水自潺湲日自斜，盡無雞犬有鳴鴉[5]。
千村萬落如寒食，不見人煙空見花[6]。

4 這首詩據考證作於五代梁開平四年（九一〇），當時韓偓正在閩中避亂，沙縣、龍溪都在今福建，這首詩寫途中農村被軍隊洗劫後的景象。

5 雞犬被搶劫一空，自然聽不見「犬吠深巷中，雞鳴桑樹巔」的聲音，人被殺死或擄走，自然空中是一片亂叫的烏鴉。

6 沒有人，就沒有炊煙，平時農村只有寒食節禁火時才有無煙的時候。這種景象彷彿宋戴復古〈淮村兵後〉的：「小桃無主自開花，菸草茫茫帶曉鴉。幾處敗垣圍故井，向來一一是人家。」

杜荀鶴・二首

杜荀鶴（八四六－九〇四），字彥之，池州（今安徽石台）人。大順二年（八九一）中進士，曾當過主客員外郎、知制誥，充翰林學士。從他的自我表白來看，他好像受了賈島一流苦吟詩人的影響，他曾在賈島墓前緬懷道：「山根三尺墓，人口數聯詩」（《經賈島墓》），也曾自述苦吟的情狀說「不是營生拙，都緣覓句忙」（〈山中寄友人〉）、「苦吟無暇日，華髮有多時」（〈投李大夫〉）。他〈苦吟〉一詩裡「一句我自得，四方人已知」的洋洋得意和賈島〈送無可上人〉自注中「二句三年得，一吟雙淚流」的愁眉苦臉實際上是一回事，都說明他們寫詩看重所謂的「奇語佳句」，但杜荀鶴的詩絕不像賈島那麼緊縮瘦硬，而是寫得流利曉暢，倒彷彿把白居易的語言風格和姚、賈一流的語言風格「嫁接」到一塊兒去了似的。後來有些從道德倫理人格角度論詩的人因為他曾和篡奪唐代皇位的朱溫有關係就譏貶他的詩「至陋」、「辭氣粗鄙」（見清賀裳《載酒園詩話又編》、潘德輿《養一齋詩話》卷四），不免有些過分。

春宮怨[1]

早被嬋娟誤[2]，欲妝臨鏡慵[3]。
承恩不在貌，教妾若為容[4]。
風暖鳥聲碎，日高花影重[5]。
年年越溪女，相憶採芙蓉[6]。

1 這首詩一說為周朴所作。

2 嬋娟：容貌姣好。這句說自己因貌美被選入宮中而耽誤了青春。

3 慵：懶。

4 得到天子寵遇本不應該靠容貌，那麼叫我如何梳妝打扮？

5 這兩句寫春光融融，春風和煦，鳥聲細碎，花影交疊，反襯宮女的寂寞淒清心境，極受後人推崇，宋胡仔《苕溪漁隱叢話》前集卷二十三載：「諺云：『杜詩三百首，唯在一聯中』」，一聯就指這兩句，明鍾惺〈詩歸〉也說這個意境「開詩餘思路」，因為它精細纖巧處像詞而不像詩。宋人丁元珍〈和永叔新晴獨過東山〉中有兩句彷彿模擬它：「日中樹影直，風靜鳥聲圓」，後一句和杜荀鶴前一句是一種寫法，兩種聲色。

6 王維〈西施詠〉：「朝為越溪女，暮作吳宮妃」，本指女子一朝得意從山鄉水村進入君王宮廷，杜荀鶴則相反，說女子雖然入宮，卻寂寞孤獨，總要回憶在山鄉水村時與女伴同採芙蓉的歡樂情趣。

戲贈漁家

見君生計羨君閒，求食求衣有底難[7]。
養一箔蠶供釣線，種千莖竹作漁竿。
葫蘆杓酌春濃酒，舴艋舟流夜漲灘[8]。
卻笑儂家最辛苦[9]，聽蟬鞭馬入長安。

7 這兩句說自己非常羡慕漁家自給自足的閒適生活。

8 種竹為漁竿，養蠶作釣線，自家種了葫蘆可以作成酌酒的杓，自己製的小船可以泛舟江灘去釣魚。舴艋舟：小船；流：船順流而泛。

9 儂家：指自己。

鄭谷・三首

鄭谷（約八五一—？），字守愚，袁州宜春（今江西宜春）人。光啟三年（八八七）中進士，當過都官郎中，乾寧三年（八九六）唐昭宗避難到華州，鄭谷也曾趕去，天復年間歸隱故鄉。他在晚唐是很受推崇的詩人，馬戴曾預言他「他日必成名」（〈雲台編序〉），而一首《鷓鴣》詩又為他贏得了「鄭鷓鴣」的綽號（《古今詩話》），士大夫和老百姓都拿他的詩當兒童的詩學教材（見祖無擇所撰〈都官鄭谷墓誌銘〉），連宋代詩人也有不少模仿他的詩。他的詩有姚合、賈島一流細膩工巧斟字酌句的長處卻沒有他們有句無篇苦澀生僻的短處，有白居易一流淺切流暢的優點而沒有他們粗率滑易的缺點，代表了晚唐清麗明暢的一派詩風，所以清人賀裳說他「淺切而妙」（《載酒園詩話又編》）。當然賀裳也看出了鄭谷的毛病是「終傷婉弱」，所謂「婉弱」就是宋代歐陽修《六一詩話》裡說的：「其格不高」，因為雖然他推崇李白、杜甫、陶淵明，卻沒有李白的豪爽、杜甫的胸襟和陶淵明的高曠，所以詩寫來總嫌小家碧玉氣太重。

旅寓洛南村舍[1]

村落清明近，鞦韆稚女誇[2]。
春陰妨柳絮，月黑見梨花[3]。
白鳥窺魚網，青簾認酒家[4]。
幽棲雖自適，交友在京華[5]。

1 洛南：指洛陽以南。
2 清明盪鞦韆是唐代習俗。
3 春季陰天潮濕時柳絮不像晴天那麼容易飛蕩；梨花潔白在黑夜無月時也能見到。
4 白鳥：鷺鷥，鷺鷥愛吃魚所以常窺探魚網；青簾：酒店的青布幌子。
5 這兩句說自己愛隱居，但朋友在京城，有時不免寂寞。

淮上與友人別

揚子江頭楊柳春，楊花愁殺渡江人。
數聲風笛離亭晚[6]，君向瀟湘我向秦[7]。

柳

半煙半雨江橋畔，映杏映桃山路中[8]。
會得離人無限意，千絲萬絮惹春風[9]。

6 風笛：風中笛聲；離亭：送別的驛亭。

7 顧況〈送李秀才入京〉：「君向長安余適越，獨登秦望望秦川」，李商隱〈贈趙協律晳〉：「不堪歲暮相逢地，我欲西征君又東」，鄭谷這一句和他們很相似，清賀貽孫《詩筏》認為這句好在「倒用作結」，因為「如開頭便說，則淺直無味，此卻倒用作結，悠然情深，覺尚有數十句在後未竟者。」

8 杏花白，桃花紅，柳色綠。

9 會得：曉得；惹春風：有牽衣細語，依依難捨之意。

韋莊・三首

韋莊（？—九一〇），字端己，京兆杜陵（今陝西西安）人。乾寧元年（八九四）中進士，曾奉使入蜀，歸朝後任掌書記，天復元年（九〇一）再度入蜀為掌書記，後協助王建稱帝，建立前蜀政權，歷任左散騎常侍，判中書門下事、吏部侍郎同平章事。他是晚唐後期最好的詩人之一，他佩服杜甫（他曾把杜甫詩列在他所選的《又玄集》卷首，又尋了杜甫舊居修繕居住，還常常捧了杜甫詩「吟諷不輟」，參見韋藹《浣花集・序》、《唐詩紀事》卷六十八），但又受了白居易的一些影響，詩寫得清麗而不過分柔軟，流暢而不過分平淺，明人胡震亨《唐音癸籤》卷八批評他「出之太易」，卷十又說他「務趨條暢」，其實這有些冤枉，因為在晚唐趨於淺俗滑易的風氣中，韋莊詩的語言還算是比較精緻凝練的，只是他常把琢磨得很細的話用輕巧清麗的口吻說出來，所以才給人以「輕燕受風」的隨意感（參見賀裳《載酒園詩話又編》）。

秋日早行

上馬蕭蕭襟袖涼[1]，路穿禾黍繞宮牆。
半山殘月露華冷，一岸野風蓮萼香[2]。
煙外驛樓紅隱隱，渚邊雲樹暗蒼蒼[3]。
行人自是心如火[4]，兔走烏飛不覺長[5]。

1 上馬：一作馬上；蕭蕭：指秋風。

2 露華：指露珠；蓮萼：指蓮花的花托。古人寫早行常提到殘月在半山的景象，王褒〈始發宿亭〉：「落星侵曉沒，殘月半山低」，溫庭筠〈商山早行〉的「雞聲茅店月」雖然沒有提到「半山」，但在「月」前加了「茅店」，似乎也是暗示殘月已落到茅店屋簷上。

3 紅隱隱：指驛站的樓在晨曦中隱約發紅，這是韋莊寫他回頭看剛離開的驛站，杜牧〈三川驛伏覽座主舍人留題〉「一片餘霞映驛樓」和宋魯三江〈江樓晴望〉「夕陽紅半樓」則是寫晚霞中的驛樓，與此景相似但晨昏不同。暗蒼蒼：指渚邊樹林還籠罩在早晨暝色之中一片蒼茫，這是韋莊寫他向前看樹林還看不太清，白居易〈將之饒州江浦夜泊〉「雲樹靄蒼蒼」和這相似但也是早晚不同，倒是另一個李遠的〈送人入蜀〉有兩句和這兩句大體相似：「碧藏雲外樹，紅露驛邊樓」，但李遠這兩句又不知寫的是早晨還是黃昏。

4 心如火：好像白居易〈酬思黯戲贈〉裡的「妒他心似火」，又彷彿《水滸傳》第十五回〈楊志押送金銀擔　吳用智取生辰綱〉裡白勝唱的「農夫心內如湯煮」的「如湯煮」，即心急似火的意思。

5 兔：月亮；烏：太陽，這句說行人心急覺得時光流逝很快，莊南傑〈傷歌行〉「兔走烏飛不相見，人事依稀速如電。」

長安清明

早是傷春夢雨天，可堪芳草更芊芊[6]。
內官初賜清明火，上相閒分白打錢[7]。
紫陌亂嘶紅叱撥，綠楊高映畫鞦韆[8]。
遊人記得承平事，暗喜風光似昔年[9]。

6 芊芊：草茂盛，李端〈寄暢當〉：「麥秀草芊芊，幽人好晝眠。」堪：一作憐。

7 清明火參見韓翃〈寒食〉注4；內官指皇宮中的內侍，上相指朝廷的大官；白打錢指蹴踘之戲獲勝者的采錢，〈蹴踘譜〉：「每人兩踢曰打二，曳開大踢名白打」，〈事物紺珠〉：「兩人對踢為白打……勝者有采」，王建〈宮詞〉：「寒食內人長白打，庫中先散與金錢。」

8 據《說郛》卷三引秦再思〈紀異錄〉及〈續博物誌〉，紅叱撥是天寶年間大宛進貢的六匹汗血馬之一，又名紅玉犀，這裡指好馬，元稹〈望雲騅馬歌〉：「平地須饒紅叱撥」，畫鞦韆指彩漆過的鞦韆，據《開元天寶遺事》說，天寶年間唐玄宗和嬪妃常於清明節豎鞦韆為戲，稱為「半仙之戲」。以上兩句都暗用了盛唐承平時代的故事，所以下面說「風光似昔年」，雖然晚唐已是一片衰微破敗，但人們心裡卻總是殘留了當年繁華記憶，並總是盼望恢復開元、天寶的黃金時代。

9 暗喜二字實際上蘊含了期望和悲哀。

古離別[10]

晴煙漠漠柳毿毿[11]，不那離情酒半酣[12]。
更把玉鞭雲外指，斷腸春色在江南[13]。

10 題一作〈多情〉。

11 晴煙漠漠：指晴日下煙嵐布散的樣子，謝朓〈遊東田〉「遠樹曖阡阡，生煙紛漠漠」，李善註：「漠漠，布散貌」；毿毿：柳枝下垂的樣子，孟浩然〈高陽池詩〉「綠岸毿毿楊柳垂」，溫庭筠〈和周繇廣陽公宴嘲段成式〉「眉語柳毿毿」。

12 不那：無奈。

13 宋鄭文寶〈柳枝詞〉：「亭亭畫舸繫春潭，直到行人酒半酣。不管煙波與風雨，載將離恨過江南」，大約受了這首詩的啟發。

齊己·一首

齊己（八六四—約九四三），俗姓胡，長沙人，在大溈山同慶寺出家為僧，他是唐末五代著名詩僧，擅長五言律詩，風格接近姚合、賈島一流詩人。

舟中晚望祝融峰[1]

天際卓寒青[2]，舟中望晚晴。
十年關夢寐[3]，此日向崢嶸。
巨石凌空黑，飛泉照眼明[4]。
終當躡孤頂，坐看白雲生[5]。

1 祝融峰：南嶽衡山最高峰，在今湖南衡山縣西三十里。

2 卓寒青：卓立於天際，顯出蒼翠之色。

3 夢寐嚮往已十年之久。

4 巨石凌空遮住天空，所以是「黑」，飛泉流溢映出天色，所以是「明」。不說飛泉明而說照眼明，彷彿俗話說的「眼睛一亮」，宋代人特別愛說「照眼明」三字，像陸游〈幽居初夏雨霽〉「楸花楝花照眼明」、〈病足累日不出庵門〉「頻報園花照眼明」、朱熹〈題榴花〉「五月榴花照眼明」等。

5 這兩句仿照杜甫〈望岳〉「會當凌絕頂，一覽眾山小。」

二〇一八年版後記

要給近三十年前的這部舊著寫「新版後記」，不免也有一些感慨。

大概是一九九〇年吧，我四十歲出頭，在編輯、教書和研究之餘暇，很花了一點兒力氣，遍翻《全唐詩》、各種唐詩選本，以及各種唐詩評論資料，分門別類地記了好些筆記本，然後弄出這部唐詩的選注本。最初書名不是《唐詩選注》，因為只是一套古詩詞選本之一，所以叫《唐詩卷》。一九九一年全書編完，由於各種原因，到一九九四年才在浙江文藝出版社出版。據說出版之後還頗受歡迎，於是，出版社把它單獨挑出來出版，改了名兒叫《唐詩選注》。此後的四分之一個世紀裡，這部書曾先後被當作高中學生課外閱讀的參考書和大學自主招生時寫論文的指定讀物，其實，能多讓高中和大學的年輕人讀，這倒符合當初我編選注釋這部唐詩選本的初衷。

一般說來，選注古典詩歌，不外乎是選詩、寫傳和注釋這三件事情。選詩是一個「再經典化」的過程，選什麼不選什麼，不僅體現選者的眼光，也塑造讀者的趣味；小傳不只是介紹作者，實際上還給讀者提供歷史背景和詩史脈絡，讓讀者盡可能回到那個時代體會古典；

注釋則在疏通文意和解釋典故之外，也在暗示或引導讀者的聯想和感受。這部《唐詩選注》之所以還算受歡迎，也許就是因為對唐詩的篩選、給詩人作的小傳和對詩歌作的注釋，大概還過得去。但歸根結柢，我心裡明白，更主要還是沾了唐詩的光，畢竟無論什麼時代，人們都願讀唐詩。所以，這部書初版後的若干年中，先後在浙江文藝出版社和人民文學出版社多次重印。

去年，中華書局的徐俊先生表示願意再版這部舊書，我當然非常高興。因為瑣事繁雜和精力不濟，沒有作任何修改，只是在這裡補寫了這篇說明性的〈後記〉，還請讀者諒解。

二〇一八年八月十八日

唐詩選注

2020年2月初版　　定價：新臺幣560元
2022年4月初版第二刷

著　　者	葛兆光
叢書主編	沙淑芬
校　　對	王中奇
內文排版	菩薩蠻
封面設計	兒日

出版者	聯經出版事業股份有限公司
地址	新北市汐止區大同路一段369號1樓
叢書主編電話	(02)86925588轉5310
台北聯經書房	台北市新生南路三段94號
電話	(02)23620308
台中分公司	台中市北區崇德路一段198號
暨門市電話	(04)22312023
台中電子信箱	e-mail：linking2@ms42.hinet.net
郵政劃撥帳戶	第0100559-3號
郵撥電話	(02)23620308
印刷者	世和印製企業有限公司
總經銷	聯合發行股份有限公司
發行所	新北市新店區寶橋路235巷6弄6號2樓
電話	(02)29178022

副總編輯	陳逸華
總編輯	涂豐恩
總經理	陳芝宇
社長	羅國俊
發行人	林載爵

行政院新聞局出版事業登記證局版臺業字第0130號

本書如有缺頁，破損，倒裝請寄回台北聯經書房更換。　ISBN 978-957-08-5459-6 (平裝)
聯經網址： www.linkingbooks.com.tw
電子信箱：linking@udngroup.com

本書中文繁體字版由中華書局（北京）授權出版

國家圖書館出版品預行編目資料

唐詩選注/葛兆光著．初版．新北市．聯經．2020年
2月．488面．14.8×21公分
ISBN 978-957-08-5459-6（平裝）
[2022年4月初版第二刷]

831.4　　108021573